이 세상에 쉬운 일은 없다

KONO YO NI TAYASUI SHIGOTO WA NAI by Kikuko Tsumura

Copyright © Kikuko Tsumura, 2015

All rights reserved.

First published in Japan by Nikkei Publishing, Inc. (renamed Nikkei Business Publications, Inc. from April 1, 2020)

This Korean edition is published by arrangement with Nikkei Publishing, Inc., Tokyo in care of Tuttle-Mori Agency, Inc., Tokyo through Danny Hong Agency, Seoul

쓰무라 기쿠코 지음   이은미 옮김

# 이 세상에 쉬운 일은 없다

샘터

# 차례

일러두기

• 본문에서 주는 모두 옮긴이 주입니다.

제1화

# 감시하는 일

나란히 놓인 두 대의 모니터 화면에 같은 인물이 비치고 있었다. 왼쪽이 어제 22시경에 찍힌 영상이고 오른쪽이 그저께 20시경에 찍힌 영상이었다. 둘 다 플리스 상의를 입고 있어서 화면 귀퉁이에 표시된 날짜만 없다면 한날한시에 찍힌 영상이라고 착각할 만큼 흡사했다. 감시 대상자는 노트북 앞 사무용 의자에 앉아 팔짱을 끼고 미동도 없이 있다가 30초 정도 키보드를 격렬하게 두드리고 가만히 있었다. 이번에는 뭘 찾는지 정신없이 사전을 뒤적이고는 인상 쓴 얼굴로 1시간 남짓 화면에 시선을 고정한 채 꼼짝도 하지 않았다. 대체로 비슷한 행동을 반복했다. 그저께 찍힌 오른쪽 영상은 두 시간 전에 톳밥과 시금치 된장국, 햄에그를 먹느라 그나마 움직임이 있었는데 어제 찍힌 왼쪽 영상은 계속 저 상태였다. 나는 보고서를 작성하려고 문서 프로그램을 열어 놓았지만 뭔가 쓰려고 해도 쓸 내용이 없었다. 감시대상자와 마찬가지로 석상처럼 굳어 모니터만 노려볼 뿐이었다.

감시대상자가 저녁을 먹는 모습을 보면서 나도 뭐 좀 먹어야지 생각했는데 자리에서 일어나는 게 귀찮아서 벌써 1시간 반이나 어영부영 흘려보내고 말았다. 더는 공복을 참을 수 없는 지경이 되어서 매점이라도 가야겠다 싶어 몸을 일으키는데, 오른쪽 모니터에서 움직임이 포착되었다. 누가 찾아온 모양인지 그때까지만 해도 왼쪽 모니터와 거의 같은 자세로 가만히 있던 감시대상자는 의자에서 벌떡 일어나 종종걸음을 치며 현관으로 향했다. 나는 오른쪽 모니터를 현관이 찍힌 영상으로 전환했다. 감시대상자는 택배 배달원으로 보이는 유니폼을 입은 여성에게 고개 숙여 인사하는가 싶더니 서둘러 문을 닫고 종이 상자를 안고 화면 밖으로 사라졌다. 상자는 그리 크지도 작지도 않았다. 양손으로 들기 적당한 사이즈로, 정사각형에 가까웠다. 감시대상자는 책이나 DVD를 곧잘 온라인으로 구매하는 편이었다. 상자 형태를 보아하니 이번에는 종류가 다른 물건일 가능성이 컸다.

한창 작업하던 도중에 갔으니 곧 돌아오겠지 싶어 노트북 앞 영상으로 전환하고 기다렸다. 좀처럼 나타나지 않아 주방쪽 영상을 확인했더니 가위를 손에 든 감시대상자가 아담한 식탁 위에 내려놓은 상자를 개봉하고 있었다.

나는 그 모습을 가만히 응시했다. 설마 새로운 물건이 도착하는 일은 없겠지만 감시대상자가 택배를 받으러 현관으로 향할 때마다 긴장했다. 감시대상자는 상자 안에서 완충재를 끄집어내 아무렇게나 바닥에 던지고는 봉지를 집어들었다. 마른침을 삼키며 봉지가 잘 보이도록 화면을 확대했다. 봉지에는 '○○ 촉촉한 쿠키'라고 인쇄된 스티커가 붙어 있었다. 감시대상자는 바닥에 떨어트린 완충재는 안중에 없이 주방 식기 건조대에서 큰 접시를 가져와 봉지 속에 든 쿠키를 모양별로 담기 시작했다. 기분이 아주 좋아 보였다. 쿠키는 네모난 모양과 동그란 모양, 나뭇잎 모양 등 다섯 종류였는데 그중 하나만 갈색을 띠고 있었다. 초콜릿 맛 같았다. 감시대상자는 그것만 다른 쿠키와 조금 떨어진 자리에 포개놓았다. 그리고 한 개를 집어먹었다.

오른쪽 모니터에 비친 행복한 얼굴의 감시대상자와는 달리 왼쪽 모니터에 비친 그는 여전히 팔짱을 긴 채 노트북 화면을 바라보고 있었다. 고개가 아래로 푹 꺾였다가 금세 바로 하는 걸 보니 잠깐 졸았던 모양이다. "졸리면 침대로 가서 자란 말이야, 헷갈린다고." 나는 중얼거렸다. 원래 빨리 감기는 하면 안 되지만 감시대상자가 자고 있을 때는 예외였다.

그러니까 조금 전에는 살짝 빨리 감기를 해도 되는 상황이었다. 하지만 깨어있을 때와 다름없는 자세로 잠들면 언제부터 졸기 시작했는지 알 길이 없어서 빨리 감기를 할 수 없다. 제발 좀 안 그랬으면 좋겠다.

투덜거리는 소리가 들렸는지 옆 부스에서 일하고 있던 오오이즈미 씨가 파티션 너머로 고개를 내밀고 왜 그러느냐고 물어왔다. "그냥, 아무것도 아니에요." 나는 고개를 저으며 대충 얼버무렸다. "먼저 퇴근할게요. 수고해요." 오오이즈미 씨는 목에 머플러를 두르고 초췌한 얼굴로 방을 나섰다. 결혼해서 딸이 있는 오오이즈미 씨는 아이가 초등학교에서 돌아오면 학원에 데려다주고 이곳으로 출근했다. 그리고 아이가 학원에서 돌아올 시간이 되면 퇴근했다.

문서 프로그램을 열고 '20:35 택배 배달원에게서 사방 25cm 정도 되는 상자를 받았음. 내용물은 완충재와 과자'라고 입력한 다음 한숨을 내쉬며 책상 서랍을 열고 안약을 꺼냈다. 이 일을 시작하고 나서 그전까지는 그다지 필요가 없었던 안약을 자주 사용하게 되었는데 게다가 비싼 안약을 사는 습관이 들었다. 지금은 특가 세일할 때 198엔짜리를 대량으로 사서 쓰고 있다. 다행히 안약 구매 비용은 경비 처리가 가능했다(일주일에 1,000엔까지가 상한선이었지만). 그런데 식비는 자비로 부담해야 했다. 요즘은 야키소바빵*보다 안약이 더 싸다는 생각이 들기 시작했다. 하지만 이 일을 그만둘 무렵에는 안약을 자주 넣은 결과 안구 건조증에 걸릴지도 모른다. 안구 건조증을 치료할 비용까지 미루어 생각하면 장기적으로 봤을 때 어쩌면 야키소바빵을 사는 비용이 더 쌀 수도 있었다. 그렇지만 야키소바빵에 든 식품첨가물이 안구 건조증 이상으로 몸에 심각한 영향을 끼칠 가능성도 부정할 수 없다. 결국 어느 쪽이 더 비용 면에서 저렴한가에 대한 고민은 아무 의미가 없는 것인지도 모르겠다….

정말 한가한 사람이나 할 법한 생각을 하고 있다. 그렇다, 사실 나는 한가했다. 이 일은 한가한 일이었다. 야근은 있지만 한가했다. 혼자 사는 소설가가 집에서 일하는 모습을 감시하는 일만큼 이 세상에 한가하고 근로 시간이 긴 일이 또 있을까 싶다.

안약을 넣어도 썩 기분이 나아지지 않아서 모니터 두 대에 비치는 영상을 일시 정지해놓고 느릿느릿 자리에서 일어났다. 감시는 실시간으로 하는 게 아니라 어제까지 녹화된 영상을 확인하는 식이라서 언제든지 정지했다가 재생할 수 있었다. 그 대신, 감시대상자가 집에 있을 때 찍힌 영상은 전부 확인해야 했다. 감시하는 사람이 집에 있으면 있을수록

---

★ 핫도그번 사이에 야키소바를 끼운 빵.

일 양은 늘어나는 셈이다. 동틀 무렵 6시에 자서 낮 2시쯤 일어나는 감시대상자는 적당히 잠을 자는 편이었지만 집에 있는 시간이 꽤 길었다. 원칙적으로 그 모습을 찍은 속도 그대로 확인해야 해서 하루 대부분을 이 부스에서 보내고 있었다. 일이 익숙해지면 이틀분을 동시에 체크해도 된다고 하지만 재택근무를 하는 사람이 집에서 보내는 시간은 상당히 길었다. 집이 회사 바로 앞이라서 출근은 힘들지 않지만, 어차피 밤늦게까지 퇴근하지 못한다면 집이 아무리 가까워도 별로 의미가 없다. 일할 때는 다른 사람과 접점이 거의 없어서 옷차림에 딱히 신경을 쓰지 않아도 된다는 점이 좋다. 잠옷 위에 외투만 걸친 채로 출근하기도 하고 시간이 넉넉할 때는 집에 가서 밥을 먹고 오기도 했다.

"되도록 집이랑 가까운 곳에서 종일 스킨케어용 콜라겐을 추출하는 작업을 지켜보는 일 같은 거, 어디 없을까요?" 고용센터 상담원에게 희망 사항을 얘기해봤다. 밑져야 본전이니 그냥 해본 말이었다. 전에 일하던 곳은 번아웃이 와서 그만두고 지금은 요양할 겸 본가에 와 있었다. 기력이 바닥나서 일을 그만뒀다고는 해도 실업급여 수급 기간이 끝난 후 언제까지나 빈둥거리고 있을 수는 없어서 일단 구직 활동을 시작했다. 하지만 솔직히 일을 하고 싶은지, 하고 싶지 않은지 판단이 서지 않은 상태였기에 그런 말도 안 되는 이야기를 입

밖에 꺼내고 말았다. 세상에 그런 일이 어디 있느냐는 핀잔이 돌아올 줄 알았다. 그러나 초로의 여성 상담원은 "마침 그런 일이 하나 있군요"하고 대답했다. 온화한 어조와는 달리 안경 속 눈은 예리하게 빛나고 있었다. 그렇게 해서 소개받은 것이 바로 이 일이었다. 확실히 내가 말한 희망 사항 대로였지만 콜라겐 추출 작업을 지켜보는 일에도 나름의 고충이 있듯이 이 일 역시 편하지만은 않았다.

내가 맡은 야마모토 야마에라는 사람은 소설 쓰는 일을 생업으로 삼고 있었다. 자기도 모르는 사이 지인에게 받은 '어떤' 밀수품을 보관하고 있는 모양이었다. 비교적 위험한 물건이라고 들었는데 나 같은 말단 직원에게는 그게 무엇인지 알려주지 않았다. 물건이 숨겨진 장소가 야마모토 야마에가 방대한 소장량을 자랑하는 DVD 케이스 중 하나라는 사실은 알았다. 하지만 그가 외출한 틈을 타 비공식적으로 가택 수색을 벌였는데도 양이 너무 많은 탓에 물건을 찾지 못하자 대신 카메라를 설치해서 지인이 찾으러 올 때까지 감시하기로 했다. 아니면 야마모토 야마에가 어쩌다가 DVD를 정리하려고 마음먹는 날이 와서 물건을 발견하게 되기를 바랐다. 야마모토 야마에는 DVD를 지나치게 많이 가지고 있어서 한 장쯤 섞여 들어가 있어도 알아차리지 못할 가능성이 있다고 했다. "물건을 맡긴 사람은 야마모토 야마에가 아무것도 모르니까 오히려 계속 들키지 않을 것으로 판단해 앞으로 다른 물건까지 맡길 수도 있어요." 내게 일을 지시한 소메야 팀장이 말했다. 택배가 올 때마다 특히 신경을 써야 하는 이유가 바로 그 때문이다.

처음에 회사 측은 어떻게 봐도 무해해 보이는 야마모토 야마에를 감시하는 일이니 제법 수월하리라 예측했다. 생각보다 야마모토 야마에는 주로 집에 있어서 자주 택배를 시켰고 DVD를 볼 때는 가끔 예측을 벗어난 행동(《토이 스토리 2》를 보더니 갑자기 2006년 독일 월드컵 준결승전을 보기 시작한다)을 해서 소메야 팀장이 도와준 적도 있었다. 부드러운 말투로 조곤조곤 이야기하는 소메야 팀장은 아담한 체격의 50대 남자였다. 늦게까지 일할 때도 그가 퇴근하는 모습을 본 적이 없다. 소메야 팀장은 때때로 탕비실에서 매실 다시마차를 탄 찻잔을 손에 든 채 모든 동작을 멈추고 그저 가만히 있었다. 그 모습을 목격한 후로는 왠지 도와달라고 하면 안 될 것 같다는 생각이 들었다. 30년 경력을 자랑하는 감시 전문가 소메야 팀장은 야마모토 야마에와는 비교도 할 수 없을 만큼 거물을 감시하고 있으므로 일을 방해해서는 안 된다는 것 역시 도움을 요청할 수 없는 이유 중 하나였다. 게다가 물건을 발견하는 장면이나 지인이 물건을 맡기러 방문하는 장면을 포착하면 담당자에게 제법 짭짤한 보너스가 지급된다는 소문도 무시할 수 없었다. 돈은 중요하다. 일하다가 언제 또 번 아웃이 올지 모르니까.

유난히 형형한 형광등 아래 티끌 한 점 없이 깨끗한 복도를 걸어 막다른 계단을 내려가 지하 매점으로 향했다. 건물 자체에 지하층이 따로 있는 것이 아니라 부분 함몰된 작은 지하에 매점 하나가 달랑 존재했다. 이 회사는 말 그대로 밤 낮없이 감시대상자를 체크하는 일이 유일한 목적이어서 건물이 한밤중에도 불이 켜져 있어 대낮처럼 밝았다. 시판되는 일반 형광등이 아니라 극지방에서 밤이 긴 백야 시기에 사용하는 조명을 쓰기 때문에 이 건물 안에 있으면 시간 감각을 잃어버리곤 했다.

그러나 3평이 채 되지 않는 지하 매점은 낮에도 조금 어두웠다. 이 건물에는 매점과 매점이 아닌 장소만 존재하는 듯했다. 나는 굳이 고르자면 누군가를 감시하기보다는 이 매점에서 일하고 싶다고 속으로 생각하면서 야키소바빵과 마테차를 계산대 위로 올렸다. 야키소바빵은 차치하더라도, 마테차는 찻잎만 있으면 직접 끓여 마실 수 있으니 행여 마테차 페트병을 산다고 한심하게 여기지 않을까 생각했다. "여기, 계산요." 말할 때 나도 모르게 목소리가 기어들어 갔다. "290엔입니다." 매점 언니는 목요일 오후 9시라는, 한 주와 하루의 끝을 달려가는 시간에도 아주 기운찬 말투로 대답했다. 매점 직원은 갈 때마다 항상 같은 사람이었다. 소메야 팀장처럼 집에도 안 가고 매점에서 사는 것은 아닌지 의심스러울 정도였다.

투명한 비닐봉지에 유통기한만 찍힌 야키소바빵과 마테차 페트병을 양손에 하나씩 들고 부스로 돌아왔다. 매점에서 파는 빵은 어떤 브랜드인지 알 수 없게 전부 투명한 비닐로 포장되어 있었다. 어떤 종류든 맛은 괜찮은 편이었다. 이런 매점에만 납품하는 업체가 따로 있는지도 모르겠다.

오늘은 2시간가량만 체크하고 집에 가야지. 마테차 찻잎을 인터넷으로 주문할 생각이다. 어차피 직접 사러 갈 시간은 없었다. 그런데 종일 이 건물에 있어야 하니 택배가 와도 집에서 받을 수 있을지 미지수다. 차라리 배송지를 여기로 할까. 소메야 팀장한테 한번 물어봐야겠다.

\* \* \*

"그건 좀, 곤란한데. 일손도 달리고."

소메야 팀장은 보고서 위에 놓인 자를 아래위로 움직이면서 고개를 기울였다. 한 글자도 빠트리는 일이 없도록 문장마다 자를 대고 읽었다. 나도 교정 아르바이트를 할 때 썼던 방법이었다. 보고서를 저렇게나 자세히 보는 줄 알았더라면 일지를 좀 더 신경 써서 작성할걸 하는 후회가 밀려왔지만, 야마모토 야마에는 정말 잘 안 움직이는 편이라서 어쩔 수가 없었다.

"택배 받는 건 제가 할게요. 물론 일에도 지장이 없도록 하겠습니다."

"자네 한 명이라면 그럴 수 있겠지. 하지만 일단 택배를 허가하면 다른 사람들도 이용할 거고, 그렇게 되면 자네가 완전히 택배 담당자가 돼버리고 말 텐데?"

"그것도 무보수로 말이야." 소메야 팀장이 덧붙였다.

"괜찮아요, 신입이니까 그 정도는 제가 하겠습니다."

"하지만 모든 직원이 택배를 이용한다고 생각해봐. 무려 50명이 넘는 사람들의 택배를 맡게 될 텐데, 자네, 그 점에 대해서도 생각해봤나? 어떻게 일에 지장이 안 생기겠어."

"직원이, 50명이나 있나요?"

그러고 보면 지상 4층이나 되는 건물이니 그 정도 인원이 일한다고 해도 이상할 것은 없는데 평소 만나는 사람이라고 해봐야 소메야 팀장과 오오이즈미 씨, 매점 언니밖에 없었던 나는 상상이 잘 되지 않았다.

"그러니." 소메야 팀장은 고개를 끄덕이고 보고서에 힐끔 시선을 주었다가 다시 내 얼굴을 보며 조용히 말했다. "미안하지만, 택배 이용은 불가하네."

소메야 팀장은 잔기침과 함께 보고서로 시선을 내렸다. 더는 강하게 이야기하지 못하고 팀장실을 나섰다. 이 건물은 직원들 집중력이 흐트러질까 염려해서인지 넓은 사무실도 없고 3평 정도 되는 작은 방들로 수없이 나누어져 있었다. 직급이 올라갈수록 거물을 맡게 되고 넓은 방이 배정된다고 들었다. 나는 아직 입사 2주 차에 수습 기간이어서 아르바이트로 일하는 오오이즈미 씨와 같이 방을 쓰고 있었다.

아무도 없는 환한 복도를 지나 방으로 돌아갔다. 울적했다. 영상을 재생하니 야마모토 야마에는 할 일을 어느 정도 끝냈는지 노트북 건너편에 놓인 TV와 PVR★ 전원을 켜고 녹화해둔 방송을 고르고 있었다. 《NCIS 네이비 범죄수사반》을 재생했다. 여성 수사관이 모사드 요원이 아닌 것으로 봐서 아마도 시즌 1이거나 시즌 2가 아닐까 싶다. 나는 모사드 요원으로 바뀌기 전 내용을 모르기 때문에 TV 화면을 집중해서 보려 했지만, 소리가 들리지 않아 어떤 내용인지 알 수 없었다. 야마모토 야마에 집에 잠입했을 때 카메라와 함께 마이크도 설치했으나 처음부터 고장나 있었다고 한다.

나는 직장에서 택배도 받을 수 없고 NCIS 시즌 1인지 시즌 2인지도 알 수 없어서 침울했다. 그러거나 말거나 야마모

---

★  개인용 디지털 비디오 녹화 장치.

토 야마에는 리모컨으로 영상을 잠깐 멈추더니 현관으로 달려갔다. 지난번 쿠키를 받을 때와 달리 이번에는 봉투를 들고 바로 책상 앞으로 돌아와 작은 네모 상자를 꺼내 뚫어지게 보기 시작했다. 상자에는 '마테'라고 인쇄된 커다란 스티커가 붙어 있었다. 그 모습을 보자 짜증이 치밀었다. 나도 모르게 어금니에 힘이 들어가고 미간에 주름이 잡히고 눈이 꾹 감겼다. '하필이면 지금 내가 갖고 싶어 하는 걸 주문하다니, 그 마테차 얼른 나한테 넘기지 못해!' 당장 전화해서 외치고 싶었다. 야마모토 야마에의 전화번호도 모르면서.

야마모토 야마에는 마테차 상자를 찬찬히 돌려가며 거기에 인쇄된 글을 꼼꼼히 읽었다. 마테차를 든 원숭이가 딱 저렇지 않을까. 마테차를 처음 사봤는지도 모르겠다. 야마모토 야마에는 상자에 인쇄된 글을 다 읽고 난 뒤 이번에는 상자를 멀찌감치 떨어뜨려서 바라보았다. 그런다고 차가 뚝딱 끓거나 양이 늘어나는 것도 아닐 텐데.

나는 야마모토 야마에가 하는 행동에 일일이 딴지를 걸다가도 혹시 상자 안에 새로운 물건이 들어있을지도 모른다는 가능성을 떠올렸다. 눈을 가늘게 뜨고 유심히 관찰했다. 야마모토 야마에는 일단 상자를 책상에 내려놓고 노트북 무선랜을 켜 인터넷 브라우저를 열었다. 그리고 맨 위 검색창에 '마테차'라고 입력했다. 일이나 할 것이지 하는 생각이 들었다. 야마모토 야마에는 마테차에 관해 기술되어 있는 사이트를 차례차례 열어보고 고개를 기울였다가 상체를 내밀어 집중해서 봤다가 즐겨찾기에 추가했다. 내가 감시해야 하는 사항과는 그다지 관련이 없어 보였지만 야마모토 야마에가 열심히 읽고 있는 페이지를 확대했다. 우루과이 사람은 마테차를 한 달에 2kg 이상 마신다는 내용이 있어서 무심코 헐, 하고 감탄사를 흘리고 말았다. 저렇게 많이 마셔도 괜찮은 걸까.

그 후 야마모토 야마에는 약 1시간에 걸쳐 마테차에 관해서 내리 검색했다. 그런 짓을 하니까 일에 진도가 안 나가는 거라고 생각하면서 나 자신을 돌아보았다. 하긴 나도 퇴근해서 집에 가면 귀중한 시간을 아무 상관없는 것을 검색하는 데 써버릴 때가 있었다. '감시대상자를 한심하다고 비웃기 전에 내 시간이나 아껴 쓰자.' 모니터 옆에 있는 메모지를 끌고 와 적은 후 뜯어서 주머니에 넣었다.

야마모토 야마에의 직업을 생각하면 1시간씩 걸려 마테차와 관련된 지식을 찾아보는 행동이 꼭 시간 낭비라고 할 수 없었다. 야마모토 야마에가 어느 정도 위치에 있는 소설가인지 모르지만 날마다 입력하는 문서를 확대해서 읽어보면 거의 매일 다른 주제에 관해 쓰고 있었다. 어제는 맛있는 서양식 요리 맛집에 관해 쓰더니 오늘은 식민지주의에 관해 쓰고 있었다. 사전을 찾아 조사하는 단어도 '콜로케이션'일 때가 있는가 하면 '갑부'일 때도 있었다. 대중없었다. 그저 한 가지 말할 수 있는 것은 야마모토 야마에는 전혀 자신이 위험한 물건을 맡고 있다는 자각이 없다는 사실이었다. 그러고 보면 좀처럼 생각대로 일이 잘 안 풀리는 것 같았고 다양한 고민을 안고 있었다. 매월 날아오는 공과금 명세서를 바라보며 시무룩한 얼굴을 했다. 노트북 옆 메모장에 적힌 '연락해야 할 사람들' 리스트가 거의 줄어들지 않았다. 하지만 자기 집에 뭔가 불온한 것이 있어 불안해하는 모습을 보인 적은 없었다.

야마모토 야마에는 아침 6시에 자서 오후 2시에 일어났다. 하루에 깨어있는 시간은 16시간이었다. 어디에도 출근하는 일이 없어서 재택 시간이 곧 깨어있는 시간이나 마찬가지였다. 18시부터 20시까지는 대체로 매일같이 외출했다. 산책을 하거나 장을 보러 가는 모양이었다. 산책길과 단골 마트의 영상을 체크하는 오오이즈미 씨에 따르면, 밖에 나가서도 누구를 만나는 수상한 일은 전혀 없고 그냥 여기저기 걸어 다니고 뭔가를 사거나 아니면 뭘 살지 내내 망설이기만 했다고 한다.

마트에 1시간 넘게 머무르는 일도 잦다고 한다. 최근에는 팽이버섯을 조금 비싸도 양이 적은 국산으로 할지 아니면 싸고 양도 많은 중국산으로 할지 30분이나 고민하는 장면이 가장 힘들었다고 한다. 팽이버섯 병을 카트에 넣었다가 다시 제자리로 돌려놓으며 줄곧 망설이고만 있으니 오오이즈미 씨는 차라리 내가 사주고 말까, 하고 생각했을 정도라고 한다. 지금까지 들은 정보를 조합해보면 오오이즈미 씨도 형편이 썩 좋은 편은 아닌 것 같은데 말이다. 게다가 오오이즈미 씨가 이 일을 하는 이유는 아이 학원비를 벌기 위해서였다. 지금까지 했던 일곱 개에 이르는 아르바이트는 다 잘렸지만 그래도 이 일만은 계속해오고 있다고 오오이즈미 씨는 말했다.

일곱 개나 잘리다니 그게 더 대단하다고 생각하면서 멍하니 모니터를 보는데 등 뒤에서 오오이즈미 씨가 인사하는 목소리가 들려왔다. "먼저 가 볼게요." "네, 수고하셨습니다." 나는 의자를 돌려 말했다. "여긴 개인 우편물은 못 받나 봐요, 몰랐어요." 마치 전에 다니던 곳은 그게 가능했던 것처럼, 그리고 부득이한 사정으로 중요한 서류라도 받을 일이 있는 것처럼 말했다. 오오이즈미 씨는 주문하고 싶은 거라도 있느냐고 단도직입적으로 물어왔다.

"아, 뭐, 네, 맞아요."

"전에 다니던 사람도 애니메이션 DVD를 사고 싶은데 여기서 보내는 시간이 긴 탓에 택배를 받을 수 없다고 하더라고요."

"그 사람은, 그래서 어떻게 했대요?"

"지금은 휴직 중이에요. 조만간 돌아오겠죠." 오오이즈미 씨는 그렇게 말하면서 벽에 걸린 시계에 시선을 주었다. "근데 DVD라서 허가를 안 해줬다는 얘기도 있어요. 옆방에서 일하던 사람은 홋카이도에서 치즈 케이크를 주문해 먹으면서 일했고, 소메야 팀장님은 형광 잉크를 주문해서 만년필에 넣어 쓰고 있거든요."

"네? 택배는 아예 안 된다고 하던데."

"매점 언니한테 부탁해서 받으면 돼요." 오오이즈미 씨는 어서 퇴근하고 싶은 듯 벽시계를 힐끔 돌아보았다. "단지 한 품목당 한 브랜드에, 매점 언니가 필요하다고 판단한 물품만 가능하죠. 자, 그럼, 내일 봐요." 오오이즈미 씨는 손을 흔들어 인사하고 서둘러 방을 나섰다. 친절한 건지 매정한 건지 모르겠다. 아니, 기본적으로 친절하기는 해도 상대방이 자기에게 조금이라도 피해를 준다 싶으면 선을 긋는 것이겠지. 사람들은 보통 다 그렇다.

나는 모니터 영상을 정지한 후 미심쩍은 생각을 지우지 못한 채 방을 나가 매점으로 서둘러 발걸음을 옮겼다. 오오이즈미 씨가 퇴근했으니 이제 슬슬 저녁 먹을 시간이었다. 매점은 어제도, 오늘 낮에도 그랬듯이 여전히 어둠침침했다.

그러나 평소보다 자세히 살펴보니 문구류 한쪽에 형광 그린 잉크가 있었고 스타킹과 신사용 양말 옆에는 '치즈 케이크—유통기한 임박 상품 50% 할인'이라는 문구가 적힌 종이가 달려 있었다. 연필은 전부 천체투영관에서 파는 기념품처럼 보이는 별자리 연필이었고 티슈는 콧물을 닦을 때 자극이 덜하다고 광고하는 제품이었다. 블루레이 디스크는 50장 스핀들이었고 샤프펜슬 심은 2B만 있었다. 축의금 봉투와 부의금 봉투는 인쇄된 끈이 아니라 알록달록한 종이 끈이 몇 겹이나 장식된 고급 제품밖에 없었다. 그리고 매대 한쪽에는 《마음을 달래주는 힐링 명상》 책이 10권이나 가지런히 쌓여 있었다. 빵이나 주먹밥, 음료수는 브랜드별로 다양하게 갖추고 있는데 나머지는 하나같이 한 품목당 한 브랜드밖에 없었다.

"책도 파는군요."

"네. 그게 다 팔리면 또 새로운 책을 들여온답니다."

매점 언니는 또박또박 대답했다. 충분히 호감은 갔다. 하지만 그 이면에는 상당히 완고한 무언가가 버티고 있다는 느낌이 들었다.

"마테차를 주문하고 싶어요. 기성품 말고, 찻잎이요."

"그러시군요. 잠시만요." 매점 언니는 재빨리 태블릿을 꺼내 가격 비교 사이트를 클릭했다. "어떤 제품으로 주문해드릴까요?"

한참 망설인 끝에 주르륵 늘어선 리스트에서 세 번째로 싼 것을 골랐다. 매점 언니는 태블릿을 받침대로 삼아 메모지에 적고는 말했다.

"일단 위에 문의해볼게요."

"아, 언니가 혼자서 결정할 수 없는 건가요?"

"네, 그렇답니다-. 죄송해요!"

그런가요? 아아, 그렇군요, 하고 은근히 감탄했다. 매점을 나서려던 나는 모처럼 여기까지 왔으니 뭐라도 사가는 편이 낫겠다고 마음을 고쳐먹고 앙버터빵과 마테차를 샀다. "300엔입니다!"라는 말에 300엔을 지불하면서도 앙버터빵이 150엔이나 한다는 사실에 납득되지 않아서 마음 한구석이 찜찜했다.

어쩌면 이 매점은 제법 잇속을 챙기고 있는지도 모르겠다고 의심하면서 계단을 올라 지하를 벗어났다. 방으로 돌아와 먹은 빵은 역시 맛있었다. 그저 조금 비쌀 뿐이었다. 양쪽 모니터 속 야마모토 야마에는 평소보다 상태가 안 좋은 듯 줄곧 사무용 의자를 뒤로 젖혀 등받이에 몸을 기댄 채 노트북을 바라보고 있었다. 1시간에 겨우 한 줄 정도밖에 쓴 것이 없었다. 맛있는 빵을 먹고 기분이 나아지니 내 일은 아니지만 조금 걱정이 되었다.

집에 갈 수 없고 계속 앉아 있으니 지루하다는 것 말고도 이 일의 단점은 셀 수 없이 많았다. 물론 장점도 몇 개 있었다. 동료와 어울릴 일이 지극히 적다는 점, 상사도 소메야 팀장 한 명이고 다른 직원도 다 처지가 비슷해서 인간관계가 단순하다는 점, 소메야 팀장은 권위 의식이 전혀 없어서 감시를 철저히 하고 보고서만 제대로 쓰면 거의 아무 간섭도 하지 않는다는 점 등등. 하긴 팀장실에서 보는 기진맥진한 모습이나 탕비실에 놓인 매실 다시마차 통이 사흘마다 새것으로 바뀐다는 점을 떠올리면 소메야 팀장은 그저 화를 낼 기력이 없을 뿐인지도 모르겠다. 미안하다고 생각하면서도 언젠가 몰래 차를 맛본 적이 있었는데 입에 달고 사는 이유가 이해될 만큼 맛있었다. 단지 그렇게 수시로 마시다가 나트륨 과잉 섭취가 될 텐데 괜찮은 걸까 하는 의문이 들었다. 소메야 팀장이 식사하는 모습을 한 번도 본 적이 없어서 혹시 매실 다시마차로 끼니를 때우는 건 아니겠지 하는 생각에 미치자 살짝 목덜미가 서늘해졌다. 그렇다면 소메야 팀장의 체구가 저렇게 작은 것도 납득이 가기에 부디 사실이 아니기를 바랄 뿐이다.

전에 다니던 회사에서는 점심마다 뭘 먹을지 늘 고민했는데 여기서는 그럴 필요가 없었다. 메뉴를 정하기 힘들 때에는 야마모토 야마에가 먹은 음식을 참고하면 된다는 사실을 깨달았기 때문이다. 물론 자취하는 야마모토 야마에가 만들어 먹는 수준의 음식을 거의 잠만 자고 나오다시피 하는 내 집이나 근처 편의점에서는 조달하지 못할 때도 있었지만, 어쨌거나 야마모토 야마에의 식사는 내가 뭘 먹고 싶은가에 트리거는 되어주었다. 예를 들어 두부와 돼지고기를 넣은 김치나베를 먹는 장면을 봤다고 하면 나도 편의점에서 파는 구운 두부와 양배추 쌈을 사 와서 거기에 김치를 넣어 먹는 식이었다.

야마모토 야마에를 계속 지켜보다 보면 야마모토 야마에가 소유한, 편리한 도구들이 갖고 싶어졌다. 주방 벽에 붙여서 칼날 부분을 흡착하는 방식으로 식칼을 보관할 수 있는 직사각형 마그넷, 노트북 키보드 틈새를 청소할 때 유용한 새 모양에 얇은 실리콘 기구, 집게가 아주 많이 달린 속옷 건조대 등이 그랬다. 속옷 건조대는 작정하고 화면을 확대해서 집게 수를 세어보니 무려 50개나 되었다. 야마모토 야마에가 혼자 살기는 하지만 속옷은 물론 양말을 겹쳐 신거나 매일 갈아입기 때문에 집게는 아무리 많아도 부족했다. 결국 눈에 띄는 상품은 전부 인터넷에 검색해서 즐겨찾기 해두었다. 그러나 주문해도 밤에만 집에 들어오니 택배를 받을 수 없는 형편이어서 결제하지 못하고 장바구니에 담아놓았다. 지금은 본가에 있어서 부모님에게 받아달라고 부탁해도 되지만 본가에 와 있는 것으로도 면목 없는데 택배까지 받아달라고 말하려니 스스로가 한심하게 느껴져서 내키지 않았다.

감시대상자에게 구매를 충동질 당하는 기묘한 상황인데 정작 살 수는 없어서 스트레스가 쌓여갔다. TV로 비유하자면 CF에 야마모토 야마에가 나오는데 방송 프로그램에도 야마모토 야마에가 나오는 식이었다. 가끔 다른 사람을 감시해보고 싶다는 생각도 들었다. 오오이즈미 씨는 일이 익숙해지면 직원들끼리 감시대상자를 교환하는 경우도 있다고 했다. 이 일을 시작한 지 아직 한 달도 채 되지 않은 수습 사원에게는 먼 이야기였다.

편한 일이라고 생각하지는 않아도 아무튼 종일 건물 안에서 지내는 데에는 적응했다. 오늘 야식으로 매점에서 파는 베이글에 근처 마트에서 사온 햄과 치즈를 넣고 탕비실에 있는 전자레인지에 데워 먹었다. 늘 먹는 야키소바빵도 매우 맛있어서 이렇게 품이 드는 음식은 굳이 해 먹고 싶다고 생각하지 않았는데 야마모토 야마에가 야식으로 먹는 모습을 보니 입맛이 당겨서 만들어 먹었다. 나는 아주 맛있게 먹었는데 야마모토 야마에는 자주 먹는 메뉴인지 그다지 맛있어하는 얼굴은 아니었다. 어쩌면 일이 잘 안 돼서 그런지도 모르겠다.

"이 일을 하다 보면 가끔 감시대상자를 따라 하게 되지 않나요?" 내가 물었다. 곧잘 따라 하게 된다며 오오이즈미 씨가 고개를 끄덕였다.

"전의, 전의 감시대상자가 나보다 두 살 적은 회사원이었어요. 돈이 별로 없는 것 치고는 패션 감각이 뛰어나서 그 여자가 쇼핑하는 모습을 보고 있으면 액세서리나 잡화를 이렇게 코디하면 되는구나 하는 깨달음이 올 때가 있더라고요. 그래서 한번 따라 해봤더니 딸이 엄마 세련되어졌네, 하는 거 있죠?"

"어머, 진짜요?"

"이 일을 오래 한 소메야 팀장도 가끔 그런다고 들었어요."

"네? 어떻게요?"

"그건 안 알려주더라고요."

그러고 나서 오오이즈미 씨는 야마모토 야마에가 나베만 만들어 먹어서 저녁 식사 메뉴로는 참고가 안 된다고 얘기하더니 뜬금없이 평행사변형의 넓이를 구하는 방법을 물었다. 딸이 물어본 모양이었다. 그건 아마 밑변의 길이 곱하기 높이였던 걸로 기억한다고 말하자 오오이즈미 씨는 그렇구나, 평행사변형 같은 거 평소에 접할 일이 없어서 몰랐어요, 라고 대답하고 퇴근했다.

집으로 돌아갈 수 있는 오오이즈미 씨를 부러워하면서 일이 잘 안 풀려서 짜증이 서려 있는 모니터 속 야마모토 야마에에게 시선을 돌렸다. 오오이즈미 씨는 아르바이트직이고 나는 수습 기간 중인 계약직이었다. 수습 기간 후 실력이 인정되면 정규직으로 승격된다고 한다. 급여는 적게 받아도 좋으니 차라리 아르바이트로 일하고 싶다는 생각이 들었다. 마침 딱 맞는 일이 있다고 알려준 상담원이 시간제 근무도 할 수 있다는 점을 전혀 언급하지 않았으니 아마도 당시는 전일제 직원만 모집했던 모양이다. 지금이라도 아르바이트로 바꿔 달라고 요청할 수는 없을까. 이런 건 누구한테 말하면 되지? 역시 소메야 팀장한테 얘기해야 하나.

야마모토 야마에는 오늘은 이쯤에서 일을 접기로 했는지 웹사이트 광고를 보기 시작했다. 확대해서 보니 근처 마트의 특가 세일 정보였다. 오오이즈미 씨가 담당하는 곳이었다. 그러고 보니 저 마트는 자정까지 영업한다는 기억을 떠올리며 야마모토 야마에가 마우스를 움직이는 대로 세일 전단을 훑어 내려갔다. 키친타올 같은 생활용품부터 시작해 과자, 채소, 육류까지 봤을 때 '직수입 소시지(부르스트) 1kg'이라는 문구와 함께 상품 사진이 눈에 들어왔다. 하얀 녀석이었다. 1kg인데 겨우 '498엔!!!'밖에 안 하다니. 대박 싼데. 야마모토 야마에도 같은 생각을 했는지 그 부분에서 시선을 뗄

기미가 전혀 보이지 않았다. 태스크 바에 표시된 시각을 노려보며 이제 2시간만 있으면 퇴근이라고 되뇌었다. '498엔!!!'을 사야지. 누가 뭐라고 해도 이건 꼭 사야 해.

* * *

다음날 노그라진 몸을 이끌고 집 앞에 있는 회사로 출근했다. 역시 이럴 줄 알았어, 내가 아무리 실수를 자주 하는 편이라지만 그래도 그렇지, 어떻게 세일 기간을 확인하지 않을 수 있지? 어제 내가 본 '전단을 보던 야마모토 야마에'는 그저께 야마모토 야마에였고 특가 세일 정보도 그저께 가격이었다. 조금만 생각해도 알 수 있는 사실을, 소시지에 정신이 팔려서 미처 확인하지 못했다. 그런 이유로 자정이 되기 전 아슬아슬하게 마트에 뛰어 들어갔지만 보기 좋게 헛걸음을 하고 말았다. 마트는 회사에서 도보 5분 정도 거리여서 전부 헛수고였다고 할 수는 없지만 퇴근하기 2시간 전부터 소시지에 대한 기대감을 지나치게 높였던 탓에 점원한테서 "특가 세일은 어제부로 끝났어요, 전부 품절되었습니다"하는 말을 들었을 때 정말 충격이었다. 지금도 영문을 알 수 없지만 나와 점원 사이에 갑자기 끼어든 어떤 아줌마가 "어머, 난 3킬로나 샀더니 냉장고에 다 안 들어가더라고"라고 말하고 호호

호 웃으며 자리를 떴을 때는 살의마저 차올랐다. 내일, 출근하지 말까. 집에서 빈둥거리면서 상심한 마음을 달래고 싶은데. 아니면 그냥 저 아줌마, 카트로 확 들이박고 내뺄까.

괴로운 일을 겪었지만 시간은 흘러 날이 밝았다. 전 직장을 그만둘 무렵 출근하던 때처럼 나는 하도 신어서 닳아빠진 신발 밑창 같은 얼굴로 집 앞 도로를 건너 감시 일을 하러 갔다. 집에서 회사까지 거리가 너무 멀어도 안 좋지만 이렇게 또 너무 가까워도 안 좋은 것 같다. 잠이 덜 깨서 머릿속이 안개 낀 것처럼 흐리멍덩한 상태로 출근하게 되니까. 아침 10시에 출근하는 것은 좋은데 밤 11시를 넘겨 퇴근해야 해서 출근 시간에 여유가 있다는 점은 그다지 장점이 되지 못했다.

좌우 모니터와 본체의 전원을 켜고 왼쪽에 가장 새로운 어제 영상을 불러들이고 오른쪽에 그저께 쇼핑에서 돌아온 영상을 재생했다. 외출에서 돌아온 직후 야마모토 야마에는 항상 되살아나서 기운이 넘쳤다. 쇼핑을 좋아한다고 보기에는 뭘 많이 사지는 않으니 계속 앉아 있는 일이 그만큼 힘들다는 의미일 것이다. 나도 종일 앉아 있지만 그나마 시간을 자유롭게 쓸 수 있는 야마모토 야마에와는 달리 점심을 사러 나갈 때를 빼고는 밖으로 나갈 시간이 없었다. 야마모토 야마에가 몸을 더 자유롭게 움직인다는 이야기다.

왼쪽 모니터에 비친 어제의 야마모토 야마에는 언제나처럼 일을 하다 막혀서 팔짱을 끼고 있었고 오른쪽 모니터에 비친, 그저께 쇼핑을 하고 돌아온 야마모토 야마에는 국수에 파와 유부, 다시마만 곁들인 간소한 식사를 마치고 서둘러 책상으로 돌아와 TV와 PVR 전원을 켰다. 순간 만담 특집 프로그램이 화면에 비쳐서 나도 모르게 아아, 앓는 소리를 냈다. 안 그래도 저 프로, 이제 곧 하지 않을까 생각했는데 하고 있었던 모양이다. 중간부터 보면 재미없다. 누군가미리 얘기해줬음 좋았을 텐데. 매일같이 이런 생활이니 알수 있을 리가.

소리가 들리지 않는 만담 프로를 보고 있자니 답답하기만했다. 인상 쓴 얼굴로 TV를 뚫어지게 바라보며 도대체 무슨 이야기로 저러는지 파악하려고 애썼지만, 도무지 알 수가 없었다. 재미있는 농담을 한 건지 썰렁한 농담을 한 건지도 아리송했다. 야마모토 야마에는 TV를 손가락으로 가리키며 박장대소하고 있었다. 아주 좋아 죽네. 야마모토 야마에는 세 팀 정도 보더니 녹화 시간이 얼마나 남았는지 확인하고 일시 정지한 후 주방으로 이동했다. 설마 여기서 물건이 툭 튀어 나오거나 새 물건을 받거나 하는 일은 없겠지만 혹시나 해서 영상을 전환하자 생글거리는 얼굴로 냉장고에서 하얗고 길쭉하게 생긴 것을 꺼내고 있었다. 소시지였다. 내가 놓친 그

소시지. 야마모토 야마에는 재빠르게 포장을 벗긴 후 2개 정도 들어내 식칼로 적당히 잘랐다. 프라이팬을 가스레인지 위에 올리고 소시지를 볶기 시작했다.

후우, 억눌린 바람 소리가 입 밖으로 새어 나왔다. 감시대상자는 내가 녹화를 놓친 프로그램을 보면서 내가 살 수 없었던 소시지를 요리하고 있었다. 소시지는 금세 익었고 야마모토 야마에는 종지에 케첩을 짠 다음 그 위에 카레 가루를 뿌렸다. 소시지를 저기에 찍어서 먹는 것이다.

일단 그저게 영상을 멈춘 후 사무용 의자 팔걸이에 양 팔꿈치를 걸치고 온몸의 무게를 실은 채 고개를 푹 숙였다. 불행하다는 생각이 들었다. 아니, 나도 안다. 세상에는 이런 것과는 비교도 안 될 만큼 괴로운 일도, 굉장히 힘든 일도 많다는 사실을. 그래도 이 순간만은 불행지수를 최대한도로 높이고 싶었다. 곧 내릴 거다. 그러니까 모레까지라도 이렇게 있고 싶었다.

보람은 있어도 과도한 노동량과 의욕을 낼 때마다 좌절로 돌아오는 부조리함에 회의를 느꼈다. 끝내 사표를 내고 본가로 돌아왔더니 얼마 안 가서 실업급여가 끊겼다. 마음속 어딘가에서 그래도 누가 내 일상을 훔쳐보는 것보다야 낫지 않느냐고 스스로 달래가며 야마모토 야마에를 감시하고 있었다. 그런데 꼭 그렇지도 않다는 사실을 지금 깨닫게 된 것이다.

아직 재생되고 있는 왼쪽 모니터 영상을 멈춘 후 동면하던 곰이 동굴에서 나오는 것 같은 모양새로 자리에서 일어났다. 그리고 방을 나와 터벅터벅 매점으로 향했다. 뭔가 좀, 상큼한 음료수를 마시고 싶었다. 매실과 흑초로 만든 탄산음료 같은 것이 딱 좋겠는데 과연 그런 음료수가 매점에 있을까.

어쨌든 아무 말도 안 하고 입을 꾹 다물고 있다가는 숨 쉬는 것도 잊어버리겠다 싶어 매점 언니에게 심정을 절절하게 넋두리했다. "어, 그럼 제가 만들어드릴게요." 그녀는 쾌활하게 말하고 매점 안쪽으로 들어가더니 한동안 나오지 않았다. 대체 뭘 들고 나올지 몰라 무서워, 내 안의 상식이 자아내는 희미한 불안감에 절로 몸이 움츠러들었다. 한편으로는 야마모토 야마에에게 그렇게까지 당한 마당이니 이제 무슨 일이 생긴들 그리 큰 타격을 받지 않을 것 같았다.

"자, 여기 있습니다." 매점 언니는 자동판매기에서 파는 S 사이즈 정도 되는 종이컵을 들고나와 건네주었다. 수많은 거품이 톡, 톡 터지는 진한 황금색의 음료수는 확실히 내가 푸념했던 내용과 일치했다. 매실 향도 풍겼다.

"이건, 얼마예요?"

"음-, 400엔입니다."

비싸다. '음-'이라니, 아무래도 지금 즉흥적으로 가격을 정한 눈친데. 그런데 한 모금 마셔보니 과연 머리가 맑아지는 느낌이 들어서 종이컵을 계산대 빈 곳에 잠깐 내려놓고 지갑을 꺼내 정확히 400엔을 지불했다. 그 자리에 원래는 뭐가 있었는지 떠올리려 애쓰다가 결국 떠올리지 못하고 매점 언니가 만들어준 음료수를 반쯤 비웠다. 식초와 탄산과 단맛의 총체였다. 이건 일종의 도핑 아닌가?

"명상 책이 다 팔려서 이번에 새 책을 신청받고 있어요."

매점 언니는 빈 매대를 손으로 가리키며 또박또박 말했다.

"번아웃이 와서 전에 다니던 회사를 그만둔 후로는 글자가 눈에 잘 안 들어와서요."

과장한 것 같아도 반은 사실이었다. 하루에 A4용지 1장 이상 글을 읽으면 의욕과 체력이 급하락하면서 상태가 안 좋아졌다. 그런데 반대로 눈은 말똥말똥해지니 참 죽을 맛이었다.

"먼저 신청한 분에게 선택권이 있답니다."

아무래도 매점 언니는 내 이야기는 듣고 있지 않은 모양이었다. "네, 생각해볼게요." 무력감이 밀려오는 것을 느끼며 그 자리를 벗어났다. "네, 한번 생각해보세요!" 아니나다를까 매점 언니는 내가 그러거나 말거나 개의치 않은 얼굴로 대답했다. 목소리에 친근감이 느껴져서 안도감이 들었다. 하지만 여전히 마테차는 입고되지 않았고 매실초 탄산음료 가격도 그 자리에서 정해졌다.

결국 음료수는 방에 도착하기도 전에 바닥을 드러냈다. 어느 정도 기운이 회복되었지만, 또다시 나보다 행복해 보이는 야마모토 야마에만 내리 감시해야 했다. 차라리 신혼부부나 갓 태어난 아기가 있는 집이나 복권이 당첨된 사람 등 나와는 동떨어진 상황에서 행복해하는 사람을 감시하는 편이 낫겠다는 생각이 들었다. 일본인이 아니면 더 좋다. 이누이트족 신혼부부라든지 이제 막 출산한 파타고니아인 가족을 감시하면 딱 좋겠는데 안타깝게도 이 회사에서 감시하는 사람은 대개 일본 국내, 그것도 이 회사에서 그다지 멀지 않은 거리에 사는 사람들이었다.

직업 자체는 사랑했지만 일에 데여 본가로 돌아온 나 자신과 프리랜서로 적당히 벌지만 고독하게 일하는 야마모토 야마에가 앞서 예를 들었던 사람들보다 심정적으로 훨씬 가까운 처지에 있다는 느낌이 들었다. 그러니 야마모토 야마에가 생활하면서 좋다고 판단한 물건들이 피부로 와 닿기 마련이고 이렇게 쉽게 영향을 받는 것이 아닐까.

왼쪽 모니터에 비친 야마모토 야마에는 평소와 다름없이 노트북 앞에서 음울한 얼굴로 앉아 있었다. 오른쪽 모니터에서 소시지를 먹으며 개그 프로를 즐기던 야마모토 야마에가 이윽고 일하러 책상으로 돌아오면서 왼쪽 모니터 영상과 구분하기 힘들 만큼 비슷한 상황이 이어졌다. 순간 무심코 동

정할 뻔했지만 적어도 오른쪽의 야마모토 야마에는 뱃속에
소시지를 품고 있다는 점을 상기했다. 나는 고개를 저었다.

\* \* \*

〈마치오는 야근으로 쌓인 피로를 떨쳐버리려는 듯 맥주를
들이켰다. 꼬치 구이집 구석에 앉아 500$ml$를 세 모금에 비워
버리면서 스스로 생각해도 피곤함에 찌든 삶이라고 자조했
다. 그런 마치오의 속마음이야 어떻든 젊은 여자 점원은 담
담한 목소리로 주문을 받고 무표정한 얼굴로 연방 꼬치구이
를 튀겨냈다. 거의 재생지만큼이나 옅게 탈색된 앞머리가 삼
각 두건 밑으로 비죽 튀어나와 있었다. 오늘은 새송이버섯
베이컨 말이랑 은행, 메추리알을 주문해야지, 마치오는 생각
했다.〉

아니, 그게 아니지, 하고 나는 생각했다. 마치오는 앞의, 앞
의 장에서 은행을 많이 먹고 탈이 나는 바람에 주말 내내 누
워있었잖아. 소설 속 시간의 흐름으로는 지난 주말에 일어났
던 일이니까 마치오가 은행 때문에 배탈이 났던 사실을 그렇
게 빨리 잊어버릴 것 같지는 않았다. 또 마치오는 퇴근하고
회사를 나설 때 오늘은 평소보다 빨리 마쳤네, 하고 생각했
잖아. 그러니 '떨쳐버릴' 만큼 피로가 쌓였다고 볼 수 없었다.

즉 '야근으로'가 아니라 '연일 계속된 업무로' 등과 같은 표현을 써야 맞지 않을까?

　나는 야마모토 야마에의 노트북 화면을 클로즈업해 보면서 고개를 갸웃거렸다. 정작 앞뒤가 맞지 않는 내용을 쓰고 있는 야마모토 야마에는 여느 때보다 컨디션이 좋아 보이고 나름대로 순조롭게 집필하고 있으니 내가 하는 말들은 다 쓸데없는 참견에 지나지 않을지도 모른다. 하지만 아무리 그래도 명색이 작가인데 이렇게 대충 써도 되는 걸까. 그게 아니면 일단 쓸 수 있을 때 대충이라도 써 놓고 나중에 한꺼번에 수정하려는 걸까. 하지만 야마모토 야마에의 소설 속 마치오는 옆자리에 앉은 여자가 은행 꼬치만 4개나 접시에 담아놓는 모습을 주시하고 있었다. 이렇게 계속 은행을 써먹을 생각이라면 은행을 많이 먹고 쓰러졌던 앞의, 앞의 장을 고치든지 해야 할 것 같은데. 은행 말고 굴로 한다든지.

　나는 야마모토 야마에에게 굴로 바꾸라고 말하고 싶어서 안달나 있었지만, 감시대상자 연락처는 감시자에게 알려주지 않는 것이 원칙이었다. 감시자는 감시 목적과 관련된 일 외에는 무슨 일이 있어도 감시대상자에게 영향을 주어서는 안 된다. 수상하다 싶은 점이 있으면 소메야 팀장한테 먼저 연락하게 되어 있는데 소메야 팀장도 다시 윗선에 보고할 뿐 감시대상자의 전화번호나 주소는 알 수 없다고 한다. 언젠가 감시대상자가 디즈니 시에 가족여행을 떠난 직후 TV 뒤쪽에서 경미한 누전이 일어난 것을 감시자가 발견한 적이 있었다. 소메야 팀장에게 보고하자 15분 후 소방대원과 전기공사 직원이 극비리에 감시대상자 집으로 달려갔고 덕분에 화재로 번지기 전에 잘 무마할 수 있었다고 한다. 감시대상자는 지금도 까딱하면 집에 불이 날 뻔했다는 사실을 알지 못한 채 살아가고 있다.

"솔직히 꼴좋다, 이참에 다 망해버렸으면 하는 생각도 전혀 안 한 건 아니지만." 탕비실에서 오늘 알게 된 애니 씨라는 사람이 말했다. '鍼'를 뭐라고 읽어야 할지 몰라서 일단 애니 씨라고 부르기로 했다. 내가 매점에 대한 불만부터 시작해 마테차에 대해서도 이러쿵저러쿵 털어놓자 자기도 애니메이션 DVD를 주문해주지 않더라는 이야기를 꺼냈기 때문이다.

"전 애가 셋이나 딸린 남자를 감시했는데 애도 그렇고 마누라한테도 어찌나 함부로 구는지. 자기 애한테 병신아, 얼른 처먹어, 같은 말을 예사로 하더라니까요. 저 같으면 절대 그런 말은 안 할 텐데. 하기야 전 아직 결혼도 안 했으니 남의 가정사에 참견할 주제도 안되지만, 뭐 사실 결혼할 사람도 없지만요. 게다가 이런 별 볼 일 없는 일이나 하고 있으니 더 고민이에요."

통통한 얼굴에 안경을 쓰고 나보다 다섯 살가량 어린 애니 씨에게 어떤 애니메이션 DVD를 부탁했냐고 물어봤다. 하나 는 《다크 크리스털》이고, 또 하나는 아마 말해도 모를 거라 고 대답했다. 나야 알려준 것도 모르니까 솔직히 말하든 안 하든 별 차이 없지 않을까 싶은데.

이 일을 시작한 지 3년 차라는 애니 씨에 따르면 보통 비 슷한 나이대 같은 성별을 배정해주는데 한 반에 있어도 성격 이 맞는 애가 있고 안 맞는 애가 있듯이 지켜보는 일 자체가 고통스러운 감시대상자도 있다고 한다. 아까 누전이 발생한 집의 감시대상자는 치가 떨릴 만큼 싫어서 매일 출근하는 것 이 고역이었다고 한다. 그런 미스 매치는 흔하게 일어나는지 정규직이 되면 도무지 자신과 안 맞을 것 같은 감시대상자를 배정받았을 경우 교섭해주는 조합도 있으니 가입하는 편이 좋다고 조언해주었다.

소시지 이야기를 애니 씨에게 하자 그건 새 발의 피라며 이상한 지점에서 우쭐댔다. 애니 씨는 우리끼리니까 하는 말 인데, 하고 운을 떼더니 감시 일을 계속하다 보면 카메라 앞 에서 거사를 치르는 부부도 있고 차마 눈 뜨고 볼 수 없을 정 도로 아수라장인 집도 몇몇이나 목격했다고 말해주었다. "그 냥 티격태격하는 정도면 괜찮은데 돈이나 친권, 병간호 같은 문제로 싸울 때는 진짜 스트레스가 장난 아니었어요." 애니 씨는 눈을 내리뜨고 종이컵에 남은 에너지 드링크를 마저 들이켰다. 나는 야마모토 야마에의 단조로운 일상에 감사하면서 이 일을 계속하는 것에 위기감을 느꼈다.

더 이야기하고 싶어 하는 애니 씨에게 "죄송한데, 성함을 뭐라고 읽으면 되는지"하고 묻자 '마사카리'라는 대답이 돌아왔다. 그 궁금증이 해소된 것 하나는 후련해져서 자리로 돌아오긴 했는데 야마모토 야마에가 쓰고 있는 소설의 오류가 내내 신경 쓰여서 좀처럼 집중하기 힘들었다. 감시대상자의 움직임에 변화가 있는지 지켜보면 되는 일이니 집중력이라고 할 것까지야 없지만. 자기가 쓴 이야기에 오류가 있는지도 모르고 기분 좋게 일하는 모습을 보고 있자니 지금 내가 짜증난 건지 흐뭇한 건지 그것도 아니면 꼴좋다 같은 심보인지 잘 모르겠다.

야마모토 야마에는 일주일 동안 주로 소설을 쓰고 있었다. 계속 소설만 쓰는 것은 아니고 가끔 다른 주제로 글을 썼다. 소설가라기보다는 글이라면 닥치는 대로 쓰는 느낌인데 앞서 말한 대로 나는 하루에 A4용지 1장 이상 되는 글은 읽기 힘들어서 자세히 알지 못한다. 어쩌면 야마모토 야마에가 글을 써서 생활한다는 사실에 필요 이상 신경을 쓰지 않는 체질이라서 내게 감시를 맡긴 것 같다고 생각하면 너무 앞서간 걸까.

왼쪽 모니터에서는 야마모토 야마에가 팔짱을 낀 자세로 꾸벅꾸벅 졸기 시작해서 나는 조심스럽게 빨리 감기를 했다. 계속 감시하다 보니 눈을 감고 쉬는 것인지 정말 잠들어버렸는지 구분할 수 있게 되었다. 야마모토 야마에는 쉬고 있을 때는 왼쪽으로 몸을 기울이지만 자고 있을 때는 오른쪽으로 머리가 치우쳤다. 오른쪽 모니터에서는 일이 잘 안 풀리는지 자리에서 일어나 주방으로 향하는 모습이 보였다. 차를 타러 가는 모양이다.

탕비실에서 돌아온 지 30분도 채 지나지 않았지만 나도 매점에 다녀올까 싶어 망설였다. 오오이즈미 씨가 장 본 물건으로 가득한 비닐봉지를 들고 출근하면서 춥다, 추워, 하고 중얼거렸다. 오오이즈미 씨는 일하러 오기 전에 곧잘 마트에 들러 장을 보곤 했다. 고기나 생선 같은 생물은 어떻게 하느냐고 물었다. "탕비실에 있는 냉장고에 보관하면 돼요." 오오이즈미 씨는 대답했다.

"참, 매점에 새 책이 들어왔더라고요."

오오이즈미 씨가 파티션 너머로 얼굴을 내밀며 말했다. "어떤 책이요?" 나도 고개를 돌려 되물었다. "응? 어디 있지?" 오오이즈미 씨는 비닐봉지를 뒤적이다가 중얼거리며 고개를 갸웃거렸다. 내가 한 말을 못 들었나 싶어 다시 모니터로 시선을 돌렸다.

한동안 부스럭거리다가 파티션 너머에서 "아, 여기 있다!" 하는 목소리가 들려오더니 이내 톡톡 두드렸다. 무슨 일인가 싶어 일어나서 오오이즈미 씨 자리를 내려다보았다. "바로 이거예요"하고 얇은 문고본을 내게 보여주었다.

"우리 딸이 엄마는 한자를 너무 모른다며 핀잔을 줘서 소설이라도 읽어볼까 했거든요. 하지만 내가 아는 소설가가 있어야지, 근데 마침 매점에서 이 책을 팔길래 한번 사봤어요."

제목은 《댄스·위드·히히》였다. 저자는 야마모토 야마에였다. 불법 동물원에 있던 히히를 거두어준 주인공이 우편물 처리나 전기, 수도와 같은 공과금 납부, 세탁물 취급 등을 히히에게 맡기면서 조금씩 자신의 일상을 빼앗기게 된다는 내용이었다. '히히의 헌신은 진심일까, 계략일까?'라는 문장이 줄거리 소개 끝부분에 나와 있었는데 내심 그런 것 따위 알게 뭐야, 하고 생각했다. 아니, 그보다 매점에서 이번에는 이 책을 팔기로 한 건가? 대체 누가 신청한 거야?

한자 공부를 하고 싶으면 이거 말고도 얼마든지 좋은 책이 있을 텐데, 하고 생각했지만 조용히 삼키고 오오이즈미 씨에게 책을 돌려주었다. "혹시 다른 작가는 아는 사람 없어요?" 하고 물어봤다. "음– 글쎄요, 나쓰메 소세키?" 오오이즈미 씨는 이렇게 말하면서 《댄스·위드·히히》를 받아들었다.

그러고 나서 또 한동안 있으려니 파티션 너머로 "히히 완전 귀엽다-"하는 목소리가 들려왔다. 오오이즈미 씨는 마트에서 장을 보는 야마모토 야마에의 행동을 지켜보면서 야마모토 야마에가 쓴 책을 읽고 있었다. 뭐랄까, 감시대상자의 작품을 읽으면 안 된다는 규칙은 없다지만 나 같으면 위화감에 온몸이 오그라들 텐데 오오이즈미 씨는 아무렇지도 않은 모양이었다.

왼쪽 모니터 속 야마모토 야마에가 부르르 떨더니 잠에서 깨어났다. 그리고 2분 정도 머리를 감싸고 있다가 키보드를 탁, 탁, 두드리기 시작했다. 잠에서 깨자마자 뭘 쓰는지 궁금해서 화면을 확대해보니 '일하기 싫다'라는 문장이 입력되어 있었다. 하긴, 그럴 만도 했다. 파티션 너머에서 또 뭔가 부스럭부스럭 비닐봉지를 뒤적이는 소리가 들려왔다. 이윽고 오오이즈미 씨가 요구르트를 손에 들고 종종걸음으로 방을 나갔다.

* * *

그 후로도 나는 계속 야마모토 야마에의 쇼핑 목록에 끌려다녔고 나중에는 나 스스로 고르지도 않게 되었다. 애초에나는 물욕이 없는 편이었다. 야마모토 야마에도 쇼핑을 많이하는 편은 아니지만 돈이 별로 없어서 그런지 하나를 사더라도 심사숙고해서 결정하니까 참고할 만했다. 종일 앉아 있는 직종에서 일하는 사람을 위해 하지 혈액 순환을 촉진하는 압박 스타킹이나 잉크가 빠르게 마르는 직액식 펜도 매점에서 팔고 있어서 샀다. 어느 미국 형사 드라마 시즌 10 제작이 결정되었다는 소식도 야마모토 야마에가 보던 인터넷 뉴스에서 알았고 좋아하는 선수인지 케빈 그로스크로이츠가 골 넣는 장면이 녹화된 것을 야마모토 야마에가 몇 번이고 되돌려 봤을 때는 나도 함께 즐겼다.

그러는 동안 차츰 야마모토 야마에와 같이 사는 듯한 기분이 들기 시작했다. 희로애락이라고 하기에는 범주가 넓지만 '희'와 '락'정도는 공유하고 있는 것 같았다. 아쉽게도 '애'는 굳이 분류하자면 '태'에 가까웠다. 야마모토 야마에는 비가 오는 날에는 평소보다 더 지겨워서 종일 의자에 앉아서 졸기 일쑤인데 그 모습을 보고 있노라면 나도 영락없이 졸음이 밀려왔다. 감시대상자가 잠들었을 때는 빨리 감기를 해서 업무 시간을 단축할 기회로 삼아야 하는데, 나는 아직 멀었다는 생각이 들었다. 《댄스·위드·히히》를 어디까지 읽었는지 매일 오오이즈미 씨가 알려주었는데 하루에 2쪽 정도 읽는 듯했다. 딸이 먼저 읽어버렸다는 모양이었다. 딸에게 재미있느냐고 묻자 그냥 보통이라고 대답했다고 한다.

그러나 일에 익숙해진다는 게 원래 이런 것인지 앞으로

1년 정도는 이 사람을 너끈히 감시할 수 있을 것 같다는 생각이 굳어질 즈음, 야마모토 야마에가 수상한 행동을 하기 시작했다. 카메라가 있는 방향을 의식하게 된 것이다. 책상 근처는 대각선으로 뒤쪽 창고에, 주방은 싱크대 상부장에 카메라를 설치해 놓았다. 요즘 들어 일하다가 몇 번이나 뒤를 돌아보고 음식을 만들 때도 가끔 위를 쳐다보았다. 특히 일하고 있을 때 뒤가 신경 쓰이는 듯했다.

같이 사는 느낌이 든다고는 했지만, 모니터 너머로 눈이 마주칠 때는 어쩐지 꺼림칙했다. 자기가 감시당하고 있다는 사실을 눈치챈 걸까? 그런 것치고는 카메라를 찾아보려는 행동도 하지 않고 그저 습관적으로 무언가를 경계하는 느낌이었다. 누구한테 무슨 얘기를 들었길래 저러는 걸까? 하지만 내가 알고 있기로 야마모토 야마에는 일에 관련된 사람이나 가끔 안부 겸 수다를 떠는 친구 외에 외부와 연락하는 사람이 없었다. 찾아오는 사람도 택배 배달원밖에 없었다. 전화도 잘 걸려오지 않았다. 휴대전화 문자 메시지로 친구와 식사 약속을 잡은 적은 있지만, 그것도 지금으로부터 한 달이상 먼 일이었다.

나는 열심히 일하다가도 돌연 뒤를 돌아보곤 하는 야마모토 야마에의 행동에서 조금씩 공포 비슷한 것을 느꼈다. 어쩌면 야마모토 야마에는 감시당하고 있다는 것을 알면서도 지금까지 이런저런 행동을 했고 이제는 자신이 다 알고 있다는 사실을 알리기 위해 저렇게 뒤를 돌아보며 눈치를 주는 것이 아닐까.

우선 옆 부스에서 일하는 오오이즈미 씨 의견을 물어봤다. "그냥 목이 결려서 스트레칭하는 거 아닐까요?" 대수롭지 않다는 듯 대답했다. 야마모토 야마에의 《댄스·위드·히히》를 읽고 딸은 '그냥 보통'이라고 했지만, 오오이즈미 씨는 제법 재미있는지 출근이 기다려진다고 했다. 나는 목이 결려서 돌아보았을 가능성 또한 부정하지 않으면서도 미심쩍은 생각이 가시지 않아 이번에는 소메야 팀장에게 상담해보았다.

"혹시, 그거 아냐? 지난주 목요일에 방영됐던 무서운 이야기 특집 프로에서 뒤를 돌아볼 때마다 30cm씩 다가온다는, 낫을 든 남자 유령 이야기를 들어서 그런 게 아닐까?"

소메야 팀장은 누군가 올린 보고서에 초록색 형광 잉크로 표시하면서 별일 아니라는 듯 말했다. 나도 야마모토 야마에가 그 방송을 열심히 봤다는 사실을 알고 있었지만, 보고서에도 특이점이 없다고 기록했고 실제로도 별로 개의치 않았다.

"그 유령은 대체 왜 그런대요?"

"아내가 바람났다고 생각해 가족을 다 죽이고 자기도 자살했는데 알고 보니 다 착각이었던 거야. 그게 억울해서 산목숨을 하나라도 더 데려가려고 그런다는군."

"뭐에요, 그게. 완전 제멋대로네요."

"뭐, 그렇긴 한데. 그래도 유령의 생각은 좀 다른가 보지."

조금씩 다가오는 이유는 사람의 공포심을 서서히 높여서 오랫동안 고통스럽게 하기 위해서라고 한다. 순전히 악의 그 이상 그 이하도 아니었지만, 영매사에 따르면 '대체 불가능한 한恨'이라서 방법이 없다고 한다. 소메야 팀장은 그 방송을 본 적 없지만 내가 올린 보고서를 읽고 검색해 블로그 같은 데서 확인했다고 한다. 역시 프로는 달랐다. "상부장 안에 보관해둔 낡은 커피메이커가 떠올라서 그런 거 아닐까?" 주방에서 위를 쳐다보는 행동에 대해서는 이렇게 말했다. 주방에는 싱크대 상부장 바닥에 작은 구멍을 뚫어서 카메라 렌즈를 심은 후 뜯지 않은 식기 상자를 올려두었다고 한다. 야마모토 야마에가 석 달이 지나도록 상부장을 열어보지 않아 안심하고 있었는데 무슨 바람이 불어서 갑자기 정리하겠다고 나서면 큰일이라고 했다. 카메라를 설치한 사람에게서 싱크대 상부장 안에 든 물건을 대강 정리한 목록을 받아두었는데 거기에서 커피메이커가 있다는 사실을 알았다고 한다. 그렇지만 왜 하필 커피메이커일까?

"얼마 전에 커피와 관련된 글을 썼잖아. 그래서겠지."

"어, 맞아요. 원래는 차를 즐겨 마시는데."

커피 애호가인데, 하고 거짓말로 공정무역 커피에 대해 홍보하는 글을 쓰는 것을 본 적 있다. 글을 쓰면서 흥미가 생겼는지 종이 필터를 이용한 핸드드립 커피에 도전하는 모습을 몇 번 봤는데 생각처럼 잘 안 되는 모양이었다. 그러니 자기가 커피메이커를 가지고 있다는 사실을 떠올리고 한번 사용하려고 하는지도 모르겠다.

"이러면 골치 아픈데, 지금 카메라를 회수할 수도 없고. 커피메이커를 경품으로 걸어서 이벤트에 응모하도록 유도해볼까?"

거참, 귀찮게, 하고 말하면서 소메야 팀장은 앞에 놓인 메모장에 '경품', '마트에서?' 등과 같은 단어를 적어나갔다. 전 직장에서 발휘하곤 했던 적극적인 업무 태도를 떠올리며 혹시 도울 일은 없는지 소메야 팀장에게 물어보았지만 없으니까 자리로 돌아가세요, 하고 깨끗이 거절당했다. 가끔 감시 말고 다른 일을 하고 싶었던 나는 살짝 실망하면서 자리로 돌아왔다.

소메야 팀장에게 합리적인 설명을 듣긴 했어도 다시 혼자 일하다 보니 자꾸 석연치 않은 느낌이 들어 마음이 어수선했다. 모니터 속 야마모토 야마에는 여전히 수십 분에 한 번씩 뒤를 돌아보았다. 세상에 유령 따위는 없고 당신은 조만간 커피메이커를 받게 될 거야, 하고 얘기해주고 싶은 마음이 굴뚝같았지만 규칙상 금지된 일이었다.

* * *

어느 날을 기점으로 야마모토 야마에는 적극적으로 방을
정리하고 나섰다. 미니멀리즘에 관한 기사를 몇 건 맡아 쓰
는 동안 영향을 받은 것 같은데 정말이지 쉽게 휘둘리는 사
람이었다. 혼자 살기에는 조금 넓은 편이어서 그리 더럽다고
할 정도는 아니지만 늘 물건들이 너저분하게 널려 있었던 야
마모토 야마에의 집은 시간이 갈수록 깔끔해졌다. 안 쓰는
물건을 버릴 수 있게 된 모양이었다. 이것저것 버리는 동안
버리는 데서 오는 즐거움에 눈을 떴는지 오늘은 사전이 든
상자까지 치워버리고 만족감에 차 있었다.

야마모토 야마에가 만족스러운 얼굴을 하는 데에는 우리
가 보낸 커피메이커도 일조한 듯했다. 야마모토 야마에가 늘
이용하는 온라인 쇼핑몰에 다른 사람 명의로 커피메이커 체
험단 메일을 보냈다. 〈○월 ○일까지 메일을 보내주신 분들
은 전원 체험단으로 선정해드립니다. 일주일가량 사용하신
후 800자 이상 후기를 남겨주신 분에게는 해당 제품을 무상
증정해드립니다.〉 소메야 팀장과 의논해서 결정했다. 구체적
인 글자 수를 조건으로 내걸어서 글을 써서 먹고사는 야마모
토 야마에의 직업병을 자극해보자는 것이 아이디어라면 아
이디어였다. 마트에 설치한 '커피메이커, 만 명에게 드립니

다!' 설문 용지에 야마모토 야마에가 전혀 흥미를 보이지 않
자 소메야 팀장은 어떻게 하면 그가 응모에 참여하게 할 수
있을까 의견을 물어왔다. 지금까지 한 일이라고는 멍하니 앉
아서 감시하는 것뿐이어서 내 의견이 필요하다고 하니 기뻤
다. "성공했어, 고맙네." 소메야 팀장에게 감사 인사를 들은
것 또한 보람을 느꼈다. 설마 이 일을 하면서 그런 감정을 느
낄 날이 오리라고 상상조차 하지 않았는데 말이다.

"한 사람의 감시자가 한 사람의 감시대상자를 전담해서 관
찰하게 하는 것에는 상대방을 잘 파악하고자 하는 의도가 깔
려있어." 소메야 팀장은 드물게 말을 이었다. "즉 단순히 상
대방을 감시해서 물건이나 단서를 찾아내는 것 외에 공감 능
력도 있어야 하고 통찰력도 필요한 일이지." 나는 네, 하고
고개를 끄덕이면서 소메야 팀장이 이 일을 상당히 좋아한다
는 사실을 새삼 깨달았다.

그래서 야마모토 야마에가 버리는 행위에서 즐거움을 깨
우친 일이 내게는 어떤 위험 징조처럼 느껴졌다. 그렇게 의
견을 달아 보고하자 일리 있는 이야기군, 하고 소메야 팀장
도 공감했다. 야마모토 야마에가 잡다한 물건을 쓰레기봉투
에 넣어 집 밖으로 내놓은 후 DVD가 방대하게 쌓인 드레스
룸을 열고 커피가 담긴 머그잔을 한 손에 든 채 생각에 잠긴
모습을 본 순간, 바로 소메야 팀장에게 전화를 걸었다.

내가 본 것은 오늘 새벽, 잠들기 전 영상이었다. 보기와 달리 성질이 급한 야마모토 야마에 성격상 일어나자마자 바로 DVD 정리를 시작할 가능성이 있다고 보고하자, 평소 늘 보던 하루 전날 영상이 아니라 실시간 영상이 송신되었다. 아니나다를까 자기 전에 입은 플리스 가운을 걸치고 야마모토 야마에가 산처럼 쌓인 DVD 무더기를 멍하니 보고 있었다. 처음 수십 장은 플라스틱 서랍 같은 곳에 보관하더니 어느 정도 수량이 넘어가자 그도 귀찮아졌는지 옆으로 눕혀서 그냥 차곡차곡 쌓아올렸다. 몇 장이나 있는지 세어볼 마음마저 싹 가실 만큼 실로 어마어마한 양이었다. 수십 장 정도가 아니라 하나의 산더미라고 해도 과언이 아니었다.

야마모토 야마에가 지인에게서 받은 정체 모를 물건은 DVD 케이스 산더미 속 어딘가에 들어있었다. 비교적 처음 일을 시작할 무렵 야마모토 야마에의 드레스룸 안을 본 적이 있었는데 전부 열어서 내용물을 하나하나 확인하느니 그냥 카메라를 설치하고 돌아가는 편이 빨랐다고 말한 이유도 이해가 갔다.

지인이라는 사람은 과연 어느 DVD에 숨겨두었을까? 그것을 확인하는 것이 내 일이었다. 그걸 깜빡하곤 한다. 어떤 것이 야마모토 야마에가 가지고 있지 않을 법한 작품일까? "드레스룸 영상을 다운받아서 시간이 날 때마다 화면을 멈추고 확인해보세요." 소메야 팀장한테서 지시를 받긴 했지만 좀처럼 그럴 마음이 들지 않아서 차일피일 미루고 있었다. 그냥 쓱 훑어본 바로는《다이하드》같은 유명한 액션 영화도 있었고 냉전 시대 명작영화도 있었고 애덤 샌들러가 나오는 로맨틱 코미디도 꽤 많았고 옛날 형사 드라마 시리즈도 있었으며 각 지방의 자연을 그냥 찍어놓은 다큐멘터리 같은 작품도 있었다. 가리지 않고 다 보는 모양이었다. 엄밀히 말하자면 안 본 장르(19금 멜로, 스플래터, 아이돌 등)가 몇 개쯤 있기는 한데 야마모토 야마에가 마감이 끝나갈 때쯤 온라인 쇼핑몰에서 되는대로 주문해버린 결과물이 아닐까 싶다.

야마모토 야마에는 천천히 시선을 올려 눈앞에 있는 산더미 꼭대기에서 '100엔'이라는 스티커가 붙은《레이디 인 더 워터》를 집어들고 1분가량 고민하다가 오른쪽 더미로 내려놓았다. 저것은 팔고 싶지 않은 듯했다. 그리고 아래에 있던《메멘토》케이스를 바라보더니 몇 초 후 발밑에 내려놓았다. 분류하는 모습을 지켜보고 있자니 오른쪽에 두면 처분하기 싫은 것, 발밑에 두면 처분해도 상관없는 것이라는 규칙을 알 수 있었다.

설마 남의 DVD를 처분하지는 않겠지, 그렇게까지 비상식적인 사람은 아닐 거야, 그러니 분류하는 동안 한 장만은 지인에게 돌려주기 위해 따로 빼놓을 것이고 틀림없이 거기에 물건이 들어있을 것이라는 추측이 지배적이었다. 하지만 야마모토 야마에의 손은 맨 처음 분류해놓은 두 더미 사이로만 오갈 뿐이었다. 분류하지 않은 DVD 산더미가 아직 5개나 남아 있어서 초조해하기는 아직 일렀지만, 혹시 야마모토 야마에가 어떤 DVD를 빌렸는지 잊어버렸을 수도 있다고 생각하면 암울해졌다. 그것을, 이제껏 그를 밀착 감시해온 내가 맞혀야 하는 셈인데 어쩌다 남 일을 본인보다 더 잘 알아야 하는 지경이 돼버렸나 모르겠다.

분류 작업에 몰두한 야마모토 야마에는 착실하게 산더미를 줄여나갔다. 지인한테서 어떤 걸 빌렸는지 떠올려서 따로 빼두려는 기미는 아직 보이지 않았다. 시간이 흘러 산더미가 하나만 남았을 무렵 나는 다시 소메야 팀장에게 내선으로 전화를 걸어 야마모토 야마에는 역시 DVD를 빌린 일 자체를 잊어버린 모양이라고 설명했다.

야마모토 야마에가 분류를 끝내기까지 이제 7장밖에 남지 않았을 때 소메야 팀장이 휴대전화로 누군가와 통화하면서 방으로 들어왔다. 현장에 지금 당장 사람을 대기시켜 놓으라고 이야기하고 있었다.

"아니요, 분리수거장에 내놓을지 근처 중고 가게에 넘길지 아직 모르겠습니다."

"분리수거장에 내놓는다면 우리야 일이 수월해지니 좋지

만." 소메야 팀장은 내 뒤쪽에 섰다. "양이 엄청나니까 상자에 담아 택배를 불러 중고 가게로 보낼지도 모르겠어요." 내 의견을 이야기하자 소메야 팀장은 통화 중인 상대방에게 그대로 전했다.

일단 드레스룸에서 나온 야마모토 야마에는 '잉카의 각성'이라고 인쇄된 커다란 상자를 들고 와서 처분하기로 마음먹은 DVD로 채워 넣기 시작했다. 나도 모르게 저 상자는 뭐야, 하고 중얼거리자 소메야 팀장은 감자 품종 중 하나군, 하고 대답했다.

처분하기로 한 DVD 더미는 애초에 거침없이 분류하던 기세치고는 적어 보였지만 그래도 감자가 들어있었을 상자를 가득 채울 분량은 되었다. 야마모토 야마에는 상자를 한 번 양손으로 들어보더니 제법 무거웠는지 손으로 들 생각은 포기하고 밀면서 드레스룸을 나왔다. 그렇게 해서 현관까지 상자를 옮기더니 이번에는 휴대전화를 들고 누군가에게 전화를 걸었다.

"배달원한테 하는 거겠지."

"그런 것 같아요."

소메야 팀장은 야마모토 야마에가 사는 맨션 근처에 대기하고 있을 현장 직원에게 이 시간 이후로 예상되는 감시대상자의 행동에 대해 알려주었다. 배달원이 야마모토 야마에로부터 상자를 넘겨받으면 웃돈(예산은 10만 엔까지)을 주어서라도 내용물을 확인해달라는 내용이었다. 갑자기 적나라한 이야기에 움찔했다.

처분할 DVD를 상자에 다 싸놓고 나니 후련해졌는지 야마모토 야마에는 배달원이 올 동안 커피를 내릴 생각이었다. 나는 야마모토 야마에가 없는 드레스룸 속 영상으로 전환해서 정말 물건이 숨겨진 DVD를 처분했는지 혹시나 해서 한 번 더 확인했다.《헷지》,《더 독》같은 것은 조금 수상한 느낌이 들었지만 원래 애니메이션을 좋아했으니 그런가 보다 했다. 이연걸이 나오는《원스 어폰 어 타임 인 차이나》시리즈는 특히 아끼는 작품인지 옆으로 눕히지 않고 플라스틱 서랍 속에 넣어 제대로 보관했다.

커피를 마시던 야마모토 야마에는 천천히 일어나더니 현관으로 종종걸음을 쳤다. 배달원이 생각보다 일찍 도착했다. 언제나 택배를 가져다주던 여성과는 다른 유니폼을 입고 있었다. 화면을 키워 확인하니 근처에 있는 중고 서점 체인 로고였다. 그 자리에서 감정하고 값을 치르는 것이 아니라 단순히 픽업만 하러 온 듯 보였다. 중고 거래 서류를 작성하는 절차가 의외로 까다로운지 야마모토 야마에는 시간을 지체했다. 비쩍 마른 배달원 청년은 카메라로 봐도 몹시 생기가 없었다. 등은 굽어 있고 때때로 몸을 비틀어 고개를 살짝 뒤로 돌려 기침을 했다. 목소리가 작은지 야마모토 야마에가 거래 절차에 관해 몇 번이나 되묻는 것 같았다.

"중고 서점에서 픽업하러 왔군." 소메야 팀장은 이렇게 말하더니 어딘가로 전화를 걸었다. 가게 이름을 말하자 탐탁지 않은 대답을 들었는지 고개를 모로 기울였다. "음-, 돈으로 안 될지도 모른단 말이지."

"돈으로 안 된다니, 그게 무슨 말이에요?"

"저 배달원은 웃돈을 준다 해도 우리 뜻대로 해주지 않을지도 몰라."

"중고 서점은 근무 환경이 꽤 엄격해서 수거 일을 하는 아르바이트는 근무 시간에 잠깐 자동판매기에서 주스를 사 마시는 시간조차 금지되어 있다는군." 소메야 팀장은 설명했다. "그러고 보니 점심시간에 책 사러 갔을 때 봤던 아르바이트 점원이 막차 시간 즈음 퇴근하는 길에 들렀을 때도 계속 일하고 있었지." 소메야 팀장은 말을 이었다. 감시 일도 쉬운 일은 아니지만, 서비스업 직종에서 장시간 노동한다는 것은 종일 앉아서 특정 인물의 행동을 확인하는 일보다 몇 배는 더 힘들겠다는 생각이 들었다.

야마모토 야마에는 서류를 다 작성했는지 고개 숙여 인사하고는 배달원 청년을 배웅했다. DVD로 가득한 '잉카의 각성' 상자는 제법 무거워 보여서 청년이 들 수 있을지 순간 걱정했는데 현관에 손수레를 놓은 장면을 보고 조금 마음이 놓였다.

"목표물이 감시대상자의 집을 나왔습니다, 확보하세요." 소메야 팀장은 수화기 너머 현장 직원에게 지시를 내렸다. 야마모토 야마에는 아주 개운한 얼굴로 기지개를 켜더니 커피메이커와 머그잔은 그대로 내버려 둔 채 소파에 벌러덩 누워버렸다. 정신적으로 제법 피곤했던 모양이다.

소메야 팀장에게 지시를 받은 현장 직원이 배달원 청년에게 현금을 쥐여 주고 상자 속 내용물을 확인하게 하면 내 일은 끝인 줄 알았는데 할 일이 아직 남아 있었다.

"뭐라고? 15분밖에 못 주겠다고 한다고?" 항상 감정을 겉으로 드러내는 일이 없던 소메야 팀장은 조금 놀란 얼굴이 되어 상대방에게 이야기했다. "수거 업무는 일정 시간이 지체되면 2시간 잔업을 시킨단 말이지."

세상에, 무슨 회사가 그래? 그러니까 배달원 꼴이 저 모양이지. 그렇다고 당신이 지금 가져가려는 상자 속에는 위험한 물건이 있을지도 모르니 얼른 내놔, 하고 야마모토 야마에가 팔려고 한 것을 억지로 빼앗아 올 정도의 권력도 이 회사에 없는지 현장 직원들은 맨션 주차장 구석에서 DVD 케이스를 하나씩 열어 확인하고 있는 것 같았다.

"나도 가서 도우면 좋으련만."

소메야 팀장은 안타깝다는 듯 말했다. 모니터 속 야마모토 야마에는 머리까지 담요를 덮어쓰고 완전히 잠들어버렸다. 소메야 팀장은 현장 직원이 상자 속에 든 DVD 제목을 소리 내 읽을 때마다 그대로 복창했다. 《해리포터》 시리즈 한 작품이 부자연스럽게 튀어나오기에 수상하다고 생각했는데 헛짚은 모양이었다.

나는 특별히 할 일도 없어서 모니터 오른쪽 구석에 표시된 시계를 응시하며 물건이 발견되기만을 기다렸다. 이렇게 되면 보너스는 나와 소메야 팀장, 그리고 현장 직원들이 나눠 가지는지 궁금했다. 그러나 확실히 물건이 나온다는 보장도 없었다. 아무리 대충 살아가는 야마모토 야마에라고 해도 지인한테서 빌린 DVD는 다른 장소에 잘 보관해 둘 가능성도 있었다.

물건이 발견될 기미가 보이지 않은 채 시간은 무정하게 흘러갔다. 애니메이션 체브라시카도 아니었고 오아시스의 라이브 공연도 틀렸다. 소메야 팀장은 《그녀는 요술쟁이》나 《블레이즈 오브 글로리》, 《로스트 랜드: 공룡 왕국》 같은 제목을 태연하게 복창했다. 나는 야마모토 야마에는 요즘 윌 페렐에 관한 관심이 수그러든 것 같다는 생각이 들어 일단 메모했다.

"이제 10초 남았군…." 소메야 팀장은 초조한 표정을 지으며 손목시계를 봤다. 소메야 팀장이 《플란다스의 개》, 《마다가스카르》까지 부른 후 《나비 효과》 하고 말한 순간, 나는 반사적으로 그거 아닐까요? 하고 돌아보았다.

확신할 수는 없지만, 야마모토 야마에는 애쉬튼 커쳐를 싫어하는 듯 보였다. "데미 무어를 버리고 젊은 여자로 갈아탄 나쁜 놈이니까 앞으로 아무리 멋진 연기를 한다고 해도 나는 절대 비난을 멈추지 않겠다, 그게 내가 살아가는 방식."《댄스·위드·히히》에서 주인공이 히히에게 이렇게 이야기했다고 오오이즈미 씨한테서 들은 적이 있었다. 그리고 야마모토 야마에는 동물을 좋아하니까 동물을 소재로 한 앞의 두 작품은 돈을 내고 샀을 가능성이 컸다.

"아아, 드디어 찾았군." 소메야 팀장은 긴장이 풀렸는지 어깨를 축 늘어뜨렸다. "그럼 그것만 사들이고 배달원한테 우리 용건은 끝났으니 회사로 돌아가도 된다고 하세요."

"수고했어요, 오늘은 이대로 퇴근해도 됩니다." 소메야 팀장이 문을 잡고 방을 나서려고 해서 이때다 싶어 어떤 물건이 발견되었는지 물었다. 현장 직원의 손과 내 의견 중 어느 쪽이 빨랐는지 모르겠지만 내게도 알 권리가 있다고 생각했다.

"보석이야, 밀수로 들여온. 자세한 건 내일 얘기하지."

소메야 팀장은 빠른 말투로 그렇게 대답하고 서둘러 방을 나갔다. 모니터 속 야마모토 야마에는 소파에서 거의 떨어질

듯 아슬아슬한 자세로 누가 업어가도 모를 만큼 깊이 잠들어
있었다.

\* \* \*

우리가 발견한 물건에 관해서 다음 날 자세한 설명을 들었
다. 지인은 야마모토 야마에가 몇 번 함께 일했던 젊은 여성
편집자였는데 생태 관광 특집을 위한 취재라는 명목으로 해
외에 나가 보석을 밀수해왔다고 한다. 당국에 의심받기 전에
는 귀국하자마자 물건을 팔아치웠는데 이번에 용의자로 몰
리자 야마모토 야마에한테 한동안 숨겨놓기로 했다는 것이
다. 심증은 있어도 실제로 물건이 발견된 적이 없어서 죄를
묻기에는 결정적인 증거가 부족했는데 이번 DVD 케이스에
찍힌 지문을 감식한 결과 범인으로 확정지을 수 있었다. 범
인은 야마모토 씨라면 봐야 할 DVD가 산더미처럼 쌓여 있
으니 굳이 케이스를 열어보지 않을 거라는 확신이 있었다고
자백했다. 야마모토 야마에에게 맡긴 물건은 마다가스카르
산産 사파이어라고 한다.

"그때《마다가스카르》를 고르지 않기를 잘했군."

소메야 팀장은 다행이라는 얼굴로 말했다. 사실 15분 안에
확인 작업을 끝내지 못했는지 배달원 청년은 회사에서 호된

꾸지람을 들었다는 모양이다. 다 큰 어른인데 호된 꾸지람을 듣다니, 무심한 말투 뒤에 가려진 비참한 현실을 상상하고 싶지 않지만 청년이 안쓰러웠다.

다음 날 소메야 팀장으로부터 사건의 자초지종을 듣고 간단한 사실 확인을 거쳤다. 야마모토 야마에를 감시하는 일은 갑작스럽게 종료되었다. 카메라는 언제 회수하냐고 묻자, 저 맨션은 조만간 전 세대를 대상으로 케이블 TV 점검이 있을 예정이니 그때 하면 된다는 대답이 돌아왔다.

예상한 대로 보너스는 나온다고 했다. 정확히 10만 엔. 생각했던 것과는 조금 다른 것 같기도 하고 보너스를 받는다는 사실 자체로 기분이 좋은 것 같기도 하고 그야말로 타당한 금액 같기도 했다. 내일이면 이 일을 시작한 지 딱 한 달째가 되니 계약 갱신 서류가 갈 거라는 말도 들었다.

"소질이 있다고 위에 보고해놨어."

"그냥 앉아서 모니터를 보는 일인데 소질 같은 게 있나요?"

뭐, 그런 게 있을 수 있겠다고 생각하면서 물어보았다. "이 일을 하면서 정신건강의학과에 다니기 시작한 사람도 있거든" 그 말에 등골이 조금 서늘해졌다. 계약 갱신에 대한 답은 천천히 해도 된다는 말도 들었다. 나는 구인 공고에 적혀 있던 '정규직 세후 17만 엔(호봉 포함), 4대 보험 혜택'이라는 문구를 떠올리면서 길을 건너 집으로 돌아왔다.

소질이 있다는 말을 들었을 때 썩 나쁜 기분은 아니었고 조건도 스스로 정해둔 최소 기준보다 약간 좋은 편이긴 한데 과연 이 일을 계속해도 괜찮은 걸까.

이틀 연속 일찍 퇴근했어도 우선 잠부터 자야겠다는 생각이 떠오르는 것을 보니 새삼 그동안 장시간 근무에 익숙해졌구나 싶다. 부모님은 정년퇴직했지만, 비록 아르바이트일지언정 여전히 경제 활동을 하고 있어서 집에 가보았자 아무도 없었다. 거실 소파에 앉아 옆에 놓인 신문을 집어들었다. 얇은 걸 보니 어제 날짜 석간인 듯했다.

아무 생각 없이 TV 면을 보려고 하다가 맞다, 어제 날짜지, 하고 내려놓으려는데 이왕 신문을 집었으니 대충 훑어보자 싶어서 느릿느릿 넘기기 시작했다. 시선이 글자에 머무르지 못하고 계속 주변을 배회했다. 글자를 제대로 읽기 힘드니 사진도 머리에 잘 들어오지 않았다. 피곤해서 그럴 것이다. 연일 모니터를 응시하느라 생긴 후유증인지도 모르고 전 직장에서 쌓인 피로가 여태 풀리지 않아서인지도 몰랐다.

펼쳐든 신문을 다시 접기도 귀찮아서 지면을 멍하니 바라보는데 문화면에 야마모토 야마에 이름이 보여서 눈이 휘둥그레졌다. 아니, 이제 막 그 사람의 일을 끝낸 참인데 왜 또 여기서 보게 된담. 가벼운 에세이 기고란이었다. 정말 별것 없는 내용이었다. 신문을 반으로 접어 치워버릴까 아니면 일단 무슨 내용인지 읽어볼까 잠시간 망설이다가 결국은 읽어버렸다.

〈서른 중반이나 되는 나이에 TV에서 본 괴담이 잊히지 않아 한동안 등 뒤를 신경 쓰는 나날이 이어졌다. 잘 때도 깨어 있을 때도 유령 생각에 사로잡혀 일도 제대로 하지 못하고 힘들어하는 날이 계속되었다.〉

익히 아는 내용이었다. 태평한 사람이었다.

〈일종의 자승자박 상태였다. 자박自縛이라고 하니 지박령地縛靈이 떠오르는데 혹시 내 주위에 유령이 있다면 지박령일까 아니면 부유령浮遊靈일까 궁금했다. 지박령은 그렇다 치고 어릴 때는 부유령이 부러웠다. 둥둥 떠다니니까 여행도 마음대로 갈 수 있을 것 아닌가. 어쩌면 브라질 같은 먼 나라도 갈 수 있을지 모른다.〉

바보 아니야? 둥둥 떠다니면 뭐 해, 다 통과해버리니까 교통 기관도 이용할 수 없을 테니 결국은 걸어서 가야 하는데. 설령 갈 수 있다고 쳐도 브라질까지 누가 걸어서 갈 생각을 하느냔 말이다.

〈그에 비하면 지박령은 아주 한가할 테니 딱하다는 생각이 든다. 계속 한 곳에 있어야 하니까. 나라면 TV를 즐겨보는 주부가 있는 거실이나 영화관에 붙어 있고 싶은데 그들은 장소를 고를 수 없으니 모르긴 몰라도 퍽 괴롭지 않을까. 근처에 사람이 없어도 힘들겠지만 재미없는 사람들만 가득한 곳에 있어도 고역일 것이다. 내 방에 지박령이 있다면 아마도 그는 너무 지루한 나머지 미쳐버릴지도 모른다.〉

　기분 탓인지 몰라도 위산이 분비되는 느낌이 들었다. 야마모토 야마에처럼 뒤를 돌아보지는 않았지만, 신문을 쥔 손에서 나도 모르게 힘이 빠져나갔다.

　〈나는 한 달에 한 번 정도 그냥 이유 없이 발톱을 깨물고 싶은 날이 있는데 유령을 무서워하던 시기에 그런 충동에 휩싸였지만 애써 참아냈다. 유령도 굳이 그런 것을 보고 싶지 않을 테니 말이다. 감시를 당하는 사람에게도 매너라는 것이 있는 법이다.〉

　야마모토 야마에에 대한 모든 것을 알고 싶지도 않고 알지도 못한다고 생각해왔다. 사실 머릿속 어딘가에서는 그를 제법 잘 알고 있다고 자만했는지 모르겠다. 이렇게 단순히 겉으로 드러나는 버릇조차 알지 못한 주제에.

　두통이 일었다. 계약 갱신은 포기해야겠다.

제2화

버스 음성 광고를

제작하는 일

다시 일자리를 알아봐야 해서 신착 구인 공고를 줄줄 읽으면서도 오랜만에 하는 외식이니 오늘은 뭘 먹는 게 좋을까 들떠 있었다. 뒤에서 누가 부르는 소리가 들렸다. 목소리로 보아하니 전에 감시 일을 소개해준 상담원 같았다. 별로 내키지 않았지만 안녕하세요, 하는 인사와 함께 입꼬리를 끌어올려 웃는 얼굴로 뒤를 돌아보았다.

"계약 갱신을 하지 않으셨다고 들었어요."

"아, 네ㅡ."

"드물게 소질 있는 사람이었는데 그만뒀다고, 그쪽에서도 많이 아쉬워하더라고요."

"아, 네ㅡ."

겨우 맞장구만 쳤다. 상대방은 무어라고 자꾸 이야기하는 데 단답형으로 대꾸하자니 차츰 죄책감이 고개를 들었다. 이 대로 그냥 지나가면 좋겠다는 마음과 이번에는 정말 나한테 맞는 일을 소개할지 모르니 가만히 있어 보라는 마음이 혼재했다. 계약을 갱신하지 않은 이유를 뭐라고 댈지 궁리했다. 상담원은 이렇게 서서 이야기할 게 아니라면서 상담실로 이끌었다.

나를 담당하는 상담원 마사카도 씨는 차를 내준 후 목에 걸린 틴트 안경을 쓰고 예전 상담 기록으로 보이는 파일을 대충 눈으로 훑었다. 마사카도 씨는 과연 몇 살일까 생각하면서 그가 말을 꺼낼 때까지 얌전히 기다렸다. 얼굴이나 손에 잡힌 주름으로 봐서 예순은 넘었을 것 같다. 부드러운 말씨나 상냥한 태도를 생각하면 젊을 때부터 쉬지 않고 일해온 커리어 우먼과 거리가 멀어 보였지만, 내가 전 직장에서 힘들었던 인간관계에 대해 털어놓자 마사카도 씨는 공감해 주었다. "역시 그게 제일 힘들죠, 그것만 문제없으면 월급이 좀 적더라도 견딜 수 있는데 말이에요." 그 일을 떠올리면 나름대로 직장을 다녀본 경험이 있는 듯했다.

"계약을 갱신하지 않은 이유가 일신상의 사유라고 되어 있네요."

"네."

보통은 그렇게 쓰면 된다고 인터넷에서 봤다. 사직서도 전부 '일신상의 사유'라고 쓰면 그냥 넘어간다. 30분마다 상사가 싫은 소리를 해도, 처음부터 존재하지 않는 서류인데도 분실했다며 책임을 추궁당해도, 동료 직원이 악랄한 유언비어를 퍼트려도, 늙은 바이어가 제안한 술자리를 거부했더니 거래 조건을 재검토하겠다는 통보가 날아와 책임을 강요당해도, 어떤 복잡한 사정이 있어도 '일신상의 사유'라는 한 마디로 뭉뚱그려졌다.

그러나 마사카도 씨는 그것으로는 납득이 안 되는 모양이었다.

"무슨 사정인지 좀 들어보고 싶은데 어떠세요? 다음 일을 소개해드릴 때 참고할 수 있게요."

그냥 좀 두려워졌다는 것, 그뿐이었다. 험한 일은 아니지만, 전생에 지은 죄가 많아서인지 내 그릇으로는 감당하기 벅차다는 생각이 들었다. 혹은 나처럼 이것저것 생각이 많은 사람에게는 적합하지 않다는 느낌이 들었다. 나는 소메야 팀장처럼 감시 일에 애착을 가질 수 있을 것 같지 않고 한 방에서 아르바이트로 일했던 오오이즈미 씨처럼 쿨한 성격도 아니었다. 회사는 나를 멘탈이 강한 사람으로 판단했는지 몰라도 아마 언젠가는 정신적으로 피폐해졌을 것이다.

"종일 앉아서 일하는 게 힘들어서요. 야근도 너무 늦게까지 하고." 약간 고개를 움츠린 채 여러 이유 중에서도 무난한 것들만 골라 말했다. "정말 괜찮은 일이었지만 이대로 계속하다가는 회사에 민폐를 끼칠지도 모른다는 생각이 들더라고요."

"그래도 민폐가 될지 아닐지는 계속해보지 않으면 모를 것 같은데."

당연한 말이다. 그렇지만 어쨌든 이 부분은 몸이 힘들다는 말로 밀어붙일 심산이다.

"뭐랄까, 예상 범위 안에 있다고 생각했는데 갑자기 제 통제를 벗어난 사건이 벌어지는 일도 저한테는 좀 안 맞더라고요."

"그렇군요. 콜라겐 추출을 지켜보는 것과 비슷한 종류의 일을 희망하셨는데 그렇게 큰일이 벌어졌다면 당황할 만도 하네요."

"죄송합니다." 마사카도 씨는 사과했다. "아니, 뭐 기본적으로는 제가 희망한 일과 다르지 않았고 감당해내지 못한 저한테도 책임은 있으니까요, 저야말로 죄송합니다." 나도 사과하면서 둘 다 서로 죄송하다고 하는 장면이 연출되었다.

"역시 항상 담담하게 할 수 있는 일이 좋으신 거죠?"

"네. 너무 갑작스럽지 않으면 되니까 가끔 변화가 있는 정도는 괜찮을 것 같아요."

"여전히 사무직을 희망하시는 거고요?"

"네."

사무직을 희망하면서 종일 앉아서 하는 일은 또 싫다니 그런 모순이 어디 있느냐는 생각도 들었지만, 일단은 대충 그렇게 말해두었다. 거기서부터 조금씩 타협해나가면서 보다 나은 조건을 끌어낼 속셈이었다.

마사카도 씨는 내 상담 기록과는 다른 파일을 펼쳐서 빠르게 넘기기 시작했다. 그냥 괜찮은데, 하는 생각도 들었다. 일을 소개해주지 않아도 된다는 말이 아니라 그렇게까지 열심히 나를 신경 써주지 않아도 된다는 의미다. 구직 상담할 때 전 직장에서 얼마나 신체적으로 또 정신적으로 에너지가 소모되었는지 인내심 있게 들어주었던 사람이라고는 해도 말이다.

"한 군데, 괜찮아 보이는 곳이 있군요." 마사카도 씨는 내가 볼 수 있도록 파일을 돌려주면서 업무 상세 난을 읽었다. "일시적으로 일손이 부족해져서 급하게 사람을 찾는다고 해요. 채용 기간은 최소한 한 달 이상. 이후부터 회사 사정에 따라 협의한다고 하네요."

나는 파일을 앞으로 끌고 와 구인 공고를 응시했다. 급여는 감시 일과 비슷하지만, 정규직이 아니어서 건강 보험 혜택은 없는 듯했다.

"어느 정도 변화도 있으면서 평온하게 일할 수 있는 사무직." 마사카도 씨는 마치 처음 보는 간판을 읽듯 또박또박 말했다. "딱 희망하시는 일이라는 생각이 드네요."

\* \* \*

"사실은 그 일 말고도 에리구치를 좀 감시했으면 해." 면접관이자 채용 담당자인 가제타니 과장은 진지한 얼굴로 말했다. 그 일이란 이번에 채용된 마을버스 음성 광고 제작을 말했다. 첫날부터 나는 다시금 누군가를 감시하는 일을 떠맡게 된 상황이었다.

"에리구치 씨에게 무슨 문제라도 있나요?"

담당 부서의 유일한 선배이자 앞으로 내게 일을 가르쳐줄 사수인 에리구치 씨는 퇴근 시간이 되자마자 가고 없었다. 에리구치 씨는 비록 나보다 나이는 어렸지만 아주 차분하고 믿음직스러워 보였다.

"있다고도 할 수 있고 없다고도 할 수 있어."

가제타니 과장은 턱 밑으로 깍지를 끼고 뭔지 몰라도 꽤 심각한 분위기를 풍기며 나를 올려다보았다. 유난히 볼륨을 준 헤어스타일에서 젊게 보이려고 애쓴 흔적이 눈에 들어왔다. 이 회사에 온 지 아직 하루밖에 안 지나서 당장은 그런 것들 외에 트집 잡을 만한 데가 보이지 않았다.

"뭘 감시하면 되는 거죠?"

"뭐, 이것저것. 에리구치가 만드는 광고 문구의 정확성부터 시작해서."

"아, 업무 내용을 체크하라는 말씀이군요."

"아니, 그거 말고도." 가제타니 과장은 조금 과장된 느낌으로 천천히 고개를 저었다. "에리구치가 일하는 태도에서 뭔가 느껴지는 게 있으면 보고해달라는 얘기야."

참 모호한 이야기였다. 뭔가 느껴지는 거라니 오늘 처음 만났으니 당연히 에리구치 씨가 하는 모든 일에서 뭐든 느껴지는 게 있었다. 오후 3시 간식 타임에 오레오를 분해해서 먹는다든지 볼펜은 굵은 심을 선호한다든지 등등.

"제가 봤을 때 이상하다고 느껴지는 게 있으면 보고할게요."

뭔가 숨기듯 모호하게 표현한 말을 알기 쉽게 번역해서 그대로 되돌려주자 가제타니 과장이 음, 하고 홀로 고개를 끄덕였다. "그럼 내일 뵙겠습니다"하고 말하며 일지를 챙겨 들었다. 자기가 하기 싫은 일을 나한테 떠넘겨서인지 왠지 기분이 풀려 보이는 가제타니 과장에게 인사하고 아직 많은 직원이 남아 일하고 있는 사무실을 뒤로했다. 역 앞에 있는 7층짜리 빌딩의 3층과 4층을 쓰는 버스 회사는 크지도 작지도 않았다. 지극히 흔한 규모였다. 나는 이제부터 최소 한 달 동안 파티션으로 둘러싸인 3평 남짓한 공간에서 에리구치 씨라는 젊은 여성과 둘이서 일을 하게 된다.

감시하라는 말을 듣긴 했지만 대체 뭘 감시하라는 거지? 오늘 종일 내 옆에 붙어서 일을 가르쳐준 에리구치 씨에 대해 생각했다. 일단 나보다는 상당히 어리다는 이미지가 떠올랐다. 어쩌면 나보다 열 살은 더 나이가 적을지도 모르겠다. 키가 작고 목소리도 작다. 대학생들이 취업 활동할 때 입는 것 같은 기본 정장 차림에 화장기 없는 얼굴이 수수해 보였다. 에리구치 씨는 정해진 글자 수 내에서 광고를 원하는 가게나 회사, 병원, 복지시설 등의 특징을 빠짐없이 전달해야 하는, 가르치기 어려운 업무 요령에 대해 제법 적확하게 지도해주었다. 내가 몇 번이나 엉뚱한 내용을 작성해도 싫은 내색 하나 없이 참을성 있게 몇 번이고 가르쳐주었다. 겉보기에 아직 낯설어서인지 조금 무뚝뚝하게 느껴지지만 익숙한 일을 여유롭게 처리해내는 모습에서는 사람이 달라 보였기에 에리구치 씨에 대한 색다른 감상이라고 하면 그 정도가 다였다. 내가 이 회사에 와서 만난 사람 중에서 가장 무해해 보인다고 해도 과언이 아니었다. 오히려 젊게 보이려고 애쓰는 가제타니 과장이 경계심을 불러일으켰다. 그래봤자 아직 근무 첫날이라서 둘 다 대략적인 느낌에 불과했지만.

나는 에리구치 씨를 감시하라고 지시받은 일에서 합당한 이유를 찾지 못했다. 가제타니 과장의 말을 한쪽 귀로 듣고 한쪽 귀로 흘린 채 첫 퇴근길에 올랐다. 여기는 전에 다니던 곳보다 조금 거리가 있어서 자전거를 이용해 출퇴근하는 것이 편리했다. 주변에 패스트푸드점이나 대형 마트, 그리고 DVD 대여점 정도는 있는, 그럭저럭 번화한 지역이었다. 집 바로 앞에 있던 전 직장만큼 폐쇄적인 느낌이 들지 않기를 기대할 따름이다.

국도를 따라 자전거를 타고 달리면서 문득 에리구치 씨를 감시하는 일은 업무 내용에 없으니 수당을 받아야 하는 게 아닐까 생각이 들었지만 이내 아마 안 나오겠지, 하고 고개를 저었다. 도대체 에리구치 씨의 뭘 감시하라는 걸까. 저래 보여도 뒤에서 부정한 짓을 저지르고 있는 걸까? 그렇다면 어떤?

마을버스에 음성 광고를 내고 싶어하는 업체에 관한 홍보 문구를 정해진 글자 수 내로 뽑아내야 하는 일은 할 만했지만, 첫날부터 수상한 부탁을 받아서 마음이 무거웠다. 조금 신경 쓰이긴 하는데 제대로 확인하려니 귀찮아서 저렇게 말해본 것이겠지, 하고 이제까지의 경험에 비추어 마음대로 추측해버렸다. 과장이 부탁한 일은 틈나는 대로 하되 우선은 일을 배우는 데에 집중하자고 마음먹으며 페달을 밟았다.

* * *

마을버스 아호도리\*호를 계속 운행할지 노선을 없앨지에 관한 논의는 회사 내에서도 이미 반년 이상 계속되어왔다고 한다. 적자는 아니어도 수익이라고 하기에는 그다지 의미 없는 금액이어서 2년 전에 '노선을 폐지하겠습니다' 공지를 냈다가 지역 주민의 극심한 반대에 부딪혀 결국 계속 운행하기로 결론이 났다. 그러나 올해 들어서 차량 내부 비품을 교환할 시기가 닥쳤는데도 예산을 확보하지 못하자 계속 운행할지 노선을 없앨지에 대한 의견이 또다시 분분해졌다고 한다.

버스 회사는 또 노선을 폐지한다고 말을 바꿀 수는 없는 노릇이라고 판단했다. 지금까지 정류장 하나당 있거나 없는 정도에 불과했던 음성 광고를 늘리고 가게나 회사, 병원, 학원 등에서 얻은 광고비로 버스 유지비를 충당하면서 일단 해보는 데까지 해보자는 작전을 쓰기로 했다. 그러나 카피라이터에게 외주를 주면 그만큼 비용이 발생하기 마련이니 사내에서 인원을 차출해 광고 문구를 작성하게 한 것이다.

그러므로 에리구치 씨는 회사에서 줄곧 이 일을 해온 것이 아니며 솔직히 자기가 해야 할 일도 아니라고 생각한다고

---

\* 앨버트로스. 큰 바닷새로 사람이 다가가도 달아나지 않는데서 아호(바보)라는 이름이 붙었다고 한다.

말했다. 나 또한 그럴 것이라고 했다. 단지 내 경우에는 음성 광고를 제작하고 편집하는 전담 직원으로 채용되었기 때문에 버스 내부 비품 비용을 조달하기 위한 음성 광고가 다 완성된 후에도 이 회사에 계속 있을 수 있을지 어떨지 불투명했다. 에리구치 씨는 지지난달까지 총무부에 있었던 모양이지만 음성 광고를 제작하는 솜씨는 퍽 좋은 편이었다.

다른 회사에서는 어떻게 하는지 모르겠지만, 하고 운을 떼면서 에리구치 씨가 음성 광고 제작 흐름을 설명해주었다. 먼저 아호도리호 차체나 회람판 등에 광고 모집 공고를 내서 광고를 희망하는 가게나 회사, 혹은 병원 등을 모집한다. 계약이 이루어지면 업체에 연락해서 광고에 어떤 내용을 강조하고 싶은지 물어보고 자료를 받아 훑어본다. 필요하다면 가볍게 취재해서 광고 문구를 작성해 광고주에게 보낸다. 컨펌이 나면 목소리 좋은 직원에게 광고 문구를 읽게 해서 녹음한다. 음성 데이터를 광고주에게 보내 최종 수정을 거치면 한 편의 음성 광고가 완성된다. 한 번에 많은 글자를 읽으면 금세 지쳐서 자료를 볼 수 있을지 어떨지 걱정했는데 다행히 괜찮아졌다.

정류장 하나당 최소 두 군데는 광고가 들어왔으면 좋겠다는 희망대로, 신규 광고는 삼십여 곳이 넘게 들어왔고 지금도 계속 늘고 있다고 한다. 그렇게 들어오는 대로 다 받다가는 버스가 달리는 내내 끊임없이 광고 방송이 흘러나오게 되는 것 아니냐고 우려했지만, 승객들은 예전에 아호도리호 노선이 폐지될 뻔한 일을 기억할 테니 그 정도는 이해해주지 않겠느냐며 회사에서는 대수롭지 않게 여기는 모양이었다.

첫날과 그다음 날, 이틀에 걸쳐 나는 오랜 전통으로 유명한 화과자 전문점에 관한 광고 문구를 작성했다. 연락할 때마다 팔고 싶은 상품이 바뀌는 탓에 골치가 아팠다.

〈어? 이런 곳에 커다란 만쥬가 있네. 반으로 갈랐더니 그 안에 또 작은 만쥬가 빨강, 노랑, 초록 세 개나 들어있어! 이렇게 복스러운 만쥬는 처음이야! 경사스러운 날에는 전통 화과자 전문점 바이후안의 호라이산!〉

나는 호라이산이라는 거대한 만쥬의 존재를 이번에 처음 알았다. 결혼식 축하 선물 등으로 보내기도 하는 것 같았다. 커다란 만쥬 안에 작은 만쥬가 들어 있어서 별칭이 '애 딸린 만쥬'였다. 바이후안 사장은 처음에는 매실 젤리, 다음에는 월병, 그다음은 라쿠간★을 주력 상품으로 밀고 싶다며 광고 문구를 세 번이나 수정하게 한 다음에야 겨우 호라이산으로 최종 결론을 내렸다. "점점 단가가 높은 상품으로 바뀌었네요." 에리구치 씨는 바이후안 상품 카탈로그를 보더니

---

★  화과자 중 고급품으로 다식과 비슷함.

말했다.

"매실 젤리가 180엔, 월병이 210엔, 라쿠간이 제일 작은 상자로 500엔, 호라이산이 4,800엔."

"끝에 가서 갑자기 비싸졌네요."

"매실 젤리를 10개 파는 것보다 호라이산을 1개 파는 편이 더 이익이니까 마음을 바꾼 거겠죠."

호라이산을 선물할 만한 일이 그렇게 있을까 싶었다. 한편으로 경사스러운 날에는 호라이산이라고 단언해버리면 나중에 누군가 결혼한다고 할 때 떠올릴 것 같았다. 또 아호도리호가 순환하는 지역에는 고령자들이 많이 산다고 했다. 결혼 축하 선물로 양과자 같이 겉멋만 잔뜩 든 걸 선물할 수야 없지, 하는 남자 노인에게도 기꺼운 소식이 될 거라고 에리구치 씨는 말했다. 그야말로 버스 회사 마인드를 대변하는 긍정적인 사고방식이었다.

에리구치 씨는 지난 이틀 동안 나를 지도하는 틈틈이 광고 문구를 두 개 만들었다. 하나는 부동산이고 나머지 하나는 이비인후과였다.

〈우리 가게도 넓은 데로 옮기면 장사가 잘되지 않을까? 아이가 자라면 좀 더 큰 집으로 이사해야 할 텐데. 이럴 때는 바로 마루모토 홈으로 전화 주세요! 간판에 그려진 고릴라도 마루모토 홈이라면 안심이라고 하네요! 우갸갸갸!〉

〈당장 내일이 데이튼데 자꾸 콧물이 나와서 어떡하지! 다음 주 아이가 피아노 콩쿠르에 나가는데 귀가 잘 안 들려! 이럴 때는 대나무 이비인후과를 찾아주세요! 정원에 소나무가 우뚝 솟은 곳이랍니다! 병원 이름은 대나무지만 정원에는 소나무가 있다는 사실, 기억해주세요!〉

확장 이전을 계획 중인 자영업자나 아이에게 자기만의 방이 필요하다고 생각하는 부모, 당장 내일이 데이튼데 콧물이 멈추지 않아 고생하는 남녀나 아이 피아노 콩쿠르에 가야 하는데 귀가 잘 안 들리는 부모 등 홍보 대상 범위가 퍽 좁아 보였다. 에리구치 씨에 따르면 막연하게 '어떤 곤란한 상황에 놓인 사람'보다는 홍보 대상 범위를 구체적으로 설정하는 편이 고객들한테 잘 먹힌다고 한다. 실제로 효과가 있는지 없는지는 버스에서 음성 광고를 내보내지 않고서는 모르지만 말이다.

이렇게 작성한 광고 문구는 늦어도 퇴근하기 1시간 전에 녹음 작업을 시작해서 끝나는 대로 아호도리호의 각 차량으로 송신하면 다음 날 운행할 때 방송된다. 짧은 제작 기간을 아호도리호에 광고를 내는 장점으로 내세워 영업하고 있다고 한다.

음성 녹음 작업도 에리구치 씨와 내가 담당한다. 오후 3시가 되면 경리과 가토리 씨를 찾아가 광고 문구를 읽어달라고

해서 녹음한다. 에리구치 씨와 함께 천장에서 길게 내려온 경리과 표찰이 있는 곳으로 갔다. 가토리 씨는 키보드에 손을 올린 자세로 살짝 인상을 쓴 채 돌아보며 피로에 찌든 모습을 노골적으로 드러냈다.

"에리구치, 오늘도 해야 해?"

"죄송해요. 앞으로 한 달이면 끝날 거 같아요."

"아, 진짜. 난 에리가 쓴 그 이상한 원고 읽으려고 회사 오는 거 아니란 말이야. 난 경리과 직원이라고."

확실히 목소리는 좋았다. 오후 라디오 방송에 나오는 DJ 목소리 같았다. 뭐랄까, 하마무라 준*이나 쇼후쿠테이 니카쿠**나 신노신***과 공동 진행하면 잘 어울릴 것 같달까. 편안한 음색과 시원시원한 발성 둘 다 갖춘 목소리였다.

"조금만 도와주세요."

"피곤하단 말이야. 말할 기운도 없다고." 가토리 씨는 몸을 옆으로 흔들면서 아이처럼 하기 싫다고 칭얼댔다. 기분파처럼 보였다. "근데 저 사람은 이번에 들어왔다던 그 신입?"

"안녕하세요. 처음 뵙겠습니다."

내가 이름을 대며 인사하자 가토리 씨는 자리에서 일어나

---

★ 浜村純, 1935년생 일본 남자 배우 겸 라디오 DJ.

★★ 笑福亭仁鶴, 1937년생 일본 남자 만담가 겸 라디오 DJ.

★★★ 新野新, 1935년생 일본 남자 방송작가 겸 라디오 DJ.

자세를 똑바로 하더니 잘 부탁한다며 예의 바르게 인사했다. 나쁜 사람은 아닌 듯했다.

"가토리 씨, 지금 마침 당이 떨어질 시간이네요. 자, 일단 이것부터 드시고 할까요?"

에리구치 씨는 주머니에서 월병을 꺼내 가토리 씨에게 건넸다. 가토리 씨는 미간을 모으고 눈을 크게 뜨더니 오오, 하고 노골적인 제스처로 감동했다는 표현을 하면서 에리구치 씨 손에서 월병을 낚아챘다. 아마 바이후안에서 받은 샘플일 것이다.

"그거 다 먹고 나면 저쪽 파티션 있는 곳으로 와 주세요."

"알았어."

가토리 씨는 서둘러 포장을 벗기더니 월병을 덥석 물었다.

"가토리 씨만 믿어요."

"알았다니까."

그 후 가토리 씨는 약속대로 우리가 작업하는 곳으로 왔다. 사무실 한구석에 마련된 '음성 광고 제작부'라고 적힌 파티션에서 지난 이틀 동안 만든 세 건의 광고 문구를 무난한 목소리로 읽어주었다. 녹음이 끝나자 에리구치 씨는 상으로 준비했는지 가토리 씨에게 월병을 하나 더 건네주었고 "고마워, 내일도 열심히 할게!"라는 말까지 자연스럽게 받아냈다.

녹음 작업은 4시 전에 마무리되어 에리구치 씨는 4시 55분까지 녹음 파일을 편집해서 버스 정비 담당자 앞으로 송신했다. 나를 가르치며 작업하느라 55분에 마친 셈이니 혼자서 했다면 좀 더 빨리 끝냈을지도 모른다. 그런 다음 에리구치 씨는 5분 만에 업무 일지를 쓰고 퇴근했다. 나는 컴퓨터로 녹음 파일을 편집하는 과정을 노트에 정리하다가 에리구치 씨보다 일지 제출이 조금 늦어졌다.

업무 일지를 담당하는 가제타니 과장의 서류 트레이 위에 일지를 올려놓고 먼저 퇴근하겠다고 고개 숙여 인사했다. 그러자 잠깐, 하고 가제타니 과장이 손짓해서 나는 책상 옆으로 다가갔다.

"에리구치한테서 뭔가 이상한 점 없었나?"

"글쎄요, 딱히."

이상하기는커녕 빠릿빠릿해서 일만 잘하던데. 같이 일한지 이틀밖에 안 됐으면서 이런 말 하는 것도 그렇지만 음성 광고 제작부 직원으로서 최적의 인재가 아닐까 싶다. 일을 배우는 동안 언젠가는 저렇게 능숙해질 날이 오겠지만 지금까지 여러 회사를 다녀 본 경험에 비추어 볼 때 내가 에리구치 씨만큼 되려면 상당한 시간이 걸릴 것이다.

"계속 일하다 보면 틀림없이 좀, 이상하다 싶은 일이 생길 거야…."

가제타니 과장은 살짝 부푼 머리가 눌리지 않도록 한 손으로 감싸며 말했다. 에리구치 씨한테서 직접 일을 배우는 처지인데, 사수를 의심하면서 어떻게 회사 생활을 하겠느냐고 생각했다. 속으로 이 아저씨, 과대망상이 따로 없네, 하고 중얼거렸다.

"구체적으로, 어떤 부분이 이상하다는 거죠?"

주제넘은 행동으로 보이지 않을까 하는 생각이 잠깐 스쳤지만, 원래 나이 먹으면 두꺼워지는 건 얼굴이라고 속으로 변명을 덧붙이면서 되도록 악의가 느껴지지 않게 느린 말투로 물었다. 가제타니 과장은 고개를 갸웃거리며 잠시 침묵하더니 심각한 목소리로 입을 열었다.

"없다고 생각하면 있고, 없애버리면 정말 사라지기도 하거든."

"…아…네."

혹여라도 말끝이 올라갈까 봐 나름대로 애쓴 결과였다. 가제타니 과장은 아니야, 됐어, 하고 손을 내젓더니 뒤이어 "뭔가 이상한 점이 있으면 보고해줘"하고 말하고 일지 트레이를 끌어와서 건성건성 넘겨보기 시작했다.

없다고 생각하면 있고, 없애버리면 정말 사라진다니. 그게 뭘까. 회사에서 쓰는 문구류를 말하는 걸까. 에리구치 씨는 회사 비품을 훔치고 있는 걸까. 하지만 그 정도는 괜찮지 않나? 일만 잘한다면야.

출입문까지 왔을 때 문득 뒤를 돌아보았다. 가제타니 과장은 그새 일지를 볼 마음이 가셨는지 트레이를 원래 있던 자리로 다시 밀쳐놓고 커다란 주택지도를 펼쳐서 한 손으로 머리를 부여잡은 채 뭔가를 집중해서 읽고 있었다.

무심코 귀찮은 일에 엮이는 건 질색인데, 하고 생각하면서 라커룸으로 향했다. 이 회사를 한 달 다니고 그만둘 각오도 하고 있지만 가능하면 여기 있는 동안에 매일 무탈하게 보내고 싶었다. 더는 일하면서 소모적인 감정에 끌려다니고 싶지 않았다.

그래서 나는 가제타니 과장이 안고 있는 불안 따위는 무시하기로 마음을 정했다. 겉으로 보기에 약간 경박한 면이 있기는 해도 고민하는 모습은 거짓이 아니라는 생각이 들었다. 그렇게 에리구치 씨가 마음에 걸린다면 본인에게 직접 물어보는 게 빠를 텐데, 왜 나한테 감시하라는 건지, 원.

아무리 생각해봐야 답은 나오지 않았다. 이 직장에서 일한 지 이제 겨우 이틀밖에 되지 않았으니 당연한 얘기지만.

\* \* \*

가제타니 과장이 말하는 에리구치 씨의 이상한 점은 끝내 발견하지 못한 채 새로운 직장에서 첫 주말을 맞았다. 나는 아호도리호에 타 보기로 했다. 집에서 조금 거리가 있는 곳을 다니는 노선이고 주로 전철을 이용하기 때문에 버스는 두 달에 한 번 정도밖에 타지 않았다. 실제로 타 보니 단돈 100엔으로 주요 지점을 다 돌아볼 수 있다는 점은 확실히 편리했다.

정류장이 대부분 제법 규모가 있는 마트, 시청, 각종 병원은 물론 DVD 대여점, 서점, 파칭코 가게, 패밀리 레스토랑, 상점가 입구 등이어서 대체로 이 노선만 이용해도 생활하는데 별다른 지장은 없어 보였다. 단지 정류장 간 거리가 먼 탓에 순환하는 범위가 조금 넓어서 소요 시간이 길다는 것이 단점이라면 단점이었다. 아호도리호를 이용하는 사람은 노인이나 주부, 어린이가 대다수여서 시간이 걸린다는 점에 관대한 모양이었다.

버스 안에 흐르는 음성 광고는 진짜 가토리 씨 목소리여서 나도 모르게 살짝 감동하고 말았다. 출퇴근할 때 아호도리호를 이용한다는 가토리 씨는 가끔 듣다 보면 창피해 죽겠다고 점심시간에 만나면 진저리를 쳤지만 내가 듣기에는 전문 성우와 어깨를 나란히 해도 될 만큼 자연스러웠다.

〈앉기만 해도…우울해지는… 괴로운 치질. 누구에게도 말하기 힘든 고통이지요. 그 답답한 마음을, 다구치 항문 병원에서 마음껏 털어놓으세요. 저희와 함께 묵은 고민을 날려버

립시다! 앉는 건 이제 두렵지 않아!〉

"앉기만 해도…"라는 부분에서는 목소리가 진짜 슬프게 들려서 연기 실력도 수준급이라는 생각이 들었다. 가토리 씨는 녹음 작업을 하면서 새삼 이 동네에 다양한 가게와 병원이 있다는 사실을 깨달았다고 한다. "우리는 의외로 우리가 사는 동네를 잘 모르는 것 같아요." 차분한 어조로 말했다.

음성 광고는 대형 체인점이나 향토 기업 같은 굵직한 업체보다는 지역 소상공인을 위주로 차례차례 소개했다. 내가 지금까지 들은 광고 중에서 그런 곳이 있었나 의아하게 생각했던 업체는 국수 제면소와 커피 로스팅 도매점, 해외 브랜드 로드바이크 정식대리점이었다. 하나같이 큰길에서 안쪽으로 조금 들어간 곳에 있어서 정류장에 내렸을 때 찾아가는 길에 대한 설명도 간략하게 덧붙였다. 비교적 쉬운 편이어서 내가 여태 정류장 바로 앞에 있는 가게만 맡았는지도 모르겠다.

의외로 사람들은 자기가 사는 동네에 대해서 잘 모른다는 가토리 씨 말은 정말이었다. 실제로 아호도리호에 올라타 흘러나오는 광고를 들으며 바깥 풍경을 바라보고 있으니 여러 가지 새로운 사실이 눈에 들어왔다. 예전에 아호도리호와 노선이 겹치는 버스를 타고 출퇴근한 적이 있는데 아마 그때 보지 못했던 것들이 보이기 시작하는 게 아닐까 싶었다.

내가 감동에 젖어 어쩌면 좋은 일을 하는 곳에 취직했는지도 모른다고, 한 달로 끝내기는 아쉽다고 멍하니 생각하는 동안 버스가 평소 자전거를 타고 지나다니는 외곽 지역으로 들어섰다. 마을버스가 일주하기까지 앞으로 세 정류장이 남아 있었다. 저녁으로 뭘 먹을지 아직 정하지 않았다는 사실이 떠올라 조금 시무룩해져서 눈에 익은 창밖 풍경을 바라보는데 길가에 새빨간 5층 건물이 있어서 깜짝 놀랐다.

〈태양을 좋아하시나요? 춤을 좋아하시나요? 하비에르 바르뎀★을 좋아하시나요? 그렇다면 극동 플라밍고 센터로 오세요! 플라밍고는 물론 스페인어 교실과 스페인 요리 교실도 있습니다!〉

5층 건물 창문에는 전부 노란색 커튼이 걸려 있었다. 과연 스페인다웠다. 극동이라는 이름도 거창했다.

나도 모르게 입을 벌린 채 창밖을 스쳐가는 극동 플라밍고 센터 건물을 올려다보면서 이게 정말 여기에 있었던가 눈을 의심했다. 이 근처는 그렇게 자주는 아니어도 조금 큰 서점과 생간장 우동이 맛있는 식당이 있어서 가끔 찾는 곳이었다. 한 달에 두 번 정도.

어떻게 지금껏 몰랐을까. 버스에 타고 있으니 건물 위쪽으로는 시선이 잘 가지 않아 몰랐던 걸까? 서점도 주로 밤에

---

★ 스페인의 다재다능한 남자 영화배우.

오니까 그냥 어두워서 알아보지 못한 걸까? 아마도 그게 유력한 이유겠지만.

이건 정말 새로운 발견이었다. 버스는 순조롭게 정류장을 일주했고 나는 아까 탄 곳에서 다시 내렸다. 걸어가면서도 여전히 어안이 벙벙했다. 가토리 씨가 말한 대로 우리는 의외로 우리가 사는 동네를 잘 알지 못한다는 말에는 공감하지만, 아무리 그래도 저렇게 큰 건물이 있다는 사실도 여태 모르고 살았다니 당황스러웠다.

직접 확인해야 직성이 풀릴 것 같아서 집과 반대 방향에 있는 극동 플라밍고 센터로 되돌아갔다. 낯익은 지상 1층 풍경 속에 얼마나 묻혀 있었으면 2층부터 새빨갛게 칠해진 건물을 못 보고 지나칠 수 있단 말인가.

확실히 금색으로 'la institución español del extremo oriente'라고 프린트된 투명한 유리문 너머로 플라밍고 의상이나 FC바르셀로나 유니폼이 아니라 평범한 책들이 늘어서 있었다. 책장이 보이는 광경은 건물 전체 외관에 비해서 상당히 수수하게 느껴졌다. 출입문 옆 작은 게시판에 '바스크 풍 케이크, 테이크아웃 가능합니다. 340엔. 언제든지 문의 주세요'라는 내용이 살짝 맥없는 글씨체로 쓰여 있었다. 도저히 플라밍고와 관련된 사람이 썼다고는 생각할 수 없을 만큼 기운 없어 보였다. 하비에르 바르뎀을 좋아하는 사람이 쓴 걸까.

　문을 열고 힘없이 발걸음을 옮겨 극동 플라밍고 센터 안으로 들어갔다. 테이크아웃한 케이크는 그럭저럭 맛이 있었지만, 그날은 잠이 들 때까지 석연치 않은 기분에서 벗어나지 못했다.

* * *

　극동 플라밍고 센터 건물 이후로 나는 때때로 아무 볼일이 없어도 버스를 타곤 했다. 퇴근 후 저녁에만 버스를 탔기 때문에 주변이 어두워진 탓도 있겠지만 그것을 고려하더라도 이런 건물이 있었나 싶은 경우가 왕왕 있었다.

　광고 건수는 착실히 늘어나서 정류장 하나당 최소 세 건의 광고가 방송되는 형태로 거의 오디오 마을 정보지 같은 양상을 띠고 있었다. 사실 처음에는 그렇게 쉴 새 없이 광고를 내보내면 승객이 시끄러워하지 않을까 하는 의문도 들었는데 가토리 씨 목소리는 생각보다 듣기 좋아서 한 번도 음성 광고가 시끄럽다는 민원이 들어온 적은 없다고 한다. 입사해서 한동안 녹음 파일 편집은 에리구치 씨가 도맡아 했다. 광고 문구를 작성하는 일보다 기계를 다루는 쪽이 하수가 할 법한 일처럼 느껴져서 문구만 쓰고 있어서 미안하다고 사과했다.

"아니에요, 천천히 해도 괜찮아요." 에리구치 씨는 상냥한 말투로 대답했다.

회사에 온 지 둘째 주가 시작될 무렵에야 겨우 혼자서 파일을 편집하게 되었다. 주로 전용 편집 프로그램을 이용해 기존 광고 뒤에 새로운 광고를 추가하고, 광고가 너무 길어서 정류장 간 주행 시간을 넘기지 않는지 체크했다. 지금은 정류장마다 광고가 골고루 배치되어 있지만, 극동 플라밍고 센터가 있는 '역 앞 교차로 내리막길' 정류장 근처는 번화가여서 그런지 광고를 희망하는 업체가 많아서 그런지 이제 빈 자리가 한 건 밖에 남지 않았다.

음성 광고를 갱신하는 작업은 대개 사흘에 한 번 이루어졌다. 에리구치 씨와 내가 하루에 몇 건씩 광고를 만들 수 있으면 매일 이루어지겠지만, 업체에 전화로 취재하면서 제작한 파일을 컨펌받는 방식으로 진행하는 지금으로서는 많이 만들어봐야 하루에 두 건이었고 어쩌다가 일이 잘 풀리면 세 건이었다. 전화 통화로 소통이 잘되지 않는 것 같다 싶을 때는 광고주가 요청하지 않아도 가게나 복지시설, 회사 등 직접 업체를 찾아가기도 했다. 시간이 남아도는 사장님한테 걸리면 오전 시간이 통째로 날아가 버리는 일도 있었다.

회사는 에리구치 씨와 내가 알아서 척척 광고를 제작해내고 있는 것에 이래라저래라 간섭하지 않았다. 서두르라고도 하지 않고 서두르지 말라고도 하지 않았다. 들어오는 광고는 되도록 다 제작해서 한정된 방송 시간 안에 어떻게든 욱여넣는 일이 에리구치 씨와 나에게 부과된 사명이었다.

어? 하고 의아한 생각이 들었던 것은 오늘 추가한 광고를 연속 재생하고 있을 때였다.

〈주말에 아들 야구 경기가 있는데 PTA★에서 나눠주는 도시락 용기가 없네, 어떡하지? 반찬가게에서 산 반찬을 좀 더 깔끔하게 담아갈 수 있으면 좋겠어. 이런 생각을 하시는 주부님들과 사장님들을 위해 이토 패킹이 있습니다! 식품 포장 용기는 이토 패킹으로 전화 주세요!〉

에리구치 씨가 만든 광고였다. 여느 때와 다름없이 구체적인 상황 설정과 가게 이름 및 포부를 늘어놓는 광고를 듣고 있는데 다음은 우메노키 초등학교 앞이라는 말이 흘러나와 나는 일시 정지 버튼을 눌렀다.

우메노키 초등학교 근처에 포장 용기를 취급하는 가게가 있었나? 있었다면 내가 모를 리가 없을 텐데. 나는 포장지나 일회용 도시락 용기 같은 것을 제법 좋아해서 만약 그런 가게가 있었다면 적어도 한 번은 찾아가 봤을 것이다.

'우메노키 초등학교 앞'은 그저께 버스를 타고 지나친 정

---

★ 학부모 운영위원회.

류장이었다. 하지만 그때 그런 가게는 분명히 없었다. 물론 골목 안쪽에 있다면 버스에 탄 상태로는 보이지 않을 테니 예전부터 거기에 있었던 가게라고 하면 할 말은 없지만.

직접 찾아가서 확인해봐야겠다는 생각보다는 위화감이 앞섰다. 나는 편집을 마친 파일을 송신하고 일지를 쓰고 에리구치 씨를 먼저 집에 보낸 다음 주택 지도를 찾으러 파티션으로 둘러싸인 작업 공간을 나섰다. 지도 자료는 가제타니 과장 뒤에 있는 책장에 정리되어 있어서 나는 태연한 얼굴로 다른 곳에 시선도 주지 않고 곧장 책장으로 갔다. 우메노키 초등학교 인근 지도가 수록된 금년도 판 지도책을 빼 들었다.

책장을 넘겨 우메노키 초등학교 주변을 훑었지만 《이토 패킹》이라는 가게는 보이지 않았다. 나도 모르게 찌푸려진 얼굴로 우메노키 초등학교가 포함된 지도에 그려진 건물들을 손가락으로 하나씩 짚어가면서 신중하게 확인했다. 없었다. 앞장과 뒷장도 그런 식으로 찬찬히 들여다보았다. 눈이 욱신거렸다. 역시 없었다. '이토'라는 성조차도 없었다.

책장 앞에 서서 주택지도를 펼쳐든 채 미동도 없이 집중해서 보고 있는데 어느 사이엔가 가제타니 과장이 옆에 와 있었다.

"어떻게 생각해?"

가제타니 과장이 대뜸 친한 척 주어고 뭐고 다 빼먹고 말을 거는 게 마음에 들지 않아서 나는 반사적으로 뭐가요? 하고 되물었다. 가볍게 한 걸음 뒤로 물러선 가제타니 과장이 아니, 그게 말이야 같은 말을 장황하게 늘어놓는 모습을 보니 내가 좀 쌀쌀맞게 굴었나 하는 생각이 들었다. 약간 소심한 사람인지도 모르겠다.

"그냥, 광고 내용과 가게 위치가 맞는지 확인하고 있었는데요."

"아, 그래…."

가제타니 과장은 고개를 젓고는 제자리로 돌아갔다. 적당히 맞장구를 쳐줄 걸 그랬나? 하지만 그렇게 할 수 있을 만큼 확신이 없었다. 지금 단계에서 에리구치 씨가 작성한 광고가 이상하다고 인정하기에는 근거가 부족했다.

업무 일지를 제출한 뒤 퇴근한 나는 이대로 집에 갈 마음이 들지 않아 결국 아호도리호에 올랐다. 정류장마다 펼쳐지는 풍경도 가토리 씨 음성 광고도 거의 흘려보내며 우메노키 초등학교 앞이라는 목소리가 나오기만을 기다렸다가 버스에서 내렸다.

주변은 완전히 어두워져 있었다. 밤에 보는 초등학교 운동장은 오래된 연못처럼 을씨년스러웠는데 당직실로 보이는 1층 어느 한 곳에는 불이 켜져 있어서 그나마 마음이 놓였다. 초등학교에서 대각선 방향으로 맞은편에 있는 바이후안이 셔터를 반쯤 내리고 마감 준비를 하고 있었다. 이 근방은 일찍 영업을 끝내는 편인지 다른 가게들도 전부 문이 닫혀 있었다.

나는 낮에도 시간을 낼 수 있는 주말까지 기다렸다가 올걸 하고 후회했다. 우선 바이후안이 있는 쪽으로 건너가서 길가에 늘어선 셔터에 적힌 가게 이름을 주의 깊게 읽어나갔다. 《이토 패킹》은 없었다. 무심코 회사에 전화해서 가제타니 과장을 불러낼까 생각한 순간, 길가에 면한 넓은 골목 건너편에 환한 불빛이 보였다. 아직 문을 연 가게가 남아 있는 모양이었다.

달려가 보니 크고 화려한 화분이 두 개 놓여 있고 이어서 검은 바탕에 금색 무늬가 그려진 초밥 용기, 주홍색 도시락 용기와 투명한 뚜껑, 원형으로 된 커다란 전채요리 용기 등이 기둥처럼 높이 쌓여 있었다. 일회용 젓가락이 넘칠 듯 가득 채워진 상자, 분홍색과 하늘색과 노란색으로 된 곰돌이 얼굴 모양의 바란★ 묶음이 셀 수 없을 만큼 널려 있었다. 두 화분 다 '이토 패킹님 축·개업 ○○ 상사 일동' 같은 문구가 검은색으로 적힌 팻말이 꽂혀 있었다.

나는 바란 묶음을 집어 든 채 이제 막 개업한 가게 내부를

---

★  음식이 섞이지 않도록 칸막이 역할을 하는 장식 비닐.

아연한 얼굴로 보고 있는데 어서 오세요! 하고 50대로 보이는 앞치마 차림의 남자가 인사를 건넸다.

"저…."

"네, 어떤 걸 찾으시나요?"

"저…혹시…이번에 개업하셨나요?"

"네, 맞습니다. 어제부터 영업 시작했어요." 남자는 호쾌하게 고개를 끄덕이며 화분으로 시선을 주었다. "원래는 얼마 전까지 저기 있는 바란 제조사에 다녔는데 이번에 아버님의 유지를 이어 식품 포장 자재 도매업을 시작했습니다."

"아버님의 유지라면…."

"사실은 생전에 가게를 여는 모습을 보여드리고 싶었는데."

남자는 감회에 젖은 표정으로 가게 안을 돌아보았다. 손님이 몇 명 있었다. 포도가 그려진 포장지를 진지하게 훑어보는 젊은 여성, 은박 냄비라고 인쇄된 커다란 상자를 품에 안은 중년 남성, 그리고 그 옆에 서서 알록달록한 은박 컵을 가리킨 채 뭐라고 이야기를 나누는 30대 중반 여성이 두 명 있었다.

"도시락을 싸 다니시나요?"

"아니요…."

지금 다니는 버스 회사 주변에는 편의점도 있고 도시락 전문점도 있어서 오전에 거래처 취재 일정이 있는 날이면 돌아오는 길에 검색해서 외식하는 것이 소소한 즐거움이었다. 그러고 보니 직장생활을 하면서 한 번도 도시락을 싸 본 적이 없었다. 아침에는 일 초라도 자는 게 더 좋았다.

"혹시 도시락 쌀 일이 생기면 꼭 찾아주세요. 파격적인 가격에 드리고 있으니까요. 매일 새 용기에 도시락을 싸다니면 위생적이고 보기도 좋답니다."

"아, 네."

동의는 하는데 아마 그럴 일은 없지 않을까. 내 마음을 읽었는지 어땠는지 가업을 물려받은 이토 패킹 2대 사장은 배 앞으로 손을 맞잡고 생글생글 웃고 있었다.

"그런데 주택지도를 보니 이 주변에 이토 씨라는 이름은 없던데 아버님께서는 예전에 한 번 이사하셨나 봐요?"

버스 회사 직원이라고 밝히지 않는다면 좀 더 세세하게 물어봐도 되겠다는 판단을 내리고 그렇게 물어보자 사장은 여전히 생글거리는 얼굴로 아니요, 하고 대답했다.

"전 사위거든요. 그래서 아버님과는 성이 다릅니다."

"아, 그렇군요."

"제 안사람의 성이 이토고 제 성은 나시야마입니다." 확실히 그런 이름을 주택지도에서 본 기억이 있었다. "나시야마 패킹이라고 간판을 내도 되지만 그렇게 하려니 처가 쪽에 좀 미안하더라고요."

그 후 사장님은 부인이 외동딸이라서 성이 바뀌어버리면 이토라는 성을 이을 사람이 없어지기 때문에 부인은 결혼 후에도 본가 성을 계속 유지하기로 했다는 것, 그런데 자기도 딸이 하나라서 앞으로는 어떻게 하면 좋을지 모르겠다는 이야기까지 늘어놓다가 다른 손님이 부르자 그제야 그쪽으로 자리를 옮겼다.

나는 더 이상 알고 싶지 않아서 가게를 나와 우메노키 초등학교 앞 정류장으로 돌아갔다. 막상 뚜껑을 열어보니 이 정도 일이구나 싶은 생각이 들면서도 석연치 않은 느낌은 그대로였다. 도착한 버스에 올랐다. 가제타니 과장이 말하는 '뭔가 이상하다 싶은 것'과 내 느낌이 일치하는지 모르겠지만 가제타니 과장이 아예 터무니없는 불안을 품고 있는 것은 아니라는 사실을 알 수 있었다.

아무리 생각해도 너무 빨리 방송된다는 느낌을 지울 수 없었다, 에리구치 씨가 만드는 광고는. 보통 가게가 신장개업할 때 홍보를 위해서 전단을 뿌리고 새로운 가게가 생긴다는 사실을 알리는 경우는 흔하지만 그녀가 하는 일은 버스 음성 광고를 제작하는 것이었다.

우리는 어디까지나 버스 내부 게시판이나 회람판, 입소문으로 광고를 희망하는 고객을 모집하고 있는데 에리구치 씨는 가게 개업 소식이나 판촉 활동에 관해서 자기만의 정보통이라도 있는 걸까. 그녀가 그런 말을 전혀 입 밖으로 낸 적이 없고 우리가 영업 활동까지 할 의무는 없다고 알고 있는데 말이다.

흔들리는 버스에 몸을 맡긴 채 다시 극동 플라밍고 센터 근처를 지나갔다. 유독 쨍하게 빛나는, 노란색 커튼이 드리워진 창문을 바라보며 내가 사는 동네를 잘 모른다기보다는 동네 자체가 내가 모르는 무언가로 변화하고 있는 게 아닌가 하는 생각이 들었다.

\* \* \*

오전 중에 피아노 학원으로 취재하러 갔다가 비교적 말이 통하는 선생님이어서 그날은 오후 2시에 대강 일을 마무리지을 수 있었다. 그 후로는 가토리 씨 녹음 작업을 하고 내일 제작할 광고 문구에 대한 거래처 요청 사항을 전화로 확인하면 되어서 조금 쉬고 싶은 마음에 차를 마시러 탕비실로 향했다. 가제타니 과장이 탕비실 앞 복도를 지나간 것은 내가 찻잎이 든 통을 막 열었을 때였다.

가제타니 과장은 일단 탕비실을 지나쳤다가 되돌아왔다. 탕비실에 다른 사람과 함께 있는 것이 내키지 않아서 먼저 쓰세요, 하고 나가려고 하는데 가제타니 과장은 아니, 그게 아니라, 하고 손에 든 캔커피를 건네주었다. 아니요, 괜찮아요, 하고 손을 내젓자 이건 맛이 별론가 봐, 하고 가제타니 과장은 캔커피에 인쇄된 브랜드로 시선을 내렸다. 무설탕 캔 커피는 굳이 사서 마시고 싶은 상품은 아니었지만, 저자세로 나오는 가제타니 과장의 호의를 거절하기도 그래서 그냥 받기로 했다. 아마 나쁜 사람은 아닐 것이다. 원래 직장에서 맺는 인간관계란 필요에 따라 얼마든지 선인과 악인을 오가는 법이니 처음부터 끝까지 나쁜 사람은 없겠지만 말이다.

내가 하는 수 없이 캔커피를 받아들자 가제타니 과장은 탕비실 출입문에 손을 얹고 이야기를 시작했다.

"내가 저번부터 얘기했던 거 말인데." 그렇게 나올 줄 알았다. 어제 이토 패킹과 관련된 이상한 경험을 떠올리니 가제타니 과장이 집요하게 물고 늘어지는 이유도 이해할 수 있을 것 같았다. "일하다가 말이야, 좀 이상하다고 생각한 적 없었나?"

에리구치 씨에게 불만은 없지만, 광고 내용과 가게 위치에 대해서 희미한 위화감을 느낀 것은 사실이었기에 뭐, 조금은요, 하고 고개를 끄덕였다.

"뭐랄까, 업데이트가 굉장히 빠르구나 하는 건 있었어요."

에리구치 씨 이름은 언급하지 않기로 했다. 그저 이상하다 싶은 정도일 뿐, 에리구치 씨를 추궁하려는 의도는 전혀 없었기 때문이다.

"없다고 생각하면 있는 그런 일이 계속 있지 않아?"

딱 그 말처럼 가제타니 과장이 몇 번이나 이야기했던 대로였다. 이제는 나도 알지만 괜히 맞장구를 쳤다가 급기야 뭔가 더 찾아보라고 할까 봐 아, 네, 뭐, 하고 소극적인 동의에 그쳤다.

그렇지만 동의를 했다는 사실만으로도 기운이 나는지 지금까지 구체적인 내용에 대해서는 언급하지 않았던 가제타니 과장이 오늘은 다르게 나왔다.

"아무튼 그래서 한 번은, 없다고 생각했는데 갑자기 생긴 가게의 광고를 어느 정도 시간이 흐른 뒤에 삭제해서 송신한 적이 있었어, 물론 에리구치한테는 비밀로 하고." 가제타니 과장은 정말 옳지 않은 짓을 했다고 생각하는 듯 괴로운 표정으로 말을 이었다. "그런데 그 가게가 있던 곳에 가봤더니 폐업을 하고 없더라고. 간판도 다 철거돼서 웬만큼 주의 깊게 보지 않으면 모르고 지나칠 정도였어. 홀연히, 흔적도 없이 사라져버렸더군."

"그 가게는 지금도 없나요?" 나는 왠지 체한 듯한 기분이 되어 물었다. "그런 것 같아." 가제타니 과장은 대답했다.

"원래부터 폐업할 예정이었던 게 아닐까요?"

"뭐, 그럴 수도 있겠지만."

주인이 시댁 건물 1층을 빌려 개업해서 혼자 운영하던 네일숍이었다고 한다. 온전히 생계를 위한 가게는 아니었던 모양이지만 그럭저럭 열심히 했던 것 같다. 가제타니 과장 부인도 한번 가본 적이 있다고 한다.

"집안에 무슨 사정이 있었을지도 모르니 단정하듯 추측하기는 좀 그렇지만."

가제타니 과장은 그렇게 말하고 나서 전화가 왔다는 말을 듣고 제자리로 돌아갔다. 나는 그 자리에서 좋아하지도 않는 브랜드의 캔커피를 손에 쥔 채 생각에 잠겼지만, 정보가 부족한 탓인지 계속 같은 곳만 맴돌아서 일단, 이 커피는 가토리 씨한테 줘야겠다는 결론만 내리고 탕비실을 나섰다.

\* \* \*

그 주는 가제타니 과장이 했던 이야기가 내내 마음에 걸렸다. 요컨대 그 사람은 광고가 사라지면 가게도 사라지는 게 아닌가 하는 비상식적인 이야기를 한 셈인데 에리구치 씨와 지금까지 광고 제작 일을 해보니 오히려 그 반대에 가까운 현상을 접할 때가 몇 번이나 있어서 완전히 말도 안 되는 이야기라고 치부해버릴 수도 없었다. 하긴 가제타니 과장은 광고가 있으면 가게가 생긴다는 현상을 확인하려고 시도했다가 가게가 사라지는 상황과 마주한 셈이지만.

아니야, 그런 얼토당토않은 일이 있을 리가 없잖아. 가제타니 과장은 아마 갱년기에 접어들어서 그럴 거야. 아니면 우울증이 있는지도 모르고. 나도 전 직장에서 아주 힘들었을 때 몇 번이나 상사가 내 문구를 훔쳐 간 게 아닐까 혹은 누군가 일부러 일을 지연시키기 위해 서류를 숨겨놓은 건 아닐까 하고 살짝 망상기 다분한 의심을 한 적이 있었다. 알고 보니 둘 다 내가 관리를 소홀한 탓에 잃어버렸을 뿐이었는데.

에리구치 씨는 변함없이 척척 일을 처리했다. 오늘 아침에는 감사 엽서도 받았다. '아호도리호의 음성 광고 덕분에 개업한 지 얼마 안 됐는데도 전보다 매상이 3배나 올라갔어요!'라는 내용이었다. '역 앞 교차로 동쪽 길' 정류장 근처에 생긴 사세보 햄버거 가게에서 보낸 것이었다. 650엔도 채 안 되는 금액으로, 쓰리 쿼터 사이즈 햄버거에 감자튀김과 음료수를 추가한 세트를 먹을 수 있다는 저렴한 가격 정책이 사람들의 호응을 얻은 모양이었다. 에리구치 씨가 작성한 광고 문구는 이랬다.

〈맛있고 양 많은 햄버거, 어디 없을까? 하지만 적당한 사이즈가 없단 말이지. 이럴 때는 도그 사세보로 오세요! 도그 사세보에서는 풀사이즈, 3/4 사이즈, 하프 사이즈 그리고 미

니 사이즈 등 다양한 사이즈의 빵을 준비해놓고 여러분을 기다리고 있습니다! 감자튀김도 푸짐하게 드려요!〉

도그 사세보도 갑자기 생긴 가게라는 생각이 들었다. 퇴근길에 버스를 타고 '역 앞 교차로 동쪽 길' 정류장에서 제일 가까운 모퉁이 건물의 공실에 음식점으로 보이는 화려한 천막이 걸려있었는데 그 이튿날 바로 개업하고 광고까지 나간 것이다. 참으로 절묘한 타이밍이 아닐 수 없었다. 예전부터 장사하던 가게가 좀 더 매상을 올리기 위해 광고를 낸 것이 아니라 신장개업과 동시에 광고가 나간 셈이었다. 이런 경우가 몇 개나 더 있었는데 에리구치 씨가 작성한 광고 문구에서만 그런 사례가 나온다는 점이 신기했다. 나는 늘 기존에 있던 가게나 병원 혹은 회사, 학원에 관한 광고 문구만 작성했다. 이 업체 광고 문구를 작성하세요, 하고 지시받으면 네, 거기 말이죠? 하고 대충 내가 다 아는 곳이었다. 에리구치 씨가 광고 문구를 작성하는 업체는 가끔 별안간 생겼다.

새로운 가게의 광고 문구를 작성하면 수당을 더 받지는 않는 듯했다. 에리구치 씨가 워낙 새로운 것이라면 사족을 못 쓰는 사람이라서 신장개업하는 가게마다 우선 맡게 되는 구조 또한 아닐 것이다. 어느 업체 광고 문구를 작성하는가에 대한 지시는 홍보부에서 내려왔다. 우리가 직접 의뢰를 받아서 하는 것도 아니었다. 즉 새로 오픈하는 가게의 광고 문구만 작성한다고 해서 에리구치 씨가 딱히 이득을 보는 구조도 아니라는 뜻이다. 물론 내가 기존 업체의 광고만 계속 만든다고 해서 손해를 보는 일도 없다.

그러므로 가제타니 과장이 집착하는 생각은 역시 이상하고 네일숍이 사라진 일도 그저 우연의 일치에 불과하다는 결론이 나왔다. 그와 동시에 어차피 우연의 일치에 불과하다면 확인해볼 수도 있는 것 아니냐는 충동에 휩싸였다.

뭔가에 홀린 게 분명했다. 아니, 전부 내 의지잖아, 일을 두고 그렇게 무책임하게 얘기하면 안 되지, 하는 생각도 들었지만, 녹음 파일 편집을 맡게 된 그 날은 그런 심정이었다. 하루 정도야 괜찮지 않을까 하는 생각이 들었다. 버스에 편집된 광고가 반영되는 다음 날은 수요일이었다. 내가 하루만 광고를 삭제해보면 어떨까 고민했던 극동 플라밍고 센터의 정기 휴일이었다.

가제타니 과장이 말했던 네일숍은 며느리가 시댁 창고를 개조해서 취미로 하는 가게였으니 어느 날 갑자기 폐업해도 이상하지 않았다. 하지만 극동 플라밍고 센터 같은 새빨간 5층 건물이 하루아침에 사라질 리는 없지 않을까 하고. 게다가 어차피 정기 휴일이니까 하루 정도 광고가 나가지 않아도 별문제는 없을 것이다.

그런 이유로 그날 작업한 광고를 추가한 후 나는 '역 앞 교차로 내리막길' 정류장 광고 중 극동 플라밍고 센터 부분을 천연덕스럽게 삭제한 다음 버스 정비 담당자에게 메일로 보내보았다. 에리구치 씨는 나를 신뢰하는지 내용을 확인해보려고도 하지 않았다. 허술한 근무 체제를 이용한 셈이니 몹시 미안하다는 생각도 했지만, 한편으로는 의문을 해소하는 일도 업무에 필요한 요소 중 하나라고 스스로 위안 삼으며 결국 행동에 옮기고 말았다.

다음 날 광고를 녹음할 때 너무 놀라 기절할 뻔했다. 가토리 씨가 이렇게 말했다. "극동 플라밍고 센터 있잖아, 혹시 문 닫는대?"

"거기, 런치타임에 싸고 맛있는 타파스*를 파니까 가끔 기분 내고 싶을 때 회사 자전거를 빌려 타고 먹으러 갔다 오고 그러거든. 오늘도 갔는데 셔터가 내려져 있길래 아, 오늘 정기 휴일인가 싶어 자세히 봤더니 평소랑 좀 다른 거야."

센터장이 갑자기 건강에 이상이 생겨서 무기한 휴업한다는 종이가 붙어 있더라고.

설마. 온몸에서 피가 싹 빠져나가는 기분이었다. "어머, 극동 플라밍고 센터 이제 문 닫는대요?" 옆에 있던 에리구치 씨는 아쉬운 표정을 지으며 말했다.

---

★ 스페인의 전채요리.

"그럼 광고도 얼른 손봐야겠네요."

"아, 그건 제가 할게요, 오늘 해놓을게요." 내가 극동 플라밍고 센터 광고를 삭제해 버린 것을 들킬까 봐 선수를 쳤다. "그러실래요? 그럼 저는 전화해서 확인해볼게요." 에리구치씨는 이렇게 말하며 자리를 떴다.

"작년에 갑자기 생겼을 때는 저게 뭐지 싶었는데 말이야, 그 건물 엄청 튀잖아."

"그렇긴 하죠."

"근데 막상 문 닫는다니까 진짜 아쉽네. 타파스도 맛있고 1층 카페도 퇴근하고 가면 사람도 얼마 없어서 쉬었다 오기 딱 좋았는데."

가토리 씨는 문득 쓸쓸한 표정을 지었다. 가토리 씨는 30대 초반에 한 번 결혼했다가 이혼한 후부터 지금까지 싱글이었다. 얼마 전 점심시간에 들은 이야기다. 퇴근 후에는 보통 아호도리호를 타고 피트니스 클럽에 가는데 매일 다니기는 힘들어서 이따금 카페에 가서 느긋하게 시간을 보내다 오는 것이 소소한 낙이라고 한다.

가토리 씨의 일상 이야기를 떠올리던 나는 울컥 치밀어오르는 감정에 적잖이 당황했다. 내가 가토리 씨에게서 그 장소를 빼앗아 버렸다. 얼마 지나지 않아 돌아온 에리구치 씨는 고개를 저으며 말했다.

"전화도 안 받네요. 우선 내일 한 번 더 연락해볼게요. 하지만 문을 닫은 상태인데 광고를 그대로 내보내는 것도 좀 그러니까 오늘은 광고를 빼는 게 좋겠어요."

에리구치 씨 지시에 나는 고개를 끄덕였다. 동의하는 한편 그 반대로 해보면 어떨까 하는 생각이 들었다. 오히려 광고를 다시 살려보는 것이다. 그러면 극동 플라밍고 센터도 휴업을 철회할지도 모른다. 완전히 터무니없는 망상이겠지만, 가제타니 과장이 해준 이야기와 이번 사건을 비추어 볼 때 광고를 삭제해서 가게나 병원 같은 업체가 없어지는 거라면 광고를 부활시키면 업체도 다시 돌아오지 않을까?

그날 나는 어제 삭제한 극동 플라밍고 센터 광고를 살린 파일을 버스 정비 담당자에게 송신하고 아호도리호에 올라 노선을 일주하고 집으로 돌아갔다. '역 앞 교차로 내리막길' 정류장 근처에 들어섰을 때 허리를 조금 숙여 극동 플라밍고 센터의 새빨간 건물을 확인했다. 한동안 휴업한다고 했지만 처리할 일이 남았는지 전 층에 불이 들어와 있었다.

이상하게도 모든 층의 창문에 드리워져 있던 노란색 커튼이 마치 무언가를 애도하듯 전부 검은색으로 바뀌어 있었다.

무심코 고개 저으며 의자 등받이에 무너지듯 몸을 기댔다.

나는 도대체 무슨 짓을 저지른 걸까.

* * *

버스 정비 담당자한테서 연락이 온 것은 출근한 지 한 시간쯤 지났을 때였다. 마침 내가 전화를 받아서 다행이었다. 에리구치 씨는 오늘 작업할 새로운 광고 문구를 작성하는 일로 업체에 취재하러 나간 참이었다.

"운전사한테서 플라밍고 센터 광고가 없어졌다가 다시 돌아왔다고 들었는데 어떤 게 최신 파일인가요? 최신 파일을 보내주시겠습니까?" 버스 정비 담당자는 의문을 내비쳤다. "아, 네, 그…광고가 들어가 있는 파일이 최신인 것 같아요." 내가 삭제한 사실은 숨겼다.

"하지만 거기, 이제 문 닫는다는 것 같던데." 건물 창문에 온통 검은색 커튼이 걸려 있어서 이상하다고 생각한 운전사가 퇴근할 때 직접 확인하러 갔더니 무기한 휴업이라고 적힌 종이를 발견했다고 한다. "어제는 정기 휴일이어서 광고를 뺀 줄 알았는데 종이에는 휴업이라고 쓰여 있고, 근데 오늘은 광고가 다시 나오니까 운전사가 이상하다고 생각한 모양입니다."

아호도리호 운전사도 운전하는 동안 흘러나오는 음성 광고에 귀 기울이고 있을 뿐 아니라 주변 풍경도 제대로 보고 있었다. 내가 정말 바보 같다는 생각이 들었다. 버스 정비 담당자의 목소리에 추궁하는 뉘앙스는 전혀 없었지만 나는 자기혐오에 빠졌다.

"아, 네, 그럼 오늘 작업할 때 다시 체크해볼게요."

삭제한다고도 그대로 둔다고도 말할 수 없었다. "알겠습니다, 그럼 잘 부탁드립니다." 버스 정비 담당자는 가벼운 어조로 전화를 끊었다.

그날은 일하는 내내 기분이 바닥을 기었다. 그도 그럴 것이 내 멋대로 저지른 행동이 끼친 영향과 그것이 다 까발려져서 다른 사람이 알게 될지도 모른다는 사실에 몹시 수치심이 일었다. 난 대체 지금 뭘 하는 걸까. 이제 막 처음 입사한 초짜도 아니고 14년이나 사회생활을 했으면서 대체 무슨 자신감으로 그런 무모한 짓을 저지른 걸까.

에리구치 씨는 점심시간이 되기 조금 전에 돌아왔다. 오늘 취재하러 갔던 반찬 가게 사장이 챙겨줬다며 산채밥과 계란말이, 연어 토막 구이가 든 도시락을 나누어 주어서 점심으로 먹었다. 줄곧 내가 저지른 일을 에리구치 씨에게 어떻게 이실직고하면 좋을지 궁리하느라 아무 맛도 느낄 수 없었다. 에리구치 씨와 가토리 씨는 기분 좋은 얼굴로 먹는 내내 연신 맛있다고 감탄했다.

오후 업무 시간이 시작되었지만 그때까지도 에리구치 씨에게 내가 한 짓을 털어놓지 못한 채 멍한 상태로 일하다가

3시에 차를 마시며 생각을 정리해서 4시가 되면 솔직하게 말해야겠다고 결심했다.

에리구치 씨는 오늘 반찬 가게에 대한 광고 문구를 작성하는 한편 한 시간마다 극동 플라밍고 센터에 전화를 걸고 있었다. 계속 전화를 받지 않는지 음성 사서함에 대고 "매번 자꾸 전화해서 죄송하지만 이 메시지를 확인하시는 대로 꼭 연락 부탁드립니다"하고 예의 바르게 반복하며 전화를 끊었다.

위가 따끔거렸다. 대학을 졸업한 후로 차곡차곡 쌓아온 일에 대한 자신감이 완전히 무너져 내렸다. 아니에요, 절대 이 일을 가볍게 생각해서 장난친 건 아니고요, 이번 일은 가제타니 과장님한테서 들은 이야기도 있고 여러 가지 일이 겹치는 바람에 제가 잠깐 정신이 나갔었나 봐요. 미치겠다. 가제타니 과장의 이름을 들먹이는 건 쓰레기 같았고 잠깐 정신이 나갔었다는 말은 한심하게 느껴졌다. 제대로 된 성인이 할 말은 아니었다.

이윽고 오후 3시가 되어 가토리 씨와 녹음 작업을 할 시간이 되었지만 여전히 머릿속은 뒤죽박죽이었다. 결심한 시각까지 앞으로 한 시간밖에 남지 않았다. 에리구치 씨가 광고주한테서 받아오는 간식이 보관된 상자를 열고 가토리 씨에게 줄 공물을 고르는데 내선으로 전화가 걸려왔다. "극동 플라밍고 센터예요, 에리구치 씨를 바꿔 달라고 하시네요." 수화기를 드니 총무부 여직원이 말했다. 나는 이제 위가 거의 찢어지는 듯한 고통에 식은땀을 흘리며 에리구치 씨에게 수화기를 건넸다.

"네, 에리구치입니다. 전화 주셔서 감사합니다. 바쁘실 텐데 몇 번이나 연락드려서 죄송해요."

가토리 씨가 녹음할 원고를 몇 번인가 읽었지만 하나도 머리에 들어오지 않았다. "어제 저희 직원에게 소식을 들었을 때는 깜짝 놀랐어요." 에리구치 씨 말투는 너무 태평해서 나는 내가 놓인 상황이 호전될지 아니면 악화할지 전혀 감이 잡히지 않았다. 뭐가 호전이고 뭐가 악화야. 끝까지 이기적으로 굴다니 정말 한심하네, 하고 스스로 꾸짖으며 곧 에리구치 씨에게서 받을 모욕에 대해 미리 상상했다.

어차피 이 직장은 처음부터 광고가 다 채워질 때까지만 있기로 하고 들어왔으니 어떤 말을 듣는대도 그리 큰 타격은 받지 않을 것 같았다. 그러나 나보다 열 살은 족히 어려 보이는 선배한테서는 절대 경멸 어린 시선을 받고 싶지 않았다. 하기야 누구라도 그런 눈으로 자신을 바라본다면 싫겠지만 특히 이 사람과는 좋은 관계를 유지하고 싶었다. 이유는 잘 모른다. 어쩌면 나는 에리구치 씨에게 존경심 비슷한 마음을 품고 있는지도 모르겠다.

"그러셨군요, 회복하셨다니 정말 다행입니다." 살짝 목소리 톤을 높인 에리구치 씨는 수화기를 쥔 채 몇 번이나 가볍게 고개를 끄덕였다. "후임자도 정하셨군요. 네, 알겠습니다. 개업일은 아직 구체적으로 정해진 게 없으시다고요. 아, 아니에요, 저희가 무슨. 이게 다 센터 직원분들이 열심히 노력하신 덕분이지요. 그런데 저희에게 의뢰하신 광고는 어떻게 처리하는 게 좋을까요?"

"그럼 앞으로도 잘 부탁드리겠습니다." 수화기를 내려놓은 에리구치 씨는 나를 돌아보았다. 나는 뒤에서 석상처럼 우뚝 선 채 마른침을 삼키며 통화 내용에 귀 기울이고 있었다.

"언제 영업을 시작할지는 아직 정해지지 않았지만, 광고는 그대로 놔두었으면 하신다니까 어제 삭제한 파일에 다시 넣어서 송신하면 될 것 같아요."

나는 아, 네, 그렇군요, 하고 몇 번이고 고개를 끄덕거렸다.

"그러니 오늘 녹음 작업이 끝나면 제가 방금 얘기한 대로 편집해주시겠어요?"

"아, 아니요." 순간 거절하고 말았다. 내가 이 일에 계속 손을 대기보다는 에리구치 씨에게 맡기는 편이 낫겠다는 생각이 들었다. "그게, 사실 오늘은 눈이 침침한 게 몸이 좀 안 좋아서요. 게다가 귀도 물 먹은 것처럼 소리가 멀게 들리더라고요. 그러니 죄송하지만, 편집 작업은 에리구치 씨가 해주시면 안 될까요?"

"어머, 괜찮아요? 그냥 조퇴하는 게 낫지 않을까요?"

"아, 아니요, 괜찮아요. 그 정도는 아니에요."

"알겠어요. 하긴 최근에 편집 일을 도맡아 하시긴 했죠."

에리구치 씨는 내가 지어낸 허술한 핑계에 대해 조금도 의심스러워하지 않고 가토리 씨에게 바칠 공물로 매실 젤리를 집어들더니 그럼, 가토리 씨 데려올게요, 하고 자리에서 일어섰다. 나는 네, 네, 다녀오세요, 하고 파티션 너머로 손을 흔들어 배웅하고 책상 위로 푹 엎드렸다. 불현듯 에리구치 씨한테 편집을 맡겼으니 플라밍고 센터 광고를 삭제한 파일로 바꿔놓아야 한다는 생각이 들었다. 곧장 컴퓨터로 가서 플라밍고 센터 광고를 부활시킨 후에도 여전히 문은 닫혀 있던 오늘 날짜 파일을 어제 날짜 파일로 덮어씌웠다.

가토리 씨 녹음은 순조롭게 끝나 에리구치 씨가 편집 작업에 들어갔다. 아니나다를까 "어? 이 파일, 갱신 날짜가 오늘이잖아? 이상하네"하는 소리가 들려왔다. 나는 바로 "오늘 아침에 잡음이 섞여 있는 것 같아서 제가 잠깐 손 봤어요"하고 둘러대 무사히 넘어갔다.

퇴근할 때는 완전히 파김치가 되어서 아호도리호를 타고 노선을 일주했다. 위가 쿡쿡 쑤시는 듯한 아픔에 시달리며 극동 플라밍고 센터 건물이 보이는 근방에 들어섰을 때 자리에서 일어나 건물을 확인했는데 여전히 커튼은 검은색이고 불도 다 꺼져 있었다. 극도의 불안과 죄책감에 너덜너덜해진 상태로 집에 도착한 나는 저녁도 거르고 일찌감치 잠자리에 들었다.

다음 날은 신경 쓰여서 도저히 가만히 있을 수가 없었다. 점심시간에 회사를 나와 극동 플라밍고 센터를 보러 갔다. 셔터는 내려져 있었지만, 종이는 없었다. 건물 전체가 다 보일 때까지 뒤로 물러서서 확인해보니 1층에서 3층까지는 다시 노란색 커튼으로 돌아와 있었다. 4층 창가에 어른거리는 사람이 검은색 커튼을 노란색 커튼으로 교체하는 순간을 지상에서 가만히 올려다보았다. 커튼을 바꾸는 사람이 이쪽으로 고개를 돌렸을 때 나는 도망치듯 서둘러 그 자리를 벗어났다.

\* \* \*

그 주 목요일, 내가 제출한 일지를 받아든 가제타니 과장이 내일 아침 출근하자마자 바로 회의가 있다고 말했을 때는 온몸에서 피가 싹 빠져나가는 느낌이었다. 뭐지, 에리구치 씨는 별말 안 하던데, 극동 플라밍고 센터와 관련된 일이 사실은 다 들통나서 이미 위에 보고된 걸까. 그렇지만 이 직장에 오래 있지도 않을 나 하나 때문에 군이 회의까지 열 필요가 있느냔 말이다. 복도 구석으로 불러내서 15분가량 따끔하게 혼낸 뒤 내일부터 나오지 말라고 통보하면 끝날 일 아닌가, 나 같은 말단 계약직은.

퇴근하고 나서 다음 날 출근하기 전까지 이런 소심한 생각에 사로잡혀 끙끙거렸는데 다 기우였다. 왜 그런 짓을 했는지 추궁하는 내용이 아니라 아호도리호에 새로운 종류의 광고를 추가하는 방침에 관한 회의였다.

출석한 사람은 에리구치 씨와 나, 가제타니 과장, 홍보부 부장, 영업부 부장, 영업부 제3과의 젊은 직원, 이렇게 6명이었는데 영업부 부장은 처음 10분 정도만 앉아 있다가 나갔다. 이 직장에 와서 오로지 아호도리호의 광고 제작에 모든 신경이 쏠려 있어서 여태 생각해본 적이 없었는데 이 버스 회사는 당연히 다른 노선버스도 운영하고 있었고 에리구치 씨와 나의 정식 직함은 아호도리 광고 방송 담당자였다. 영업부 제3과의 쇼다 씨라는 젊은 직원이 한 번 아호아나★ 담당자라고 줄여서 불렀다가 실수했다는 표정을 짓긴 했으나 회의 내내 에리구치 씨도 나도 아무 일도 없었다는 듯 태연함을 가장했다. 비록 에리구치 씨와 내가 그런 식으로 가볍게 치부해버릴 수 있는 위치에 있다고는 하지만, 누군가를

---

★ 아호는 일본어로 바보, 아나는 방송이라는 뜻.

얕잡아 보는 태도를 거리낌 없이 티 내는 짓은 꼴사나운 행동이라고 여겨주기를 바랐다.

홍보부 부장은 영업부 직원들이 지역 주민들한테서 최근 아호도리호가 순환하는 노선 주변에 수상한 사람이 출몰한다는 이야기를 들었다면서 주의를 당부하는 공지 방송을 아호도리호에서 해주면 어떻겠냐고 말했다. 에리구치 씨는 우리가 준비한 자료를 훑어보면서 어느 정류장 사이에 공지 방송을 넣을 만한 여유가 있는지 막힘없이 발언해나갔다. 역시 에리구치 씨라는 생각이 들었다. 나는 실제로 녹음 파일을 들어보지 않고서는 어느 정류장에 광고가 몰려 있고 어느 정류장에 광고가 한산한지 같은 것은 대략적인 이미지로밖에 표현하지 못했다. 예를 들면 상업 지구인 역 앞이나 상점가 입구 쪽이 아니라 우메노키 초등학교나 그 주변과 같은 주택가 방면에 그나마 광고를 추가할 여유가 있겠다는 식이었다.

"앞으로 그 지역에서는 딱히 새 광고 의뢰가 들어올 일이 없을 것으로 생각됩니다." 에리구치 씨가 이상하리만치 확신에 찬 어조로 말했다. 나는 그 점이 조금 신경 쓰였는데 가제타니 과장도 같은 생각을 했는지 약간 기이한 것을 보는 눈빛으로 에리구치 씨를 바라보았다. "그럼 아무쪼록 아호도리호, 나아가 우리 회사의 이미지가 현저히 향상될 수 있는 멋진 방송을 기대할 테니 잘 부탁합니다." 그러나 홍보부 부장과 영업부 제3과의 젊은 직원은 아무것도 느끼지 못한 듯 이렇게 말했다. 현저히, 라니 고작 공지 방송 하나 가지고 회사 이미지까지 올라가길 바라다니 참 꿈도 크다며 속으로 중얼거렸는데 의외로 에리구치 씨는 진지한 표정으로 열심히 하겠습니다, 하고 고개를 끄덕여 보였다.

회의에 출석한 사람들은 저마다 의욕이 있어 보였지만 나와 에리구치 씨는 자리에 돌아와서도 마음이 착잡했다. "이 지역은 범죄가 거의 발생하지 않는 평화로운 곳인 줄 알았는데 말이에요." 내가 말을 꺼내자 에리구치 씨도 동의하며 말했다.

"대학 졸업 후 이 회사에 입사해 근방에 살기 시작한 지 올해로 4년 됐지만 한 번도 그런 무서운 일은 겪은 적이 없었어요."

신상에 관한 이야기는 좀처럼 꺼내지 않는 에리구치 씨가 개인적인 이야기를 시작하자 나는 하던 일을 멈추고 귀를 기울였다. 에리구치 씨는 정말 자기 이야기를 하지 않는 편이었다. 점심시간에도 가토리 씨나 내가 하는 이야기에 맞장구를 치거나 대답을 하는 정도였고 한 번도 밖에 나가서 같이 밥을 먹어본 적이 없었다. 그러니 이것은 소중한 기회였다.

에리구치 씨는 대학을 졸업할 때까지 본가에서 살았다고 한다. 부모님이 지은 단독 주택이 위치한 근교 주택 지구는 아호도리호가 순환하는 지역처럼 오래되고 복잡하지 않은 동네였는데도 무서운 일을 몇 번이나 겪었다고 한다. 사람이 잘 다니지 않는 곳이어서 밤에는 더 이른 시간에 인적이 끊겼다고 한다. 몇 년에 한 번씩 하교할 때 낯선 사람이 갑자기 말을 걸어와 무서웠다고 한다.

"그런 일이 있었다니, 이 동네를 좋아하는 사람으로서 정말 충격이네요."

에리구치 씨는 아주 드물게도 화가 난다는 듯 감정을 드러냈다. 나는 원래 아호도리호가 순환하는 지역에서 태어나고 자랐지만 살면서 그렇게 흉흉한 일이 일어났다는 이야기는 별로 들어본 적이 없다고 대답했다. 아이가 피해를 보았다는 이야기보다는 엄마가 교차로에서 차도 쪽으로 핸드백을 메고 가다가 날치기 당했다거나 아빠가 역에서 지갑을 소매치기 당했다거나 내가 남자 고등학생이 타고 있던 자전거에 치일 뻔했다거나 하는 정도였다. 치안이 안 좋은 지역에서 남녀노소를 가리지 않고 생길 법한 사건이 더 많았다.

주의를 당부할 대상은 아이가 있는 부모와 그 밖의 일반 승객들로 정해졌다. 영업부 쇼다 씨는 간식이나 게임 등을 미끼로 하교 중인 초등학생을 유인해내는 수법에 대한 제보를 받았다고 설명했다. 나는 에리구치 씨와 상의한 끝에 있는 그대로 실제 사례를 인용해 호소하기로 했다.

〈최근 수상한 사람이 과자나 게임 등을 미끼로 아이들을 유인한다는 제보가 들어오고 있습니다. 낯선 사람이 뭘 준다고 해서 순순히 받거나 경계심 없이 따라가는 일이 없도록 주의 부탁드립니다.〉

홍보부 부장은 평소 아호도리호를 제외한 다른 노선버스에 관한 일로 바쁜 탓인지 두 번 만에 OK했다. "참, 광고에 묻히면 안 되니까 가토리 씨 말고 아예 다른 사람, 예를 들면 남자 직원 목소리로 녹음하는 게 어떨까 싶은데."

"남자 목소리로요?"

"그래. 여자 목소리가 쭉 나오다가 중간에 남자 목소리가 들리면 좀 더 신경 써서 들으려고 하지 않을까?"

"부장님이 녹음하는 건 어떠세요?"

에리구치 씨가 제안했다. "나처럼 탁한 목소리는 좀 그렇지." 홍보부 부장은 과장되게 기침하며 손을 내저었다.

"그럼, 쇼다 씨에게 부탁해볼까요?"

"어, 그거 괜찮네. 근데 쇼다는 지금 외근 나가 있어서 저녁때까지 돌아올까 모르겠군."

홍보부 부장은 다른 노선버스의 큰손 바이어와 미팅이 있다는 이유로 서류 가방에 자료를 찾아 넣고 외근 나갈 준비를 하며 궁색한 변명을 늘어놓았다. 결국 누구 목소리로 녹음할 것인가 결정을 내려주지 않은 채 사무실을 나갔다.

남자 목소리로 하라고만 얘기하면 어쩌라는 건지, 하고 내가 에리구치 씨한테 말하려는데 홍보부 부장 근처 자리에 있던 가제타니 과장이 에리구치 씨, 하고 부르더니 살짝 긴장한 표정으로 다가왔다. 부하 직원이니 그렇게 내외하지 않아도 될 텐데 아무래도 가제타니 과장은 에리구치 씨가 은근히 어려운 모양이었다.

"그 녹음 말인데, 내가 해도 될까?"

에리구치 씨는 아, 네, 되고말고요, 하고 대수롭지 않게 고개를 끄덕였다. 에리구치 씨가 가제타니 과장보다 훨씬 나이가 어리다고 하지만, 이런 분위기라면 제삼자가 봤을 때 상사가 누구인지 가늠하기 쉽지 않을 것이다.

"바쁘시지 않으면 지금이라도 가능한데 시간 괜찮으세요?"

"그러면, 하던 일 마무리하고 3시까지 갈게." 가제타니 과장은 책상 주위를 둘러보더니 대답했다.

나는 새삼 가제타니 과장의 책상을 슬쩍 들여다보았다. 부인으로 짐작되는 가제타니 과장과 비슷한 연배의 여성이 열 살이 될까 말까 한 여자아이의 어깨를 끌어안고 웃고 있었다. 코스모스밭을 배경으로 선 두 사람은 매우 행복해 보였다. 온화한 표정을 한 부인은 상냥해 보였고 이를 드러내고 해맑게 웃고 있는 딸은 아주 귀여웠다. 가제타니 과장은 아호도리호가 순환하는 지역에 사는데 회사에 출근할 때도 아호도리호를 타고 온다고 한다.

점심시간에 함께 밥을 먹으면서 나는 몇 번 에리구치 씨에게 '가제타니 과장이 공지 방송 녹음을 자처하고 나선 것은 아마도 딸이 걱정돼서 그런 것 같아요'하고 말하려 했지만, 왠지 입 밖으로 내지는 못했다.

오후 3시 정각이 되자 가제타니 과장은 에리구치 씨와 내가 일하는 공간으로 와서 공지 문구를 녹음하고 갔다. 가토리 씨처럼 자주 문구를 읽어본 경험이 없어서 처음 세 번 정도는 멈칫하거나 잘못 말해서 NG를 냈는데 곧 적응하더니 진심으로 지역 사회를 걱정하는 목소리로 녹음할 수 있었다.

그 후 나는 녹음한 파일을 편집하고 에리구치 씨는 다음 날 분량인, 에도 시대 때부터 영업해 온 장아찌 가게의 자료를 읽으면서 누구 할 것 없이 녹음이 썩 괜찮게 되었다는 대화를 나누었다. 가토리 씨 목소리는 언제 들어도 좋았지만 가제타니 과장의 소박한 목소리도 은근히 매력이 있었다.

나는 이 일도 참 괜찮은 일인 것 같다고 말하려고 뒤를 돌아보았다가 에리구치 씨가 장아찌 가게에 전화를 거는 중이어서 또 한 번 말할 기회를 놓쳤다.

\* \* \*

가제타니 과장이 녹음한 공지 방송을 버스에 메일로 보내고 나서 일주일 후 평소 아호도리호를 이용한다는 우메노키 초등학교 선생님으로부터 감사하다는 연락이 있었다. 전화를 받은 영업부 직원이 효과가 좀 있냐고 물어보았다. 아이들에게 수상한 사람이 말을 건다는 제보가 방송 나가기 바로 전에는 9건이었던 것이 지금은 2건까지 줄어들었다고 한다. 에리구치 씨와 내게 그 이야기를 전해준 쇼다 씨는 의기양양한 얼굴로 비교적 광고가 적은 정류장마다 가제타니 과장의 공지 방송으로 채울 수 없느냐고 물었다. "저희보다는 홍보부 부장님과 상의해주시겠어요?" 에리구치 씨는 나무랄 데 없이 깔끔한 대답을 돌려주었다.

에리구치 씨로부터 충격적인 고백이 있었던 것은 다음 날 점심시간이었다. 도그 사세보의 3/4 사이즈 햄버거에 사이드로 곁들인 퀴노아 샐러드를 먹으면서 이렇게 말한 것이다. "사실은 저, 광고 제작이 다 완료되면 퇴사할 예정이에요." 나는 놀란 나머지 가라아게 껍질을 베어 무는 동시에 혀를 씹었다. 눈물이 찔끔 날 정도로 아팠지만 그런 것에 신경 쓸 상황이 아니었다. "일 년 전부터 얘기했었거든." 가토리 씨가 전혀 놀라지 않는 모습을 보니 훨씬 전부터 결정되어 있었던 모양이다.

"잠깐만요, 아니, 전, 개인적으로 너무 갑작스러워서요, 주제넘은 말인지는 모르겠지만." 내가 당황한 기색이 역력한 표정으로 끼어들자 에리구치 씨는 "죄송해요, 그렇지만 저하나 그만두는 거야 회사 차원에서는 그리 중요한 일도 아니고 음성 광고 제작이 마무리되는 시기도 처음부터 정해진 게 아니었거든요"하고 말했다. 살짝 면목 없다는 듯이 몇 번이나 죄송하다고 덧붙였다.

만약 내가 계약이 연장되면 회사에서 일을 가르칠 사람을 붙여줄 테니 불안해할 필요는 없다고 했다. "경리과에 오게 되면 내가 잘 가르쳐줄게." 가토리 씨는 아무렇지 않은 얼굴로 내 팔을 토닥였고 에리구치 씨는 어느 부서로 가더라도 다 좋은 분들이니 괜찮을 거라고 덧붙였지만 이미 망연자실한 나는 눈앞이 흐려지고 피가 식는 기분이었다.

"음성 광고 제작이 다 끝나면, 이라고는 해도 아직 조금씩 의뢰가 들어오고 있으니 그날이 당장 내일모레가 되거나 하지는 않을 거예요." 에리구치 씨는 말했다. 하지만 아호도리 호 내부 게시판에 붙은 광고 모집 포스터가 사라지고 버스 회사 홈페이지에 고정된 공지 팝업이 내려간 것을 보면 광고 제작 일은 착실히 끝을 향해 가고 있었다.

"에리구치 씨가 퇴사하면, 전 이제 어떻게 해야 할지 모르겠어요." 나는 말했다. 사실, 그럴 일은 없을 거다, 14년이라는 회사 생활 경력이 그냥 만들어진 것은 아니니까. 그렇다고 완전히 빈말도 아니었다. 동료 직원이 퇴사하면 언젠가는 적응한다 쳐도 한동안 일시적인 혼란에 빠지는 일은 피할 수 없고 이제까지 함께 일해오면서 나는 에리구치 씨에게 존경심마저 품고 있었기 때문이다. 되도록 오랫동안 에리구치 씨와 함께 일하기를 바랐다. 그러나 그 소망은 너무 쉽게 끊기고 말았다.

에리구치 씨도 그 나름대로 인생에 대한 계획이 있을 테니 어쩔 수 없는 일이라고 생각하며 이내 마음을 다잡았다. "그만둔 후에는 한동안 쉴 예정인가요?" 내가 회사를 그만두었던 원인을 돌이켜봤을 때 대답하기 곤란해할지도 모르겠다고 생각하면서도 물었다. "대학 동아리 선배가 작은 사무소를 차린다고 해서 거기서 일하기로 했어요." 에리구치 씨는 흔쾌히 대답해주었다. 단순한 호기심에 무슨 동아리냐고 물어보니 여대 산악부라고 말했다.

하기야 나도 광고 제작이 다 끝나면 어떻게 될지 모르는 처진데 뭘, 당장 오늘만 해도 일이 별로 없잖아, 하고 몇 번이나 스스로 납득해보려고 애쓰다가 결국 실패했다. 4시가 다 되어서야 늦은 티타임을 가지기 위해 탕비실로 가던 중 복도 저편에서 걸어오는 가제타니 과장을 보았다. 영문은 알수 없지만 분홍색 천에 역시 분홍색 악어 모양의 펠트 아플리케가 장식된 네모난 가방을 들고 있었다. 이상해서 나도 모르게 물끄러미 보고 있었더니 아아, 이거? 이건 말이야, 하고 말하면서 가제타니 과장이 탕비실로 들어왔다.

"다른 사람들한테는 비밀로 해줘, 사실 이건."

아, 네, 하고 고개를 끄덕이자 딸아이 거야, 하고 가제타니 과장은 탕비실 테이블 위에 일단 천으로 된 가방을 내려놓았다. 가까이서 보니 과연 초등학생이 들고 다닐 법한, 손으로 직접 만든 에코백같이 생겼다. 울퉁불퉁한 걸 보니 안에 무거운 물건이 들어있는 모양이었다.

"오늘 독서 수업이 있는 날이거든. 우메노키 초등학교에는 같은 반 아이들 전부 도서관에 가는 수업이 있어. 딸아이는 항상 대출 최대 권수를 꽉 채워서 다섯 권을 빌리더라고. 제법 무거워 보이길래 한 권만 들려 보내고 나머지는 내가 가져왔어."

아, 네, 하고 고개를 끄덕였다. 고개를 끄덕이기는 했지만 가제타니 과장이 어째서 근무 시간 중에 딸아이 에코백을 들고 있는지 모르는 상태였다.

"잠깐 시간 내서 딸아이를 돌봄 교실에 데려다주고 오는 길이야. 돌봄 교실이 좀 먼 곳에 있는데 어제 거기로 가는 길에 처음 보는 아저씨가 쫓아왔다고 해서 말이야."

"공지 방송이 나간 뒤로 그런 제보는 줄었다고 들었는데요."

"뭐, 어느 정도 효과는 있는데 완전히 없어지진 않은 것 같아."

"어쩌면 수상한 놈이 여러 명일 수도 있겠네요. 과자로 아이를 꾀어내려던 놈은 포기했지만 다른 놈은 그렇지 않다든지."

순간 남 얘기하듯 무신경한 말을 해버렸다고 후회했다. 가제타니 과장은 그럴지도 모르겠네, 하고 선선히 고개를 끄덕였다.

"우리는 맞벌인데 애 엄마 회사는 특급을 타고 가야 할 만큼 먼 곳에 있어서 안 되고, 결국 어머님과 교대로 데려다주기로 했어. 근데 이틀에 한 번 근무 시간 중에 잠깐 나갔다 오는 것도 사실 꽤 눈치가 보여서 앞으로 어떻게 해야 하나 고민 중이야."

가제타니 과장의 기분을 얼마간은 이해했지만 그렇다고 해서 그럼 저도 도울 테니 삼교대로 돌아가면서 데려다줄까요, 같은 제안을 할 수도 없는 일이어서 그냥 고민되시겠어요, 하고 무기력한 동의를 할 뿐이었다. "딸아이를 혼자 뒀다가 무슨 일이라도 있을까 봐 돌봄 교실에 보내는 건데 정작 그곳으로 가는 길이 위험하다니." 가제타니 과장은 머리를 쥐어뜯었다. 그럼 집에 갈 때는 어떻게 하냐고 묻자 "나나 애 엄마가 퇴근할 때 데리러 가니까 그건 괜찮아"라는 대답이 돌아왔다.

우선 공지 내용을 좀 더 구체적으로 바꿀 필요가 있지 않을까 하는 생각이 들어서 에리구치 씨와 차를 마신 후 가제타니 과장 자리 뒤에 있는 책장에서 주택지도를 꺼내 들었다. 가제타니 과장에게 물어보았다. "따님이 수상한 사람에게 쫓겼다는 곳이 정확히 어디쯤이라고 하던가요?"

"바로 여기야, 이 길쭉하게 생긴 삼각형 모퉁이 땅하고, 공원 사이에 난 도로."

공원은 인적이 드문 데다 사람이 있다고 해도 도로 쪽에 심은 가로수가 제법 울창해서 시야를 방해한다고 한다. 모퉁이 땅에는 3층 건물로 된 상가 주택이 있는데 거기 살던 건축설계사가 사무소를 다른 곳으로 이전한 뒤부터는 쭉 비어 있다고 한다. 들어보니 한쪽이 뾰족하게 튀어나온 땅은 사람이 살거나 일하는 곳으로 삼기에 어중간한 형태로 보였다. 그리고 문제의 도로에 면한 모퉁이 땅 옆에는 코인 세탁소가 있었다. 돌연 인적이 사라지는 장소인 셈이다.

따님한테 혹시 다른 길로 가라고 하면…이라고 말하려다가 돌봄 교실은 공원에 면한 도로의 막다른 곳에 있다는 사실이 떠올랐다. 나와 상관없는 일이지만 나도 모르게 팔짱을 낀 채 좋은 방법이 없는지 고민에 빠졌다. "돌봄 교실이 생겼을 때는 모퉁이 땅에 사무소가 있었고 코인 세탁소는 카페였다고 하더군." 가제타니 과장이 말했다.

　그럼 그냥 돌봄 교실에는 보내지 말고 집에 가 있으라고 하는 게 낫지 않을까요, 하고 말할 수도 있었지만 말하지 않았다. 가제타니 과장은 에리구치 씨가 이번에도 좀 어떻게 해주면 좋을 텐데, 하고 혼잣말처럼 중얼거렸다. "에리구치 씨는 그냥 버스 회사 직원일 뿐이에요." 나는 일단 현실적인 대답을 해두었다. 극동 플라밍고 센터나 다른 업체 광고에서 에리구치 씨가 항상 뭔가 앞서가고 해당 업체 운명을 좌지우지하는 듯한 현상을 내 눈으로도 직접 목격했지만, 단순히 우연의 일치였을 가능성도 부정할 수 없었다. 솔직히 상식적으로 이해하자면 우연으로 넘길 만한 에피소드일 것이다.

　자리로 돌아와 가제타니 과장의 이름은 빼고 지인한테서 들었다는 식으로 에리구치 씨에게 이야기해보았다. "건축설계사가 사무소를 이전한 시기가 참 안 좋았네요." 에리구치는 살짝 안타까워하며 말했다.

　"수상한 놈이 한 명이 아니고 수법도 여러 가지라면 진짜 큰일이잖아요."

　"하지만 그 장소에 있었던 일을 공지 방송으로 내보내면 오히려 또 다른 사각지대를 찾으려 할 수도 있어요."

　"난감하네요." 에리구치 씨가 비교적 담담한 말투로 말했다. 왠지 모르게 낙담한 나는 "그것도 그렇지만요"하고 전적으로 동의하지는 않았다.

"우선 우메노키 초등학교 선생님한테 한 번 얘기를 들어볼까요?"

에리구치 씨는 컴퓨터로 내가 얘기한 장소의 주소를 찾아 내 영업부 쇼다 씨에게 내선으로 전화를 걸었다. 스피커폰으로 하지 않았는데도 쇼다 씨의 걸걸한 목소리가 수화기 너머로 새어 나와서 아…네…, 하고 썩 내키지 않아 하는 분위기가 고스란히 전해졌다. 주소를 세 번이나 되묻고 있었다. 그때마다 에리구치 씨는 처음과 다름없는 톤으로 주소를 반복해서 읽어주었다. 우메노키 초등학교 선생님에게 용건이 제대로 전달될 수 있을지 매우 불안했다.

나 같으면 통화가 끝난 뒤 고개를 젓거나 한숨을 쉬거나 했을 텐데 에리구치 씨는 수화기를 내려놓고도 아무렇지 않다는 듯 하던 일을 마저 이어나갔다. 오랜 전통을 자랑하는 장아찌 가게가 아호도리호에 광고를 의뢰했다는 얘기를 듣고 마찬가지로 오래전부터 영업을 이어온 근처 찻집에서도 광고를 의뢰해왔다. 찻집에 관한 자료를 읽고 광고 문구를 어떻게 쓰면 좋을지 궁리했다. 나는 어제에 이어 오늘도 광고 문구 작성 일이 없었고 녹음 파일 편집 작업도 없어서 지금까지 제작한 광고에 관한 자료를 정리하기 시작했다.

"그 근처에 파출소가 생기면 수상한 놈도 얼씬거리지 않을 텐데 말이에요."

가제타니 과장에게 아니라고 선을 긋긴 했지만, 사실은 내 입에서도 자연스럽게 에리구치 씨와 얽힌 '없다고 생각하면 있는' 현상을 기대하는 말이 흘러나왔다.

"파출소가 새로 생긴다는 얘기는 못 들었어요."

에리구치 씨는 성실하게 꼬박꼬박 대답해주었지만, 정말 그뿐이냐고 하면 또 그뿐인 얘기라서 어쩐지 부족한 느낌이 들었다. 스스로 생각해도 제멋대로 품는 기대에 불과했지만, 자꾸만 머릿속에서는 이 사람이라면 어떻게든 해주지 않을 까 하는 희망이 맴돌았다.

\* \* \*

음성 광고 제작은 예상을 훨씬 뛰어넘는 실적을 냈고 광고 를 의뢰한 고객들 또한 매상이 올랐다. 수상한 사람에 대한 주의를 당부하는 공지 방송도 시작하자 지역 사회에 공헌하 는 아호도리호라는 이미지로 앞으로 몇 년은 거뜬히 운행될 것이라는 평판이 사내에서 들려왔다.

그리고 광고 문구를 쓰는 일도 줄어들고 아호도리호의 존 속도 확실해진 지금, 쇼다 씨가 말한 아호아나 담당자의 사 명감은 급속도로 줄어들고 있었다.

에리구치 씨를 위한 송별회가 예정된 날 점심시간이 끝난 직후 홍보부 부장에게 불려간 자리에서 나는 여기서 일한 경험을 살려 다른 회사로 옮기는 게 더 낫지 않느냐는 제안이 들어왔다는 이야기를 들었다.

"회사에 남고 싶다면 그만두는 에리구치 씨 대신 총무부로 가도 상관없어. 나는 그냥 우리 회사 거래처에 아호도리호의 음성 광고 사업이 마무리 단계에 들어갔다고 말했더니 에리구치 씨나 자네 중 누가 와 주었으면 좋겠다고 부탁을 받아서 말이야."

버스 회사보다 시급이 150엔 더 많았다. 여기보다 역 하나 더 가야 하는 곳이었다. 여기와는 달리 계약직도 건강 보험 혜택이 있다고 한다.

"음성 광고를 제작하는 건 아니지만 비슷한 일이기는 해. 우리 회사는 앞으로 한동안 음성 광고를 편집할 일이 없을 테고 총무부로 가서 처음부터 일을 배우는 것보다는 그래도 익숙한 일을 하는 편이 낫지 않나 싶어서."

홍보부 부장의 말하는 태도나 표정으로 봐서는 단순히 나를 치워버리고 싶은 것인지 아니면 회사에 남아도 되지만 배려해주는 것인지 가늠되지 않았다. 이 회사는 분위기가 안 좋은 편도 아니고 홍보부 부장 입장에서 보면 어쨌든 부하 직원이 제 부서를 떠나는 셈이니 그다지 중대한 안건도 아니었다. 정략결혼처럼 저쪽 회사에 나를 보내주면 뭔가 이득이 생긴다거나 하는 의도도 없어 보였다. 모든 것은 내 선택에 달려 있었다.

총무부에 부탁해서 나를 이 회사에 소개해준 고용센터 담당자에게도 얘기해 놓았으니 그쪽과 상담해서 결정해도 된다고 홍보부 부장은 말했다. 나는 생각할 시간을 좀 달라고 대답한 후 자리에서 일어났다.

구체적으로 몇월 며칠에 에리구치 씨가 그만두기로 결정된 것은 아니었지만 송별회까지 하니 에리구치 씨의 퇴사는 이미 기정사실이 되었다는 사실을 새삼 깨달았다. 송별회 장소는 상점가 입구 정류장 광고로 나가고 있는 이자카야 체인점이었다. 덕분에 장사가 잘되고 있다며 우리 일행을 반갑게 맞아주었다. 광고가 나가기 전에는 매상이 오르지 않아 고민이었는데 런치 뷔페를 시작했다고 아호도리호에서 광고하자 근처에서 일하는 회사원들과 고령자들이 부쩍 찾아오고 있다고 한다.

〈밥이나 고기는 쉽게 해먹을 수 있는데 채소와 해초는 요리하기가 왜 이렇게 귀찮을까…. 이런 고민을 하시는 분들은 상점가에 위치한 이자카야 사루마루를 찾아주세요! 런치 타임에 오시면 채소와 해초가 가득한 반찬을 무제한으로 드실 수 있답니다. 물론 밥과 고기도 준비되어 있어요!〉

에리구치 씨가 만든 광고였다. 궁금해서 혼자 가서 먹어본 적이 있다는 가토리 씨에 따르면 마지막에 강조하는 고기의 정체는 가라아게와 미트볼이지만, 밥은 잡곡밥이어서 그 구성에 720엔이면 퍽 괜찮은 가격이라고 했다.

무제한 리필이 적용되지 않는 밤에는 로스트비프 같은 음식도 나왔다. 에리구치 씨는 다양한 종류의 음식을 먹어보며 연신 맛있다고 감탄했다. 왠지 개운해 하는 것처럼 보였지만 다른 사람들이나 나한테는 좀 더 함께 일하고 싶었는데 그만두게 돼서 아쉽다는 이야기를 계속 되풀이했다. 가제타니 과장은 미안하지만, 딸아이를 데리러 가봐야 한다며 회비를 냈는데도 30분만 앉아 있다가 자리를 떴다.

우메노키 초등학교에 문의해보니 이번 주에도 수상한 사람이 미행했다느니 말을 걸어왔다느니 하면서 아이들한테서 들어온 제보가 2건이나 있었다고 한다. "그래도 공지 방송 덕분에 흉흉한 일이 줄었어요, 정말 고맙습니다." 제보 담당 선생님은 말했다. 하지만 아직도 제보가 들어온다는 얘기가 자꾸 마음에 걸렸다. 홍보부 부장한테서 지금 받는 보수보다 시급이 좋은 일을 소개받는다고 해도 이것을 해결하지 않고서는 두 발 뻗고 잘 수 없을 것 같은 느낌이 들었다.

그러나 송별회에서 지켜본 에리구치 씨는 마치 회사를 이미 그만둔 사람처럼 후련한 얼굴을 하고 지금껏 여러모로 감사했습니다, 같은 말을 여기저기 하고 다녔다. 아무도 어쩌지 못하는 일이라는 사실은 물론 잘 알고 있었지만, 나는 왠지 든든한 아군을 잃어버린 기분이었다.

이미 극동 플라밍고 센터를 둘러싼 여러 가지 일은 다 흘러간 이야기가 된 것 같았다. 그때가 광고 문구 작성에 가장 몰두했던 시기였다. 홍보부 부장은 내가 앞으로 어떻게 할지에 대해서 기한을 따로 두지 않았고 나는 시간을 좀 달라고 얘기했는데 과연 결정을 내릴 수 있을지 모르겠다. 결단을 내리는 것 자체가 스트레스처럼 느껴져서 일하면 시간이 알아서 흘러갔던 그때로 돌아가고 싶다고 생각했다.

\* \* \*

〈급하게 광고를 내야 할 일이 생겼는데 어떡하지? 회원들을 대상으로 세련된 광고 메일을 보내고 싶어! 그럴 때는 하나바타케 애드로 문의해주세요. 복사나 스캔은 기본, 프린트나 코팅, 명함이나 소책자도 맡겨만 주세요!〉

에리구치 씨가 마지막으로 출근한 날에 작성한 문구였다. 가토리 씨는 드물게 두 번 정도 실수를 했고 미안하다며 다시 녹음했다. 우메노키 초등학교 앞 정류장의 마지막 자리에 들어온 광고였다. 광고 제작과 비즈니스 서비스를 겸한 가게

같은 걸까. 초등학교 근처에 열면 장사가 잘될까 하는 의문이 들었지만, 선생님이 이용할 수도 있고 아호도리호가 순환하는 지역에 광고나 복사 및 출력을 취급하는 가게는 본 기억이 없으니 꽤 수요가 있을지도 모르겠다.

가제타니 과장은 여전히 이틀에 한 번은 근무 시간 중에 나가서 딸아이를 초등학교에서 돌봄 교실까지 데려다주고 있었다. 그것 때문에 야근하거나 업무에 지장이 생기지는 않아서 딱히 불평하는 사람은 없었다. 본인은 제법 신경 쓰이는지 탕비실이나 엘리베이터에서 한 번씩 마주칠 때마다 고민이라고 이야기를 털어놓았다. 안됐다는 생각이 들다가도 조금 짜증스럽기도 했다. 일은 제대로 하고 있으니 누구에게도 민폐를 끼치고 있지 않았다. 하지만 위에서 근무 중 잦은 외출을 계속 두고 보지 않을 것이라는 사실을 알기 때문에 가제타니 과장 본인도 이 상황이 좌불안석이었다. "그렇게까지 고민할 필요는 없지 않을까요." 내가 말해주었다. "아니야, 언제까지 계속 이렇게 지낼 수는 없지." 가제타니 과장은 고개를 저었다. 부모들끼리 돈을 조금씩 걷어서 초등학교에서 돌봄 교실까지 등·하원 도우미를 알아보자는 이야기까지 나온 듯했다. 나는 돌봄 교실 선생님이 마중을 나와주면 안 되나 하고 소박한 질문을 떠올렸다. 초등학교 정년퇴임 후 돌봄 교실을 열었다는 그 선생님은 지금 다리 관절이 좋

지 않아서 초등학생들을 일일이 마중 나가기 힘들다는 모양
이었다.

나는 회사를 옮기기로 거의 결론을 내린 상태였다. 거의,
라는 말은 나 혼자서 결정하기보다는 고용센터 담당자와 한
번 상담하는 편이 좋겠다고 생각했기 때문이다. 담당자에게
이 버스 회사에 남는 게 더 좋은 이유를 몇 가지 듣게 된다면
흔들릴 수도 있겠지만 이미 이직하는 쪽으로 마음이 기운 상
태였다. 조금 있으면 3일 연휴가 시작되니 오늘 가서 상담해
보고 연휴가 끝나는 대로 홍보부 부장에게 의사를 전달할 예
정이었다.

에리구치 씨의 마지막 출근일은 제법 여러 부서 사람들이
우리가 일하는 곳으로 와서 작별 인사를 하고 간 것 외에는
별다른 일 없이 지나갔다. 가토리 씨는 다음에 밥 한번 먹어
요, 하고 마주칠 때마다 말했다. 나는 송별회에서 에리구치
씨와 처음으로 외식한 셈이었는데 가토리 씨도 그런 눈치였
다. 에리구치 씨는 정말 공과 사가 확실한 사람이었다. 그래
도 궁금해서 물어보면 대학 때 활동했던 동아리 이름도 알려
주니까 비밀주의는 또 아닌 듯했다.

끊임없이 찾아오는 사람들을 대응하느라 평소보다 조금
늦은 시간에 차를 마시러 탕비실로 갔다. 가제타니 과장이
딸아이를 돌봄 교실에 데려다주기 위해 잠시 자리를 비웠

다가 약간 가벼운 발걸음으로 돌아오는 참이었다. "고생 많으시네요." 내가 말하자 가제타니 과장은 여태 본 것 중에서 제일 들뜬 어조로 말했다. "모퉁이 땅에 사무소가 들어와 있었어!"

"모퉁이 땅이요?"

"그 있잖아, 내가 전에 얘기했던, 그 사각지대라는 모퉁이 땅 말이야."

"아, 네."

나도 에리구치 씨도 우메노키 초등학교 근처에 출몰한다는 수상한 사람을 끝내 해결하지 못한 채 떠난다는 사실을 떠올리자 마음이 조금 착잡했는데 가제타니 과장의 표정은 밝았다.

"거기, 얼마 전에 나가는 건지 들어오는 건지 모르겠지만 암튼 짐을 옮기는 걸 본 적이 있었거든. 섣부른 기대면 실망도 크니까 그냥 그러려니 하고 있었는데 오늘 가니까 전면 통유리로 된 가게가 생겼길래 안에 있던 여자분한테 물어보았어. 광고 사무소 겸 출력 서비스 가게를 오픈한다고 하더라고."

"잘됐네요."

"응, 정말 다행이야. 가게에는 직원 3명이 늘 상주한다고 하고 공원 쪽 도로를 마주 보는 자리에 상담 테이블을 배치

한다는군."

가제타니 과장은 이때다 싶어서 근처에 돌봄 교실이 있다는 사실과 딸아이가 무서운 일을 당했다는 이야기를 했다고 한다. 그랬더니 "그럼 저희가 그쪽을 수시로 지켜볼게요, 카운터는 안쪽이지만 저희 작업대는 공원 쪽으로 향해 있거든요." 여자는 시원하게 대답했다고 한다. 휴일은 일요일과 공휴일이라서 학교 가는 날은 가게도 늘 문이 열려 있는 셈이다.

어깨를 짓누르던 짐을 다 내려놓은 듯한 얼굴로 복도를 걸어가는 가제타니 과장의 뒷모습을 보면서 이것도 이렇게 해결되는구나 싶어 안심하는데 뭔가 석연치 않은 기분이 들었다.

그날 녹음 편집은 에리구치 씨가 후딱 끝내서 버스 정비 담당자에게 송신했고 에리구치 씨와 나는 퇴근할 때까지 느긋하게 보냈다. 홍보부 직원에게 파일과 자료 관리에 대해 인수인계하는 일만 남았다. 그것은 내가 연휴 끝나고 출근하는 날 하기로 되었다. 에리구치 씨는 오늘로 마지막이지만 나는 다음 주까지 회사에 나올 예정이었다.

둘이서 어떤 광고주가 가장 인상 깊었는지 이야기를 나누었다. 에리구치 씨는 마루모토홈 사장은 비쩍 말라서 기린 같이 생겼는데 유독 간판에 그려진 고릴라를 강조하는 것이 웃겼다고 한다. "맨 처음 맡았던 바이후안의 광고 문구를 작성할 때 호라이산이라는 엄청 큰 만쥬를 보고 기겁했던 일이 기억에 남네요." 나는 무난한 에피소드를 이야기했다.

수다를 떨다 보니 어느새 퇴근 시간이었다. 에리구치 씨는 지금까지 감사했습니다, 하고 인사한 후 여느 때처럼 퇴근했다. 처음부터 끝까지 쿨한 사람이었다.

\* \* \*

버스 회사에서 일하는 마지막 주에 나는 바이후안을 방문했다. 친구 중 한 명이 곧 출산일이어서 다른 친구들과 함께 호라이산을 선물하기로 했는데 마침 가까우니 사다 달라고 부탁받았다. 임산부가 저렇게 커다란 만쥬를 먹어도 괜찮을까 하고 무산될 뻔했지만, 남편이 단 것을 좋아한다고 하니 그냥 둘이 나눠 먹으라고 말하면서 건네줄 생각이었다.

아호도리호의 음성 광고 제작이 모두 끝난 데다 자료와 녹음 파일을 인수인계하고 난 후 쭉 일이 없어서 온종일 목록을 작성하는 날들이 이어졌다. 그 작업도 분량이 얼마 되지 않아 일부러 앉았다가 일어났다가 차를 마시러 갔다가 사무실 청소도 하다가 조금씩 나눠서 쉬엄쉬엄했더니 그나마 시간을 때울 수 있었다.

가제타니 과장은 이제 근무 시간에 잠깐 자리를 비우는 일은 그만둔 모양인데 이번에는 내가 회사를 나와 쇼핑이라도 하고 싶은 심정이었다. 혼자서 파티션으로 둘러싸인 책상 앞에 앉아 있으면 가토리 씨가 이따금 찾아와 두서없는 이야기를 늘어놓고 갔다. 극동 플라밍고 센터가 플라밍고 댄스를 가르치는 일로 만족하지 못하고 기타 교실도 오픈했다면서 가토리 씨는 고민 끝에 신청했다고 한다.

호라이산을 사러 퇴근길에 바이후안에 간 것은 마지막 출근일 전날의 일이었다. 사실 호라이산은 가면 바로 살 수 있는 것이 아니라 주문 예약 상품이었다. 날짜를 지정하면 희망하는 곳으로 발송해준다고 해서 친구들과 문자 메시지로 의논했다. 한꺼번에 다 먹으면 태아에 안 좋은 영향을 끼칠 수도 있으니 꼭 남편과 둘이서 조금씩 먹으라고 걱정을 빙자한 잔소리를 편지로 써서 점원에게 상품과 함께 보내달라고 부탁했다. 그럴 거면 좀 더 평범한 선물로 할 걸 그랬다는 생각도 들었지만, 누군가에게 호라이산을 보낼 수 있는 절호의 기회를 놓치고 싶지는 않았다.

바이후안이 거의 문 닫을 시간에야 가게를 나섰다. 그러고 보니 가제타니 과장이 걱정했던 모퉁이 땅이 근방이었다는 사실이 떠올랐다. 초등학생이 무서운 일을 당했다는 것은 나 또한 그런 일을 당할 가능성이 있다는 이야기도 되지만, 전면이 통유리로 된 밝은 가게가 생겼으니 괜찮지 않을까 싶었다. 처음부터 가제타니 과장이 약간 순진한 사람이라는 선입견이 있어서 그의 말이 사실인지 확인해보고 싶었다.

우메노키 초등학교 앞 정류장 주변은 다른 곳에 비해 아주 어둡지 않았지만, 인근 가게들이 일찍 문을 닫아서 인적이 거의 없었다. 회사에서 본 주택지도를 떠올리며 정류장 처마 밑에서 휴대전화의 지도 앱을 켜고 가제타니 과장이 말한 공원을 찾아보았다. 초등학교에서 세 블록 정도 떨어진 곳에 조금 커다란 우메노키 운동 공원이 있고 도로 사이에 있는 뾰족한 모퉁이 땅에는 야마모토 건축설계 사무소 표시가 있었다. 가제타니 과장이 모퉁이 땅에는 일찍이 건축설계사 사무소 겸 주택이 있었다고 했으니 지도 앱이 아직 갱신되지 않았다고 가정한다면 아마도 여기가 맞을 것이다.

초등학교 바로 앞에 있는 정류장에서 우메노키 운동 공원이 있는 방향을 향해 걷기 시작했다. 일반 가정집이나 가게가 군데군데 눈에 띄었지만, 얼핏 봤을 때 불이 켜져 있지 않은 빈집으로 짐작되는 집들이 드문드문 있었고 쌀가게나 기모노 전문점 같은 가게는 전부 셔터가 내려져 있어서 현재 영업하는 곳인지 폐업한 곳인지 겉으로 봐서는 구분이 되지 않았다. 밤에는 지나다니고 싶지 않은 곳이었다. 낮에도 초등학생이 하교하는 시간을 제외하고는 상당히 적막할 것 같았다.

좁지는 않지만 조용한 길을 지나 우메노키 운동 공원이 있는 모퉁이 땅으로 접어들자 돌연 대낮처럼 밝은 빛이 눈에 들어왔다. 편의점을 연상시키는 널찍한 지상 1층 전체가 환하게 밝혀져 있었다. 거기에 있는 건물은 편의점이 아니라 통유리로 된 사무소였다. 커다란 복사기가 보이는 것만 두 대나 놓여 있고 그 옆에는 대형 출력기가 있었다. 4인 좌석 테이블이 우메노키 운동 공원의 가로수를 향해 여러 개 놓여 있고 인근 고등학교 교복을 입은 여자아이와 남자아이가 서서 진지한 얼굴로 코팅기로 보이는 기계를 만지작거리고 있었다. 작동법에 익숙하지 못한 듯했다. 둘은 미묘한 거리를 두고 잠깐 이야기를 나눈 후 안쪽에 있는 카운터를 돌아보더니 안에서 작업하던 직원으로 보이는 여성들에게 손짓해 말을 걸었다.

나는 사무소를 향해 발걸음을 옮기면서 눈을 가늘게 뜨고 사무소 입구 위에 걸린 스테인리스 표찰을 읽었다. 'hana-batake ad－하나바타케 애드'라고 인쇄되어 있었다. 카운터 안에 있던 여직원 한 명이 코팅기를 쓰는 고등학생 두 명이 있는 곳으로 다가와 능숙하게 카드 같은 것을 세 장 출력해 보여주었다. 고등학생들은 고개를 끄덕이고 여직원이 했던 대로 코팅기를 조작했다. 카드가 잇달아 완성되었다. 카운터에서 나온 여성은 살짝 고개 숙여 인사하고 다시 안으로 돌아갔다.

에리구치 씨였다. 가제타니 과장의 말을 떠올렸다. 에리구치 씨가 좀 어떻게 해주면 좋을 텐데, 라는 말.《하나바타케 애드》영업시간은 오전 열 시부터 오후 9시까지니까 초등학생이 돌봄 교실에 가는 시간에는 언제나 열려 있을 것이다. 에리구치 씨는 정말 어떻게든 해준 셈이었다.

제3화

쌀과자 봉지 뒷면을

기획하는 일

상담원 마사카도 씨의 의견도 내 생각과 거의 일치했기 때문에 이직에 대한 마음은 더욱 굳어졌다. 옮기려고 생각하는 회사도 계약직이기는 하지만 시급이 150엔 더 많고 건강 보험 혜택이 적용되었다. 버스 회사와는 크게 달랐다.

"그런데 혹시 일이 아주 많다든지 부당하게 큰 책임을 져야 한다든지 그런 일은 없겠지요?"

"그건 제가 알아봤는데 우리 센터에 그 회사 민원이 들어온 적은 없었어요."

아르바이트 모집 공고를 내달라는 의뢰가 거의 6개월에 한 번씩 있긴 해도 이직이 빈번하지 않고 현재 다니고 있는 직원과 상담해봐도 별다른 불만을 내비치지 않았다고 한다.

내가 버스 회사 홍보부 부장에게서 소개받은 곳은 창업한 지 40년 된 쌀과자 제조회사였다. 한마디로 쌀과자를 만드는 회사다. 이 지역에 센베이 가게를 하던 2대 주인이 좀 더 맛있는 과자를 만들어보겠다는 포부를 가지고 도산 직전의 공장을 사들여 제조업으로 성공한 듯했다. 이름만 대면 누구나 알 만한 브랜드는 아니어도 마트에서는 유명한 업체에 속해서 판로가 안정적으로 확보되어 있을 뿐 아니라 단골도 적지 않은 견실한 기업이었다. 나는 짭짤한 맛은 스낵류를 선호해서 자발적으로 쌀과자를 사 먹지 않았지만 마사카도 씨는 자주 사 먹는다고 말했다. 내가 맛있냐고 묻자, 마사카도 씨는 맛있다면서 특히 빅 사이즈 오징어 미림 튀김 센베이를 꼭 먹어보라고 했다. 그러고 보니 집에서 엄마가 먹는 모습을 자주 봤던 것 같다.

홍보부 부장은 버스 음성 광고 문구를 작성하는 작업과 '비슷한 일'이라는, 알 것 같으면서도 알 수 없는 설명을 했다. 마사카도 씨가 상세히 문의해봤더니 '쌀과자 봉지에 넣을 화젯거리를 기획하는 일'이라고 한다.

"그런 건 보통 외부 업체에 맡기지 않나요?"

"거기 사장이 회사에 아주 중요한 일이기 때문에 다른 업무와 병행하기는 좀 그렇다고 하더군요."

"쌀과자 봉지에만 집중해달라는 얘긴가요?"

"뭐, 그런 의미겠지요."

나는 '아주 중요한 일'이라는 말에 부담을 느꼈다. 마사카도 씨도 그걸 눈치챘는지 이어 말했다. "일단 사장님과 만나보는 게 어떨까요? 만나봤는데도 영 아니다 싶으면 그때 가서 거절해도 되니까요."

"하지만 일단 회사와 면접 보고 나면 버스 회사로 다시 돌아갈 수도 없잖아요."

"그건 그렇죠."

"고민되네요."

아무리 결정하기 곤란해도 일을 해서 돈을 벌어야 한다는 사실은 변하지 않기 때문에 어떻게든 결론을 내려야 하지만 회사에서 중요한 일을 맡고 싶은 마음은 없었다. 마을버스의 음성 광고 문구를 짜내는 작업도 나름 중요한 일이었다는 판단이 지금은 서지만, 채용 단계에서 그런 부담을 받은 적이 없었고 에리구치 씨라는 믿음직한 선배도 있었다.

"일을 가르쳐줄 사람이 좋은 사람이면 좋겠는데 말이죠."

이렇게 말하자 마사카도 씨는 앞에 있던 서류를 보고 고개를 조금 기울였다.

"원칙적으로 혼자 하는 일이에요. 전임자는 43세 남잔데 현재 우울증으로 휴직 중이라고 하는군요." 헐, 말도 안 돼. 나도 모르게 고개를 흔들자 마사카도 씨는 마치 그것을 저지하려는 듯 손을 뻗어 살짝 내저었다. "결혼 준비 때문에 정신적 피로가 극에 달한 게 원인이라고 해요. 휴직 사유로 솔직하게 우울증이라고 쓴 걸 보면 거짓말 같지는 않고 이유도 타당하다고 생각됩니다."

"그래도 내키지 않으면 굳이 면접 볼 필요 없어요." 마사카도 씨는 덧붙였다. 결혼 준비 때문에 스트레스 쌓여서 우울증에 걸렸다는 이유가 타당한지 어떤지는 모르겠지만 어쨌든 회사와는 관련이 없다고 보면 될 듯했다.

*　*　*

60대 후반으로 보이는 사장은 아주 열정적으로 자사 상품을 소개해주었다. 혹시 나를 구직자가 아니라 대형 마트의 큰손 바이어로 착각하고 있는 것은 아닌지 의아스러울 만큼 열심이었다. 회사 좌우명이 '고객과 직원의 행복을 위해 최선을!'이니 직원 후보인 나도 최선의 대상에 들어가 있는지도 모르겠다.

"저는, 우리 회사 제품은 다 좋아하지만 그중에서도 꼭 하나를 꼽는다면 바로 이 빅 오징어 미림 튀김 센베이를 추천합니다!"

사장은 테이블 한가운데 놓인, 자사 상품으로 가득한 바구니 안에서 낱개 포장된 큼지막한 튀김 센베이를 집어 내게 권했다. 마사카도 씨가 말했던 쌀과자였다. 나는 아, 네, 하고 고개를 끄덕이며 포장을 뜯었다. 빅이라는 이름답게 크기가 내 손바닥만 했다. 사장 말에 따르면 튀김 센베이는 직경 4~5cm 정도 작은 크기가 대부분인데 자꾸 손이 갈 만큼 중독성 있는 맛인 반면, 매번 포장을 뜯는 것이 번거롭다는 의견도 있다고 한다. 그런데 빅 오징어 미림 튀김 센베이는 큼지막해서 한 번만 포장을 뜯어도 만족스럽게 먹을 수 있고 봉지에 싸서 먹으면 되니까 손에 묻지 않아서 좋다고 한다. 또 오징어 미림 맛은 전분을 원료로 한 상품이 많은데 이것은 쌀을 튀겨서 만든 센베이를 오징어 미림 맛으로 만들어달라는 고객들의 요청을 반영해서 탄생한 상품으로, 이를 생산하는 곳은 현재 자사가 유일하다고 자랑스럽게 말했다. 사장의 설명을 들으면서 먹은 빅 오징어 미림 튀김 센베이는 과연 맛있었다.

"크기가 커서 오코노미야키 소스나 마요네즈를 뿌려 먹기도 하면서 취향에 맞게 다양한 시도를 해볼 수 있는 것 또한 장점입니다."

공식 홈페이지에도 파래김이나 가쓰오부시 같은 것을 얹어 먹는 레시피를 공개해놓았다고 한다. 잘게 부셔서 가루로 만들어서 오차즈케*로 해 먹어도 별미라고 한다. 이때도 낱개 포장으로 되어 있으니 봉지째 으깰 수 있어서 간편하다고 사장은 아주 멋진 기술을 발명해낸 사람처럼 으스대는 얼굴로 말했다.

"그밖에 또 추천하고 싶은 상품은 얇게 구운 낫토 치즈 쌀과자. 이것도 참 맛있습니다." 사장은 또 바구니 안에서 얇게 구워 낫토와 치즈를 얹은 쌀과자를 꺼내 내 앞으로 밀어주었다.

"낫토는 사람마다 취향이 갈려서 냄새가 적은 종류를 쓰고 있어요. 이 제품은 마니아가 많아서 매년 기간 한정 상품으로 와사비를 추가한 시리즈도 출시하는데 이것도 인기가 좋습니다."

"한 마디로 우리 회사에서 만드는 쌀과자는 다 맛있어요. 나를 비롯해 우리 직원들이 먹고 싶은 것을 만들거든요." 사장은 가슴을 쫙 펴며 말했다. 얇게 구운 낫토 치즈 쌀과자도 역시 맛이 괜찮아서 저렇게 자신감 있게 권하는 이유도 충분히 이해가 갔다.

"쌀과자를 먹을 때는 즐거워야 한다고 생각합니다."

"네, 그야 뭐."

"맛있고 즐겁고 거기다 가격마저 착한 쌀과자, 그게 바로

---

★  녹차 국물에 밥을 말아 김이나 우메보시 등 고명을 올려 먹는 일본식 국밥.

우리 회사가 추구하는 목표지요."

갑자기 "봉지 뒷면을 한 번 봐주세요, 상품명이 인쇄되지 않은 쪽"하고 지시해서 나는 앞에 놓인 빅 오징어 미림 튀김 센베이 봉지를 뒤집었다. 쌀과자 봉지와 어울리지 않는 '보이니치 필사본'이라는 글자가 나열되어 있어서 무심코 눈을 크게 떴다.

〈세계의 수수께끼(17) 보이니치 필사본: 1912년에 이탈리아에서 발견된 미지의 언어로 쓰인 문서. 식물이나 여성 등 아름다운 삽화가 있지만 문장이 무슨 의미인지 아직 해독되지 않았다. 암호나 악보, 그냥 이목을 끌기 위해 만든 엉터리 문자라는 설도 있다.〉

왠지 어디선가 본 듯한 이야기였는데 쌀과자 봉지 뒷면에서 볼 만한 것은 아니라는 사실은 알 수 있었다. (17)이라고 되어 있으니 다른 이야기도 있을까 싶어서 바구니 안에서 다른 빅 오징어 미림 튀김 센베이 봉지를 찾아보니 '세계의 수수께끼(6): 저지 데블'도 나왔다. 바구니에 들어있던 마지막 한 개는 '세계의 수수께끼(13): 로어노크 식민지'였다.

"어때요? 재미도 있으면서 공부도 되니 일거양득이 따로 없지요?"

"네, 그렇네요."

눈을 빛내며 테이블 위로 상체를 들이밀다시피 해서 물어보는 사장의 기세에 밀려 고개를 끄덕였다. 그것도 한 번 봐주세요, 하는 말에 얇게 구운 낫토 치즈 쌀과자 봉지를 뒤집자 '일본의 독초(7): 수선화'가 있었다. 모양이 부추와 매우 비슷하니 헷갈리지 않도록 주의하라고 적혀 있는데 과연 착각하는 사람이 있을까. 다른 봉지에는 '일본의 독초(9): 붓순나무'가 있었다. 팔각과 닮았지만, 붓순나무는 향이 쓰고 팔각은 향이 단 편이니 냄새로 구분하라는 내용이었다.

"소비자들이 쌀과자를 먹을 때 봉지까지 즐길 수 있도록 하고 싶은 겁니다. 엄마가 아이에게 가르쳐주는 토막 상식으로도 좋고, 권태기 연인의 일상에 잠시나마 활기를 띄워주는 화젯거리로도 좋고, 혼자서 느긋하게 쉬면서 즐기는 가벼운 흥밋거리로도 좋고."

"좋은 아이디어네요."

의도는 썩 괜찮았다. 저지 데블이나 독초는 조금 오싹하긴 해도 오히려 그런 음침한 주제가 사람들의 흥미를 유발하기 쉽다는 점에는 공감했다. 엄마가 아이에게 가르쳐주는 지식으로는 고개를 갸우뚱하게 하는 부분이 있었지만, 내가 어릴 적에는 세계의 유명한 관광지나 계절마다 피는 꽃들에 얽힌 전설 같은 것보다는 세계 7대 불가사의나 독초 이야기가 더 솔깃했다. 전임자인 43세 남자와 사장의 사전에는 평범이라는 단어가 없는 모양이었다.

"이건 독재자 시리즈인데 SNS에서 화제였지요. 이건 6초 만에 배우는 간단 레시피입니다." 사장은 바구니 안에 든 과자들을 꺼내 보여주며 봉지 뒷면에 실린 내용을 소개했다.

"원래 이 일을 전담하던 직원이 있었는데 리프레시 휴가 때 결혼식을 준비하다가 갑자기 파혼당하는 바람에 끝내 충격에서 헤어나오지 못하고 지금 휴직 중입니다."

"그러니 당신이 아호도리호의 음성 광고를 제작했던 경력을 살려서 그 빈자리를 채워주었으면 합니다." 사장은 덧붙였다.

"광고를 제작하는 일은 주로 선배가 맡아서 했고 저는 그냥 뒤에서 보조하는 역할을 했을 뿐이라서요…."

광고 문구를 작성하는 시점에 뒤에서 보조하는 역할을 했다. 사장이 '경력'이라고 얘기하니 에리구치 씨에게 물어가는 처지였던 나는 쉽사리 수긍할 수 없었다.

"하지만 바이후안이나 모리무라 피아노 학원, 에뚜와르 점성술 학원이나 ZOZO 샐러드 공방, 이시카와 혈액 내과의 광고 문구를 작성했지요? 다른 것도 많이 하셨고요."

"네, 뭐, 그거야 그렇긴 한데요."

내가 했던 일에 대해 잘 안다는 듯 줄줄 읊어대자 그건 또 그것대로 듣기 나쁘지 않았기 때문에 자연스레 마음이 긍정적으로 바뀌었다.

"그렇다면 역시 우리 회사가 찾는 인재가 맞습니다."

사장은 크게 고개를 끄덕이더니 잠깐 실례, 하고 말하면서 테이블 한가운데 놓인 바구니에서 《해변의 매실》 쌀과자를 꺼내서 뜯었다. 쌀과자 반죽에 김을 넣어서 매실 과육으로 맛을 가미한 듯했다. 적당히 맛있어 보였다. 감사합니다, 하고 봉지를 받아들고 뒷면을 확인했다. '코뿔소 토막 상식: 코뿔소의 뿔은 체모가 굳어서 만들어진 것이랍니다. 임신할 때마다 한 마리씩 낳아 애지중지 키우지요.'라고 적혀 있었다.

"어때요, 우리 회사에서 일해보지 않겠습니까?"

나는 《해변의 매실》 봉지 앞면이 위로 오게끔 테이블에 내려놓은 후 알겠습니다, 하고 대답했다.

\* \* \*

〈국제 뉴스 토막 상식(89) 푸시 라이엇: 모스크바를 거점으로 하는 펑크록 그룹. 21세부터 34세까지 여성 11명으로 구성되었다. 2012년 2월 모스크바 러시아 정교회 대성당에서 정권을 비판하는 노래를 불렀다는 이유로 보컬리스트 3명이 체포되었다. 그중 1명은 같은 해 10월에 무죄판결을 받았고 나머지 2명은 2013년 12월 석방되었다.》

〈국제 뉴스 토막 상식(90) 택스 헤이븐: 조세회피처. 대표

산업이 없어서 세금을 없애거나 극히 낮은 세금을 매겨서 해외 기업이나 자산가를 유치하는 나라 혹은 지역을 뜻하는 말. 모나코나 산마리노, 케이맨 제도 등이 대표적이다. 헤이븐은 haven(회피처)으로 heaven(천국)이 아니라는 사실에 유의.〉

봉지 뒷면에 실리는 문장을 전부 체크한다는 사장에게 보여주자 이렇게 말했다. "퍼포먼스라는 말은 모호하니 '노래를 부르다'로 해주세요." "'헤이븐'보다는 '헤이븐'이라고 쓰는 편이 고령자가 이해하기 쉬울 겁니다." 나는 그 말대로 수정했다.

출근하자마자 받은 지시는 전임자인 기요다 씨가 리프레시 휴가 전에 끝내지 못하고 간 일을 마무리 짓는 것이었다. 기요다 씨가 휴직하기 전까지 했던 것은 〈국제 뉴스 토막 상식〉 시리즈로, 쌀과자 반죽에 검은콩을 박은 소금 맛《검은콩 타원형 센베이》에 전부터 연재해 오던 기획이었다. 자매품으로《검은콩 타원형 센베이 카레맛》상품도 있었다. 〈국제 뉴스 토막 상식〉은 기요다 씨가 입사해서 처음 만든 시리즈로, 말하자면 그의 대표작에 해당한다고 점심시간에 공장 여직원들이 알려주었다. 공장은 내가 일하는 본사 말고도 근교에 하나 더 있는데 본사에서는 구운 쌀과자, 근교에서는 튀긴 쌀과자를 생산한다고 한다.

"파혼 때문에 그렇게 힘들었으면 우리한테 의논이라도 했으면 좀 좋아!"

아르바이트직의 데라이 씨가 안타깝다는 듯 말했다. 데라이 씨는 점심을 먹으러 왔지만 어색한 나머지 뒤쪽에서 쭈뼛거리고 있던 나를 불렀다. 먼저 트레이와 젓가락을 챙기고 진열된 부식 중 원하는 메뉴를 고른 다음 그날의 주식을 배식받으면 된다고, 사내 식당 이용 방법을 알려주었다. 데라이 씨는 주전자를 들고 내 컵에 차를 따라 주었다. 나는 부식으로 오이와 멸치 초무침, 다시마 말이를 골랐고 오늘의 주식은 닭고기 계란 덮밥이었다.

"의논하면 뭐, 소개해줄 사람은 있고요?"

"그야 물론 없지만-."

점심시간 멤버로 짐작되는 데라이 씨를 포함한 여자 5명은 서로 얼굴을 마주 보고는 깔깔대며 웃었다. 딱히 소개해줄 사람은 없지만 기요다 씨가 자기네들 앞에서 결혼할 마음이 없다는 양 군 것이 서운한 모양이었다. 정규직 2명, 아르바이트직 3명으로 구성된 점심 멤버는 기요다 씨와 예전부터 점심을 함께 먹던 사이로, 쌀과자 봉지 뒷면 기획에 대해서 곧잘 다양한 조언을 해주었다고 한다. 중장년기 한창때 여자들과 매일 함께 밥을 먹는 43세 남자라니, 실로 특이한 조합이었다. 그 이야기를 들으며 나는 회사 분위기가 썩 꽤

찮다고 느꼈다.

"참, 우리 의견도 반영해줘요."

5명 중에서 가장 어려 보이는 아르바이트직의 우라카와 씨는 커다란 남색 도시락 뚜껑을 닫으며 말했다. 남자 형제가 쓰던 것을 물려받은 듯했다. "그래요? 어떤 식으로요?" 내가 물었다. "기획안을 투표에 부치거든요." 다른 누군가가 바로 대답해주었다. "이 회사는 은근히 그런 걸 자주 해요, 신제품을 정할 때라든지." 데라이 씨는 덧붙였다. "근데 난 자극적인 맛은 싫어하거든요, 얇게 구운 낫토 치즈에 와사비까지 첨가하는 건 좀 아니다 싶어서 우리 라인에서 일하는 애들 설득해서 반대표 던질까도 생각했는데 맛있기만 하다고들은 체도 안 하더라고요." 정규직인 가와사키 씨는 빠른 말투로 말했다. 통통한 데라이 씨와는 대조적으로 마른 데다 몸집이 작았다. "뭐, 확실히 그건 맛있긴 하지, 근데 가차 없이 거절한 사람은 누구였더라, 야마무라였나? 아니, 누구라고 말하기 그렇지만." 이야기가 점점 산으로 가는 분위기여서 나는 그것을 멈추게 할 셈으로 질문을 던졌다. "봉지 뒷면 기획안을 투표에 부친다고요?" 여자 5명은 하나같이 뭘 그렇게 당연한 것을 묻느냐는 표정이 되어 저마다 대답했다. "그럼요." "물론이죠." 사장과 직원들이 먹고 싶은 쌀과자를 만든다는 자부심에 대해 알고 있었지만, 봉지 뒷면 기획까지도 직원들 의견을 반영하리라고는 미처 예상하지 못했다.

"그나저나 국제 뉴스 시리즈, 이제 끝나는구나."

"난 국제 뉴스 덕분에 우리 아들 사회 문제집 풀 때 깔끔하게 설명해준 적도 있어요."

"와아, 아드님이 존경스러워했겠네요."

"뭐, 날 보는 눈빛이 조금 달라지긴 하더라고요."

"나도 우리 아들한테 존경의 눈길 좀 받아봤으면. 근데 이미 스물다섯이라서."

"전에 월급이 적어서 고민된다고 하지 않았어? 공무원 시험 준비해보라고 해봐. 일반상식 문제에 그런 게 나오거든."

"그러면 되겠네 – ."

그러면 안 될 것 같은데요. 나는 닭고기 계란덮밥을 그릇째 들고 젓가락으로 입안에 밥을 밀어 넣었다. 제법 맛있었다. 과연 먹거리를 취급하는 회사에서 운영하는 식당다웠다. 내일부터 점심시간이 기대된다고 생각하면서도 아직 다 파악하지 못한 업무 내용을 떠올리니 살짝 불안이 밀려왔다.

\* \* \*

내가 일터로 배정받은 곳은 볕이 잘 드는 4평 정도의 공간이었다. 본사 건물 1층 구석에 자리했다. 1층 대부분은 '쌀과자 뮤지엄'이라고 명명된 기념관으로, 창립 이래로 생산한 제품과 연혁, 쌀과자 토막 상식 등을 위한 전시실로 꾸며져 있었다. 1층에서 일하는 사람은 내가 유일했다. 안내 데스크는 따로 없어서 용건이 있는 외부인은 정문에서 수위 후쿠모토 씨에게 방문 이유를 말한 후 건물 안으로 들어와 엘리베이터를 타고 해당 층으로 향하게 되어 있었다. 내가 일하는 공간은 엘리베이터 홀과 쌀과자 뮤지엄 사이 안쪽에 있어서 거의 아무도 오지 않았다. 만약 점심시간에 공장 건물의 사내식당에 가지 않으면 온종일 한 사람도 만나지 않고 퇴근할 수 있었다. 지금처럼 사람이 들락거리는 것은 드물었다. 사장이 찾아올 때도 있고 정해진 시간마다 총무부 비품 담당 직원이 뭐 필요한 물건은 없는지 물어보러 올 때도 있어서 완전히 고립된 느낌은 들지 않았다.

고객상담실 담당자가 봉지 뒷면 화제에 대한 고객들 반응이 담긴 메일과 우편물을 모두 선별하고 프린트해서 업무일지에 끼워 매일 갖다 주었다. 호의적인 반응이 대부분이었다. 그러나 '각 현의 현화花에 관한 시리즈를 실어주세요'라고 달필과 그림이 어우러진 편지가 최근 1년간 매주 오기도 했다. '언제나 밋밋한 화제를 고르는 귀사의 안목에 매번 경탄을 마지않습니다. 월급은 얼마가 되든 상관없으니 저를 채용해주세요. 저를 뽑아주신다면 연쇄살인범 시리즈를 기획해보겠습니다. 첫 번째는 에드 게인입니다. 두 번째는 존 웨인 게이시입니다. 세 번째는 페터 퀴르텐입니다. 네 번째는…' 이렇게 수상쩍은 메일을 받기도 했다.

"그런 게 아니에요." 사장은 말했다. 봉지 뒷면 화제에 관한 의견을 정리해서 갖다주는 고객상담실 오오토모 씨라는 서른 살가량의 여성도 말했다. 사내식당에서 알게 된 아르바이트 직원들도 말했다. "어? 하고 순간 마음을 빼앗기겠지만 잔혹한 내용이나 스캔들 같은 그런 것과는 달라, 우리 회사의 쌀과자 봉지 뒷면은."

그들 말에 고개를 끄덕이면서도 문득 언젠가 그 말들이 나에게 향하지 않을까 하는 생각에 혼자만의 작업실에서 의기소침해져 있었다. 한동안은 기요다 씨가 남기고 간 〈국제 뉴스 토막 상식〉 리스트에 있는 주제를 하나씩 소화하기만 해도 근무 시간을 채울 수 있었지만 이후의 화제는 구상해놓지 않아서 내가 아이디어를 짜내야 했다.

오늘은 '(91) 조제프 블라터 FIFA 전 회장', '(92) 에드워드 스노든', '(93) 퉁구스카 대폭발', '(94) 양키 원자력발전소', '(95) 말랄라 유사프자이'에 관해서 썼다. 주제 하나에 140~160자 분량이면 짧아서 금방 쓸 수 있을 것처럼 느껴지지만 11세에서 91세에 이르는 연령층이 불쾌감 없이 쉽게 이해할 수 있도록 써야 한다는 사장 지시를 따르는 작업은 퍽 고된 일이었다. 블라터 FIFA 전 회장이 전 세계 가터벨트 친우회를 주관하기도 했다는 사실을 쓰고 싶었지만, 사장은 껄껄 웃다가도 어느새 진지한 표정으로 돌아와 애 엄마들이 싫어할 거라고 퇴짜를 놓았다. 아무래도 사장은 초등학교 4학년 아이와 할머니가 함께 쌀과자를 즐기는 이미지가 이상적이라고 생각하는 모양이었다. 아마 사장 머릿속에는 초등학교 4학년이 열한 살이고 할머니는 아흔한 살일 것이다. 그렇지만 초등학교 4학년 손자가 있는 할머니가 아흔한 살일 경우는 거의 드물다는 사실에 생각이 미치자 이걸 얘기해야 하나 말아야 하나 한동안 고민했다.

91세 할머니에 11세 손자라는 것과 세계 가터벨트 친우회에 관해서 점심을 함께 먹게 된 점심 멤버 5명에게 말했다. 전자는 '할머니가 마흔한 살에 엄마를 낳고 엄마도 마흔한 살에 아이를 낳는다면 충분히 가능하다'고 지적했고 후자는 '우리는 재미있다고 웃어넘길 수 있는데 어린아이를 둔 젊은 엄마들 앞에서 그런 이야기는 아무래도 피하는 게 좋겠다'는 의견을 들려주었다. 가터벨트 친우회에 대해서는 단 한 명, 이혼 경험이 있는 정규직 다마다 씨가 적극적으로 편을 들어주었지만 넌 원래 야한 거 좋아하니까 그렇지, 하고 놀림을 받았다. 나보다 두 살이나 세 살 위로 보이는 그녀는 확실히 조금 성숙한 분위기의 소유자였다. 이혼 경험이 있는 수위 후쿠모토 씨와 3개월 전까지 사귀고 있었는데 후쿠모토 씨가 아이를 맡게 되면서 일단 헤어졌다고 한다. 재혼을 염두에 두고 사귀는 진지한 관계였지만 전 부인이 낳은 아이를 맡아 키우는 일은 결이 다른 사안이어서 좀 더 신중하게 생각하기로 한 모양이었다. 입사한 지 일주일도 안 된 내가 벌써 그런 속사정까지 알고 있다는 점이 얼떨떨하긴 한데 그녀들은 자기 이야기를 거침없이 털어놓았다. 전 직장 선배에 대해 아는 것이라고는 여대 산악부 동아리 출신이라는 사실밖에 없었다는 점과 비교하면 큰 차이였다.

전임자인 기요다 씨와 점심을 같이 먹던 사이여서인지 그녀들은 봉지 뒷면 화제에 유독 흥미를 나타냈다. "제 일에 관심을 보여주시는 건 감사한데, 원래 이 회사는 이런 분위기인가요?"하고 물어보았다. 그러자 봉지 뒷면 파와 맛 파가 있는데 직원들은 대부분 한 군데에 속해 있다는 대답이 돌아왔다.

"우리끼리니까 하는 얘기지만 맛에 집착하는 사람들은 툭하면 상품 개발부랑 술 마시러 가질 않나, 신상품 투표 때는 로비도 벌이지 않나, 어찌나 부지런한지 못 말린다니까."

"그러는 가와사키 씨도 얇게 구운 낫토 치즈에 와사비 맛을 추가한다고 하니까 반대하고 싶어서 라인 사람들 설득해서 몰표 행사하려고 했다고, 얼마 전에 얘기했었잖아요."

"왜냐하면, 얜 양쪽 다 속해 있거든."

"아니야, 그냥 와사비가 싫어서 그때만 그런 거야. 난 온건한 봉지 뒷면 파라고."

온건파도 있고 과격파도 있구나. 그녀들 좋을 대로 이름을 붙여 이야기하고 있는지 몰라도 여러모로 민주적인 결정을 지향하는 회사에도 갈등은 존재하는 모양이었다.

부른 배를 쓸던 나는 왠지 모르게 옅은 불안을 느끼며 방으로 돌아왔다. 점심 메뉴는 돼지고기 생강구이였다. 오늘도 역시 맛있었다. 쌀과자 뮤지엄 앞을 지나는데 한 남자가 중앙에 놓인 긴 벤치에 앉아 문고본을 읽고 있었다. 점심을 함께 먹는 사람들은 다들 솔직한 성격이어서 즐겁기는 하지만 매일 만나기는 좀 피곤할지도 모르겠다.

* * *

내가 쌀과자 회사에서 일하게 되자 엄마는 기뻐했다. 퇴근할 때마다 하자 있는 상품을 챙겨 왔기 때문이다. 특히 내가 《얇게 구운 낫토 치즈 플러스 와사비》를 두 봉지 들고 집에 오자 엄마는 이건 한정판이잖아! 하고 좋아했다. 그러고 보니 오래 일했던 전전전 직장을 그만두고 거의 집 안에 틀어박혀 살다시피 했을 무렵, 밖에 나가기는 싫지만 짭짤한 맛이 당길 때가 있었다. 엄마가 평소 간식을 숨겨두는 커다란 깡통을 뒤져서 5개 정도 남아있던 《얇게 구운 낫토 치즈 플러스 와사비》를 전부 먹어 치웠더니 엄마에게 그 귀한 것을! 하며 호되게 야단맞았던 기억이 있다. "나나 아빠가 프리메이슨*이었으면 너도 좀 더 편한 일을 소개받았을지도 모르는데." 얼마 전에도 엄마가 쌀과자를 먹으면서 갑자기 이런 말을 꺼내서 놀랐던 일도 생각났다. '프리메이슨'은 아마도 기요다 씨가 기획한 봉지 뒷면 화제 시리즈에서 알게 되었을 것이다. 봉지 뒷면을 기획해서 해당 주제에 관해 글 쓰는 일을 한다고 말했더니 또 성가신 일을 맡았구나, 하는 반응을 보였다.

우선 기요다 씨가 남기고 간 〈국제 뉴스 토막 상식〉 시리즈를 다음 인쇄분까지 작성하고 나니 마침내 내가 신규 화제를 기획해야 하는 날이 다가왔다. 사장과 면접 볼 때도 먹었던 《해변의 매실》 패키지를 리뉴얼하기로 결정이 나자 봉지 뒷면도 새로운 화제로 단장하게 되었다. 전에 하던 것은 〈동물 토막 상식〉으로, 기요다 씨가 기획한 봉지 뒷면 화제 시리즈 중에서도 비교적 평범했다. 지금까지 다루지 않은 동물을 찾아보겠다고 보고하자 사장은 "아니, 이왕 리뉴얼하는 거

---

★ 고대 석공조합에서 발원한 비밀 결사 단체로, 회원들이 세계 주요 인사들로 이루어져 영향력이 크다고 알려져 있다.

아예 새로운 화제를 기획해봅시다, 하고 강력하게 주장했다.

예전에 김 맛 오차즈케 봉지에 든 우키요에★ 카드를 취미로 모았던 기억이 떠올라 명화 소개 시리즈는 어떻냐고 제안한 적이 있었다. 이제 와 돌이켜보면 대놓고 초짜라고 티 내는 꼴이었다. 사장은 그건 인쇄비용이 좀, 하고 웃고는 그것으로 끝이었다. 하긴 사장도 긍정적인 답변을 주기 어려웠을 테다. 《해변의 매실》 봉지는 쌀과자에 들어간 매실 과육이 겉으로 비치게끔 전부 진한 녹색이었다. 명화를 소개하기 위해서는 색상이 다양하게 들어가야 하는데 그러면 인쇄비용이 올라가는 것은 당연했다.

명화에 대해서는 깊게 생각하지 않았다손 치더라도 그다음에 '오늘은 무슨 날?'이라는 색다른 기념일을 소개하는 안을 냈을 때도 이런 말을 들었다. "나쁘지 않은 생각이긴 한데 이렇게 되면 사람들이 먹는 날을 의식하게 되지 않을까요?" 예를 들면 6월에 5월 기념일 기사를 읽으면 비교적 먼 미래의 일이라서 웬만큼 흥미로운 주제가 아니고서야 별로 화제가 되지 않을 것 같다는 뜻이었다. 봉지 인쇄 시기를 각 기념일에 맞춰서 제품을 내보낸다고 해도 조금씩 어긋나는 경우가 생길 것이다. 일리 있는 이야기였다. "사장님이 화제를 정

---

★  일본 에도시대에 성행한 풍속화.

해주시고 그에 맞춰 제가 세부적인 글을 쓰는 게 낫지 않을까요?" 내가 봉지 뒷면을 기획하는 사람인데 어째 기획 권한은 사장이 더 큰 것 같아서 제법 진지하게 제안해봤다. "그건 좀, 난 이제 나이도 있어서 말입니다." 사장은 사양하기만 했다. 나이가 많으면 어떤 점이 안 좋은지 모르겠지만 아무래도 일종의 진취적인 성향이 사라질까 두려워하는 듯 보였다. '그건 전임자인 기요다 씨 특성일 뿐 전 평범한 아이디어밖에 생각해내지 못하는 사람이에요'하고 분명히 해두고 싶었다. 하지만 버스 회사에서 일했던 경력 하나로 채용된 사람이 할 말로는 구차하다는 생각이 들어서 잠자코 있었다.

뭘까, 11세에서 91세에 이르는 폭넓은 연령층을 아우르면서도 평범하지 않은 특이한 화제란. "그러니까 예를 들면 유명한 심리 실험 같은 거 말인가요?" 내가 말했다. "그것도 괜찮네." 사장은 자리에서 일어날 듯 엉덩이를 들썩이며 적극적으로 찬성하고 나섰다. "아니, 어디까지나 하나의 극단적인 예시로 해본 얘기에요." 당황한 나는 고개를 흔들며 덧붙였다. "그건 그렇네. 확실히 극단적이기는 해." 사장은 그제야 이성이 돌아온 듯 다시 의자에 앉았지만, 어쩐지 아쉬워하는 얼굴이었다.

그렇게 해서 〈미니 국가 시리즈〉, 〈말의 유래 시리즈〉, 〈노벨상 수상자 시리즈〉 이 세 가지 안 중에서 리뉴얼된 《해변

의 매실》 봉지 뒷면에 쓸 화제를 직원 투표에 부치기로 했
다. 투표는 사내식당 입구에 설치한 투표함에 마음에 드는
화제를 써서 넣는 단순한 방법으로 이루어졌다. 모든 직원이
참여해야 할 의무는 없었지만 점심시간에 슬쩍 관찰해보니
제법 많은 사람이 준비해둔 회사용 메모지에 뭐라고 쓰고는
상자에 넣고 갔다. 투표 기간은 제5영업일로 정해져 있었다.

투표 결과는 고객상담실 오오토모 씨가 매일 수거한 후 집
계해서 워드로 정리해 나한테 갖다주었다. 첫날은 미니 국가
가 6표, 말의 유래가 2표, 노벨상 수상자가 2표, '예전보다 임
팩트가 떨어진다'가 1표, '일본의 명산 100선 시리즈는 어떨
까요?'가 1표 이렇게 12장이 들어있었다. 나도 일본의 명산
100선 시리즈는 괜찮다고 생각했다. '예전보다 임팩트가 떨
어진다'는 말에는 약간 좌절했다. 안 그래도 제안 단계에서
사장 반응이 좀 부족하다고 느꼈는데 이렇게 직설적인 평을
들으니 꽤 뼈 아팠다. 다음날은 6장이 들어있었는데 미니 국
가가 2표, 말의 유래가 2표, 노벨상 수상자는 0표, '좀 더 재
미있는 거 없나요?'가 1표, 일본의 명산 100선이 1표였다. 노
벨 수상자와 일본의 명산 100선이 벌써 2표를 얻어 어깨를
나란히 하고 있었다. 이러다가는 조만간 추월당할지도 모르
겠다.

〈국제 뉴스 토막 상식〉 일을 계속하면서도 임팩트가 떨

어진다거나 차라리 일본의 명산 100선으로 하라는 말이 좀처럼 머리에서 떠나지 않아서 일에 집중되지 않았다. 점심을 함께 먹는 멤버들에게 털어놓았다. "괜찮아!" "기요다 씨도 가끔 좌절하고 그랬어!" "처음부터 잘하는 사람이 어디 있어요!" 저마다 격려해주었지만 내가 만든 화제를 콕 집어 강하게 긍정해주는 사람이 없다는 점이 마음에 걸렸다. 실제로 투표하러 갔다는 사람은 5명 중 1명밖에 없었다. 고등학교 1학년과 중학교 2학년 형제의 엄마이면서 멤버 중 최연소를 자랑하는 우라카와 씨가 '아들 공부에 도움 될 것 같다'는 이유로 말의 유래에 투표했다고 했다. 다른 사람들은 중요한 일이니 좀 더 생각해보고 결정하겠다는 둥 원래 항상 마지막 날에 투표한다는 둥 일찌감치 결과가 나오는 편이 부담이 덜한 나로서는 달갑지 않은 말을 했다. 괜히 마음에도 없는 빈말을 늘어놓는 것보다는 성실한 태도일 수는 있겠지만 역시 신경 쓰였다.

"사장님한테 특이한 화제가 좋으시면 유명한 심리 실험 같은 건 어떠냐고 농담 삼아 제안했더니 생각보다 좋아하시더라고요."

"어, 그거 좋은데?"

몇 번이나 처음부터 잘하는 사람은 없다고 격려해준 다마다 씨가 젓가락질을 멈추고 눈을 가늘게 뜬 채 말했다. "하지만 그건 대여섯 개면 끝날 것 같아서요." 나는 그 모습에 당황해서 변명했다. "그렇구나." 다마다 씨는 아쉬운 얼굴로 브로콜리를 입으로 가져갔다. "뭐, 적당히 개성적이고 다른 곳과 다르면 되니까, 우리 쌀과자 봉지 뒷면은." 데라이 씨가 위로해주었다. 나는 왠지 미안한 마음이 들었다.

처음부터 잘하는 사람은 없다. 다른 곳과 다르면 그걸로 되는지도 모르겠다. 아무리 그래도 처음인데 그런 식으로 배짱을 튕길 수야 없지 않나.《해변의 매실》봉지 뒷면 기획안은 아슬아슬하게 합격점을 받고 마무리한다고 해도 그다음에는 더 나아졌다는 소리를 들어야 했다.

우선 나는 그날 분량의 〈국제 뉴스 토막 상식〉을 끝내고 전임자인 기요다 씨가 전에 했던 일을 훑어보기로 했다. 컴퓨터에는 기요다 씨가 작성한 문서가 그대로 저장되어 있었다. 그래도 실물을 보는 편이 낫겠다 싶어 작업실 옆에 있는 쌀과자 뮤지엄에 가보기로 했다. 화장실에 가려고 작업실을 나섰다가 간혹 땡땡이치러 나와 있는 사람을 보는 경우가 있어서 조금 내키지 않았다. 다행히 오늘은 그런 사람이 보이지 않았다.

쌀과자 뮤지엄은 중 회의실 정도 되는 면적으로, 사방 벽에는 회사 연표와 함께 역대 상품이 연대순으로 진열되어 있었다. 초기 생산된 제품은 유리 케이스 안에 복제품 형태로 진열되어 있었지만 10년 전쯤 생산된 제품부터 실물이 전시되어 있었다. 3년 전부터 발매되고 있는 제품은 세트로 포장된 것이 각각 안쪽에, 낱개로 포장된 것이 그 앞쪽 등나무 소쿠리에 쌓여 있었다. 가운데에는 초등학교 1학년쯤 되는 아이가 들여다볼 수 있을 만한 높이의 진열대에 기본 쌀과자인 간장맛 센베이의 생산 공정을 거의 실물에 가깝게 플라스틱 재질로 재현해 놓았다. 제법 잘 만들어 놓았다는 생각이 들었다. 한 달에 한 번, 토요일에 공장 견학을 실시한다고 들었는데 그때 손님들을 이곳으로 데려오는 모양이었다.

작년에 생산된 《얇게 구운 낫토 치즈》 낱개 포장 봉지를 집어서 뒤집어 보았다. 〈일본의 신기한 조례〉 시리즈로, 홋카이도 구치얀초라는 지역의 '다 함께 즐기는 눈 조례'에 관해 적혀 있었다. 강설량이 많아서 생긴 불편은 마을 사람들이 힘을 모아 극복하고 눈은 자원으로 적극적으로 활용하자는 내용이었다. 또 하나는 '교토시 청주의 보급 촉진에 관한 조례'가 있었다. 그 옆에 놓인 《얇게 구운 낫토 치즈 플러스 와사비》에는 〈일러스트로 만나는 일본 야생 조류〉 시리즈로 백로, 가마우지 등의 일러스트가 그려져 있었다. 기요다 씨는 그림에도 조예가 있는 모양이었다. 3년 전에 생산된 《빅 오징어 미림 튀김 센베이》 뒷면에는 각 나라의 언어로 '도와줘!'와 '경찰을 부르겠어요!'라는 문장이 적혀 있었다. '도와줘!'는 러시아어로 '뽀마기쩨!', 핀란드어로 '아웃타 카!'라고 되어 있었다.《성게 아라레 빅사이즈!》봉지 뒷면에 는 〈파스타 소스 100선〉 시리즈로 봉골레 로쏘와 봉골레 비 앙코의 차이가 적혀 있었다(로쏘가 토마토 베이스, 비앙코가 화 이트 와인 베이스). 올해 처음 출시된 《검은콩 타원형 센베이 카레맛》은 〈세계의 악녀들〉 시리즈를 전개하고 있었는데 내 가 집어든 봉지에는 소 아그리피나와 블러디 메리에 대한 설명이 있었다. 그 밖에도 〈세계의 독재자들〉이나 〈주먹밥에 넣어 먹으면 맛있는 재료들〉이나 〈팔백만 신들의 이야기〉나 〈소수 민족을 알아봅시다〉 등등 기요다 씨가 기획한 것으로 보이는 봉지 뒷면 화제 시리즈가 다방면에 걸쳐 있었다.

나는 으으, 하고 앓는 소리를 내면서 근무 시간에 땡땡이 를 치는 사람들이 곧잘 앉아 있던 뮤지엄 중간쯤에 있는 긴 벤치에 앉았다. 후임으로 왔으니 지금이야 전임자만큼 못해 도 이해해주겠지만 시간이 흐른 뒤에는 비슷한 수준으로 일 을 해내야 한다고 생각하니 정신이 아득해졌다. 재미는 있을 것 같은데 막상 뭔가 아이디어를 짜내려고 하니 의외로 잘 떠오르지 않았고 직원 투표에 부친다는 점도 부담스러웠다.

그러나 앞으로 어떻게 일을 해야 하는지는 대강 그림이 그 려졌다. 우선 오늘 하던 일은 내일로 미루고 기요다 씨가 이 제껏 해왔던 일에 대한 자료를 하나부터 열까지 차근차근 확인해봐야겠다고 결심했다. 의자에서 일어나려는데 마침 어떤 사람이 다른 입구로 들어오는 모습이 보였다. 나는 재빨리 복도로 빠져나와 화장실에 가는 것처럼 하면서 오늘은 누가 시간 때우러 왔나 궁금한 마음에 슬쩍 엿보러 갔다. 공장 작업복 차림의 젊은 남자가 전시 공간에서 낱개 포장된 쌀과자가 담긴 소쿠리를 가져와 긴 벤치에 앉아서 자연스럽게 하나씩 손에 들고 열심히 구경하기 시작했다. 저렇게 하면 기분 전환이 되는 모양이지. 나는 일에 대한 각오를 새로이 다지면서 화장실에 들렀다가 작업실로 돌아갔다.

\* \* \*

다음에 작업할 《해변의 매실》 봉지 뒷면 화제는 초반에는 동점이었던 〈미니 국가〉와 〈말의 유래〉가 결선에 오른 결과, 〈말의 유래〉로 선정되었다. 점심 멤버들은 저마다 작업하는 틈틈이 다른 종업원과 투표에 대해서 몇 번 이야기를 나눴다고 한다. 처음에는 미니 국가가 재밌을 것 같다는 의견이 대세였는데 《해변의 매실》은 회사 제품 중에서도 가장 일본다운 이미지의 쌀과자여서 일본어에 관한 화제가 어울리지 않겠느냐는 의견이 나오자 모두 그쪽으로 옮겨갔다고 한다.

"그러고 보니 국어와 관련된 화제는 한 번도 해본 적이 없는 것 같아요."

직장에서 생산하는 쌀과자의 봉지 뒷면 화제가 아들들 공부에 도움이 되었으면 하는 우라카와 씨가 그렇게 말했다. 수학 과목은 다루기 어렵다 치더라도 국제 뉴스나 역사상 위대한 인물과 같은 사회 과목에 관련된 지식을 비롯해서 3년 전 〈세계의 언어로 배우는 '도와주세요!'〉 시리즈로 외국어를, 식물과 야생 조류 시리즈로 과학 과목과 관련된 지식을 다루었다. 하지만 국어 과목에 도움이 될 만한 화제는 지금 껏 취급한 적이 없었던 모양이다. 그러고 보니 정말 그랬다. 세계사 토막 상식에서 간단 레시피까지 넘나들던 기요다 씨에게도 흥미가 일지 않았던 분야가 있었다.

"지금껏 다룬 적 없는 화제, 어때요? 한 표 행사할 마음이 드나요?"

이 회사에서 오래 근무한 데라이 씨는 "그러네, 지금까지 해온 대로 유지해나갈 수 있다면"하고 말했고 봉지 뒷면 파라고 자처하는 가와사키 씨는 "재미있으면 난 뭐든 OK"라고 말했다. 스물다섯 살 아들을 둔 최연장자 니헤이 씨는 "불편한 주제가 아니라면 괜찮아"하고 살짝 어깨를 움츠리며 말했고 최근 수위 후쿠모토 씨와 다시 데이트한다는 다마다 씨는 "난 그게 더 좋아"하고 고개를 끄덕였다. 중학생과 고등학생 아들을 둔 우라카와 씨는 "되도록 공부에 도움 되는 내용으로 해줘"하고 대답했다. 우라카와 씨는 공장에서 쌀과자를 챙겨서 집에 들고 갈 때마다 봉지 뒷면을 휴대전화로 찍어 아들들한테 보여준다고 한다. 그들은 스스로 찾아보려고는 하지 않아도 둘째 아들은 때때로 집에 있는 쌀과자를 자기 방에 가져가기도 한다는 것 같았다.

"국어와 관련된 화제가 좋을까요? 문호文豪 소개라든가."

"그런 것도 좋지만 이름 같은 건 어떨까?"

"이름?"

"특이한 이름이라든지."

다마다 씨는 웃는가 싶다가도 다소 복잡한 표정으로 입매를 일그러뜨리더니 다시 비죽 웃으며 운을 뗐다. 전 애인이 됐는지 지금도 애인인지 아무튼 미묘한 관계에 있는 수위 후쿠모토 씨의 딸들이 특이한 이름을 가지고 있다고 했다. 바로 深安奈와 澪璃亜라는 한자였다. 미안나와 미오리아. 그냥 安奈(안나)와 澪(미오)라고 지으면 안 되는 이유라도 있었느냐고 묻자 安奈(안나)라고만 하면 둔해 보이니 深安奈(미안나)로 하는 것이 낫고 澪(미오)보다는 澪璃亜(미오리아)라고 하는 편이 보석처럼 느껴지니 좋다며 수위 후쿠모토 씨의 전 부인이 고집을 피웠다는 것 같았다. 후쿠모토 씨도 전 부인의 주장을 거스를 수 없었다고 한다.

"그 사람이랑 재혼하면 그 아이들의 엄마가 되는 셈이잖

아. '게임에 등장하는 공주님 이름처럼 멋진 이름이네'하고 말해봤는데 되레 화를 내서 어찌나 황당하던지." 다마다 씨는 한숨을 내쉬었다. "난감하셨겠어요." 특이한 이름 시리즈는 한번 해보고 싶기도 한데 여러 가지로 물의를 일으킬 듯한 주제라서 나는 그저 그렇게만 대답하기로 했다. "요즘 애들 이름은 다 그렇더라고요." 우라카와 씨는 털털하게 말했다.

내가 처음으로 화제를 기획해서 진행하는 〈말의 유래〉 시리즈에 어떤 말을 조사하면 좋을지 사전을 뒤적이면서 지금까지 기요다 씨가 기획했던 분야와 그렇지 않은 분야에 관해 생각해보았다. 우라카와 씨가 말했듯 교과 과목에 적용해봐도 괜찮을 듯싶었다. 나는 근처에 있는 메모지의 맨 첫 장에 '국어'라고 썼다.

\* \* \*

〈말의 유래(10) ごちそう(ご馳走고치소): '치소馳走'란 본래 무언가를 준비하기 위해 뛰어다닌다는 뜻. 지금은 그와 같이 대응한다는 의미로 바뀌어 대접한다는 뜻으로 쓰인다.〉

〈말의 유래(11) よこずき(横好き요코즈키): 어떤 일을 잘하지도 못하면서 열심히 하는 모습을 나타낸다. '下手の横好き(헤타노요코즈키)'의 '요코橫'는 본업에서 벗어났다는 뜻이

다.〉

〈말의 유래(12) けいひん(景品케이힌): '케이景'에는 '케시키 景色(경치)' 외에 '후제이風情(운치)'라는 뜻도 있어서 운치를 더한 물건을 손님에게 보내는 것을 의미한다.〉

내가 기획했지만 말의 유래 시리즈는 퍽 힘든 작업이었다. 아, 그렇구나, '힘들다'도 괜찮네, 아니 '퍽'도 좋은데 싶어서 메모해놓았다. 그러고 보니 '유래'도 소재로 써먹으면 될 것 같고 '言葉ことば(말)'에 어째서 '葉は(엽)'이 들어가는지 알아 봐도 좋을 듯했다. 그렇게 해서 국어사전과 한자 사전, 인터 넷을 오가며 이것저것 조사하느라 결과물은 내지 못한 채 몇 시간이 흘러갔다. 미니 국가 시리즈였으면 산마리노나 앙도 라의 정보를 찾아내 정리하면 되었다. 기요다 씨는 설명하기 쉬운 주제를 잘 고른다는 생각이 들었지만 후회하기에는 이 미 늦었다. 우선은 대상을 정해놓고 하는 게 좋겠다 싶어 우 라카와 씨의 중학교 2학년 둘째 아들을 기준으로 삼아 고르 고 있었다. 과연 새롭게 바뀐《해변의 매실》봉지도 자기 방 에 들고 가줄지 알 수 없는 일이다.

얼마 전까지만 해도 봉지 뒷면의 기획안을 직원 투표에 부 친다고 해서 마음이 싱숭생숭했는데 이제는 쌀과자 뮤지엄 의 뒷방에서 오로지 선정된 화제에 관해 조사하고 글을 쓰느 라 정신이 없었다. 버스 회사에서도 비슷한 일을 하지 않았느냐고 하면 할 말은 없지만, 그때는 취재할 광고주도 있었고 에리구치 씨라는 선배도 있었고 작성한 광고 문구를 읽어주는 가토리 씨도 있었다. 에리구치 씨의 동향 관찰이나 딸의 통학로 안전 문제 등 항상 어딘가 신경을 빼앗긴 상태였던 가제타니 과장도 뭐 조금 짜증스럽기는 해도 대화를 나눌 때는 기분 전환이 되었다.

지금은 혼자였다. 사장과 작성한 글에 대해 의논하기도 하고 고객상담실의 오오토모 씨가 고객들 의견을 추려서 가져오면 참고하기도 하고 점심시간에 점심 멤버들과 수다를 떨기도 하지만 근무 시간에는 기본적으로 아무와도 대화하는 일 없이 혼자서 일했다. 완전히 적성에 맞지 않는 것은 아니었지만, 검색하거나 조사해도 좀처럼 원하는 결과를 찾지 못했을 때나 찾긴 했어도 제대로 된 문장으로 옮기기 힘들 때는 스스로가 무능하게 느껴지고 월급이나 축낸다는 생각이 들어 자괴감이 들었다. 작업실에 유난히 볕이 잘 든다는 점도 때때로 괴로웠다. "근처 도서관을 이용하는 것도 좋은 방법입니다." 사장이 이렇게 말해주었지만 실제로 가보니 현실 도피에 대한 열망인지 일과는 관련 없는 책만 눈에 들어와 도통 집중이 되지 않았다.

그런데 내가 작업한 결과물이 막상 인쇄되어 완성품으로서 시장에 풀리자 이 일에 어떤 장점이 있는지 차츰 알게 되었다. 점심을 같이 먹는 멤버 중 검품을 담당하는 니헤이 씨와 우라카와 씨가 봉지 뒷면의 화제를 읽느라 일손이 멈춘 줄도 몰랐다는 것이나 다른 생산 라인 사람이 부럽다고 말해준 것도, 오오토모 씨가 SNS에서 리뉴얼한《해변의 매실》봉지에 대한 사람들 반응을 전해준 것도 고마웠다. '그러고 보니 봉지가 바뀌었다'는 반응이 대부분이었지만 그중에는 '새로운 사실을 알게 됐다', '재미있으니 하나 더 사봐야겠다' 같은 의견이 있어서 기분이 무척 좋았다.

그 후《성게 아라레 빅사이즈!》상품의 봉지도 리뉴얼하게 되어 봉지 뒷면의 화제도 새롭게 바꾸기로 결정이 났다. 일단 예전에 했던 투표에서 득표수가 많았던 미니 국가로 할까 하는 의견이 나왔다. 내가 다마다 씨가 해준 이야기에서 힌트를 얻어 이름에 흔히 쓰이지만 잘 모르는 한자를 소개하는 시리즈 〈알고 있나요? 내 이름에 들어가는 한자〉가 어떠냐고 제안하자 그것도 괜찮겠다고 해서 미니 국가와 함께 직원 투표에 부치기로 했다. 결과는 한자 쪽으로 표가 모였다.

이 일을 통해 말하자면, 나는 감을 잡았다. 이렇게 말하니 자꾸 잘난 척하는 것처럼 보이는데 어쨌거나 나는 차츰 쌀과자 봉지 뒷면의 화제를 기획하는 일이 좋아졌을 뿐 아니라 보람 비슷한 것도 느끼게 되었다. 함께 점심을 먹는 니헤이 씨가 자기 이름이 '佳乃(요시노)'인데 어릴 때 부모님이 돌아가시는 바람에 이름의 유래에 대해 정확하게 들은 적이 없으니 알려주면 좋겠다고 해서 일단 '佳'라는 한자에는 '아름답다'나 '뛰어나다', '좋다'는 의미가 있다고 얘기해주었다. 그러자 아주 기뻐하면서 자기 이름에 들어가는 한자의 유래가 실린 쌀과자 봉지를 불단에 올려놓았다고 한다. 고마운 이야기였다. "데라이 씨한테서 들었는데 당신이 봉지 뒷면의 새로운 화제를 기획한 사람이라면서요?" 점심시간에 밥을 먹고 있으면 자기 이름의 한자를 알아봐달라고 부탁하는 일도 점점 늘어났다.

그러다 보니 조금씩, 사장이 봉지 뒷면에 거는 기대나 기요다 씨가 광범위하게 지식을 넓혀서 열정적으로 일을 해온 마음을 충분히 이해하게 되었다. 갱신이 잦은 〈국제 뉴스 토막 상식〉과 〈말의 유래〉, 〈알고 있나요? 내 이름에 들어가는 한자〉 이 세 시리즈와 다른 시리즈에 대해 매일 글을 쓰면서 눈에 들어오는 것들마다 쌀과자 봉지 뒷면 화제로 쓸 수 없을까 생각했다. 어느 정도 수량이 되고 소개할 만한 가치가 있는 화제로 수호지의 등장인물이라든지 일본의 현청 소재지와 각 지역의 명소 및 명물이라든지 자수 스티치의 종류라든지 애거서 크리스티의 작품 소개를 생각했다. TV에서 아프로헤어*를 한 축구 선수를 보면 〈고금동서에 걸친 헤어 스타일〉 시리즈를 떠올렸으며, 사내식당에서 여러 가지 채소를 튀긴 음식이 나오면 튀김 재료 시리즈는 어떨까 하는 상상도 했다. 좋은 기획을 구상할 수 있다고 생각하지는 않았지만, 어쨌든 이것저것 모으다 보면 그중에 하나라도 괜찮은 게 걸리지 않을까, 이게 안 되면 저걸로 해보자, 라는 배짱은 착실히 덩치를 키워갔다.

한편 사내식당에 점심을 먹으러 가면 거의 매일 자기 한자 이름을 봉지 뒷면에 다뤄달라는 부탁을 받았고 어떤 의미인지 물어보거나 자기 친구 이름도 알아봐 달라는 얘기를 들었다. 그래서 이왕이면 사람들에게 도움이 될 만한 주제로 글을 써야겠다는 나름의 기준도 세우게 되었다. 그냥 이 정도면 되었다가 아니라 그 이상으로 해내야겠다고 생각하게 되었다.

오랫동안 근무한 전전전 직장은 거의 방전되다시피 한 상태에서 그만두었기 때문에 일에 과도하게 감정을 이입해서 좋을 것이 없다는 점은 머리로 알고 있지만 그렇다고 전혀 성취감을 느끼지 않기도 어려웠다. 내가 한 일을 사람들이 좋게 평가해주는 것은 역시 기분 좋았기 때문에 어쩔 수 없이 더 열심히 하고 싶다는 마음이 절로 샘솟았다.

"지금 당신은 되도록 일에 지나치게 몰두하지 않는 편이

---

★ 흑인 특유의 곱슬곱슬한 모발을 빗어 크게 둥근 모양으로 다듬은 헤어스타일.

좋습니다." 나를 담당하는 마사카도 씨가 맨 처음 상담할 때 말했다. 많은 사람과 함께하면서 회사를 떠받치는 버팀목이 되는 일보다는 매일 부담 없이 해낼 수 있는 일이 좋다는 조언을 늘 마음에 새기고 있었다. 은밀하게 설치해둔 카메라로 특정 대상을 감시하는 일도, 버스 회사에서 음성 광고를 제작하는 일도, 이 쌀과자 제조사에서 봉지 뒷면을 기획하는 일도 다 마사카도 씨 심사에 통과해서 하게 되었는데 이번에는 예상과 다르게 흘러갔다.

퇴근 후 집에 돌아와 내 시간이 생겨도 줄기차게 인터넷을 검색하면서 이건 써먹을 수 있겠는데? 아니야, 시리즈로 하기에는 수량이 적어. 이것도 괜찮아 보이는데, 열한 살 아이한테는 어려울까? 아흔한 살 노인이 보면 인상 쓸지도 몰라…. 끊임없이 일에 대해 생각했다. 그래서 불행하다거나 병이 나거나 하는 일은 없었지만 나는 서서히 마사카도 씨 충고를 잊고 쌀과자 봉지 뒷면을 기획하는 일에 빠져들었다.

\* \* \*

〈알고 있나요? 내 이름에 들어가는 한자(사행 1)

佐(사): 돕다. 거들다. 보좌하다.

惣(소): 대체로, 모두. 인명으로는 장남의 의미로 쓰입니

다.〉

〈알고 있나요? 내 이름에 들어가는 한자(라행 2)

亮(료): 밝다. 진심. 돕다.

玲(레이): 구슬이 굴러가는 소리.〉

미사는 데라이 씨의 이름이고 소이치는 우라카와 씨 남편의 이름이고, 료타는 오오토모 씨의 오빠 이름이고, 레이코는 사장 부인의 이름이었다. 〈알고 있나요? 내 이름에 들어가는 한자〉는 내 입으로 말하기 좀 쑥스럽지만 매우 호평을 얻었다. 오오토모 씨가 갖다주는 인터넷이나 SNS의 반응도 좋았고 봉지 뒷면에 자기 이름의 한자가 올라간 직원들도 환영했다. 특히 사장 부인인 레이코 씨는 아주 기쁘다면서 어느 날 쌀과자 뮤지엄 뒤에 있는 내 작업실로 문화센터에서 직접 만든 프리자브드 플라워를 보내왔다. 점심시간에 그 이야기를 하니까 사모가 정말 기뻤나 보다, 하고 다들 놀라워했다. 레이코 씨는 뭐랄까 평판이 나쁘진 않은데 조금 소심한 성격인 듯했다. 송년회에서 문화센터에 함께 다니는 친구를 새로 생긴 홍차 전문점에 데려가고 싶은데 어떻게 해야 할지 모르겠다며 울어버린 적이 있는 모양이었다. "그런 얘길 고민이라고 털어놓으면 솔직히 '그냥 같이 가자고 말을 걸면 되잖아요?'라고밖에 해줄 말이 없잖아?" 가와사키 씨가 말했다. 하지만 레이코 씨는 혹시라도 거절당하면 창피해서 앞으로 문화센터에 못 다닐 것 같다고 더 슬픈 얼굴로 하소연했다고 한다. 그런 사람이 스스로 꽃을 보내올 정도면 정말 기뻐서 어쩔 줄 모르는 거 아니겠냐는 이야기였다.

레이코 씨는 나쁘지 않고 좋지도 않은 미묘한 평가를 받았지만 남편에 대한 영향력은 제법 큰 것 같았다. 봉지 뒷면 기획안을 낼 때마다 사장은 안사람한테 한번 물어볼게요, 하는 답장을 보내왔고 다음 날이 되면 안사람이 훌륭하다는군요, 하고 부인의 반응을 전해주는 날들이 이어졌다. 지금 같은 분위기라면 처음에 퇴짜를 맞았던 명화 소개를 비롯해 다른 기획안도 가볍게 통과될지도 모르겠다. 사장은 애처가였다.

"차라리 네가 레이코 씨와 홍차 전문점에 같이 가주는 게 어때?" 점심 멤버들은 무책임한 제안을 했다. "제가 뭐라고 그런" 하고 대답하면서도 어쩌면 앞으로 그런 기회가 생길지도 모르겠다는 생각에 혼자 전전긍긍하기 시작했다. 그 무렵 전부터 개발해온 신상품 발매가 확정되었다.

세 모서리를 둥글린 정삼각형 모양에 치즈 가루를 묻힌 작은 아라레를 장식하고 김 가루를 뿌리고 간장맛을 살짝 첨가한 센베이였다. 《후지코 간장맛》이라는 이름이었다. 봉지 뒷면은 역시 내가 기획해야 했다. 이번 신상품은 일러스트레이터를 섭외해서 꼭대기 부분에 패랭이꽃을 장식해 후지산과

꼭 닮은 후지코라는 캐릭터도 만들었다.《후지코 간장맛》봉
지는 불투명한 전통 종이 같은 재질이었다. 하얀 바탕에 얌
전하고 다정한 후지코가 한가운데에서 눈을 감고 미소짓고
있었다. 온화한 분위기를 전면으로 내세운 타입으로 정해졌
다. 후지코 일러스트 상부에는 서예가가 세필 붓으로 쓴 글
씨를 흉내 내 '야마토 나데시코*처럼 부드러운 치즈와 순한
간장'이라는 문구를 곁들이고 센베이 자체는 봉지에 가려져
보이지 않게끔 했다. 내용물이 보이지 않는 봉지를 선택한
것도, 흰색을 바탕색으로 쓴 것도, 캐릭터를 만든 것도 이 회
사로서는 전부 첫 도전이었다.

　지금까지와 다른 부드러움을 표방하는 신상품 콘셉트는
상품 기획을 담당하는 사케모토 씨의 언니 이야기에서 착안
했다고 한다. 언니는 등교를 거부하는 딸의 마음을 어떻게
하면 돌릴 수 있을지 고민하느라 회사 업무에도 지장이 생겨
휴직을 결심했다. 어느 날, 여동생한테 받은 이 회사의 쌀과
자를 먹으면서 세계 명산의 풍경을 소개하며 환경 보호 메시
지를 전하는 TV 프로그램을 보고 있었다. 그런데 별안간 딸
이 짜증 난다며 욕설을 퍼부었고 언니도 울면서 그러는 너는
아닌 줄 아느냐고 되받아치며 말다툼이 시작됐다. 어느 정도

---

★　일본 전통 여성상.

시간이 흐른 후 서로 허심탄회하게 대화를 나누게 되었고, 밤이 깊어질 때까지 함께 쌀과자도 나눠 먹었다. 그러다 마침내 딸이 다음날 학교에 가겠다고 마음을 바꾸었고 언니도 다시 회사에 나가게 되었다는 이야기였다. 그때 사케모토 씨의 언니와 딸이 먹었던 쌀과자는 가장 기본 모델인《검은콩 타원형 센베이》였다고 한다.

이 사연을 참고해 좀 더 맛있는 쌀과자를 만들어보자는 생각에서 탄생한 상품이《후지코》였다. 언니와 딸은 5시간 내내 쌀과자를 먹으면서 이야기를 나눴는데 맛있긴 해도 먹다 보면 점점 질린다는 말을 했다고 한다.《검은콩 타원형 센베이》봉지 뒷면은 〈국제 뉴스 토막 상식〉으로, 대부분 일상과 동떨어진 주제들이어서 대화의 맥을 살리는 데 그다지 도움이 되지 않았다는 모양이다. 엄마와 딸이 인생의 갈림길에 선 순간 우리 회사 쌀과자가 어떤 형태로든 조금이나마 도움이 되었다니 다행이지만, 이왕이면 거기서 '질리지 않더라'는 말을 들을 수 있었다면 금상첨화였을 거라는 아쉬움에서 기본적으로는 부드러운 맛이지만 살짝 변화를 준 식감의 센베이가 개발되었다.

봉지 뒷면에 대해서 "지금까지 해오던 대로 자유롭게 기획해주세요"라는 말을 들었지만, 신상품이 탄생하게 된 배경을 듣고 나니 그럴 수는 없겠다는 생각이 들었다. 그런 온화함을 전면에 내세운 상품의 봉지 뒷면에 세계의 독재자들에 관해서 쓸 수는 없지 않은가. 그렇지만 후지코 캐릭터가 있다고 해서 《곤자쿠모노가타리★》에 수록된 이야기를 요약해서 소개하는 것도 좀 아니라는 생각이 들었다.

아무리 머리를 굴려봐도 좋은 아이디어가 떠오르지 않아서 일단 보류했다. 기존에 하던 〈국제 뉴스 토막 상식〉과 〈말의 유래〉, 〈알고 있나요? 내 이름에 들어가는 한자〉와 기요다 씨가 기획한 화제 중 계속 연재하기로 한 시리즈의 글을 어떻게 쓸지 고민했다. 그러던 어느 날 《후지코 간장맛》 낱개 포장 봉지 디자인이 결정되었다. 《후지코 간장맛》이라고 붓글씨로 크게 적힌 앞면이야 그러려니 했는데 중요한 뒷면을 봤을 때 나는 머리를 쥐어뜯었다. 왼쪽 아래에 그려진 후지코에게서 말풍선이 비죽 튀어나와 있었다.

이렇게 되면 봉지 뒷면의 화제는 후지코가 발언할 법한 주제로 쓰라는 말이나 다름없지 않나? 이제는 정말 〈세계의 독재자들〉 같은 주제는 쓸 수 없게 되었다. 아마 〈일본의 독초〉나 〈세계의 수수께끼〉도 안 될 것이다. 기요다 씨가 만든 화제들로 예를 들어 조금 미안한데 내가 기획한 〈미니 국가〉도 어울리지 않을 테고 〈말의 유래〉도 〈알고 있나요? 내 이름에

---

★ 今昔物語, 헤이안 시대에 작성된 작자 미상의 설화집.

들어가는 한자)도 어느 한쪽으로 치우친 느낌이 들었다.

말하자면, 후지코의 인격을 고려해서 기획해야 했다. "후지코는 친절하고 잘 챙겨주는 성격이면서도 조금 덜렁대는 데다 잔걱정이 많아요. 바쁜 일과 중 짬을 내 차 한 잔 마시면서 여유로운 한때를 보내는 것이 그녀의 소소한 낙이죠." 일러스트레이터에게 물어보니 이런 대답이 돌아왔다. 점점 이제껏 구상했던 방법으로는 이번 봉지 뒷면 화제를 기획하기 어렵다는 사실이 명확해졌다. 지금까지 나는 전임자 기요다 씨가 추진해온 사회 과목, 혹은 과학 과목과 관련된 토막 상식이나 간단 레시피, 아니면 국어 과목과 관련지어 활로를 모색해왔다. 이제는 친절하고 잘 챙겨주는 성격을 지닌 후지코에게 어울리는 화제를 기획해야 했다.

봉지 뒷면의 후지코는 앞면과 똑같이 눈을 감고 있는 모습, 팔자 눈썹이 되어 살짝 곤란한 표정을 짓는 모습, 입을 벌리고 뭐라고 이야기하는 모습 이렇게 세 가지 디자인이 있었다. 심지어 각각의 표정에 어울리는 화제를 궁리해야 했다.

시간은 흘러《후지코 간장맛》의 봉지 뒷면 기획에 대한 투표 날짜가 점점 다가오는데 정작 메인 화제를 하나도 떠올리지 못하고 있었다. '캐릭터까지 만들 계획이었다면 봉지 뒷면을 기획하는 담당자에게도 한 마디 해줬어야 하는 거 아닌가요…' 사장을 원망도 해봤지만 이런 상황에 지혜롭게 대처하는 것도 월급쟁이의 의무라는 생각이 들었다. 아무 일도 없다는 듯이 다른 일을 처리하면서 매일 매일 후지코에 대해 고민했다. 꿈에도 나타나서 가위에 눌리는 바람에 한밤중에 벌떡 일어나 출근할 때까지 잠도 못 자고 밤을 지새우는 날들이 이어졌다. 화제 제출 마감일이 하루 앞으로 다가왔지만 나는 여전히 이렇다 할 아이디어를 떠올리지 못하고 있었다.

\* \* \*

"후지코는 제법 나이가 있는 편이지만 여자아이고 평범한 인간과는 나이 먹는 속도가 달라서 겉모습이 변치 않습니다. 덜렁대기는 하지만 단편적인 모습일 뿐 오래 산 만큼 지식이 풍부하고 인생 전반에 걸쳐 통찰력이 깊은 편입니다." 후지코의 콘셉트를 맡은 일러스트레이터에게 메일로 다시 문의하니 이렇게 자세하게 한 번 더 대답해주었다. "그러고 보니 사장님과 상품 개발 담당자가 오셨을 때 피곤함에 찌든 사람을 위한 쌀과자라고 말씀하셨다가 그건 좀 의도가 노골적이라는 의견이 나와 결국 제외되었는데 전 그 부분을 염두에 두고 작업했어요."

드디어 마감일이 닥치자 나는 궁한 나머지 〈일본의 명산 100선〉과 〈겐지모노가타리★ 소개〉라는 화제를 구색 맞추기용으로 정해놓기는 했는데 정작 메인은 나오지 않은 상태였다. 9시에 출근하자마자 일러스트레이터가 보내온 메일을 프린트해서 오전 내내 읽고 또 읽었지만 적당한 아이디어가 떠오르지 않았다. 투표 때마다 어느 정도 득표하는데도 뽑힌 적은 없는 〈미니 국가〉를 다시 제출해야지, 하지만 이렇게 되면 아마 〈일본의 명산 100선〉이 될지도 몰라, 그냥 이걸로 됐어, 비록 내 아이디어는 아니지만, 하고 자포자기한 심정이 되어 사내식당으로 향했다.

피곤함에 찌든 사람을 위한 쌀과자라니 그야말로 딱 지금의 나를 두고 하는 말이 아닐까 생각하면서 어깨를 늘어뜨린 채 배식대에 줄을 섰다. 오늘은 미트 로프가 주식이었다. 일이 잘 풀렸다면 틀림없이 좋아했을 메뉴지만 후지코의 봉지 뒷면을 기획하는 일로 머리가 꽉 차서 그런지 내내 콧속으로 스미는 먹음직스러운 냄새마저도 지겹게 느껴졌다.

도무지 미트 로프가 당기지 않아 스파게티 샐러드와 냉 두부, 주먹밥을 트레이에 담고 자리로 돌아와 여느 때와 다름없이 수다 떠는 점심 멤버들 틈에서 말없이 우물우물 먹고 있을 때였다. "어디 아파?" 앞자리에 앉아 있던 가와사키 씨가 손을 뻗어 내 눈앞에서 이리저리 흔들며 말했다. 다른 사

★ 源氏物語, 헤이안 시대에 궁녀 무라사키 시키부가 집필한 총 54권의 장편 소설로 천황의 아들 히카루 겐지의 사랑 이야기.

람이 보기에도 지금의 내 모습이 이상한가 싶어 괜히 미안한 마음이 들었다. 지금 일이 잘 안 풀려서 힘들다고 솔직하게 털어놓을까 아니면 〈일본의 명산 100선〉으로 결정되지 않을까요, 하고 이미 내 안에서는 다 끝난 일이라는 듯 쿨하게 말할까 망설였다. 그러다 그걸 판단하는 것마저도 스트레스로 느껴져 고개를 저으며 말했다. "그냥 아무것도 아니에요."

"그러고 보니 오늘 봉지 뒷면 화제 마감일이라고 하지 않았어?"

"계속 고민하는 것 같던데 어떻게, 결정은 했어요?"

역시 점심을 같이 먹는 여자들은 눈치가 빨라서 그냥 넘어가는 법이 없었다. "정확히는…, 오늘 5시까지 마감이니까 마지막까지 생각해보려고요." 나는 둘러댔다.

"잘 생각했어."

"볼 때마다 사람이 초췌해진다고 라커룸에서 다들 걱정했어요."

"이번 신상 진짜 맛있으니까 퇴근할 때 많이 챙겨 가."

고민하는 속내를 진작에 들켰다고 생각하니 왠지 서글프고 한심했다. 이대로 점심을 먹고 나서 작업실로 돌아가 열심히 아이디어를 짜낼 것처럼 말했지만 실은 기존의 기획안으로 적당히 타협할 예정이었다. 그조차도 다 꿰뚫어 봤는지 여자들은 저마다 한마디씩 파이팅 같은 가벼운 격려를 보내주고는 금세 화제를 돌렸다.

"첫째가 방바닥에 과자 부스러기를 자꾸 흘려서 스무 번 정도 잔소리한 끝에 간식을 먹을 때는 접시를 가져가서 받치고 먹는 습관을 들이는 데 성공했어요. 근데 이번에는 아예 접시를 깨트려버리지 뭐예요?" 우라카와 씨는 씩씩대며 성토했다. 비싼 건 아니지만 우라카와 씨가 평소 아끼던 접시가 깔끔하게 세 조각으로 조각나버렸다고 한다. 청자처럼 엷은 하늘색 바탕에 하얀 파도가 그려진 조금 독특한 디자인이라고 한다. 너무 속상해서 얼른 잊어버리려고 빛의 속도로 종이봉투에 넣어 냉큼 치워버리긴 했는데 정작 그 종이봉투를 버리지 못하고 있다며 우라카와 씨는 상심한 표정으로 이야기했다.

니헤이 씨는 요즘 채소를 너무 안 먹은 것 같아서 어제 샐러드를 왕창 만들어 먹으려고 양상추와 토마토, 무순, 그리고 파프리카까지 사 들고 집에 갔는데 드레싱을 깜빡하고 안 사는 바람에 그냥 마요네즈에 버무려서 먹었다고 한다. "그럭저럭 먹을 만했는데 마요네즈는 채소에 골고루 섞이지 않으니까 좀 그렇더라, 나도 건망증이 부쩍 늘었나 봐."

다마다 씨는 건망증, 하니까 생각나는데 자기는 샴푸도 컨디셔너도 다 떨어졌는데 사는 걸 깜빡해서 어제 비누로 머리를 감았다면서 그래서 오늘 머리가 좀 부스스하니 자세히 보진 말아 달라고 했다.

데라이 씨는 굳은 표정으로 그녀들의 이야기에 잠자코 귀를 기울이다가 다른 사람 이야기가 어느 정도 마무리되자 "좀 긴데 그래도 들어볼래?"하고 운을 뗐다. "따로 사는 시어머니가 몰래 비싼 기모노를 사고 있었다는 사실을 이번에 알았어. 저러다가 작년에 시아버지가 남기고 간 유산을 탕진해 버릴까 봐 걱정돼서 밤에 잠도 안 와." 언제나 밝았던 사람치고는 심각한 얼굴로 털어놓았다. 평소 각자 자기 얘기 하느라 바빴던 점심 멤버들도 데라이 씨의 이야기를 듣고는 그건 정말…, 세상에…, 어머…, 잘 지켜봐야겠네… 등등의 말을 끝으로 조용해졌다.

마지막으로 가와사키 씨가 무겁게 가라앉은 분위기를 어떻게든 살려보고 싶었는지 자조하듯 이야기했다. "나도 작년에 아주 비싼 구두를 충동구매한 적이 있는데 비 오는 날 신고 나갔다가 냄새가 안 빠져서 그 뒤로는 지금까지 신발장에 처박혀 있어…" 그 덕에 그나마 다들 조금씩 웃을 수 있었다.

나는 지금 봉지 뒷면 화제를 기획하는 일로 고민 중이었다. 그냥 〈일본의 명산 100선〉, 〈겐지모노가타리 소개〉, 〈미니 국가〉로 일단락을 짓고 오늘 할 일은 다 했다고 애써 납득하려 했지만 그렇게 하는 것은 몹시 한심하다는 생각이 들었다.

점심시간이 끝나고 쌀과자 뮤지엄 뒤에 있는 작업실로 돌아가《후지코 간장맛》의 봉지 뒷면 기획 말고 다른 일거리를 찾았다. 그러나 아무리 뒤져봐도 글을 다 작성해놓아서 쓸거리가 더 남아있지 않았다. 하는 수 없이 문서 프로그램을 열어 투표 시 직원들에게 선보일 세 가지 화제 후보 〈일본의 명산 100선〉, 〈겐지모노가타리 소개〉, 〈미니 국가〉에 대한 설명을 쓰기 시작했다. 사장한테는 대충 이 세 가지가 될 거라고 어제 보고해 두었다. 뭐, 괜찮네요, 하는 반응이었다. 이 일도 금세 끝나고 말았다.

여느 때보다 집요하리만치 공들여 쓴 덕에 제법 시간을 때웠는데도 퇴근 시간은 좀처럼 가까워지지 않았다. 차를 한 잔 타서 아이디어 참고용으로 받아온《후지코 간장맛》을 오도독 씹어먹는데 역시 맛있었다. 이 회사가 지금까지 출시한 쌀과자 중에서 가장 맛있는 편에 속할지도 모르겠다. 타사 제품보다 늘 큼지막한 사이즈로 만드는 회사답게 역시《후지코 간장맛》도 한 번 포장을 뜯으면 한동안 여유롭게 먹을 수 있었다. 눈 덮인 산꼭대기를 흉내 내 치즈 가루를 뿌린 자잘한 아라레 부분의 식감이 꽤 딱딱해서 씹는 맛이 있었다. 프린트한 후지코 캐릭터를 바라보면서《후지코 간장맛》을 먹고 있으니 일부러 그런 건 아니지만 그래도 글은 잘 써볼 테니 좀 봐 달라며 변명하는 것 같다는 생각이 들었다.

그러고도 시간이 남아서 오오토모 씨가 건네준 고객의 소리 문서를 다시 훑어보는데 문득 점심시간에 아들이 아끼는 접시를 깨트려서 속상하다던 우라카와 씨 이야기가 떠올랐다. 더는 일 생각은 하고 싶지 않다는 증거였다. 아끼던 접시가 깨지면 속상할 것이다. 색깔이나 무늬, 디자인 등 어지간히 마음에 들었으니 아꼈을 텐데 똑같은 접시를 구하려고 해도 이미 생산이 중단됐을 가능성이 컸다. 우라카와 씨의 큰 아들이 깨트린 접시는 청자와 비슷한 색감에 파도 그림이 그려져 있다고 했다. 4년 전에 샀다고 하니 지금도 판매되고 있을지는 미지수였다. 혹시나 해서 접시 브랜드를 검색해서 온라인숍에 들어가 찾아보았지만 비슷한 디자인조차 눈에 띄지 않았다.

비록 접시를 실제로 본 적은 없지만, 진심으로 안타까워하는 우라카와 씨 말투에서 제법 멋진 접시라는 것은 쉽게 상상할 수 있었다. 중고 거래 사이트까지 찾아보았으나 없어서 새삼 접시란 깨트리면 정말 돌이킬 수 없다는 사실을 깨달았다. 동시에 그렇다면 붙이는 건 가능하지 않을까 하는 생각이 들었다.

'도자기', '깨지다', '복구' 등과 같은 단어를 검색창에 치자 바로 도자기를 붙여주는 접착제 브랜드가 나왔다. 아끼던 도자기가 깨졌을 때 어떻게 살릴 수 있는지 설명해 놓은 글에 따르면 긴츠기라는 방법도 있는 모양이었다. 깨진 부분을 옻으로 접착한 후 금가루로 장식한다고 한다. 그냥 붙이는 방법에 비해 금 선이 더해지니 운치가 있었다.

우라카와 씨에게 빨리 알려줘야겠다 싶어서 컴퓨터에서 곧장 문자를 보냈다. 이제 오후 3시가 되었으니 지금쯤 쉬는 시간일지도 모른다. '아까 얘기했던 깨진 접시 말인데요, 형태만이라도 온전하게 복구되길 원한다면 도자기용 접착제도 있고 긴츠기라는 방법도 있는 것 같아요.' 이렇게 보내자 예상대로 쉬는 시간이었는지 바로 '정말 고마워요!! 퇴근할 때 검색해볼게요!!'라는 답장이 도착했다.

우라카와 씨에게서 금세 고맙다는 답장이 돌아오자 나는 생각보다 큰 만족감을 느껴버렸다. 이번에는 니헤이 씨가 얘기했던 것을 생각해내고 드레싱을 깜빡하고 사지 않았을 때 어떻게 하면 좋은지 검색했다. 프렌치드레싱은 샐러드유, 식초, 소금, 후추, 설탕으로 만들 수 있고 사우전드 아일랜드 드레싱은 마요네즈, 케첩, 식초, 설탕을 섞으면 완성이었다. 둘다 어느 집에서나 상비된 양념으로 충분히 만들 수 있었다.

그 내용을 메모해놓은 다음에는 다마다 씨의 이야기를 떠올렸고 나아가 가와사키 씨, 마지막으로 데라이 씨가 얘기했던 고민과 그 해결법을 찾아보았다. 점심 멤버 전원의 고민 해결법을 알아보고 나니 퇴근 시간인 오후 5시가 되기 30분

전이었다.

나는 직원 투표용으로 작성한 봉지 뒷면 화제에 관한 프레
젠테이션 파일을 다시 열어 〈미니 국가〉에 대한 설명을 지우
고 그 자리에 〈후지코의 상냥한 조언〉을 입력한 뒤 그에 대
한 설명을 쓰기 시작했다.

"아끼던 접시가 깨졌을 때, 샐러드를 먹고 싶은데 드레싱
이 없을 때, 샴푸나 린스가 떨어졌을 때, 필요하지도 않은 물
건을 사고 말았을 때, 신발 냄새가 안 빠질 때 흔히 주변에서
일어나는 일상적인 문제에 대해 후지코가 간단한 해결법을
알려드립니다."

\* \* \*

다음 주 투표에서 〈후지코의 상냥한 조언〉은 근소한 차로
〈일본의 명산 100선〉을 누르고 선정되었다. '예로 든 깨진
접시 붙이는 방법이 살짝 기발했다', '명산 100선은 언제든
할 수 있는데 조언은 이 캐릭터만 가능하니까' 등 직원들의
진지한 감상을 수렴해서 《후지코 간장맛》 봉지 뒷면 화제는
〈후지코의 상냥한 조언〉 시리즈로 결정되었다.

첫 출시분에는 점심 멤버들이 얘기했던 것과 사장 부인 레
이코 씨의 고민인 '찻잔이나 컵에 밴 찻물 자국을 지우려면?'

과 내 관심사인 '카페인은 언제 섭취하는 게 좋을까?'와 〈일본의 명산 100선〉에서 착안한 '산에서 길을 잃었을 때 어떻게 해야 할까?'를 다루기로 했다. 다마다 씨는 이후 비누로 머리를 감고 구연산 물로 헹구는 습관이 몸에 붙었고 가와사키 씨 구두는 쓰고 난 티백을 안에 넣어두었더니 현관에 내놓아도 될 만큼 상태가 좋아졌다.

실제로 판매가 시작되자 상품 자체의 맛과 따스한 분위기의 패키지와 후지코의 캐릭터가 시너지 효과를 일으켜서 《후지코 간장맛》은 살짝 히트 상품으로 떠올라 거래처마다 품절 보고가 잇따랐다. 어느 쌀과자보다 공을 들여 개발한 상품이니까 맛이 확실히 좋아서 그럴 수 있겠다고 생각하며 시장 반응을 지켜보았다. 봉지 뒷면 화제에 대한 평가도 제법 좋은 모양인지 오오토모 씨는 매일 기분 좋은 얼굴로 블로그나 SNS에 올라와 있는 후기들을 가져다주었다. '나랑은 상관없는 것 같은데 은근히 도움 된다'거나 '세심하다'는 감상이 있었다. '지금까지와는 분위기가 다르다'거나 '드디어 이 회사가 쓸데없는 토막 상식 말고 실생활에 유익한 정보를 다룰 마음이 생겼나 보네' 등등 오랫동안 봉지 뒷면을 지켜봐 온 것으로 짐작되는 사람들의 의견도 눈에 띄어서 뿌듯했다.

그러나 나를 포함한 점심 멤버들이나 레이코 씨처럼 가까운 사람들이 떠안고 있는 고민에도 한계가 있다고 보고하자 사장은 전 직원들의 고민을 수집하기 위해 쌀과자 뮤지엄에 고민 상담함을 설치해주었다. 상담 건수는 하루에 한두 건 정도였지만 그 정도가 딱 적당했다. 이미 정리되어 나와 있는 지식을 요약해서 작성하는 것과는 달리 고민을 상담해주는 일은 종류가 천차만별인 탓에 한 건씩 조사한 후 가장 간단한 해결법을 찾아내야 해서 시간이 제법 걸렸다. 안경의 코 받침이 빠졌는데 수리하러 갈 시간이 없다든지 지우개가 찾을 때마다 안 보인다든지 저녁 메뉴를 정하는 일이 너무 귀찮다든지 저마다 다양한 고민을 하고 있었다. 안경 코 받침은 깨진 접시를 붙일 때처럼 접착제로 임시로 붙여서 쓰다가 시간 날 때 안경원에 가보라고 대답했다. 지우개가 찾을 때마다 안 보인다는 고민에는 앞으로 일주일 동안 지우개가 눈에 띌 때마다 사서 비축해두라는 대답을 떠올렸다. 저녁 메뉴는 나 혼자서 설득력 있는 대답을 짜내기 힘들어서 같이 점심 먹는 사람들에게 의견을 구했다. 여러 명이 "그럴 땐 무조건 나베 요리지, 채소를 먹을 수 있으니"하고 추천해서 그렇게 쓰기로 했다.

직원들의 호평과 긍정적인 인터넷 반응이 전부였다면 다른 상품과 별다른 차이가 없었을 것이다. 《후지코 간장맛》은 결정적으로 신문에 기사가 났다는 점이 달랐다. 더구나 업계

동향지가 아니라 주요 일간지였다. 《후지코 간장맛》 봉지 뒷면에 관한 독자 투고가 실린 것이다. '어느 날 밤 남편이 산에서 조난 당했는데 제가 간식으로 챙겨준 쌀과자 봉지에 하산하고 싶은 마음이 굴뚝같아도 계곡을 따라 내려가면 안 됩니다, 라고 적혀 있었습니다. 남편은 개울 찾던 것을 멈추고 쌀과자를 먹으면서 얌전히 기다리고 있다가 구조대와 만날 수 있었습니다.' 심지어 투고한 여성 이름이 후지코여서 기이한 인연이 화제가 되었다. 오오토모 씨가 예전에 비슷한 내용이 적힌 편지를 가져다준 일이 있는데 아마 그때 그 사람인 듯했다.

투고 기사는 쌀과자 뮤지엄 앞에 있는 현관 홀에 붙었다. 영업부 사람들도 거래처와 미팅할 때 이것을 영업에 활용하기 시작했다. 지금까지 몰랐는데 봉지 뒷면으로 영업부 사람들이 이렇게 전략적으로 나선 것은 이번이 처음이라고 한다.

신문에 투고가 실리고 일주일 후 신문사 생활부 기자라고 칭하는 사람이 연락해와서 사장과 오오토모 씨, 상품개발부 사케모토 씨가 인터뷰하게 되었다. 나한테도 오겠느냐고 권유했는데 딱히 할 얘기도 없다고 거절했다. 일에 쫓기고 있었기 때문이다. 《후지코 간장맛》 봉지 뒷면은 단순히 토막 상식에 관한 글을 작성하는 일과는 달리 고민 해결법에 대한 근거와 반박 의견도 예상해두어야 해서 다른 화제보다 신경 쓸 것이 많았다. 또 후지코가 해결법을 잘 알고 있을 만한 주제인지 고민을 선별하는 작업도 까다로웠다. 예를 들면 '아끼던 접시가 깨졌을 때'는 괜찮아도 전자제품 고장 이야기는 하지 않는 편이 좋다든지, '튀김을 바싹하게 튀기는 방법'은 알아도 이상하지 않지만 스파게티를 삶을 때 달라붙지 않게 하는 요령은 과연 후지코가 알 만한 것인지 등등.

《후지코》 일을 하면서 누군가의 고민을 상담해주는 일은 나와 맞지 않을 뿐 아니라 정말 아는 게 없다는 사실을 깨달았다. 일하다가 막혀서 질질 끄는 경우가 늘어났다. 예전에는 다른 쌀과자의 봉지 뒷면에 관해서도 열정적으로 글을 썼다. 지금은 한 가지 주제를 놓고 열심히 조사하다가 납득할 만한 해결법을 발견하지 못해 결국 포기해버리는 일이 빈번해졌다.

그와 반비례하듯 《후지코 간장맛》은 잘나갔다. 어딜 가나 직원들이 축하 인사를 건넸고 특별 보너스를 지급한다는 소문도 들려왔다. 그런 분위기 속에서 나만 쌀과자 뮤지엄 뒤에 있는 작업실에 틀어박힌 채 일이 좀처럼 속도가 나지 않아 불안해했다.

\* \* \*

신문에 투고한 여성은 방송국에도 편지를 보낸 모양이었다. 자기들 부부에게 일어난 사건이 실린 기사를 오려 보내면서 참 신기하지 않나요? 하고 말이다. 내가 진짜 한가한 사람들이네, 하고 생각하기 시작했을 즈음 세상에 이렇다 할 이슈가 없었는지 방송국도 회사로 찾아왔다. 물론 사장은 환영했고 이번에는 꼭 인터뷰에 참여하라는 말을 들었다. 나는 일 생각만으로 벅차서 다른 것을 돌아볼 여유가 없어 거절하고 나가지 않았다. "봉지 뒷면을 기획하는 직원은 아주 부끄러움을 많이 타는 사람이라고 해주세요." 사장과 오오토모 씨에게 핑계도 알려주었더니 그대로 전했는지 다들 조금 웃고 넘어갔다고 한다.

방송국 촬영팀은 쌀과자 뮤지엄도 보러 왔는지 내가 일하는 공간에도 취재하러 온 스텝과 연예인, 사장과 다른 직원들의 웃음소리가 들려왔다. 나는 그것을 들으면서 '주방용 수세미가 금방 못 쓰게 되는 사람은 아크릴 수세미로 바꿔보세요'라는 조언이 《후지코》 이미지에 적절한지 아닌지 계속 고민했다.

낮에 방영되는 TV 프로그램을 통해 인터뷰 녹화분이 나가자 《후지코》 판매량은 더 치고 올라갔다. 취재하러 온 연예인이 아주 맛있게 먹기도 했다. 또 다른 방송국이 온갖 미디어에 투고하고 다녔던 아줌마를 데리고 쌀과자 회사 사장을 만나 새삼 감사 인사를 전하고 싶다는 내용을 골자로 기획을 내놓으면서 아줌마의 엉뚱한 캐릭터가 인터넷에서 제법 화제를 모았기 때문이다. "그 아줌마는 아무래도 우리 회사를 발판으로 삼아 지금껏 숨겨온 자기 안의 야망을 실현할 생각인가 봐." 점심 멤버들 중 한 명인 다마다 씨가 중얼거리는 소리가 들렸지만 왠지 그 화제에 끼어들었다가는 일에 집중할 수 없을 것 같아 그냥 한 귀로 듣고 한 귀로 흘려보냈다.

회사 직원들에게서 수집한 고민거리를 토대로 제법 많은 분량을 연재했던 《후지코》 봉지 뒷면 시리즈지만 미디어에 노출되고 나자 이번에는 일반인들도 고민 상담을 해오기 시작했다. "힘들면 안 해도 되는데 그래도 이 중에서 하나 정도는 반영해주면 좋겠어요." 오오토모 씨가 덧붙이며 고민 상담 리스트를 건네주었다. '남편이 정년퇴직하고 나서 종일 집에만 있는데 꼴 보기 싫어 미치겠어요', '사실은 아들 몰래 숨겨둔 빚이 있습니다', '딸이 아직 시집을 못 가고 있는데 혹시, 얼굴 때문일까요?' 등등 하나같이 심각한 주제여서 나는 한층 머리를 쥐어뜯어야 했다.

그 후 괜히 화장실을 들락날락하는 횟수가 늘어났다. 그날도 화장실을 다녀오면서 터벅터벅 복도를 걷다가 나를 불러세운 사장에게 일이 잘 안 풀린다고 조심스럽게 털어놓았다. "그 아줌마를 데려와서 대신 고민 상담을 맡기는 건 어때?"

사장이 예상치 못한 제안을 해서 나는 그 자리에서 기절할 뻔했다. "성격도 쾌활하고 괜찮은 사람인데 우리 회사를 도울 수 있다면 어떤 홍보든 무보수로 하겠다며 얘기하더라고, 심지어 이름까지 후지코잖아." 하지만 이건 단순히 돈이 문제가 아니었다. '지금 아무리 《후지코》가 잘나가지만 대체 어디까지 갈 생각이세요.' 턱밑까지 차오르는 말을 필사적으로 삼키느라 안 그래도 바닥난 기력이 더 깎였다.

"한 번 만나서 얘기해 보면 어떨까? 멋진 사람이야." 사장이 말했다. "지금은 좀 바빠서요." 나는 이렇게 대답하고 도망치듯 작업실로 돌아왔지만 오오토모 씨에게 받은 고민 상담 리스트를 한 줄 읽고 멈추었다가 또 한 줄 읽고 멈추기를 반복했다. 거의 모든 내용이 내가 대답해줄 수 없는 것투성이였지만 사연 하나가 눈에 띄었다. 〈사람들과 사이가 안 좋아져서 회사를 그만두었습니다. 친구가 일하는 곳도 성격 나쁜 사람들뿐이라는 이야기를 들으니 다시 취직할 의욕이 나지 않네요. 일하면 다 성격이 나빠지는 걸까요?〉 지금까지 번아웃으로 퇴사한 첫 직장을 포함해 네 군데 직장에서 일했지만, 관계가 안 좋은 사람은 있어도 해코지를 당한 적은 없었다. 어느 직장이나 타인에게 이상한 짓을 할 에너지가 있으면 자기 일이나 사생활에 쓰는 사람이 대부분이었다. 그러나 학생 시절 아르바이트할 때 몇 군데에서 안 좋은 일을 당한 적도 있어서 글쓴이가 어떤 마음으로 보내왔는지 이해가 갔다. 사회 경험이 그렇게 많은 편은 아니지만 나이를 먹으면서 직장이 바뀌면 사람도 바뀐다는 단순한 진리를 알고 있었다.

〈일할 때 특히 예민해지는 사람은 있어도 일한다고 해서 사람들 모두 성격이 나빠지지 않습니다. 성격이 나쁜 사람은 일과 상관없이 원래부터 나쁜 것입니다. 기본적으로 좋은 성격을 지닌 동료는 드물다고 여기고 일단 내가 어울릴 수 있겠다 싶은 사람들이 있을 만한 직장을 찾아보세요.〉

얼핏 봐도 후지코 캐릭터와 어울리지 않는 내용이라서 위가 따끔거려왔다. 어쨌거나 오오토모 씨가 내린 숙제는 완수한 셈이었다. 어쩌면 나보다는 여기저기 투고하고 다니는 후지코 씨가 더 잘 대답할 수 있지 않을까 하는 생각마저 들었다. 뭐랄까, 자신감도 있어 보이고 좋은 의미에서 부담스러워하지 않을 것 같고. 얼마든지 다른 사람 일에 참견할 수 있을 것 같은 느낌이 들었다. 이 일을 하기에 나는 압도적으로 자신감이 부족했다.

집으로 돌아가는 길에 이 일은 나한테 맞지 않는다고 생각하는 날들이 늘어났다. 이제까지 기요다 씨가 정한 방향성과 의욕 하나로 각 주제에 맞춰 글을 써왔다. 스스로 짜낸 아이디어에 이렇게 궁지에 몰리게 되리라고는 상상조차 해본 적이 없었다. 그래서 사장을 비롯해 오오토모 씨나 점심 멤버들에게 봉지 뒷면에 대해 이렇게 하면 좋겠다 싶은 게 있는지 물어보고 거기서 실마리를 찾아보려고 해봤다. 그러나 다들 "글쎄, 지금은 딱히 없어. 잘하고 있는데 왜?" 같은 의견만 내놓았다. 그냥 《후지코》 일은 후지코 씨에게 넘기고 나는 옆에서 보조하거나 다른 상품 봉지 뒷면을 기획할까 하는 생각도 해봤다. 하지만 그건 또 그것대로 후지코 씨와 제대로 합을 맞추며 일할 자신이 없어 기분이 가라앉았다.

회사에 미안한 얘기지만 《후지코》 판매율이 좀 진정되면 좋겠다고 생각했다. 후지코 씨는 힐링 캐릭터로 발을 넓혀서 인지도를 높여가고 있었다. 이제는 정말 내가 감당할 수 있는 상황이 아니었다.

\* \* \*

휴직 중인 기요다 씨가 복귀한다는 소식을 들었다. 다마다 씨가 헤어져서 이제는 친구처럼 지낸다는 수위 후쿠모토 씨한테서 들었다며 알려주었다. "엄청 힘들어했는데 이젠 좀 괜찮아졌나 봐." 기요다 씨와도 술친구로 지내는지 후쿠모토 씨가 이렇게 말했다고 한다. 결혼할 사람이 또 생긴 것은 아니지만 사적지 답사나 기차 여행과 같은 취미 활동을 하다

보니 마침내 좌절을 딛고 일어설 마음이 생긴 모양이었다.

쌀과자 봉지 뒷면 전문가나 다름없는 기요다 씨가 돌아온 다면 일에서 풀려날 수 있을 것이다. 지금까지 했던 일과 다른 일을 하게 된다는 점은 불안하기도 했지만, 봉지 뒷면을 기획하는 일에서 해방될 수 있다면 아무래도 좋았다. 새 직장은 새 직장대로 적응하기까지 조금 힘들어도 내 적성에 맞는 부분도 틀림없이 있을 것이다.

그날 퇴근 무렵 내선 전화로 사장이 회의실로 오라고 연락했다. 아니나다를까 기요다 씨가 곧 복귀한다는 통보였다. "안 그래도 기요다 씨 업무 능력이 정말 존경스러웠는데 복귀하신다니 진짜 잘됐네요, 역시 쌀과자 봉지 뒷면을 기획하는 일은 저보다 기요다 씨가 적임자라고 생각해요." 나는 평소보다 말을 장황하게 늘어놓았다.

"기요다 씨는 좋은 사람이니 별문제 없이 같이 잘해나갈 수 있을 겁니다."

"네…?"

"단둘이 일하기가 좀 그러면 총무부 경리과 쪽에 적당한 공간을 마련해주겠습니다."

예상과는 이야기가 많이, 달랐다. 사장은 내가 앞으로도 기요다 씨와 함께 일을 계속할 거라는 듯이 말했다. 나는 분명 기요다 씨 대타로 채용되었는데도 말이다.

"기요다 씨가 돌아오면 저는 잘리는 거 아니었나요?"

일단 저자세로 운을 떼봤더니 사장은 말도 안 되는 이야기라며 강하게 부정했다.

"그럼 다른 부서로 이동하는 게 맞지 않을까요?"

"회사에 정이 많이 들었거든요, 무슨 일이든 하겠습니다."

"그런 생각은 꿈에도 해본 적 없습니다."

사장은 살짝 놀란 얼굴로 말했다.

"얼마 전 회의에서 봉지 뒷면 화제의 비중을 더 키우는 쪽으로 결론이 났습니다. 화제 건수를 늘려보는 게 어떠냐는 의견이 있었어요."

"《후지코 간장맛》을 통해 우리 회사가 봉지 뒷면 기획에 대해 매우 진지하게 생각하고 있다는 사실이 세간에 알려졌으니 이참에 좀 더 노력해보자고요."

"《후지코》 자매품으로 소금 맛을 만들기로 했습니다. 그리고 소금 맛의 봉지 뒷면은 호평을 불러일으킨 간장맛과 같은 콘셉트로 하고요." 사장은 말했다.

"상냥한 조언으로요?"

"물론입니다." 사장은 왜 그런 당연한 이야기를 하냐고 묻고 싶은지 조금 귀찮은 표정으로 고개를 끄덕였다. "고민 상담 요청은 꾸준히 오고 있으니까요."

얼마 전 직장 인간관계에 대한 고민에 반쯤 자포자기로 답

변한 내용이 제법 현실적이라고 판단한 모양이었다. "후지코 이미지랑 안 맞는다거나 뭐 그런 얘기는 없었나요?" "그게 무슨 상관입니까." 사장은 대수롭지 않다는 듯 대답했다.

나는 그런가요, 하고 고개를 끄덕이긴 했지만 동시에 등 뒤 어딘가 구멍이 뚫리면서 공기가 싹 빠져나가는 감각이 밀려왔다. 그런가, 상관없는 건가. 그러니 고민 상담도 그 후지코 씨가 맡아도 된다고 생각했던 거구나.

상품이 잘 팔리니까 거만해진 그런 눈치는 아니었다. 그러나 보기보다 이 일을 쉽게 생각하고 있는 것 같았다. 그러면 차라리 이참에 부서 이동 발령을 내주었으면 좋겠는데 그렇게 해줄 마음은 없어 보였다.

"회의에서는 남편이 구조된 사연의 주인공 후지코 씨가 고민을 해결해드립니다, 뭐 이렇게 해보는 것도 좋다는 의견이 있었으니 되도록 진지하게 생각해봤으면 좋겠습니다."

네, 네, 하고 고개를 끄덕이는 것 외에는 아무것도 할 수 없었다. 《후지코》와 동시에 후지코 씨 인지도도 올라갔다. 그러니 대세를 따르는 수밖에 없을 것이다.

회의실에서 나와 작업실로 돌아가면서 앞으로 벌어질 급격한 업무 환경 변화를 생각하니 절로 어깨가 축 처졌다. 이 일이 싫은 것은 아니었다. 위에서 내가 하는 일에 마음대로 개입해 휘저어놓는 것도 얼마든지 있을 수 있다고 각오했지만 그래도 이건 버거웠다.

작업실로 돌아온 나는 《후지코》를 디자인한 일러스트레이터가 후지코 캐릭터에 대한 이해도가 높았다는 사실을 떠올렸다. 사장에게 내선으로 전화를 걸어 주제넘은 이야기인지는 모르겠지만 일러스트레이터에게 봉지 뒷면에 실리는 조언과 관련해서 협조를 구하는 방법은 어떠냐고 조심스럽게 제안했다. 사장은 글쎄요, 외부인은 좀, 하고 내키지 않는 기색을 보였다. 하긴 얼굴도 알려진 데다 무보수로 일을 도와준다는 후지코 씨에 비하면 일러스트레이터는 캐릭터를 만들었어도 봉지에 이름도 실리지 않는 무명에, 외주 비용도 발생하니 전자로 마음이 기우는 것도 이해는 되었다.

그 후 〈알고 있나요? 내 이름에 들어가는 한자〉와 〈국제 뉴스 토막 상식〉에 대한 글을 내리 5편 정도 작성했다. 한자는 亘(베풀 선)과 佑(도울 우), 拓(넓힐 척), 뉴스는 블랙박스, 스키타이족에 관해서 썼다. 이런 글을 중심으로 했던 때가 그리 오래전도 아닌데 새삼 그동안 참 많은 일이 있었다는 생각이 들었다.

밖에서 저녁을 먹고 집으로 돌아갔다. 뭐 마실 것이 없나 싶어 냉장고를 열었을 때였다. "너희 회사에서 만든 쌀과자, 낮에 또 TV에 나왔어." TV를 보던 엄마가 말을 걸었다. "요즘 하도 뉴스거리가 없으니까 그런 시시콜콜한 것까지 방송에 나오는 거야." 나는 삐딱하게 되받아쳤다. "그 부부도 나왔더라." 엄마는 별로 궁금하지 않은 정보를 알려주었다.

"둘이 나와서 산에서 하룻밤 조난했던 이야기를 드라마로 재현하더라고."

"응."

"근데 그 쌀과자, 맛있어서 마트 가면 꼭 찾아보는데 갈 때마다 다 팔리고 없는 거 있지?"

혹시 회사에 남는 거 있으면 좀 챙겨 오라고 부탁하는 엄마에게 나도 모르게 "워낙 잘 팔려서 회사에도 없어!"하고 신경질적으로 대꾸했다.

"그래? 그럼 나중에라도 혹시 있으면…."

"다른 제품도 맛있다면서 왜 그것만 고집해?《빅 오징어 미림 센베이》도 있고《해변의 매실》도 있고《얇게 구운 낫토 치즈 플러스 와사비》같은 쌀과자도 맛있다고 잘 먹었으면서!"

"아니, 뭘 그렇게 화를 내고 그러니…."

엄마는 왜 저런담, 하는 얼굴로 어깨를 으쓱이더니 다시 TV로 고개를 돌렸다. 나는 엄마가 과자를 비축해두는 상자에서 내가 말한 세 종류의 쌀과자 봉지를 집어들고 방으로 돌아왔다. 녹차를 끓여서 하나씩 까서 먹었다. 셋 다 여전히 맛있었다.

이 감정이 합리적이지 않다는 점은 인지하고 있지만, 괜히 여러 사람에게 화가 났다. 투고한 후지코 씨에게도 사장에게도 《후지코》를 화제로 삼고 싶어 하는 사람에게도 심지어 쌀과자를 소비하는 모든 사람에게도 화가 났다. 다들 보는 눈이 형편없었다.

"아직 당신은 필요 이상으로 일에 몰두하지 하지 않는 게 좋아요." 마사카도 씨 말이 잠깐 머리를 스쳤지만 내 안의 또 다른 나는 이건 그거랑 다르다고! 하고 거칠게 반박했다.

\* \* \*

그 주 금요일 점심시간, 데라이 씨가 느닷없이 "오늘 저녁에, 시간 있어?"하고 물어왔다. 내가 "네, 별일은 없어요"하고 대답하자 "다 같이 저녁이나 먹을까 하는데 어때?"하고 권유했다. 딱히 거절할 이유도 없어서 "갈게요"하고 대답했다. 점심 멤버들과 매일 점심을 함께하지만, 저녁을 같이 먹는 것은 이번이 처음이었다.

낮에는 〈말의 유래〉 시리즈로 '싱겁다', '비장의 한 수', '고집', '옥구슬 같은' 등등 열 개를 해치우고 《후지코》 봉지 뒷면에 실어달라며 회사 앞으로 보내온 고민 상담 리스트를 읽어보았다. 여전히 '가정이 있는데도 여직원을 좋아하게 됐습니다. 그 사람도 제가 좋다고 하는데 어떡하면 좋을까요? 아내와 헤어져야 할까요?', '시어머니가 쌍둥이 손자 중 한 아이만 편애합니다', '아들이 피규어를 사는 데 매달 10만 엔이나 쓰고 있어서 걱정이에요' 같은 심각한 고민이 대부분이었다. '가정이 있는데도'라는 고민과 비슷하게 '가정이 있는 상사를 좋아하게 됐어요'라는 완전히 정반대 사연도 도착한 것을 보면 어쩌면 둘은 서로 불륜 상대인지도 모르겠다. 왜 쌀과자 회사에 그런 고민을 상담하는지 아무리 생각해도 이해되지 않았다. 부적절한 경우에도 정도가 있어야지.

그렇지만 고민 상담 리스트를 반복해서 읽는 동안 뭐랄까 사장에 대한 심술인지 캐릭터 후지코에 대한 심술인지 모르겠지만 괜히 그 고민을 봉지 뒷면에 실어보고 싶다는 충동이 들었다. 솔직히 아무래도 좋아, 모르겠어, 상관없어, 잘 모른다고, 마음대로 해 등등 아무리 생각해도 무슨 대답을 내놓으면 좋을지 모르겠다는 게 내 솔직한 심정이었다. 우선 윤리적인 면을 제외한 다른 측면에서 이 고민을 바라보기 위해 불륜을 저지르면 위자료가 대략 어느 정도 청구되는지 조사하려는데 마침 근무 시간이 끝났다. 일을 조금 더 하고 가도 되지만 데라이 씨가 식당을 예약한 시간이 퇴근 시간 15분 후여서 나는 뒷정리 후 회사를 나섰다.

예약한 곳은 회사 근처 아담한 이탈리안 레스토랑이었다.

공장 작업복이 아닌 사복을 차려입은 점심 멤버들의 면면이 아주 신선해서 살짝 가슴이 두근거렸다. 주문해놓은 와인이 있었지만, 나는 술을 못 마시는 관계로 대신 페리에 탄산수를 시켜서 건배했다. 데라이 씨가 오늘따라 묘하게 예의 바른 자세로 나를 포함한 점심 멤버들을 향해 몇 번이나 고개를 조아리며 말했다.

"150만 엔 돌려받았어."

예전에 얘기했던 시어머니가 사들인 기모노 일부를 환불받았다고 한다. 방문 판매로 사들인 물건은 내용증명을 보내면 돌려받을 수 있다는 내용을 《후지코》 봉지 뒷면에서 다루었다. 그때 조사한 것을 정리한 다음 프린트해서 데라이 씨에게 보내주었다. 아르바이트와 집안일을 병행하는 데라이 씨가 시어머니를 설득하는 틈틈이 서류를 작성할 때 점심 멤버들도 팔을 걷어붙이고 도왔다.

"가와사키 씨가 예전에 법무팀에서 일했다는 사실은 이번에 처음 알았어요."

"응, 뭐, 공황장애로 그만두고 나오긴 했지만."

그 후 2년 동안 집에 틀어박혀 있다가 직장 몇 군데를 전전한 끝에 이 회사에 정착해 정규직이 되었다고 한다. "병에 걸리기 전에 본가를 수리해둬서 다행이지 뭐야." 독신인 가와사키 씨는 말했다.

"내 이야기를 흘려듣지 않고 봉지 뒷면에 실어준 덕분이야. 안 그랬으면 그냥 시어머니가 사기당한 걸로 끝났겠지."

몇 번이고 고개 숙여 고맙다고 인사하는 데라이 씨에게 나는 별로 한 일이 없다고 대답했다. 그녀는 아니라면서 내 어깨를 토닥였다. 그 돈이 데라이 씨 수중에 떨어지는 것은 아니지만 아무튼 잘 해결돼서 한시름 놓았으니 다 함께 이 기쁜 소식을 나누고 싶었다고 했다. "진짜 잘됐네, 정말 다행이야." 그 자리에 있던 사람들은 입을 모았다. 새삼 참 좋은 사람들에 둘러싸여 있다는 생각이 들었다. 기분이 매우 좋아졌다. 나는 다마다 씨에게 수위 후쿠모토 씨의 특이한 이름을 가진 딸들이 생각나 이름 검색 사이트를 몇 군데 조사해보니 후쿠모토 미안나는 별로 안 좋은 이름이지만 후쿠모토 미오리아는 매우 좋은 이름이라고 이야기했다. 혹시 개명하고 싶으면 여러 가지 까다로운 조건이 있긴 하지만 통명을 몇 년간 사용했다는 증거로 우편물 등을 모아두는 방법이 있다고 알려주었다. 확실히 첫째 미안나는 좀 싫어하는 눈치긴 했어, 하고 다마다 씨는 생각에 잠겼다.

그 후 기요다 씨 복귀에 대한 화제로 넘어갔다. 기요다 씨는 점심 멤버들에게 인기가 많은 듯 모두 오랜만의 재회가 기다려진다고 말했다. 내 향후 거취에 관해서는 역시 다른 부서로 이동할 것이라고 여기는 모양인지 "혹시 공장 쪽으로 오게 되면 우리가 잘 챙겨줄게!"하고 말해주었다. 나는 그 말에 괜히 눈시울이 뜨거워져서 하마터면 눈물을 흘릴 뻔했다. 거기다 대고 여전히 기요다 씨와 함께 봉지 뒷면을 계속 기획할 뿐 아니라 후지코 씨와 함께 일할지도 모른다는 이야기는 차마 할 수 없었다. 나 역시 그녀들이 생각하는 대로 되기를 바라는 마음이 간절했다.

집으로 돌아가는 길에 이제 봉지 뒷면을 기획하는 일에 애착을 가질 수 없을 것 같다는 생각이 들었다. 원래 애착이라는 모호한 기준으로 일에 임한다는 것 자체가 말이 안 되는 것이고 공과 사를 더 철저하게 구분해서 해야 한다고 알고 있었지만 그래도 이제는 하기 싫었다.

계약을 갱신하지 않고 그냥 그만둘까 하는 생각이 떠올랐다. 애초에 이 회사에 그렇게 오래 있을 마음은 없었고 조건은 제법 괜찮았지만 이대로 있다가는 앞으로 마음고생을 할 게 뻔했다. 내가 이 회사에 와서 보낸 시간 중에서《후지코 간장맛》을 발매하기 전과 후는 회사를 둘러싼 환경이 사뭇 달라졌다. 세상에는 힘들게 일하는 사람이 많고 이 회사에서 봉지 뒷면 일을 할 수 있었던 이유도 전에 다니던 버스 회사에서 선배가 쌓아올린 실적 덕분이었다는 사실을 떠올리면 그만두고 싶다는 고민 또한 정말 사치스러운 일일지 모르겠지만.

                    \* \* \*

   다음 주에 기요다 씨 복귀가 조금 늦어진다는 연락을 받았
다. 다시 생각해봤는데 회사에 돌아가기 싫다 뭐 그런 이유
가 아니라 정신건강의학과 담당의와 회사 생활을 어떻게 해
나가면 좋을지 이참에 꼼꼼히 상담하면서 마음의 준비를 하
고 싶다는 이유였다. 사장은 흔쾌히 받아들였다. 솔직히 감
탄했다. "시끄러워, 휴직까지 시켜줬더니 또 뭐가 어쩌고 어
째?! 당장 출근해!" 이렇게 말할 회사는 널렸을 텐데 싶다가
도 한편으로는 기요다 씨가 이 회사에서 자신의 위치를 공고
히 다져두었으니 가능한 일이라는 생각도 들었다.

   《후지코 간장맛》봉지 뒷면 특별판으로 후지코 씨를 영입
하는 것은 지난주 금요일 회의에서 결정되었다고 한다. 찬찬
히 생각해보면 어째서 봉지 뒷면을 기획하는 실무 담당자인
자신을 회의에 부르지 않았는지 의아했다. 하지만 나는 계약
직이고 그저 봉지 뒷면의 화제를 작성하는 일만 맡은 셈이니
회사의 영업 방침에 대해 어떤 의견이 있는지 고려 대상이
아니라고 하면 이해 못 할 것도 없었다.

   기요다 씨가 아직 돌아오지 않은 상황에서 후지코 씨와 만
나게 되었다. 회사 응접실로 안내되어 사장 소개로 처음 만
난 후지코 씨는 당연하게도 고상한 노부인이었다. 이목구비

가 뚜렷하고 나이에 비해 꽤 피부 탄력이 좋은 것으로 보아 소싯적에는 미인 소리를 제법 들었을 법한 외모의 소유자였다. 막상 대화를 나눠보니 성격이 아주 쾌활해서 인기를 얻은 이유도 짐작이 갔다.

"귀사에서 생산하는 제품의 봉지 뒷면은 늘 챙겨 보고 있어요. 교양이 풍부한 남자 분인 줄 알았는데 여자 분이어서 놀랐어요."

"지금은 휴직 중이지만 조만간 복귀할 전임자는 남자가 맞고 말씀하신 대로 교양이 풍부하신 분이세요."

"《후지코 간장맛》봉지 뒷면을 기획한 사람은 당신이죠?"

"예, 그건 제가 맞지만."

"덕분에 살았어요, 우리 집은."

"남편은 안 아프고 집에 없으면 좋은 거라고 얘기하지만 그렇다고 죽으면 안 되잖아요? 그 사람, 내가 곁에 없으면 정말 아무것도 못 하거든요. 그날도 같이 등산하자고 하는데 난 내키지 않아서 대신 쌀과자를 챙겨줬지요. 남편은 과자 이름이 나랑 똑같다고 기뻐하며 가져갔어요. 그런데 산에서 내려오다가 길을 잃는 바람에…."

이미 다 아는 이야기를 후지코 씨는 줄줄이 늘어놓았다. 너무 잘 알고 있는 이야기라서 중간중간 고개를 끄덕이는 것도 귀찮아져서 그저 가만히 찻잔 안에 고인 찻잎에 시선을 고정하고 있었다.

"피곤한가 봐요." 돌연 후지코 씨가 이렇게 말한 것은 이야기가 한차례 끝난 뒤였다. "너무 일만 하지 말고 좀 쉬는 게 어때요?"

후지코 씨가 기울이는 고개 각도와 까만 눈동자에서 번뜩이는 빛은 내가 정신적으로 얼마나 경직되어 있는지 속속들이 꿰뚫어 보는 듯했다. 순간 나는 응접실의 낮은 테이블을 걷어차고 찻잔을 벽에다 집어던지고 싶은 충동이 일었다.

"그럼 후지코 씨가 맡아줄 고민의 선별 작업과 해결법에 대한 편집을 부탁합니다." 사장은 내게 말했다. "그럴 기회가 온다면요." 나는 고개를 끄덕이고 싶어도 도무지 고개가 움직여지지 않아서 의미를 알 수 없는 대답을 돌려주었다. 그래도 사장과 후지코 씨는 내가 흔쾌히 승낙했다고 생각하는 모양인지 각각 "잘 부탁합니다", "당신만 믿고 있을게요"하고 말했다.

작업실로 돌아가는 복도에서 '좀 쉬는 게 어때요?'와 '당신만 믿고 있을게요'는 모순된다는 사실을 알아차린 나는 돌멩이라도 걸린 것처럼 목이 콱 메었다. 어느 쪽이 진심일까. 어느 쪽도 진심이 아닌 걸까. 그냥 어쩌다가 나온 말일까. 그렇지 않으면 소위 말하는 이중 메시지일까.

쌀과자 뮤지엄 뒤에 자리한 작업실로 돌아가 의자에 앉아 한동안 멍하니 있었다. 문득 정신을 차려보니 밖이 어두워졌다. 일단 전등은 밝혔지만, 여전히 컴퓨터도 켜지 않고 메모도 하지 않고 차도 마시지 않고 아무런 움직임도 취하지 않고 그저 가만히 있었다.

불현듯 벨 소리가 나서 전화를 받았더니 사장이었다. "아까 깜박하고 하지 못한 얘기가 있어요. 계약 갱신 날짜가 다음 달인데 서류에 간단히 기재하면 되는 형식적인 절차입니다. 인감을 챙겨서 총무부로 가세요. 금방 끝날 겁니다. '계약을 유지한다·하지 않는다' 항목에 동그라미 치면 되니까요. 기요다 씨는 다음 달 1일부터 복귀한다는 연락이 왔어요."

탁상 달력을 바라보며 앞으로 나흘 후네, 하고 확인했다. 나흘 정도면 평소처럼 일하면서 틈틈이 인수인계 서류도 완성할 수 있을 것이다. 나는 그제야 컴퓨터를 켜고 후지코 씨를 만나기 전에 조사하던, 불륜을 저질렀을 때 청구되는 위자료 시세에 관해 검색하다가 5분 만에 포기하고 말았다.

기요다 씨는 아마 복귀 첫날 이것부터 조사하게 되겠지. 차라리 내가 이 회사에 익명으로 고민 상담 편지를 보내고 싶은 심정이었다. '안 그런 척하면서 은근히 제 일을 차지하려는 사람이 나타났는데 어떻게 하면 좋을까요? 상사는 그런 낌새를 전혀 모르는 눈치고 저도 그게 사실인지 확신할 수는 없지만….'

제4화

**포스터를 붙이러**

**돌아다니는 일**

"저도 정말 괜찮은 일이었다고 생각해요." 몇 번을 말했는지 모른다. 서른 번은 우습게 넘겼을 것이다. "저도 정말 괜찮은 일이었다고 생각해요, 함께 일하는 분들도 다 좋은 사람들이었고 동료가 될 뻔한 전임자도 아마 유능하고 좋은 사람이겠죠, 하지만 아무리 세간의 이목을 끌 수 있다고 해도 다짜고짜 외부인을 데리고 와서 인생 고민 상담자로 둔갑시키는 건 저로선 도저히 납득하기 어려워서…아니, 일 자체는 보람도 있고 괜찮은 일이라고 생각해요." 끝없이 되풀이되는, 변명인지 불평인지 가늠하기 어려운 내 이야기에 마사카도 씨는 때때로 고개를 끄덕이면서 귀를 기울였다.

쌀과자 회사와 계약을 갱신하지 않은 이유에 대해서는 아마 기질적으로 안 맞는 사람이 내 자리를 차지할지도 모른다는 두려움에 못 이겨 도망쳤다는 것이 타당한 설명일 테다. 사실, 당신 자리를 노리고 왔어요, 하고 말한 적은 없지만. 그 노부인한테서 나는 본능적인 경계심을 느꼈는데 사장이나 다른 사람들은 부정적인 요소를 전혀 읽어내지 못하는 것을 보고 그들과 나의 인식 차이가 크다는 사실에 두려움을 느꼈다. 일과 애증 관계에 빠진 지금, 회사 사람들과도 그렇게 될 바에는 차라리 그만두는 게 낫다 싶었다.

"그러니까 일에 대한 보람은 충분히 있었는데 장애물이 끼어드는 바람에 일을 제대로 할 수 없게 되었고 일과도 적당한 거리를 유지할 수 없게 되었다는 말씀이지요?"

마사카도 씨는 일견 합리적이고 미련도 없으며 아무도 원망하지 않는다는 태도를 가장하지만, 속내는 구질구질한 변명에 불과한 내 이야기를 담담하게 요약해주었다. 나는 패배감에서 벗어나려는 듯 몇 번이고 고개를 작게 끄덕였다.

상황을 좀 더 지켜보면서 참아보지 그랬느냐는 대답이 돌아올 줄 알았다. 그런데 마사카도 씨는 회사에 대해서 어떤 점이 안 좋았는지 질문하면서도 내 이야기를 듣는 동안 좋다, 나쁘다로 설명할 수 없으며 그저 나와는 인연이 아니었다고 이해한 듯 보였다.

"이번에는 단순한 일이었으면 좋겠어요." 더는 마사카도 씨에게 쌀과자 회사와 계약을 갱신하지 않은 이유에 대해서 장황하게 설명해보았자 내 안에 보이지 않는 스트레스만 쌓일 뿐이라는 사실을 본능적으로 깨닫고 화제를 바꾸었다.

"몇 번이나 일을 소개해주셨는데 매번 그만둬서 죄송해요."

"아닙니다, 제가 소개해드리는 일은 대개 단기 근무니까요."

"게다가 쌀과자 회사는 버스 회사에서 소개해준 셈이나 마찬가지고." 마사카도 씨는 덧붙였다. 그랬다. 그래서 나는 총 두 곳, 마사카도 씨가 소개해준 직장을 뛰쳐나온 셈이었다. 적은 편일까, 많은 편일까. 역시 많은 편에 속할까.

"솔직히 예전 직장은 업무 환경이나 인간관계는 썩 나쁘지 않았어요. 근데 과도한 주인 의식을 가지고 일하다 보니 예기치 못한 곳에서 훅 치고 들어오면 정신적인 타격이 커서 자신감이 깎이더라고요. 흔히 일할 때 각오하는 것과는 뭔가 결이 달라서."

"일할 때 흔히 각오하는 것이라는 말은 좀처럼 정의하기 어렵지만 뭐, 예기치 못한 곳에서 치고 들어온다는 말은 대강 어떤 의미인지 알겠어요."

마사카도 씨는 고개를 끄덕이며 앞에 있는 파일을 펼쳐 천천히 넘기기 시작했다.

"사실 무슨 일이든 하겠다고 하면 거짓말이겠지만 지금껏 해본 적 없던 일도 괜찮아요. 사무직이 아니라도 상관없습니다." 내 말에 마사카도 씨는 그렇군요, 알겠습니다, 하고 맞장구를 치면서 파일에 정리된 구인 공고 리스트를 꼼꼼히 훑었다. "외근직도 해본 적은 없지만 해볼게요. 오히려 그런 일이 더 좋을지도 모르겠어요."

전선 위에 찍찍거리는 참새가 몇 마리 앉아 있나 세는 일이라든지 빨간 차가 교차로를 몇 대나 지나가나 조사하는 일이라든지. 이 말을 덧붙이면 너무 장난처럼 보일까 봐 입 밖으로 꺼내지 않았는데 반은 진심이었다. 일반적으로 일이라고 보기에는 모호하고 투명한 일이 좋았다. 별안간 어디선가 남아도는 시간을 주체하지 못하는 우아한 노부인이 불쑥 나타나 피곤하지? 너만 믿고 있어, 같은 말을 하는 것 따위 없는 일 말이다. 그리고 역시 혼자 할 수 있는 일. 이제 거기서 빠져나와야 한다는 사실을 아주 잘 알지만, 아무튼 지금은 그랬다.

"외근직이라." 마사카도 씨는 안경을 고쳐 쓰고 고개를 끄덕이며 파일을 넘기더니 아아, 하고 작게 소리를 냈다. "이런 일이 괜찮을 것 같네요."

마사카도 씨는 파일을 내 쪽으로 보여주며 업무 내용과 채용 조건 등을 손가락으로 짚어주었다.

"가게나 일반 가정집 같은 곳에 방문해서 포스터를 교체하는 일입니다. 시급은 전보다 내려가고 기간도 그리 길지 않네요. 상황에 따라 계약을 갱신할 수 있고 건강보험 혜택도 있어요." 마사카도 씨는 설명했다. "관공서에서 위탁받은 곳이에요. 포스터는 교통안전 공익 광고 같은 거고요."

어떠세요? 마사카도 씨는 허리를 꼿꼿이 세운 채 살짝 눈을 치켜뜨며 상담 데스크 너머로 내 눈을 가만히 들여다보았다. 나는 무심코 눈을 깜박이며 고개를 끄덕였다.

* * *

이력서를 보내자 전화가 오더니 어떤 일인지 설명하려고 하니 사무소로 와달라고 했다. 면접은 안 보느냐고 물어보자 남자는 이렇게 말했다. "현재 다른 지원자도 없고 마사카도 씨가 소개한 분이니 뭐." 새삼 마사카도 씨의 신용도가 높다는 사실을 실감했는데 내가 과연 혜택을 누릴 만한 가치가 있는지 의문스러웠다. 대학을 졸업한 후 14년간 한 직장에서 근속했다고는 해도 그곳을 그만두고 나서는 여러 곳을 전전하며 계약 갱신도 두 번이나 거절했다. 나라면 점점 수상하게 여기고도 남을 텐데 이번에도 채용해주는 모양이었다. 단기 계약직이라서 기준이 느슨한 걸까.

주소를 일러주며 오라고 한 작은 사무소는 본가 근처 오래

된 주택가 변두리에 있었다. 지은 지 40년 이상 족히 넘는 건물은 벽면 전체에 크림색 편광 타일이 붙어 있었다. 일반 가정집 1층을 개조해 사무소로 꾸몄는지 얼핏 보기에 본가 4평짜리 방 크기 정도 되는 것 같았다. 나를 맞이한 사람은 몸집이 매우 호리호리하고 굵은 테 안경을 끼고 사흘째 안 깎은 듯한 콧수염과 턱수염까지 길러 나이를 가늠하기 어려웠다. "안녕하세요, 모리나가盛永라고 합니다, 삼림森林의 모리森가 아니라 다이라노 기요모리平淸盛★의 모리盛에, 영원永遠의 나가永에요." 이름의 한자를 설명했다. 사무소에는 모리나가 씨 혼자였고 컴퓨터도 한 대밖에 없었다.

　모리나가 씨는 잘 정돈된 사무소 구석에 자리한 테이블을 가리키며 설명해드릴 테니 이쪽으로 오세요, 하고 의자를 권했다. 낡은 나무 테이블은 상판 양 끝에 경첩이 붙어 있어서 접었다 폈다 할 수 있어 보였다. 의자는 작고 오래됐지만 앉으니 의외로 안락했다. 둘 다 제법 가격이 나가지 않을까 싶다. 잠깐 안쪽으로 사라졌던 모리나가 씨가 쟁반을 들고 나타나서 드세요, 하고 호지차가 담긴 찻잔을 내 앞에 내려놓았다.

　"마사카도 씨가 설명해주셨겠지만, 그냥 포스터를 붙이는

---

★ 헤이안 시대 말기의 무장.

일이에요." 모리나가 씨는 돌돌 말린 포스터를 가져와서 테이블 한쪽에 펼쳤다. "영리 목적으로 하는 일도 아니고 신규 거래를 따내야 하는 것도 아니라서 일은 간단합니다."

"포스터 내용은 현재 교통안전, 녹화, 절수 이렇게 세 종류가 있습니다." 모리나가 씨는 설명했다. 마사카도 씨에게서 관공서에서 위탁받은 곳이라고 들었던 나는 포스터 실물을 보고 눈이 휘둥그레졌다. 무의식적으로 촌스러운 이미지를 상상했는데 모리나가 씨가 가리킨 포스터는 동유럽이나 구소련에서 흔히 보았던 디자인을 방불케 했다. 하나같이 심플한 배색이 눈길을 끄는 일러스트여서 세련되었다고 해도 과언이 아니었기 때문이다. 교통안전은 빨간색 바탕에 로드 레이스 선수처럼 보이는 인물이 고개를 돌려 어깨 너머로 비스듬히 뒤쪽을 바라보는 그림으로 '커브를 돌 때는 뒤쪽도 확인합시다' 표어가 있었다. 녹화는 포스터 전체에 직물 패턴 떡잎이 그려져 있고 '마을 녹화 사업에 협조를' 표어가 있었다. 절수는 새까만 사람 그림자가 동물처럼 네발로 기어서 커다란 물방울을 핥고 있는 살짝 무서운 이미지였고 '물은 우리 모두의 것' 문구가 강조되어 있었다.

"이게 이번 시즌 포스터로 약 6개월간 붙여두어야 합니다. 기존에 붙어 있는 것을 떼어내고 이번 시즌 포스터를 붙이는 일이에요. 어디까지나 신규 개척이 목적은 아니지만, 우리가 지정한 구역에 있는 집을 빠짐없이 방문해서 혹시 포스터를 붙여도 되냐고 물어보고 된다고 하면 붙여주세요."

모리나가 씨는 주 업무가 포스터를 교체하는 일이라고 강조하면서도 신규로 개척할 수 있으면 개척해달라는 말을 꼭 덧붙였다. 아마도 신규로 개척하길 원하는 것 같았다.

"포스터 붙이는 일이라고 하면 대체로 한 장 붙이는 데 얼마, 이렇게 생각하기 쉬운데 저희는 시급으로 지급해드리고 있습니다. 주 업무는 포스터 붙이는 일이지만 그와 더불어 담당 구역 주민들에게 설문 조사도 해주셨으면 합니다." 모리나가 씨는 내게 보여주기 위해 펼친 포스터를 다시 돌돌 말아 정리하고 어깨에 메는 끈이 달린 접이식 클립보드를 테이블 위에 올려놓았다. 표지에는 지도가 붙어 있고 안에는 A4 용지가 한 뭉치 끼워져 있었다. "여기 안에 간단한 체크리스트가 있는데 일반 가정이나 가게를 돌 때 포스터를 붙이는 것과는 별개로 집주인이나 점주들과 대화를 나누면서 이 항목들을 물어봐 주셨으면 합니다."

주민들의 주소와 이름, 성별, 연령, 가게 이름과 업종을 기입하는 공란이 있고 질문 몇 가지가 적혀 있었다. '가족은 몇 명입니까?', '고민이 있습니까?', '의논할 수 있는 사람은 있습니까?' 등 온건하면서도 어떤 의도가 느껴지는 질문들이었다.

"이미 눈치채셨겠지만, 포스터를 붙이면서 주민들 대상으로 간단한 조사도 겸하는 일입니다." 모리나가 씨는 클럽보드를 덮고 내 쪽에서 똑바로 보이도록 지도를 돌려서 가리켰다. 지도에는 정식 명칭 없이 1구역, 2구역, 3구역 등 숫자로 나뉘어 있었다. "여기가 사무소가 있는 곳입니다." 모리나가 씨가 손가락으로 가리킨 장소는 지도의 왼쪽 하단 모서리로, '1구역'이라는 글자가 스탬프로 찍혀 있었다. 지도 하단에는 줄이 있는 종이가 몇 장 끼워져 있었다. 위쪽에 'memo'라고 되어 있으니 메모를 해도 되는 모양이었다.

"포스터를 붙이는 목적은 영리가 아니라 마을의 평화에 있습니다. 가끔 우리가 붙이는 포스터 말고도 다른 포스터를 보게 되는 일이 있을 겁니다. 그런 포스터가 붙어 있는 집도 체크해주세요." 체크만 하면 되는지, 떼어내라고 권유하지 않아도 되는지 물으니 모리나가 씨는 고개를 저었다. "가능한 선에서만 하세요. 어차피 강하게 얘기한다고 들을 사람들이 아니니까요."

"그러면 잘 다녀오세요." 이 말을 들으며 나는 바로 나와야 했다. 한 번 외근 나가면 퇴근할 때나 사무소로 돌아오는 분위기였다. 사무소로 귀환하는 시각은 오후 5시라고 들었지만 일에 지장이 생겼을 때는 그 전에 돌아와도 상관없다는 것 같았다.

모든 집을 방문해야 해서 나는 사무소 옆에 자리한 집의 초인종을 눌러 보았지만, 응답은 없었다. '다도코로'라는 문패 밑으로 'Ma Chaussure Rouge : 당신만의 신발을 만들어 드립니다'라는 은색 표찰이 걸려 있었다. 벽에는 예전에 배부한 것으로 짐작되는 포스터가 붙어 있었다. '열사병 예방, 물을 자주 마십시다' 표어로, 머리 긴 여자의 하늘색 실루엣이 컵을 입에 대고 있는 일러스트가 전면에 그려져 있었다. 내가 배부할 포스터 중 하나가 절수인 점을 떠올리니 왠지 모순되는 느낌이 들었지만 메시지가 좋다면 뭐가 됐든 상관없는지 모른다.

열사병 예방 포스터 옆에는 또 한 장의 포스터가 붙어 있었다. 거기에는 하얀 원피스를 입고 밀짚모자를 쓴 젊은 여자가 이쪽을 향해 손을 뻗고 있는 사진이 있었고 '이젠 외롭지 않아'라는 표어가 적혀 있었다. 젊은 여자는 아주 예뻤다.

나는 고개를 기울인 채 포스터를 유심히 보았다. 여자가 매력적이어서 시선이 가기도 했지만 포스터 하단에 전화번호, 페이스북 주소, 트위터 계정이 가지런히 표기된 점이 신경 쓰였다. 단순히 '외롭지 않아'라는 메시지를 발신하는 데 그치지 않고 SNS를 찾아보고 팔로우하거나 연락을 하라는 의미로 읽혔다.

호기심이 생긴 나는 스마트폰을 꺼내 페이스북에 들어

가 보았다. 역시 배경에 포스터에 나온 젊은 여자 사진이 깔려있었고 단체 이름은 《외롭지 않아》인 듯했다. 주변 지명이 나온 최신 글에 "집회소에서 교류회가 열립니다. 부담 없이 놀러 오세요"라고 적혀 있었다. 내가 모리나가 씨한테서 받은 지도로 보면 4구역이었다. 그전에 올라온 글은 교류회와 마을 청소 자원봉사에 대한 후기였다. 남녀노소가 참여해 다들 즐겁게 웃고 있는 사진이 첨부되어 있었다. 뭐, 확실히 '외롭지 않아' 보였다. 또 프로필을 보니 《외롭지 않아》는 집마다 방문하는 모양이었다.

내가 붙이러 다니는 포스터가 중립적인 메시지를 다루는 것과는 달리 이쪽은 상당히 다양한 의도를 드러내고 있었다. 나는 조금 헤맨 끝에 클립보드에 끼워진 1구역 지도의 '다도코로' 부분에 다른 단체 포스터를 의미하는 '포' 글자를 써넣었다. 그런 다음 집에 아무도 없겠지, 생각하면서도 한 번 더 초인종을 눌러봤다. '다도코로'씨 댁에는 역시나 아무도 없었다.

첫 번째 방문이어서 이렇게 하면 되는 건가, 또 뭐 빠트린 건 없나 싶어 포스터 앞에서 꾸물거리고 있었다. 아담한 몸집에 꼿꼿해 보이는 할머니가 장바구니를 들고 '오오마에' 문패가 걸린 낡은 옆집에 막 도착하는 장면이 눈에 들어왔다.

"포스터 붙이러 오셨어? 다도코로 씨한테 볼일이 있나 보네."

"아, 네."

나를 처음 보는데도 포스터를 붙이러 온 사람인지 바로 알아맞힌 것을 신기해하며 고개를 끄덕였다. 하긴 옆구리에 돌돌 말린 종이를 끼고 클립보드도 들고 있으니 알아볼 수도 있겠다.

"집에 없는 척하는 거야. 바깥양반이 계속 집에 있다고 들었거든."

"부부가 사시나 봐요?"

"남편하고 아내가 살지. 애는 없는 것 같아."

"사모님은 외출하셨나 봐요?"

"회사 다니지. 바깥양반은 일 년 전에 그만둔 모양이지만."

나는 지도를 넘겨서 메모난에 오오마에 씨한테서 들은 정보를 써넣었다. 그러고 보니 오오마에 씨 집도 당연히 조사 대상이라는 사실이 떠올라 집 벽에 포스터가 붙어 있는지 확인했다. 거기에는 열사병 예방 포스터만 붙어 있고 《외롭지 않아》 포스터는 없었다.

"참, 오오마에 씨는 교통안전과 녹화, 그리고 절수 중 어떤 포스터로 붙여드릴까요?"

"응? 난 아무거나 상관없어. 근데 어떤 색이 있는데?"

포스터를 주제로 고르지 않는다는 사실에 살짝 놀란 나는 빨간색이랑 초록색, 하늘색이요, 하고 대답했다.

"그럼 이번에는 초록색으로 해줘."

오오마에 씨 말에 열사병 예방 포스터를 떼어냈다. 돌돌 말린 새 포스터 묶음을 펼쳐서 녹화 포스터를 골라내 테이프로 벽에 붙였다. 오오마에 씨는 약간 뒤로 물러나 제법 보기좋네, 상큼하네, 하고 포스터에 대한 감상을 말했다.

6개월 전에도 똑같은 질문을 들으셨는지 모르지만 한 번더 여쭤봐도 될까요?"

"그래, 해 봐."

"가족은 어떻게 되세요?"

"혼자 살아. 남편은 20년 전에 죽었고 딸은 앵커리지로 시집갔지."

"고민 같은 건 없으세요?"

"요코하마가 약해서 걱정이야. DeNA★ 말이야."

오오마에 씨는 그렇게 대답하고 "아, 맞다, 요즘 무릎이 쑤셨지 참"하고 말을 바꾸었다.

"그걸 상담할 만한 분이 주변에 계세요?"

"요코하마는 근처 편의점 점원하고 저녁에 가는 찻집에서만나는 영감한테 말하고, 무릎 통증은 자주 가는 병원 의사

---

★ 일본 프로 야구 구단의 하나, 요코하마 디엔에이 베이스타즈.

선생님한테 얘기하지."

오오마에 씨는 막힘없이 이야기하면서 자연스럽게 현관문에 열쇠를 꽂았다. 조금 당황한 나는 오오마에 씨가 말한 내용을 메모난에 적었다.

"그러고 보니 《외롭지 않아》에서 나온 젊은 청년이 어제 찾아왔는데." 오오마에 씨는 문을 열면서 나를 돌아보았다. "혹시나 해서 말하는데, '할머니, 심심하면 언제든지 저희한테 의지하세요, 옆집에 사는 이마카와 씨도 교류회에 오셨다고요.' 이런 말은 안 했으면 좋겠어. 이마카와 씨랑 나는 애초에 성격이 안 맞고 누구한테 의지하는 거야 괜찮지만 처음 봤으면서 다짜고짜 할머니 취급하면 기분 별로거든."

사실 나도 오오마에 씨를 그렇게 부르려던 참이라 조금 죄송한 마음이 들어 어떻게 불러드리면 좋은지 물었다.

"음–, 부인? 정도면 괜찮을지도."

오오마에 씨는 조금 생각하더니 이렇게 대답했다. 이어서 "하긴 그것도 좀 뻔뻔스러우려나? 어쨌든 그럼 계속 수고해" 하고 꽤 일방적으로 통보하고 철컥 문을 닫았다. 나는 오오마에 씨 집 현관 앞에 버려진 아이처럼 망연히 서서 시작한 지 얼마 안 된 이 일에 관해 생각했다.

보아하니 이 일을 하는 사람은 나만 있는 게 아닌 모양이었다. 오오마에 씨 집의 옆집에는 '이마카와'라는 문패가 걸려

있었다. 역시 여자 실루엣이 물을 마시고 있는 포스터와 사진만 남자로 바꿔놓은《외롭지 않아》포스터가 붙어 있었다.

그 후 돌아다니면서 집마다 방문해보니 모리나가 씨 포스터가 한 장 혹은 두 장 세트로 붙어 있는 집은 있어도《외롭지 않아》포스터가 한 장 혹은 두 장 세트로 붙어 있는 집은 없다는 사실을 알았다. 즉 모리나가 씨 포스터가 한 장이나 두 장 있거나 모리나가 씨 포스터 한 장과《외롭지 않아》포스터 한 장이 있는 조합은 있었다. 하지만《외롭지 않아》포스터만 붙은 집은 없었다.

모리나가 씨와《외롭지 않아》포스터가 나란히 붙어 있는 모습을 물끄러미 보고 있으면 그런 집이 제법 많은 탓인지 마치《외롭지 않아》와 모리나가 씨의 중립적인 포스터가 원래 같은 조직에서 나온 것처럼 느껴졌다. 뭐랄까, 던킨 도너츠와 미스터 도너츠는 사실 한 회사에서 만든 브랜드였어, 같은 감각에 가깝다고 할까.

그러나 좀 더 오랫동안 바라보면 역시 다른 의도가 느껴졌다. 한쪽은 '열사병 예방, 물을 자주 마십시다'라는 간단하고 실천적인 포스터, 또 한쪽은 정신적인 부분과 관련된 포스터로 메시지 습도가 전혀 달랐다. 또《외롭지 않아》에 나오는 젊은 남녀의 눈빛은 보면 볼수록 위화감이 느껴졌다. 미남미녀이긴 하지만.

지난 시즌에 배부된 포스터는 세 종류였다. 하늘색을 바탕으로 한 〈열사병 예방〉과 노르스름한 빛을 띤 〈건강을 위해 산책하자〉와 복숭아껍질처럼 따스한 분홍색이 주로 사용된 〈이웃과 인사하고 지내자〉였다. 시야에 세 가지 색상의 포스터가 나란히 들어찼을 때 훈훈한 느낌을 주도록 처음부터 계산해서 만든 듯 보였다. 그런데 거기에 《외롭지 않아》가 끼어들면 역시 흔한 동네 포스터구나 하는 감상이 밀려왔다. 《외롭지 않아》가 꼭 어떻다기보다는 아마 다른 디자인의 포스터였어도 그럴 것 같았다.

처음 대화를 나눈 오오마에 씨 집이 있는 블록 안쪽, '데루이'라는 문패가 걸린 집 앞에서 〈산책하자〉와 미녀가 있는 《외롭지 않아》 포스터가 나란히 붙은 모습을 바라보고 있었다. 안에서 재킷 차림에 모자를 쓰고 지팡이를 짚은 할아버지가 나왔다. "혹시 데루이 씨 되시나요?"하고 묻자 할아버지는 약간 입매를 비틀며 고개를 끄덕였다.

"안녕하세요. 포스터 교체하러 왔어요."

"응."

"교통안전의 빨간색과 녹화의 초록색, 절수의 하늘색이 있는데 어떤 게 좋으세요?"

"아무거나."

"뭐든 상관없어." 데루이 씨는 얼굴을 찌푸리며 덧붙였다.

"그럼 교통안전으로 붙여드릴게요." 빨간색 포스터를 꺼내 보여주었다. 데루이 씨는 고개를 끄덕였다.

"근데 여기, 여자 사진이 있는 포스터는 어떻게 붙이게 되셨는지 여쭤봐도 될까요?" 포스터를 교체하면서 슬쩍 물어봤다.

"그건 댁들이 먼저 붙이러 오니까 그런 거 아니야?" 데루이 씨는 대답했다. "그게 무슨 말씀이세요?"하고 되묻자 데루이 씨는 답답하다는 듯 지팡이를 짚지 않은 손을 작게 흔들며 설명했다.

"댁들이 포스터를 붙이러 와서 내가 허락해주면 또 다른 사람이 나타나서 자기들도 붙이게 해달라고 한다는 얘기야."

"그게 바로 저 여자고." 데루이 씨는 지팡이로 포스터를 가리켰다.

"아, 그렇군요."

"포스터를 붙이게 해주는 집이라는 소문이 난 거겠지."

"그럴 수도 있겠네요." 나는 묘하게 납득되는 것을 느끼며 여기 한번 들이밀어 봐야겠다는 생각이 들었다.

"혹시 저 옆의 것도 저희 포스터로 바꿔볼 생각 없으세요?"

"됐어, 그냥 저 여자 사진 들어간 건 내버려 둬."

데루이 씨가 쌀쌀맞게 거절해서 모처럼의 시도는 보기 좋게 실패했다. "혹시 나중에라도 마음이 바뀌시면 그때 꼭 얘기해주세요." 나는 웃으며 말했다. 지금까지 영업 일을 해본 적이 없어 몰랐는데 속마음이야 어떻든 겉으로는 아무렇지 않게 행동하는 것이 은근히 재미있었다.

"이제 좀 비키지 그래? 장기 두러 가야 해."

"아아, 네, 물론이죠." 내가 옆으로 물러섰다. "어떡할까, 모임에 나갈까, 거긴 여자도 있고 차도 나오고." 데루이 씨는 중얼거리면서 모퉁이 쪽을 향해 걸어갔다.

나는 안타깝게도 설문을 깜빡하는 실수를 저지르고 고개를 절레절레 저었다. 모리나가 씨 포스터가 《외롭지 않아》를 부른다는 데루이 씨 의견을 메모난에 적고 점심을 먹으러 갔다.

\* \* \*

사흘이 지나자 나는 1구역에서 3구역까지 활동 영역을 넓히게 되었다. 다도코로 씨처럼 한결같이 주민이 나오지 않는 집도 있었지만, 초인종 소리를 듣고 나오는 집은 설문에도 곧잘 대답해주었고 포스터를 교체하는 데에도 별다른 저항을 보이지 않았다. "이 포스터, 그냥 제가 가져도 되나요? 집안에 붙여두게요." 간혹 절수 포스터를 챙겨 가는 여자도 있었다. 프리랜서 작가인 듯했다. 포스터 디자인 자체는 아주 괜찮았다. 디자인한 사람은 모리나가 씨였다. 내가 매일 출근하는 장소는 '오피스 모리나가' 명칭이 따로 있다는 사실도 알게 되었다. 모리나가 씨 본업은 그래픽 디자이너인 것 같았다. 나를 마을에 파견한 뒤 자신은 사무소에 틀어박혀 디자인 작업을 했다. 포스터를 만드는 일 말고도 다른 회사에서 의뢰받은 일도 했다.

'당신들이 붙이러 오니까《외롭지 않아》도 붙이러 오는 거다'라는 데루이 씨 의견을 보고했다. "그렇군요, 그럴 가능성을 짐작하지 않은 건 아니었는데 정말 그럴지도 모르겠네요." 모리나가 씨는 나름대로 깨달은 바가 있는 모양이었다. 모리나가 씨 목적이 '포스터를 붙이는 일'인지 '포스터를 붙이게 하지 않는 일'인지 물어보고 싶었는데 겨우 사흘 일한 사람이 할 만한 질문은 아니라는 생각이 들었다. 대신 "우리가 포스터 붙이는 일을 그만두면 그 자리에 전부《외롭지 않아》포스터가 붙게 될까요?"하고 물었다. 모리나가 씨는 음— 하고 생각하더니 대답했다. "전부는 아닐지 몰라도 뭘 붙이든 별로 신경 쓰지 않는 집은 대부분 당할 것 같군요." '당한다'는 말에는 온화하지 않은 감정이 느껴졌다.

모리나가 씨는 오늘 아침에 출근했을 때 "점심은 어디서 해결하고 있나요?"하고 물었다. "첫날에는 쇠고기덮밥 전문점, 둘째 날에는 패스트푸드, 어제는 또 쇠고기덮밥 전문점에서 먹었어요. 전부 마을과는 좀 떨어진 곳에 있는 가게예요"하고 대답했다. "우리 포스터를 두 장 붙여둔 마을 음식점에 가면 20% 할인받을 수 있습니다." 모리나가 씨가 말했다. 어딘지 묻자 모리나가 씨는 "가깝게는 여기"라고 말하며 국수 전문점 《후라라》와 카레빵 전문점 《산포야》를 지도에서 짚어주었다. 국수와 카레빵은 전문성이 미묘해서 별로 안 당기네, 다음에 가야지, 하고 그날 점심도 쇠고기덮밥을 먹으러 갔다.

우선 3구역까지 일반 가정집을 빠짐없이 방문한 후에 1구역으로 돌아와서 주인을 만나지 못한 집을 다시 방문하기로 했다. 퇴근은 오후 5시지만 대충 오후 3시 반쯤 되면 새로운 집을 방문하는 것을 멈추고 1구역까지 일단 돌아가는 습관이 생겼다. 마을은 언제나 조용했고 사람도 거의 다니지 않았다. 고령자가 많이 사는 지역이라서 오전에는 노인 몇 명이 보이지만 오후 3시가 넘으면 길에 아무도 없는 날이 허다했다.

그러나 오늘은 어쩐지 평소와 달랐다. 모리나가 씨에게 고용된 나처럼 집마다 돌아다니며 초인종을 누르는 사람을 발견한 것이다. 남자인지 여자인지 청년인지 노인인지 잘 모르겠지만 내가 무심코 어, 하고 소리를 내자 그 사람은 선 자리

에서 우향우하더니 골목 건너편으로 사라져버렸다. 그 사람
이 오오마에 씨 집의 초인종을 눌렀던 모양인지 오오마에 씨
가 문을 열고 나왔다.

"진짜 끈질기다니까."

나 역시 그 말에 해당할지 모르겠다 싶어서 "끈질긴가요?"
하고 따라 말해보았다.

"댁은 단순히 일 때문에 하는 거니까 열 번 정도 눌러보고
안 나오면 '다음에 올게요' 하고 돌아가잖아."

"뭐, 그건 그렇죠."

생각보다 잘 알고 계시네. 이 사람이 아군이라고 확신할
수는 없지만 적어도 적군은 아닌 듯해서 조금 감사한 마음이
차올랐다.

"나야 있어도 없는 척하지만 5구역에 사는 친구가 식겁했
대. 아, 걔는 카프★ 팬인데, 암튼 그 사람이 댁네 포스터를
붙여놓은 자리에 자꾸 한 장 더 붙일 생각 없느냐며 조르더
니 얼마 전에는 집 안까지 들어오려고 했대."

"저런."

확실히 나는 집 안에 함부로 들어가지 않을뿐더러 모리나
가 씨도 그런 지시를 내린 적이 없었다.

---

★  일본 프로 야구 구단의 하나, 히로시마 도요 카프.

"정말 포기를 모르는 인간들이야. 일이 아니라서 더 그런 거 같아. 이상한 사상에 빠져 있으니까." 오오마에 씨는 팔짱을 끼고 심각한 얼굴로 고개를 숙이더니 아, 하고 뭔가 중대한 사실을 깨달은 사람처럼 소리를 냈다. "그러고 보니 오늘 다도코로 씨 집 괜찮아."

"시청에 볼일이 있어서 오늘 유급 휴가를 내고 집에 있는 모양이더라고." 오오마에 씨는 말했다.

"잘 알고 계시네요."

왜 그런 사정까지 알고 있느냐는 말을 부드럽게 돌려서 묻자 "본인한테 들었어"하고 오오마에 씨는 말했다.

"나처럼 요코하마를 좋아해서 가끔 얘기하거든."

"아아, 그래서."

나는 필요한지 아닌지 잘 모르겠지만 'memo' 페이지에 '오오마에 씨, 다도코로 씨(부인)'라고 쓰고 둘을 괄호 친 후 화살표를 그리고 'DeNA'라고 썼다. "댁이 포스터를 교체하러 왔었다고 얘기해두었는데." 오오마에 씨가 말해서 나는 고맙습니다, 하고 인사했다.

오오마에 씨가 초인종을 누르자 다도코로 씨는 금방 문을 열고 나왔다. 반차 내고 조퇴해서 그런지 화장을 지우지 않고 머리카락을 가슴 근처까지 늘어뜨린 채 회색 트레이닝복을 입은 모습은 조금 음침해 보인다고 해도 과언이 아니었다. 오오마에 씨 얼굴을 보자 반갑게 눈인사를 했다.

"포스터 붙이러 오신 분이야."

그렇게 말하면서 오오마에 씨가 나를 손으로 가리켰다. 나는 입매를 누그러뜨려 생긋 웃으며 인사했다. 키가 작은 오오마에 씨와 달리 다도코로 씨는 키가 제법 컸다. 160㎝가량인 내가 올려다보아야 할 정도이니 아마 170㎝는 되지 않을까.

"포스터 교체하러 왔어요."

"아, 네, 수고 많으시네요."

"교통안전의 빨간색과 녹화의 초록색, 절수의 하늘색 중 어떤 게 좋으세요?" 내가 물었다. "전 교통안전의 빨간색으로 부탁해요." 다도코로 씨가 대답했다. 말이 나온 김에 그 자리에서 바로 교체하자 "멋진 디자인이네요" 하고 칭찬해주었다. "그럼 그 옆에 한 장 더 붙이는 건 어떠세요?" 용기를 얻은 내가 《외롭지 않아》에 나오는 하얀 원피스를 입은 여자를 가리키며 물었다. 그러자 순간 표정이 어두워지면서 "그건 남편한테 물어봐야 해서…" 하며 고개를 떨구며 대답했다. 뭐라고 한 마디 도와주지 않을까 싶어 오오마에 씨 쪽을 보자 오오마에 씨도 같이 고개를 떨구고 있었다. 뭔가 심상치 않은 사연이 있는 눈치였다.

"한번 바꿔보세요. 녹화 포스터는 어떠세요? 절수는 살짝 무섭긴 해도 나름대로 멋진 디자인이랍니다."

진심으로 포스터를 바꾸게 할 생각은 아니어서 그렇게 일단 가볍게 찔러보았다. 다도코로 씨는 망설이듯 얼굴을 찌푸리더니 끝내 고개를 저었다.

"아니요, 전 됐어요."

다도코로 씨는 《외롭지 않아》 포스터를 복잡한 표정으로 바라보면서 한숨을 내쉬었다.

"이참에 한 번 말이나 해보지…."

"그렇지만…."

오오마에 씨와 다도코로 씨는 뭐가 두려운지 그런 말들을 주고받았다. 나는 포스터를 한 장 더 붙일 수 있다면 무슨 얘기든 귀를 기울이겠다는 자세로 진지한 표정을 지으며 다도코로 씨에게 고개를 끄덕여 보였다. 그렇게 남편에게 얘기해보라며 부추겼다.

다도코로 씨가 상당히 곤란한 표정으로 침묵하고 있어서 나는 모리나가 씨가 알려준 음식점이 있는 방향을 가리키며 말했다. "이런 데 서서 계속 이야기하기보다는 국수라도 먹으러 갈까요?" 오오마에 씨와 다도코로 씨는 얼굴을 마주 보았다. "바깥양반, 안에 있지?" 오오마에 씨가 소리를 낮춰 말했다. 다도코로 씨도 고개를 끄덕이며 네, 하고 작은 목소리로 대답했다.

"그럼 지갑 챙겨올게."

"저도."

"아니, 괜찮아요. 제가 낼게요."

이제 막 이직해서 여유 없는 주제에 나는 지금 무슨 말을 하는 걸까. 하지만 이 일의 실체를 파악하기 위해서 일단 두 사람의 이야기를 들을 필요가 있다는 생각이 들어서 그렇게 제안했다. "그럼 돌아와서 드릴게요." "나도." 오오마에 씨와 다도코로 씨는 얼굴을 마주 보더니 대답했다. 우리 셋은 국수 전문점으로 향했다.

내게 할당된 지도에 따르면 5구역에 위치하는 국수 전문점 《후라라》는 테이블 12석이 전부인 작은 식당이었다. 나와 비슷한 나이로 보이는 30대 중반 여자 혼자서 음식을 그릇에 담고 있었다. 국수처럼 차분한 베이지색으로 통일된 식당은 심플하고 세련된 인테리어에 샹송이 흐르고 깔끔했다. 서민적인 이 동네와 도무지 어울리지 않았다. 벽에 모리나가 씨가 디자인한 포스터가 붙어 있었다. 5구역까지 아직 진출하지 않았기 때문에 지난 시즌 〈열사병 예방〉과 〈인사〉 포스터가 붙어 있었다. 모리나가 씨가 만든 포스터는 여기에 붙여놔도 별로 어색하지 않았다.

나와 오오마에 씨는 매실 차조기 국수, 다도코로 씨는 카레 국수를 주문했다. 화장실에 갔다 돌아오는 길에 카운터에 들러서 사장으로 보이는 여자에게 말을 걸었다. "모리나가 씨 밑에서 일하는 사람인데요." 여자는 아, 네, 하고 고개를 끄덕였다.

"포스터 붙여주셔서 감사합니다."

"어머, 아니에요."

"모리나가 씨가 여기서 먹으면 할인해준다고 하더라고요…."

"아아, 네, 맞아요. 모리나가 씨 가격이라는 게 있어요."

응? 그게 뭐야, 하고 튀어나오려는 말을 삼킨 나는 눈을 크게 뜨고 누가 봐도 모리나가 씨 가격이군요, 하는 표정을 만들어 보이며 고개를 끄덕였다.

"전 사실 이번 주부터 일하기 시작했는데 모리나가 씨 포스터를 붙여놓으면 장사가 잘된다거나 뭐 그런 게 있나요?"

그렇게 묻자 사장으로 보이는 여자는 음— 그건 아니지만, 하고 일을 계속하고 싶은지 잠깐 주방을 돌아보았다가 바로 했다. 나는 고개를 흔들며 얼굴 옆으로 양손을 내젓고 말했다. "그냥 간단하게 말씀해주시면 됩니다."

"두 장 다 모리나가 씨 포스터를 붙여놓으면 그 사람들이 안 오거든요."

여자는 정말 간단하게 말하고 길쭉한 통에서 면을 꺼내 속이 깊은 커다란 냄비에 던져놓고 조리를 시작했다. 자리로 돌아가 서로 눈인사를 나누는데 누가 먼저 말을 꺼낼지 눈치 보는 분위기였다. "아까 했던 이야기 말인데요, 한번 생각해 보시면 좋겠어요." 나는 은근슬쩍 모호하게 말을 꺼냈다. 그러나 오오마에 씨도 다도코로 씨도 입을 다물고 있었다. "물론 말하기 힘들면 안 하셔도 괜찮아요." 나는 덧붙였다. 다도코로 씨는 아니요, 하고 고개를 저은 후 얘기할게요, 하고 입을 열었다.

"우리 부부는, 아이가 없어요."

"네."

"근데 그건 외로워서 그렇다고."

"아…."

"외로우니까 아이가 안 생기는 건데 또 아이가 안 생기니까 외롭다고 하더라고요. 하지만 《외롭지 않아》에 가면 외롭지도 않고 아이도 생길지 모른다고 하는 거예요."

쳇, 하고 오오마에 씨가 혀를 찼다.

"《외롭지 않아》는 의료에 관련된 일도 하나요?"

어리석은 질문일지 몰라도 기본적인 사실을 놓치면 안 된다는 생각이 들어 그렇게 물었다. 다도코로 씨도 오오마에 씨도 고개를 저었다.

"《외롭지 않아》는 그럼 뭐 하는 곳이죠?"

다도코로 씨와 오오마에 씨는 고개를 떨구더니 둘 다 어깨를 움츠렸다. 나이도 앉은키도 전혀 다른 두 사람이 그런 식으로 같은 동작을 하자 아주 이상했지만 본인들은 지극히 진지해 보였다.

"외롭지 않다고 하니 그야 좋을 수도 있겠지만 그렇다고 왜 꼭 그렇게 빠져들어서 해야 하는 거죠?"

"그러게요."

나한테 물어봤자 대답해줄 말이 없었기에 일단 맞장구를 쳤다.

"근데 남편은 계속 집에 있는 사람이라 그런지 몇 번 이야기를 듣는 사이 그걸 진짜로 믿게 돼서." 다도코로 씨는 단번에 물컵을 비우고는 한숨을 내쉬었다. 나는 '물은 셀프'라고 적힌 카운터에서 물 주전자를 가져와 다도코로 씨 컵에 따라주었다. "우리는 둘이 있어도 외롭잖아, 처음에는 좋을지 몰라도 원래 인간은 둘이 있어도 외로운 존재야, 외로운 건 정신적으로도 육체적으로도 안 좋아, 하고 말하더라고요."

다도코로 씨가 속상한 표정으로 다시 컵에 담긴 물을 비웠을 때 사장이 주문한 국수를 가져왔다. 국수는 정말 내 취향이 아니어서 메뉴 중에서 제일 저렴하고 담백해 보이는 것을 골랐다. 다도코로 씨 앞에 놓인 카레 국수는 유난히 먹음직스러운 향이 풍기고 맛깔나게 보였다.

"《외롭지 않아》가 이야기를 하러 오나요?"

내 질문에 다도코로 씨는 고개를 크게 끄덕였다.

"포스터에 나오는 그 여자가 와요." 다도로코 씨만큼이나 분개한 오오마에 씨가 씩씩거리며 거칠게 숨을 쉬었다.

"그 포스터, 집안에도 붙어 있어요."

"참 나, 자기가 자기 얼굴이 나오는 포스터를 나눠 준다니까 글쎄?"

오오마에 씨는 눈이 튀어나올 것처럼 크게 뜨고 나를 보며 말했다. 아무래도 《외롭지 않아》의 자아도취 같이 뻔뻔스러운 부분이 오오마에 씨 역린을 건드린 모양이었다.

"그러니까, 저기 괜찮으시면 붙여주시면 안 될까요? 별다른 도움이 안 될지도 모르지만 적어도 외롭지는 않을 거예요, 같은 말을 하면서 들고 온다니까요. 수줍은 척하면서." 가증스럽다는 듯 눈살을 찌푸린 다도코로 씨는 어깨를 으쓱이고 고개를 떨구었다. 아마도 무릎 위로 양손을 꽉 쥐고 있을 것이다. "모임은 수요일과 목요일, 토요일에 있으니까 꼭 놀러 오세요, 라는 말도 한대요."

"근데 문제는, 정말 거기에 나간다는 거야. 수, 목, 토 전부. 즐거웠다고 말하면서 돌아온다는군."

오오마에 씨는 화가 나 있었다. 다도코로 씨는 금방이라도 울 것 같았다. 나는 그렇군요, 하고 바보처럼 고개를 끄덕이면서 다도코로 씨 가정이 《외롭지 않아》에 잠식되어가는 사연을 들었다.

"외로움을 달래는 것과 현실을 살아나가는 것, 어느 쪽이 더 중요한지 왜 모르는 걸까요."

다도코로 씨는 한숨을 쉬면서 오른손 전체를 이용해 눈물을 훔쳤다. 손수건을 꺼내지 않는 것으로 봐서 울 마음까지는 없었다는 사실을 알 수 있었다. 어렴풋이 모리나가 씨가 포스터를 만들어 붙이고 돌아다니는 이유를 알 것 같았다.

"하얀 원피스를 입은 여자나 젊은 남자의 포스터를 붙여두는 곳은 전부《외롭지 않아》와 어떤 식으로든 관계가 있다는 뜻일까요?"하고 묻자 오오마에 씨와 다도코로 씨는 얼굴을 마주 보았다.

"관계에도 여러 가지가 있으니까." 오오마에 씨는 고개를 모로 기울이며 말을 고르는 듯 팔짱을 꼈다. 진지했다. 나는 무심코 다도코로 씨에게 남편은 이상해졌지만 오오마에 씨가 이웃이어서 그나마 다행이네요, 하고 말할 뻔했다. "근데 꼭 포스터를 붙여놨다고 해서《외롭지 않아》에 빠진 사람이라고 단정 지을 순 없지. 차를 공짜로 주고 여자도 있으니까 《외롭지 않아》모임에 간다는 사람도 있거든."

그저께 만난 할아버지 데루이 씨를 떠올렸다. 확실히 별 생각이 없어 보인다고 할까, 기본적으로 모든 일을 단순하게 생각하는데 막상 그것을 지적하면 아주 빠른 속도로 비뚤어

져 버리는 사람이었다. 저 연령대에 종종 있을 법한 타입이
었다.

"우리 남편도 처음에는 그랬어요."

다도코로 씨는 왠지 자포자기한 사람처럼 카레 국수를 후
루룩 먹기 시작했다. 조금 식지 않았을까 싶었는데 옅은 훈
김이 피어오르는 모양이 여전히 맛있어 보였다. 나도 매실
차조기 국수를 먹었다. 맛있었다. 나와 다도코로 씨 두 사람
이 먹기 시작하니 오오마에 씨도 그제야 매실 차조기 국수에
젓가락을 가져갔다.

"《외롭지 않아》는 전에 우리 가게에도 포스터를 붙여달라
고 왔었어요." 사장으로 보이는 여자가 컵에 물을 따르러 테
이블로 다가왔다. "남자한테는 여자가, 여자한테는 남자가
붙어요. 나한테도 그랬어요. 여자 혼자서 장사하려니 많이
힘들죠? 하고."

"많이 힘들죠?"

"전혀요."

내가 묻자 여자는 바로 대답하면서 포스터를 가리켰다.
"근데 저 포스터를 2장 붙여놓으면 《외롭지 않아》가 안 온다
는 사실을 알았어요."

나는 고개를 끄덕였다. 매실 차조기 국수를 그릇째 들고
국물을 마시면서 모리나가 씨가 만든 포스터를 올려다보았

다. 한 장을 붙이면《외롭지 않아》를 불러들이고 두 장을 붙이면《외롭지 않아》를 막아주는 모양이다. 나 같은 사람은 솔직히 포스터류를 전혀 붙이지 않는 것이 가장 좋지 않나, 하고 생각했다. 그렇게 하면 주민들에게 너무 큰 모험이 되고 마니까 포스터를 붙이라고 권유하고 다니는 게 맞는지도 모르겠다.

국수를 다 먹고 나자 오오마에 씨와 다도코로 씨와 나는 자연스럽게 해산하는 분위기가 되었다. 오오마에 씨는 딸과 스카이프로 전화할 시간이라고 했고 다도코로 씨는 대여한 DVD를 반납하러 가야 한다고 했다. 나도 퇴근 시간이 1시간 정도 지나 있었다. 정말 모리나가 씨 가격을 적용해준 덕분에 3인분인데도 1,500엔 내로 치를 수 있었다.

국숫값을 모리나가 씨에게 청구할지 그냥 내가 낸 것으로 할지 멍하니 생각하면서 역으로 가기 위해 완전히 어두워져 방범등이 켜진 4구역 근처를 터벅터벅 걸어가고 있을 때였다. "안녕하세요?"등 뒤에서 훈훈한 외모의 젊은 남자가 말을 걸었다.

"이제 퇴근하시는 길인가요?"

30대 중반인 나보다 열 살 정도는 아래로 보이는 청년이었다. 얼굴은 조금 어려 보이지만 제법 단정하게 생겼다.

"네, 퇴근하는 중이에요." 그럼, 하고 빠른 걸음으로 자리를 뜨려다가 문득 《외롭지 않아》에서 나온 사람인지도 모른다는 생각이 들었다. 나는 괜한 직업의식에 사로잡혀서 다시 돌아보았다. "그런데 무슨 일이시죠?"

"아, 저희는 이 마을에서 자원봉사 동아리를 하고 있어요. 그냥 간단한 활동이에요. 취미 같은 이야기도 나누고 휴일에는 모여서 함께 놀러 다니기도 하고요." 청년은 웃고 있었지만 눈에는 웃음기가 없어서 연예인이 아닌 사람이 지으면 좀 재수 없을 듯한 표정으로 내게 다가와 전단을 한 장 건네주었다. 동글동글하고 귀여운 폰트로 쓴 '아유다테!★'라는 제목이 눈에 들어왔다. 알파벳으로 하면 'ayudarte'인 것 같다. "혹시 이 근처에서 일하시나요?"

"네, 맞아요. 바로 근처에요."

구체적으로는 말할 수 없지만 내쳐서도 안 되니 모호하게 대답했다.

"퇴근은 늘 이 시간에 하시나 봐요?"

"평소에는 좀 더 일찍 퇴근해요."

"남편분도 이 시간에 돌아오시나요?"

"아뇨, 혼자 살아요. 일이 힘들어서." 나는 좋았어, 걸려들었구나, 하고 생각하면서 눈을 크게 뜨고 사실을 있는 그대

---

★ 스페인어로 너를 돕겠다는 뜻.

로 실감나게 표현하며 대답했다. "집에 가면 정말이지 너무 외로워서."

"그런가요?"

청년이 의외로 차갑게 대답해서 아차, 너무 대놓고 외로운 척 했나 싶어 초조해졌다.

"진짜 너무 외롭더라고요…."

"그렇게 아무한테나 쉽게 속마음을 내보이고 가볍게 얘기하면서 사람들과 친해지려고 하는군요." 청년이 반걸음 정도 다가왔다. 가깝다는 생각에 반걸음 뒤로 물러났다. 그러나 청년은 다시 반걸음 다가왔다. 나는 이건 일이라고 생각하며 더는 물러나지 않고 버텼다.

"그래도 괜찮습니다."

대체 뭐가? 하고 되묻고 싶어졌다. 가슴 언저리에 차갑고 불쾌한 덩어리가 치밀어 올랐다. 단지 수법을 알아보려고 했을 뿐인데 허를 찔린 기분이었다.

"아니요, 전혀 괜찮지 않은데요."

"4구역에서 교류회를 열고 있어요." 내 말꼬리를 잡듯 청년은 이렇게 말하고 생긋 웃었다. 역시 눈을 크게 뜬 채였다. "언제든지 편할 때 놀러 오세요."

나는 아, 네, 하고 입꼬리를 최대한 끌어올려 웃는 얼굴을 만들어 보였다. 청년은 골목을 떠났다.

한기가 들어서 어깨에서 흘러내린 숄더백을 끌어안고 서둘러 골목을 벗어나 역으로 걸어갔다. 나이 먹어서 다행이란 생각이 들었다. 스물셋 정도였다면 홀라당 넘어갔을지 모르지만, 공교롭게도 나는 전의, 전의, 전의, 전의 직장에서 사람들 마음의 빈틈을 살짝 비집고 들어가 바늘로 조금씩 콕콕 찌르며 구멍을 넓히는 사람들 몇 명과 엮인 적이 있었다. 대체로 가장 곤란한 상황에 놓였을 때 뒤통수를 치거나 단순히 내가 가진 정보를 갖고 싶거나 둘 중 하나였다. 양쪽 다 자각하지 못하는 사이에 벌어져서 다가오는 단계에서는 전혀 악의가 느껴지지 않는다는 점이 난감했다.

내가 힘들 때는 말이지, 약한 마음을 비집고 들어가 거기에 눌러앉으려고 하는 인간이 아니라 믿을 수 있는 사람이나 전문가한테 '미안하지만 좀 도와줘'하고 얘기한단다, 꼬마야.

그런 생각을 하면서도 나는 저 청년을 따라가면 그것대로 편할 수도 있겠다고 인정했다. 그러나 지금은 모리나가 씨에게 고용된 몸이니 조금 전 일에 《외롭지 않아》와는 다른 측면에서 대응해나가야 했다.

역 계단을 오르는데 다도코로 씨의 눈물이 문득 떠올랐다. 우선 내일은 한 장이라도 더 《외롭지 않아》 포스터를 모리나가 씨 포스터로 바꾸어야겠다.

"집안에 들어오면 어쨌든, 손님이니 차를 내줘야 하잖아. 하지만 그때 주전자에 마테차를 끓이던 중이라 물을 끓일 데가 없는 거야. 그럼 마테차를 내주면 되지 않느냐고 생각할지 몰라도 마테차는 호불호가 갈리잖아? 딱히 수다 떨 기분도 아니었고. 그때는 대학생 조카딸이랑 라인으로 이야기하고 있었거든. 일 디보★의 《라이브 인 바르셀로나》를 빌리고 싶은데 언제 갈지 묻더라고. 근처에 살고 있거든. 조카는 마테차 줘도 되니까 그럼 지금 바로 와, 하고 말하고 싶었는데 《외롭지 않아》의 남자애가 '고하시 씨, 이번에는 오오마에 씨를 교류회에 데리고 와 주세요, 분명히 즐거운 시간이 될 거예요'하면서 자꾸 끈질기게 조르는 거야."

"이번에는, 이라면 그전에 누구 데리고 가보셨나 봐요?"

"응. 3구역에 사는 가시마 씨와 무라키 씨, 2구역에 사는 아사쿠라 씨와 시로타 씨도 데려갔고 맞은편에 사는 도가와 씨도 데려갔지."

"다른 사람을 데려오라고 하던가요?"

나는 클립보드에 끼워둔 종이의 'memo'에 고하시 씨의 이

---

★ 영국 4인조 팝페라 가수.

름을 쓴 뒤 동그라미를 치고 그것을 둘러싸듯 가시마, 무라
키, 아사쿠라, 시로타, 도가와 하고 휘갈겨 쓴 다음 고하시 씨
동그라미와 화살표로 연결했다.

"다른 사람을 데려가면 맛있는 과자를 주거든. 보여줄까?"

고개를 끄덕이자 고하시 씨는 안쪽으로 들어가서 고운 연
보라색 상자를 들고 왔다. 속에는 전통 종이에 싸인 동그란
것이 열 개 정도 가지런히 놓여 있었다. 열두 개 든 상자인데
두 개는 먹은 모양이었다.

"하나 줄까? 마테차랑 같이 먹어."

나는 《외롭지 않아》가 작정하고 꾸민 수상한 것이 들어있
으면 어떡하나 싶으면서도 한편으로는 실제로 어떤 것인지
먹어봤다고 모리나가 씨에게 보고할 수 있다는 생각이 들어
잘 먹겠습니다, 하고 대답했다.

고하시 씨는 다시 안쪽으로 들어가더니 유리컵에 담긴 차
가운 마테차와 과자를 덜어놓고 먹을 수 있는 작은 접시를
건네주었다. 전통 종이를 벗기자 뽀얗고 동그랗게 생긴 카스
텔라가 나왔다. 가운데를 가르자 안에는 역시 하얀 크림이
들어있었다. 맛있어 보였다.

"한 명 데려가면 열두 개 든 한 상자를 줘."

"그렇군요."

"그러니 보통 데려가려고 하지 않겠어?"

보통은 안 데려가지, 하고 딴지를 걸고 싶었지만 조용히 삼키고 카스텔라를 조심스럽게 입으로 가져갔다. 확실히 맛있었다.

"근데 이제 좀 질리더라고, 이게. 벌써 5명이나 데려갔는데 똑같은 걸 5번 받으니까."

"아, 그럼 하나 더 먹어도 될까요?"

"좋아, 아예 상자째 가져가서 먹어."

"아니요, 한 개로도 충분해요."

모리나가 씨에게 갖다줄 생각이었다. 카스텔라는 별로 느끼하지 않은 데다 부드럽고 달콤해서 사람을 데려가서 받아야겠다는 행동은 넉살이 좋다 못해 지나친 감이 있었다. 공짜로 한 상자 준다면 한번 얘기나 해볼까 싶을 정도로는 맛있었다.

"이걸 먹으면서 다 함께 수다를 떠는 거야. 처음에는 시답잖은 일 가지고 웃지만." 고하시 씨는 상자를 닫은 후 옆에 아무렇게나 내려놓았다. "근데 다들 자기 집안 얘기만 잔뜩 하고 취미 생활 같은 얘긴 하나도 안 하니까 요즘에는 좀 재미가 없더라고. 난 사십에 이혼한 뒤로 지금까지 혼자 사니까 기본적으로 집 얘기는 별로 할 게 없거든."

"취미 생활 같은 얘기가 재밌죠."

"그러니까 말이야. 그래서 이젠 그만 가야겠어, 하고 말했는데 어떻게 그걸 그 남자애가 듣고 와서는 또 놀러 오셔야 죠, 이번엔 오오마에 씨도 꼭 데려오세요, 하더라고."

이 고하시 씨라는 사람은 주관이 뚜렷하다고 해야 할까. 집 앞에 붙어 있는 포스터 2장 중 1장을 《외롭지 않아》로 붙여놓은 사람치고는 《외롭지 않아》를 과자 공급처 정도로 여기는 경향이 있었다. 그러나 마을 인간관계의 허브 역할도 하고 있어서 《외롭지 않아》가 절대 놓치고 싶지 않은 사람인 모양이었다.

"집안 얘기를 하면 말이야, 꼭 맞은편 도가와 씨가 신나서 얘기하기 시작하거든. 진짜 하고 싶은 말이 엄청 많은 것처럼 구는데 들어보면 매번 그 얘기가 그 얘기더라고."

그렇군요, 하고 내가 호응하는데 어, 도가와 씨네, 도가와 씨-, 하고 고하시 씨는 손을 흔들었다. 아무리 시야에 들어왔다지만 바로 옆에서 그 사람에 대한 부정적인 이야기를 늘어놓고도 친근하게 손을 흔드는 고하시 씨에게 새삼 감탄했다. 나는 생긋 웃는 얼굴로 뒤를 돌아보며 가볍게 인사했다.

맞은 편 집에서 우편물을 가지러 밖으로 나온 도가와 씨라고 불린 여성은 아줌마와 할머니 중간 정도 나이대로 보였다. 고하시 씨와 나를 향해 묘하게 가냘프고 기품 있는 몸짓으로 인사하고 다가왔다.

"이쪽은 모리나가 씨와 함께 일하시는 분이야."

"아…."

도가와 씨는 작은 목소리로 감탄사를 흘리며 놀랐다는 분위기를 자아냈다.

"교류회에서 늘 하던 얘기 좀 해봐."

그렇게 단도직입적으로 얘기해 보라고 하면 무례하다고 생각하지 않을까 전전긍긍했는데 도가와 씨는 내가 무슨 얘길 그렇게 자주 한다고 그래, 하고 살짝 난감한 표정만 지을 뿐이었다.

"딸하고 요즘 사이가 안 좋다면서?"

"네, 맞아요…."

이야기는 꽤 길었다. 나는 그동안 마테차를 두 잔이나 마셨고 《외롭지 않아》가 배부한 카스텔라를 하나 더 받았다. 도가와 씨에게는 딸과 아들이 있었다. 도가와 씨는 근방에서 자취하는 아들의 집안일을 전부 떠맡고 있었다. 아들이 대체로 일주일에 한 번 말해주는 '엄마, 고마워'가 삶의 낙이었다.

"정년퇴직한 지 5년 된 남편은 그런 말 절대 안 하거든요. 딸한테 전화하면 아빠랑 장 보러 가면 꼭 부탁해야 무거운 짐을 들어준다는 그런 푸념 좀 그만하라고 어찌나 뭐라고 하는지. 물론 전화할 때마다 투덜거리긴 했지만 그건 그저 딸이 걱정돼서 사흘에 한 번 전화하는 건데. 딸은 나이도 다 찼는데 결혼도 안 하고 일만 해서 걱정이에요. 여자는 애를 낳아야 비로소 온전한 인간이 되는 거잖아요. 얼른 손주도 보고 싶고 함께 유아용품도 사러 가고 싶은데, 하고 말하면 잘난 아드님한테 낳아달라고 하지 그래, 하고 톡 쏘아붙이질 않나. 아니, 이제 겨우 병마를 이겨내고 사회로 복귀하려고 애쓰는 애한테 그게 할 소리냐고요. 게다가 아직도 내 눈엔 애 같은데 어떻게 장가를 보내요? 나랑 이렇게 더 지내다가 가도 늦지 않잖아요. 그래서 넌 그동안 실컷 일했으니 이제 그만하면 됐잖아, 하고 말했더니 어찌나 길길이 날뛰던지. 이젠 전화해도 안 받아요. 아니, 전화 정도는 받아줄 수 있는 거 아니에요?"

"내가 그동안 저를 키운다고 고생한 세월이 얼만데" 도가와 씨는 구슬피 울었다. "따님 정 – 말 매정하네 – " 고하시 씨는 전혀 안타깝지 않은 얼굴로 위로를 건넸다. 나는 네, 그렇군요, 네, 하고 고개를 끄덕이면서도 뇌가 썩어나갈 것 같다고 생각했다.

"저, 아드님한테 남편 분에 대한 불만을 이야기하고 선이라도 보라고 하면 어떨까요?" 즉 따님과 아드님에게 하는 행동을 반대로 해보면 어떠냐는 말을 무심코 입 밖으로 꺼냈다. 그러자 도가와 씨는 눈을 크게 뜨는 것과 동시에 입매를 일그러뜨리면서 당신 지금 무슨 소릴 하는 거야 하는 표정을 지었다. 나는 아, 아니에요, 아닙니다, 방금 제가 한 말은 잊어주세요, 하고 고개를 흔들며 손을 내저었다.

'사는 낙이 없다'라고 한탄하는 도가와 씨에게《외롭지 않아》교류회는 한 잔의 청량음료 같은 의미인지도 모른다.

"내 나이쯤 되면 이야기를 제대로 들어주는 사람도 잘 없는데…. 교류회에 오는 분들은 나 같은 처지거나 나보다 더 힘든 사람들이라서 위안이 돼요."

아, 네, 그러시군요, 하고 힘차게 고개를 끄덕여 보였다. 그렇게 신체를 적극적으로 활용해서 어떻게든 영업용 멘탈을 만들어나갔다. "그래서 내가 항상 들어주잖아, 당신 얘기." 고하시 씨는 '이야기를 듣는다'와 '이야기를 받아들인다' 사이에 큰 강이 흐른다는 것을 노골적으로 드러내듯 성의 없이 대답했다. 그런데도 도가와 씨는 고하시 씨의 그런 행동도 개의치 않고 말했다. "요즘 고하시 씨가 교류회에 오지 않아서 얼마나 외로운지 몰라요."

나는 새삼 한 장소에서 대화하면 심리적인 거리도 사라지게 한다는 거짓 정의를 전혀 의심하지 않는 사람들이 바로 앞에 있다는 사실을 깨닫고 살짝 감동에 떨었다. 왜 그런 걸까. 베이비 붐 세대는 모두 다 이런 가치관을 지닌 걸까. 설마, 그럴 리가.

도가와 씨는 나한테 자기 이야기를 대충이나마 털어놓은 것이 그럭저럭 성에 찼는지 "그럼 5시에 다시 올 테니까 마트 같이 가"라는 말을 남기고 골목을 건너 맞은편 집으로 돌아갔다. "교류회에 가면 있잖아, 저 얘기를 하고 또 하는 거야." 고하시 씨는 팔짱을 끼며 조금 난감해도 그렇게까지 난감하지는 않다는 듯이 말했다.

"그럼 저희 포스터로 바꾸는 건 어떠세요?" 뭐가 '그럼'인지 맥락이 전혀 맞지 않았지만 우선 그렇게 말을 던져보았다. "교류회 같은 모임은 없지만 《외롭지 않아》 포스터를 저희 포스터로 바꾸시면 저희도 과자를 증정해드릴게요."

"어머, 정말?"

증정, 이라는 말에 고하시 씨는 눈을 반짝이며 반색했다.

"현재 검토 중이에요, 친구분 집에 붙은 포스터도 모리나가 씨 포스터로 바꾸어 달 때마다 하나씩." 뇌를 거치지 않은 말이 방언 터지듯 쏟아져나왔다. 한 상자나 한 다스라고 하면 수량을 맞춰야 하니 일단 하나씩 같은 모호한 단어로 표현했다. "어떠세요? 저쪽은 오오마에 씨를 데려가야 하지만 저희는 그냥 포스터를 바꾸어 달기만 하면 된답니다."

"괜찮네." 고하시 씨는 도가와 씨와 이야기할 때와 전혀 다르지 않은 말투로 말했다.

"하지만 그것도 어떤 과자냐에 따라 다르지."

그리고 현실적인 말로 내 이야기의 허점을 찔렀다. 속으로 역시, 만만치 않아, 하고 중얼거린 나는 입꼬리를 끌어올려

생긋 미소 짓고는 그쯤에서 물러나 다른 집으로 발걸음을 옮겼다.

퇴근 시간이 되어 사무소로 돌아가 모리나가 씨에게 그 이야기를 보고했다. "마음대로 약속해버리면 곤란한데." 모리나가 씨가 숱 많은 머리를 긁적이며 말했다. 최근 맡은 일이 마감에 쫓기는 모양인지 눈 밑으로 다크서클이 내려와 있고 컴퓨터를 설치한 책상 위에는 에너지 드링크가 두 병이나 놓여 있었다.

"하지만 이 고하시 씨라는 사람은 키맨이잖아요?" 갑자기 왜 영어를 쓰고 그러냐는 생각도 들었지만 다른 말이 떠오르지 않아서 그렇게 말했다. "이 사람한테 우리 포스터로 바꿔달라고 하고 다른 지인을 설득해달라고 하면 꽤 효과가 좋을 텐데요."

"그래도 뇌물은 불법인데."

"이건 뇌물이 아닌데요. 경품이에요."

"음-." 모리나가 씨는 내가 'memo'에 그린 그림을 보면서 고개를 갸웃거렸다. "일단 지금은 경품으로 할당된 예산이 없으니까 위에 보고해서 얼마나 차출할 수 있는지 물어보겠어요. 하지만 예산을 할당받지 못하면 자비로 경품을 조달해야 하는데 그래도 괜찮겠어요?"

"네."

자, 잠깐, 왜 마음대로 '네'라고 대답하는 거야, 하고 자문하고 싶었지만 그렇게 말해버렸다. 대체 왜? 이 일이 그렇게 재미있어서? 다도코로 씨가 우는 모습을 봐서? 아니면 골목에서 말을 걸었던 청년을 머릿속에서 지워버리고 싶어서?

"마침 내일 회의가 있으니 오늘 보고해서 내일 심의해달라고 하면 내일 중으로 결론이 나겠네요." 수첩을 펼쳐 뭐라고 끄적인 후 모리나가 씨는 문득 진지한 얼굴로 돌아가 말했다. "당신이 그렇게까지 열심히 할 필요는 없어요."

"아니에요, 일이잖아요." 나는 아무 생각 없이 틀에 박힌 대답을 했다. "일이니까 그렇게 말하는 겁니다." 모리나가 씨는 수첩에 시선을 내리고 혼잣말처럼 말했다. 모리나가 씨가 무슨 말을 하고 싶은지 지금은 잘 모르겠지만 아무튼 내 행동을 마음에 안 들어한다는 것은 알 수 있었다. 나 스스로 생각해도 이상했지만 고하시 씨에게 경품을 증정한다고 이미 약속해버렸고 그것이 일정한 성과를 낼 것 같다고 예상되어서 감행할 수밖에 없었다.

\* \* \*

경품 예산이 일단 잡히긴 했는데 어중간한 금액이어서 전에 다녔던 회사의 도움을 받기로 했다. 바로 쌀과자 회사였다. 히트 상품과 똑같은 이름을 가진 노부인과 함께 일해야 하는 것이 싫어서 도망치듯 그만둔 회사였다. 그러나 나나 회사나 서로 뜻이 맞지 않았다는 사실을 인정하고 싶지 않다는 마음이 통했는지 표면상으로는 원만한 관계로 되어 있었다. 그래서 아무 일도 없다는 듯 연락할 수 있었고 상품을 어느 정도 구매할 테니 깎아달라는 흥정도 할 수 있었다.

구매한 상품은 《후지코 간장맛》이었다. 쌀과자 상품의 판매 동향을 열심히 주시하지도 않는 데다 미디어에 등장하는 일도 거의 없어져서 몰랐는데 함께 점심을 먹었던 공장 사람들이 여전히 잘 팔리고 있다고 말해주었다. 그 노부인은 처음에는 아주 의욕적으로 각지에서 보내오는 고민 상담에 응하느라 일주일에 이틀 출근했지만 요즘 들어서 몸이 안 좋다는 이유로 일주일에 하루 나오면 다행이라고 했다. 취재 요청도 끊긴 마당에 보내오는 고민을 선별해 꼼꼼히 조사하고 궁리해서 해결책을 찾아내는 작업이 힘들었던 모양이다. 우울증을 이겨내고 복귀한 내 전임자 기요다 씨는 고지식하고 결백한 성격인 듯 내가 선택한 불륜 고민을 해결한 후로 '일에 진지하게 임하는 태도의 중요성이란?'이나 '청소년기에 꼭 공부해야 하는 이유'나 '원만한 결혼생활을 유지하기 위해 배우자와 내가 갖춰야 할 조건' 등에 대해서 점심시간에 같이 밥 먹는 사람들과 진지하게 이야기를 나누었다고 한다.

지금도 매대에 올려놓으면 바로 품절되고 만다는 《후지코 간장맛》을 직원가로 20% 할인받아 상자째 구매했다. 쌀과자 회사가 각 상품을 한 봉지씩 담은 '쌀과자 샘플 세트'를 덤으로 얹어주었다. 《후지코 간장맛》 세 봉지와 '쌀과자 샘플 세트'를 챙겨서 쭈뼛거리며 고하시 씨에게 들고 가자 엇, 이거 내가 찾던 건데! 하며 일단 좋아했다. 지금까지 달콤한 과자만 계속 먹었던 만큼 짭짤한 쌀과자가 반가웠던 모양이다.

포스터를 교체하고 기분이 좋아진 고하시 씨는 "같이 먹어요, 맛있어"하고 말하며 마테차를 내왔다. 이런 솔직한 매력 때문에 마을 사람을 몇 명이나 《외롭지 않아》 교류회에 데려가는 데 성공할 수 있었던 게 아닐까 하는 생각이 들었다. 《후지코》는 여전히 맛있었다. 나는 문득 그 노부인이 안 나오게 될 줄 알았더라면 굳이 그만둘 필요도 없었다는 생각이 들었지만 곧 그것을 떨쳐내듯 고개를 흔들었다.

"음-, 이혼한 이유는 말이야, 남편이 젊은 여자랑 바람났었거든, 그것도 두 번이나. 그래도 어쩔 수 없는 일이라고 넘어가려고 했어. 근데 어느 날 보험 영업을 나가는데 불현듯 그놈은 평생 그렇게 날 무시하며 살겠구나, 하는 생각이 드는 거야. 일 년 무시당하며 사는 건 참을 수 있지만 아니, 십 년도 어떻게든 참아보겠는데 평생 무시당하며 산다고 생각하니 도저히 못 견디겠더라고. 그래서 헤어졌어." 고하시 씨가 털어놓은 이혼 이유에 공감하면서 문득 창밖으로 고개를 돌리자 맞은편에 사는 도가와 씨가 현관에 서서 나와 고하시 씨를 물끄러미 바라보고 있었다. 도가와 씨 얼굴을 본 나는 조금 오싹해졌다. 도가와 씨 입매는 완전히 풀어져서 웃고 있는데 눈에는 생기가 없었다.

"도가와 씨도 이리 건너와, 오랜만에 전 남편 얘기하느라 성질 난 참이었어."

고하시 씨가 그렇게 말하며 손짓했지만, 도가와 씨는 집 안으로 쏙 들어가 버렸다.

"바쁘신가 보네요."

"글쎄. 원래 내가 다른 사람하고 얘기하고 있으면 늘 저런 식이야, 저 사람은."

고하시 씨는 그렇게 말하고 벌써 《후지코 간장맛》 봉지에서 마지막 한 개를 베어 물더니 마테차를 마시고 아아, 맛있다, 하고 웃었다.

"도가와 씨가 좀 힘들 것 같으면 교류회에 데려간 나머지 네 분에게 저희 포스터로 바꿔 달라고 얘기해주실 수 있을까요? 한 분당 《후지코 간장맛》 세 봉지 드릴게요."

"오케이!"

"교류회에도 되도록 가지 말라고 해주셨으면 좋겠는데…."

"알았어, 한번 말은 해볼게."

고하시 씨는 아주 가볍게 승낙한 후 나를 배웅했다.

그날은 6구역까지 진출했다. 나 혼자의 힘으로 《외롭지 않아》 포스터를 전부 모리나가 씨 포스터로 바꾸기에는 아직 역부족이었지만 교체 작업 자체는 순조롭게 흘러갔다. 퇴근 시간에 6구역에서 모리나가 씨 사무소로 돌아갈 때면 방문했던 집 주민이 말을 걸어오는 횟수도 늘었다. 《후라라》에서 저녁을 해결하고 집에 가는 것이 일상으로 자리 잡았다. "포스터 교체, 파이팅!" 《후라라》 사장이 응원해줄 때는 절로 열심히 해야겠다는 의욕이 불끈 솟았다.

그로부터 사흘이 지났을 즈음 고하시 씨로부터 가시마 씨, 무라키 씨, 아사쿠라 씨, 시로타 씨 4명이 《외롭지 않아》 포스터를 모리나가 씨 것으로 바꾸기로 했다는 연락이 왔다. 그저께는 가시마 씨와 무라키 씨와 함께 공중목욕탕에 간 김에 설득했고, 어제는 아사쿠라 씨와 백화점에서 열리는 홋카이도 토산품 기획전에 가서 소프트아이스크림 행렬에 줄 섰을 때 꼬드겼고, 또 그날 같은 회사에서 아르바이트로 청소 일을 하는 시로타 씨와 점심시간에 로스카츠 런치 정식을 먹으면서 마음을 돌리게 했다고 한다. 나는 오전 중에 7구역까지 진출했다가 어제 부재중이었던 6구역 집을 방문하던 중에 고하시 씨에게서 연락을 받았다. "와아." 길거리에서 휴대전화를 바라보며 감탄사를 내뱉었다. 솔직히 말해서 흥분했다. 재미있었다. 내 예상이 딱 맞아떨어졌다. 고하시 씨를 끌어들이면 분명 몇 명쯤 따라올 사람이 있을 거라는.

무심코 모리나가 씨 사무소로 전화를 걸었다. 지금껏 이런 적은 없었기 때문에 모리나가 씨는 "무슨 일이죠? 어디 아픕니까?"하고 초조한 말투로 물었다. 고하시 씨 이야기를 듣자 "그거 잘됐네요!"하고 들뜬 목소리로 말했다. 나는 지금 주택가 한복판에 서 있다는 사실도 잊고 팔을 번쩍 치켜들며 "성공했어요!"하고 말했다.

《외롭지 않아》 포스터를 모리나가 씨 포스터로 바꾸는 능력이 내게 생긴 것은 아니었지만 그날은 어느 때보다도 기운이 솟았다. 마을 사람들의 인간관계를 알면 일하는 데 한층 도움이 된다는 사실을 깨달은 나는 사람들을 만날 때마다 열심히 이야기를 들어주고 그들의 불만과 불안에 귀를 기울였다. 그중에는 쌀쌀맞게 굴며 말도 못 붙이게 하는 사람도 있었지만, 진지하게 말을 걸어 절대 개인 정보를 캐내려는 나쁜 의도를 품은 사람이 아니라는 태도를 전면에 내세우면서 말 한마디 한마디를 열심히 경청하고 충분히 관심 있다는 뜻을 피력하면 대부분은 자기 속에 있는 이야기를 털어놓았다. 그것은 채소가 너무 비싸다거나 스마트폰 게임만 자꾸 한다거나 요즘 TV가 재미없다거나 하는 것부터 시작해 손자가 낯을 가려서 데면데면하게 군다거나 남편이 퇴직하더니 파칭코에서 죽치고 앉아 있다거나 혹은 자기가 퇴직하고 나서 아내가 돈을 헤프게 쓴다는 사실을 알게 되었다거나 지금까지 독신으로 잘만 살아왔는데 술친구가 병들고 나니 문득 의지할 사람이 없다거나 하는 것에 이르기까지 사연도 가지각색이었다. 그것이 타당한지 혹은 일종의 태만이 불러온 결과인지를 떠나 불안과 불만이 없는 사람은 없었다.《외롭지 않아》는 사람들의 그런 부분을 공략해 이야기를 들어주고 "스마트폰 게임에 중독되는 건 외로워서 그렇다", "사모님이 낭비하는 이유는 외로움 때문이다"라고 해석해 "그럼 외롭지 않은 방법을 찾으면 된다"며 '외롭지 않을 수 있는' 일을 권유했다.

사람들은 대부분 지금까지 살면서 자기에게 필요한 인간관계는 스스로 만들어나갈 수 있다고 자신하기 때문에 어느 날 문득 젊고 예쁜 여자나 젊고 잘생긴 남자가 나타나 꼬드긴다고 해도 홀라당 넘어가는 일은 없을 거라고 안일하게 생각한다. 그러나 의외로 현실에는 그럴듯한 외모의 젊은 사람이 상냥하게 대해주면서 가자고 자꾸 꼬드기면 자연히 마음이 기울고 마는 사람도 있는 법이다.

이러한 내용을 다 써넣기에는 'memo'의 여백이 부족해서 개인 수첩을 꺼내 사람들의 다양한 사연을 적어 넣었다. '관계'에는 새로운 관계로 대응하는 것이 좋을지 아니면 지금껏 해왔듯이 포스터를 교체하면서 《외롭지 않아》의 잠식에 제동을 거는 것이 좋을지 그것도 아니면 모리나가 씨와 한번 의논을 해보는 것이 좋을지 생각했다. 해가 저물어 어두워진 골목을 걸어가는데 가볍고 딱딱한 물체가 날아와 내 어깨에 부딪혔다. 마침 다도코로 씨 집 앞으로 접어들던 참이라 날벌레인가 싶어 무시하고 모리나가 씨 사무소로 돌아가려고 하는데 또다시 같은 질량과 감촉을 지닌 무언가가 이번에는 뺨으로 날아와 부딪혔다. 바닥에 떨어진 것을 주웠다. 돌돌 말린 전통 종이 같은 것이었다. 손가락으로 풀어헤쳐서 고하시 씨 집에서 받은 《외롭지 않아》가 배부하는 과자 포장지라는 사실을 깨달았을 때 어이, 거기, 라는 퉁명스러운 목소리가 내리꽂혔다. 고개를 들어 올려다보니 다도코로 씨 집 2층 창문이 열려 있고 어떤 남자가 얼굴을 내밀고 있었다.

"너 대체 뭐야?"

그늘이 져서 남자 얼굴은 잘 보이지 않았지만 입고 있는 트레이닝복 색깔이 섬찟하리만치 샛노란 색이라는 사실은 알 수 있었다.

"말씀드려도 모르실 텐데요."

"머리 굴리기는."

틀린 말은 아니었다. 하지만 그것은 사회생활을 십수 년도 넘게 한 사람에게는 칭찬이었다. 그렇구나, 이제 머리 굴리

280

는 짓도 제법 할 줄 알고. 기특하네.

"요즘 이 동네 왔다 갔다 하면서 무슨 짓을 꾸미고 다니는 거야? 거슬린다고."

"포스터 교체하는 일을 하고 있어요."

"아니, 당신 왜 이래, 그만둬!" 남자 뒤에서 다도코로 씨 목소리가 날아오는가 싶더니 다다다다 계단을 내려오는 소리가 집안에서 들려왔다. 난처해진 나는 뒤를 돌아 골목을 달려서 2구역이 있는 곳까지 도망쳤다. 남자는 아마도《외롭지 않아》교류회에 다닌다고 하는 다도코로 씨 남편인 모양이다.

나는 그늘에 숨어서 "뭐야, 저 아저씨는"하고 투덜댔다. 'memo' 종이를 괜히 손으로 못살게 굴면서 다도코로 씨 집 쪽을 돌아보았다. 어쩌면 생각보다 일을 크게 벌여놓았는지도 모르겠다. 크게, 라고 할 정도는 아니어도 의욕을 쓸데없이 남발하고 있는 것은 아닐까. 그래도 어쩔 수 없다. 이 일, 꽤 재미있으니까.

일단 마을을 벗어나 옆 마을로 빙 둘러서 모리나가 씨 사무소로 돌아가기로 했다. 밤으로 접어드는 시간대에 옆 마을에서 내가 일하는 마을을 바라보았다. 2층에 불이 켜진 집이 적어서 그런지 낮은 지붕이 다닥다닥 붙어 있는 풍경이 왠지 밀림처럼 빽빽해 보였다. 내가 이렇게 어두운 마을에서 일하고 있었구나 싶어 조금 울적해졌다.

* * *

'고독사나 당해라' 모리나가 씨를 겨냥한 말이었다. 나한테 하는 말인지도 모르지만.

아침에 출근하자 모리나가 씨가 사무소 입구의 셔터를 내리고 표면을 손으로 더듬고 있었다. 직접 만지지는 않고 빨간 카드 같은 것을 이게 맞나 저게 맞나 하면서 대보고 있었다. 좋은 아침입니다, 하고 말하자 아, 왔어요? 하고 모리나가 씨는 대답했다. 일단 셔터에서 물러나 그쪽을 가리키며 지금 어떤 일이 벌어졌는지 내게 보여주었다. 빨간 페인트로 낙서가 되어 있었다. '고독사나 당해라'. 이건….

"기물파손이네요."

"네."

내 말에 모리나가 씨는 수긍했다. 글씨체는 쉽게 말해 날이 서 있었다. 더는 참을 수 없다는 느낌이었다. 우리가 그렇게 화가 날 만한 짓을 했는지 생각하면 그저 의문스러울 따름이었지만. 우리는 맡은 일을 했을 뿐이었다. 모리나가 씨는 배색 카드를 대보고 있던 모양인지 "그렇군, 먼셀 색상표 6.0 R5.0/18.3이네."하고 혼자서 중얼거렸다. "사진은 찍었나요?"하고 묻자 모리나가 씨는 "아, 맞다"하고 말하고는 배색 카드를 가슴 포켓에 집어넣고 조금 떨어진 곳에서 스마트폰

카메라 앱을 열어 사진을 찍었다.

"이게 다 무슨 일이에요? 파출소에 신고해야 하는 거 아니에요?"

"아뇨, 괜히 일이 커지면 숨어버릴 수도 있으니까 조금만 더 기다려봅시다."

모리나가 씨는 겉으로 침착해 보였지만, 평소보다 조금 톤이 올라간 목소리에서 약간의 동요가 묻어났다.

"오늘 포스터 교체 작업은 쉬죠." 모리나가 씨는 이렇게 지시한 후 셔터를 올리고 사무소 안으로 들어갔다. "차라도 드릴까요?" 사무소에서는 내가 할 일이 거의 없어서 물었다. "아뇨, 괜찮습니다, 거기 앉으세요." 모리나가 씨는 응대용 공간을 가리키며 첫날 면접 볼 때 앉았던 의자를 권했다. 할 일이 없어진 나는 뒤늦게 조금씩 가슴이 두근거리기 시작해서 마을을 돌아다닐 때 늘 목에 걸고 있는 클립보드를 가방에서 꺼내 괜히 한 장씩 넘겨보았다.

이제까지 일하면서 꺼림칙한 사건이 전혀 없었던 것은 아니었다. 이런저런 일들이 있었다. 수상한 편지가 날아오거나 협박 전화가 걸려올 때도 있었고 거래처에서 호통을 들었던 적도 있었다. 그러나 '고독사나 당해라'라는 낙서는 상당히 개성적인 공격이었다.

대체로 직장에서 내가 맡은 일에 지장이 없는 공연한 비난

을 외부에서 해오면, 나는 온몸에 피가 싹 빠져나가는 기분
이 들면서도 이유는 모르겠지만 일종의 전율도 느껴져 바보
처럼 실실 웃고는 했다. 이번에도 비슷한 느낌이네, 하고 잠
깐 그렇게 생각했다. 이렇게 나온다 이 말이지, 참을성도 되
게 없나 보네, 하고 조소하기도 했다. 하지만 여유로운 척 개
성적이라고 치부하긴 했지만, 마음 한구석을 비집고 들어와
마구 날뛰어대는 그 말에 나는 확실히 기분이 가라앉는 것을
느꼈다.

　모리나가 씨가 내 앞에 찻잔을 내려놓았다. 호지차*였다.
모리나가 씨도 일할 마음이 들지 않는지 응대용 공간에 놓인
의자에 앉아서 차를 호로록 마셨다.

　"우리가, 그렇게 큰 잘못을 했나요?"

　"상대방이 그렇게 생각하고 있다면 어쩔 수 없죠."

　살짝 비웃어주려고 했었다. '고독사나 당해라'라니, 극장
에서나 들어볼 법한 대사다. 괜히 애먼 곳에 분풀이하고 있
었다. 당한 사람이 어떻게 받아들일지 재는 악랄한 욕이기
도 했다. 상대방이 고독한 것도 죽는 것도 별로 개의치 않는
다면 어쩔 셈인지. 거기서 해코지한 사람의 가치관이 드러났
다. 고독사로 죽을 바에는 그냥 죽어버리고 말겠어, 하고 소

---

★　일본 녹차의 일종으로 찻잎을 볶은 차.

리치는 새된 목소리가.

나는 입꼬리를 끌어올려 웃어보려고 했지만, 뜻대로 잘되지 않았다.

"좀, 억울하네요." 그랬다. 억울했다. 그런 말을 듣고만 있을 수밖에 없는 상황이 억울했다.

"멍청한 놈들 웃기고 있네, 하고 비웃어주고 싶은데 왜 이렇게 분하지?"

그만큼 잔악한 말이었다. 자신이 그 말에 조금이라도 영향을 받고 있다는 사실이 분해서 견딜 수 없었다. 모리나가 씨에게 어떤 반응을 끌어내려고 한 말은 아니었지만 모리나가 씨는 고개를 들고 시계를 보더니 다음은 골목 쪽을 돌아봤다가 끝으로 나를 보고는 천천히 고개를 저었다.

"전 이미 충분히 고독해서 그런 말을 들어도 뭐."

"그런가요." 여러 가지가 뒤섞인 감정이 밀려왔지만 나는 그렇게 말했다. "이번에는 제가 타올게요." 차를 비우고 테이블 위에 놓인 주전자를 들었다.

차를 한 잔 더 마신 모리나가 씨가 "이발소에 다녀올 테니 사무소 좀 봐주세요" 하고 나갔다. 왜 이발소에 가는지 물어보면 안 될 것 같아서 다른 말은 하지 않았다. 별로 할 일도 없어서 스마트폰으로《외롭지 않아》SNS에 들어가 보았다. 여전히 마을 청소나 교류회 사진을 활발하게 업데이트하고 친근한 이웃 이미지를 대대적으로 선전하고 있었다.

모리나가 씨가 이발소에 간 지 한참 지나 정오에 가까워질 무렵 오오마에 씨가 방문했다.

"어머, 오늘은 일 안 해? 모리나가 씨는?"

"이발소에 간다고 나갔어요."

"그래? 그럼 언제 돌아오는데?"

"글쎄요."

"그래? 그럼 점심시간도 됐으니 이거라도 먹어 봐."

오오마에 씨는 응대용 테이블 위에 커다란 도시락통을 올려놓았다. 뭐가 들었나 싶어 기웃거리자 뚜껑을 열어주었다. 유부초밥 12개가 가득 채워져 있었다.

"어제 너무 많이 만들어서 말이야."

"왜 이렇게 많이 만드셨어요?"

"모리나가 씨는 혼자 살잖아."

아아, 하고 수긍하면서 나는 모리나가 씨에 대해서 아는 게 없다는 사실을 떠올렸다. 사실 몰라도 된다. 함께 일하는 동료는 일터에서만 사이좋게 지내면 그가 사실은 어떤 알맹이를 지니고 있든 상관없다는 사실을, 사회에 나가 월급을 받으며 일한 지 2년이나 지나서야 깨달았다. 모리나가 씨도 마찬가지였다. 어떤 사람인지는 모른다. 하지만 같이 일하기에 안 좋은 사람은 아니었다.

그러나 왠지 흥미가 생겨서 오오마에 씨한테서 이야기를 더 듣고 싶었다.

"가족도 없나요?"

"혼자 산다고 했어."

"모리나가 씨는, 여기에 언제 사무소를 차린 거예요?"

"반년 전에."

오오마에 씨는 그렇게 대답하고 일회용 젓가락을 건네주었다. 공손히 받아들고 유부초밥을 1개 집어서 뚜껑을 받쳐 들고 베어 물었다. 진짜 맛있었다. 깨가 들어있고 와사비 맛이 살짝 났다. "오오마에 씨는 안 드세요?"하고 묻자 "난 괜찮아, 먹고 왔어"하고 말해서 대신 찻잔을 가져와 호지차를 타주었다.

"《외롭지 않아》가 여기에 온 지 두 달 정도 지났을 때였나. 그때는 다들 그치들이 권유하는 대로 팸플릿을 받고 꼬드기는 대로 교류회에 갔었어. 그러니까 모두 외로웠던 거지." 오오마에 씨는 말했다. "그 무렵 모리나가 씨가 여기에 사무소를 차리고 처음에는 자기가 직접 포스터를 붙이러 다니면서 설문 조사를 했어. 그렇게 해서 들은 내용을 위에 보고하자 시청에서 때때로 사람이 나오기 시작했지. 지금 이 정도면 아주 많이 나아진 거야."

"《외롭지 않아》는 결국 목적이 뭘까요?" 나는 오오마에 씨에게 물었다. 지금까지 그것도 모르면서 이 일을 잘도 해왔구나 하는 생각도 들었지만 일에만 집중하느라 깊게 생각해보지 못했다. 오오마에 씨는 고개를 저으면서 찻잔을 입으로 가져갔다.

"여러 가지가 있지. 무료 교류회에서 고민을 털어놓으면 다음에는 좀 더 은밀한 교류회로 오라고 바람을 넣어. 거긴 유료야. 거기서 외롭지 않게 해주면 돈은 얼마든지 내겠다는 사람들만 걸러내서 더 은밀한 식사 모임에 부르는 거지. 물론 그것도 돈을 내야 해. 교류회에 온 사람의 신상 정보는 고민도 포함해서 전부 문서로 작성한 다음 그 사람이 가장 마음을 열 것 같은 성품을 지닌《외롭지 않아》멤버를 그곳으로 보내 집까지 드나들 만큼 친분을 쌓게 하지. 그 멤버에게 유산을 남기도록 유언장을 수정했다는 사람도 있다고 들었어."

그렇구나, 하고 고개를 끄덕였다. 그다지 화는 나지 않았다. 그런 일은 어디나 있을 거라고 예상했다. 늙어서 외로워지면 잠깐이라도 외롭지 않게 해준 사람에게 뭐든 주고 싶어지는 법인지도 모른다.

"그런 식으로《외롭지 않아》는 자금 조달을 맡는 멤버와 그들의 속사정을 캐내는 멤버를 모집하는데 모리나가 씨 가족 중 누군가《외롭지 않아》멤버로 들어가 버린 모양이야."

오오마에 씨는 젓가락으로 유부초밥을 반으로 가르면서

거기까지 말하고 살짝 놀란 얼굴을 했다. 나는 아니, 였나 아, 네, 였나 맞장구를 모호하게 얼버무리면서 마치 제대로 듣지 못했다는 표정을 지으며 고개를 흔들었다.

"그 이상은 나도 잘 몰라."

개인적인 이야기를 흘리고 말았다는 변명처럼도 들렸는데 아마 그 말이 맞을 것이다. 오오마에 씨는 유부초밥을 먹고 차를 마신 후 말을 이었다. "와사비를 많이 넣었나 봐, 맵지? 미안해." 오오마에 씨가 이제《외롭지 않아》이야기보다는 유부초밥 이야기를 하고 싶은 것 같다고 짐작하고 화제를 돌렸다. "안에 든 속 재료는 노자와나★인가요?" "와사비 줄기야." 오오마에 씨는 고개를 저으며 대답했다.

오오마에 씨와 나는 각각 유부초밥을 세 개씩 먹고 모리나가 씨를 위해 여섯 개를 남겨두었다. 오오마에 씨는 호지차를 두 잔 마신 후 "나머지는 모리나가 씨 좀 챙겨줘"하는 말을 남기고 돌아갔다. 나는 문득 오오마에 씨도 외로운 게 아닐까, 그래서 모리나가 씨한테 도시락도 싸주는 게 아닐까 하고 추측했다가 너무 깊게는 생각하지 않기로 했다. 이 세상에 외롭지 않은 사람은 없다. 문제는 원래 인간은 외로운 존재라고 인정할 수 있는지 없는지 아닐까. 모든 사람이 외

---

★ 일본 갓의 일종.

롭다고는 해도 그 외로움을 누군가와의 깊은 관계에서 채울지 혹은 채우지 않을지는 자기 마음이다.

오오마에 씨가 돌아가고 얼마 되지 않아 깍두기 머리를 한 낯선 남자가 사무소로 성큼성큼 들어오는 모습을 보고 당황했다. 아니, 저, 저기, 지금, 하고 일어서서 저지하려는데 자세히 보니 옷차림이 모리나가 씨였다. 머리를 자르고 수염도 깔끔하게 깎고 평소 들고 다니는 콘택트렌즈를 착용했다고 한다. 지금까지 너저분하긴 해도 나름대로 그래픽 디자이너다운 멋이 느껴졌는데 완전히 깔끔해져서 나타나니 딴 사람인 줄 알았다.

"무슨 바람이 분 거예요? 왜 갑자기."

"교류회에 잠입해보려고요."

공교롭게도 오늘은 목요일이었다. 하지만 갑작스럽기도 해서 그냥 신고하면 되는 거 아니냐고 묻자 모리나가 씨는 고개를 저으며 말했다.

"이대로 가만히 있으면 누가 한 짓인지 확실히 모르잖아요. 궁금하지 않습니까? 다음에는 또 어떤 짓을 해올지."

모리나가 씨 말투는 몇 시간 전과는 달리 어쩐지 조금 거칠어진 것처럼 들렸다.

"알았어요. 그럼 저도 따라갈게요. 일단 머리부터 자르고 올 테니 좀 기다려 주세요."

결국 내 입으로 그렇게 말하고 말았다. 머릿속에 마사카도 씨 얼굴이 떠올랐다. 오라는 말도 안 했는데 굳이 따라가겠다니. 이건 일과 부적절한 관계를 맺는 것이었다.

그래도 뒤로 물러설 수는 없었다. '고독사나 당해라'라는 말을 들으면 당연히 화가 나지 않겠느냐는 심정이었던 것 같다. 나는 오오마에 씨가 가져온 유부초밥을 모리나가 씨한테 챙겨준 후 사무소에서 가장 가까운 미용실을 지도에 표시해달라고 했다.

* * *

머리를 자르고 혹시 몰라서 비상용으로 갖고 다니던, 집에서 쓰는 안경을 쓰고 화장을 지운 다음 모리나가 씨를 따라나섰다. 나는 왠지 흥분해 미용실에서 돌아오자마자 당장 가자고 재촉했다. 모리나가 씨는 우리가 일단 직장인처럼 보이니까 낮에 가지 말고 저녁 6시에 가자고 대답했다. 《외롭지 않아》집회소는 기본적으로 아무 때나 가도 상관없었다. 교류회라는 정식 모임이 이루어지는 시간은 오후 2시와 저녁 6시라고 했다. "백수 남매라는 콘셉트로 가면 되잖아요?" 그날따라 전투적으로 변한 내가 굴하지 않고 의견을 냈다. "그것도 괜찮긴 한데, 그러면 아마 금방 들킬 겁니다." 모리나가

씨가 말렸다. 하려고 하는 행동에 비해 판단은 이성적이었
다.

얼마 전 나를 골목에서 불러 세운 남자한테서 받은 전단을
보여주자 4구역에 있는《외롭지 않아》집회소에 쉽게 들어
갈 수 있었다. 집회소는 일반 가정집을 조금 세련된 카페로
개조해서 여기가 어떤 곳인지 모르는 사람은 평범한 카페라
고 여기고 들를 수도 있을 것 같았다. 그것도 계산에 넣고 일
부러 이렇게 꾸몄는지도 모르겠다.

의심을 사지 않기 위해 내가 먼저 들어가고 모리나가 씨
와 모르는 사람인 척하기로 했다. 모리나가 씨는 페이스북에
서 보고 왔는데요-, 하고 말꼬리를 늘이는 말투를 쓰며 누
가 봐도 조금 맹해 보이는 분위기를 연출하면서 건물로 들어
왔다. 모리나가 씨가 앉은 테이블에는 언젠가 내게 카스텔라
포장지를 집어던졌던 다도코로 씨 남편이 있었다.

교류회는 내가 상상했던 대로 단상과 화이트보드가 있고
강연회 같은 데서 흔히 보는 접이식 의자가 늘어서 있는 분
위기가 아니었다. 테이블 몇 개로 나뉘어 일면식 있는 참가
자들이 둘러앉아 주뼛거리는 것인지 왁자지껄 떠드는 것인
지 모를 담소를 나누면서《외롭지 않아》젊은 운영진들이 번
갈아 다가와 이야기하는 식이었다. 그중에는 하얀 원피스를
입은 포스터 속 여자도 있었고, 나를 골목에서 불러 세운 남

자도 있었고, 아직 스무 살도 채 되지 않은 것처럼 보이고 유치한 말투를 쓰는 어린 여자아이도 있었고, 나와 비슷한 나이로 보이고 차분한 분위기의 은테 안경을 쓴 남자도 있었다. 모두 하나같이 외모는 호감형이었다. 그러나 얼굴을 찬찬히 살펴보면 다들 검은 눈동자가 유난히 크고 홍채 부분까지 비어져 나와 초점이 안 맞는다고 할까, 아니 초점이 너무잘 맞아서 위화감이 든다고 할까 아무튼 그런 꺼림칙한 눈빛을 하고 있었다.

나는 지금까지 포스터를 교체하면서 만난 적이 있는 사람과 되도록 마주치지 않게 낯선 사람만 있는 테이블을 고른다고 골랐는데 결국 죄송해요, 늦었어요, 하고 말하면서 다가온 도가와 씨와 같이 앉게 되었다. 도가와 씨는 안경을 쓰고 어깨까지 내려오던 머리카락을 짧게 잘라버린 나를 알아보지 못했는지 "결혼은 했어요?"하고 생글거리며 물어왔다. "아니요, 안 했어요." 내가 힘없는 목소리로 대답하자 "좀 더 여자답게 꾸미고 다녀야죠"하고 친근한 척 굴었다.

"근데 저희 엄마는 결혼하면 결혼한 대로 힘들다고 하시더라고요."

내가 이렇게 말하며 대화를 유도하자 도가와 씨는 그건 맞아요, 하고 돌연 한숨을 내쉬며 말했다. "그래도 일단 결혼은 해야죠, 인생의 출발점에도 서보지 못하게 되잖아요." 나는 그건 그렇죠, 하고 옳은 말이라는 듯 맞장구를 쳤다.

테이블에는 나와 도가와 씨 말고도 안색이 파리한 젊은 남자와 예쁘게 화장한 젊은 여자가 있었다. 두 사람은 미묘한 거리를 유지한 채 때때로 두세 마디 주고받다가 대화가 끊어지기를 반복하고 있었다. 둘 다 마음이 콩밭에 가 있었다. 젊은 남자는 포스터에 나온 여자를 계속 눈으로 좇고 있었고 여자는 나를 골목에서 불러 세운 남자를 힐끔거리고 있었다. 테이블 한가운데에 놓인 바구니에는 고하시 씨 집에서 먹었던 얇은 종이에 싸인 그 달콤한 카스텔라가 쌓여 있었다. "피곤하시죠?" 유치한 말투를 쓰는 어린 여자아이가 말을 걸면서 찻잔을 나누어 주었다. 생강 향이 나는 호지차였다. 나는 혹시 몰라서 마시지 않기로 했다.

"저기, 전 오늘 여기 처음 왔는데요." 정보 수집이랄까 한 테이블에 앉은 사람들에게 단순히 흥미가 생겨서 누구한테랄 것 없이 그냥 말을 꺼내 보았다. "일에 치여 살다 보니 너무 힘들어서 어디라도 터놓고 싶어서 왔어요."

있는 그대로 사실을 얘기해 보았다. 저런, 하고 도가와 씨가 말하자 또 가엾게도, 하고 젊은 남자도 한마디 보탰고 힘드시겠어요, 하고 젊은 여자도 반응해주었다. 나는 왠지 조금 기분이 좋아졌다. 어쩌면 나도 누군가의 동정을 받고 싶었나 보다. 일에 적당히 거리감을 유지하지 못하는 것에 대해 진심으로 동정해준 사람은 이제까지 마사카도 씨뿐이었다. 친구들한테 얘기해도 되지만 대부분 나와 동갑이고 모두 전쟁터 같은 일터에서 벼랑 끝에 내몰린 채 이를 악물고 치열한 전투를 벌이고 있어서 내 얘기만 할 수 있는 상황도 아니었고 괜한 걱정을 끼치고 싶지도 않았다. 내가 첫 직장을 그만두었을 때보다 더 심각한 상황에 내몰렸던 친구도 그만 둔다는 선택은 하지 않았기 때문이다. 그래서 친구가 "힘들었구나"하고 말해주어도 "아니야, 나보다는 네가 더 힘들 텐데 뭘…"하고 언제나 마음 한구석에서는 부채감을 느꼈다. 그에 비해 여기서 받은 동정은 얄팍할지언정 그만큼 가벼워서 부담 없이 받아들일 수 있을 것 같았다.

"많이 지치셨군요." 문득 뒤에서 들려오는 목소리에 돌아보자 은테 안경을 쓰고 나와 비슷한 나이로 보이는 남자가 서 있었다. 어디선가 교사로 일하고 있을 법한 분위기를 풍겼다. 《외롭지 않아》 운영진인 듯했다.

"너무 열심히 하셔서 그런 게 아닐까요?"

"그러게요."

"저희에게 전부 이야기하시고 떨쳐버리세요."

부드럽게 웃으며 그렇게 말하는 얼굴을 보고 있자니 너희가 나에 대해 뭘 알아 하고 소리치고 싶은 마음과 속에 있는 것을 모조리 털어놓고 싶은 마음이 대충 4대 1의 비율로 갈

라졌다. 아직 마음의 준비가 안 돼서, 언젠가 정리되면요, 하고 나는 말했다. 남자는 언제든 기다리고 있으니 정리되면 꼭 얘기해주세요, 하고 눈을 빛냈다. 마치 저희 가게를 다시 찾아주시길 오매불망 기다리고 있겠습니다, 하고 말하고 싶은 듯한 표정이었다. 역시 속마음을 털어놓지 않기를 잘했다.

모리나가 씨 쪽을 돌아보니 굳은 얼굴로 고등학교도 졸업하지 않았을 만큼 어려 보이는 여자아이와 대화하고 있었다. 하지만 그 시선 끝에는《외롭지 않아》포스터에 나오는 하얀 원피스를 입은 여자가 있었다. 그녀는 다른 테이블에서 어떤 할아버지와 악수를 하고 있었다. 찬찬히 살펴보니 첫날에 나를 빈정거린 데루이 씨였다. 데루이 씨는 왠지 험악한 표정을 지으려 애썼지만, 양쪽 입꼬리가 이상하게 올라가 있어서 어떻게 보아도 싱글벙글거리는 얼굴이었다. 하얀 원피스를 입은 여자는 데루이 씨가 거만하게 팔짱을 끼고 늘어놓는 이야기에 일일이 고개를 끄덕이며 웃는가 하면 손등을 토닥이기도 했다. 데루이 씨는 기분이 좋아 보였다.

모리나가 씨는 엉겨 붙는 여자아이와 온화한 표정으로 대화를 나누면서도 가끔 고통스러운 눈빛으로 하얀 원피스를 입은 여자를 바라보았다. 순간 어쩌면 모리나가 씨는 하얀 원피스를 입은 여자에게 어떤 불순한 개인적인 집착이 있어서《외롭지 않아》의 활동을 제지하려고 하는 건가 싶어 의심했다가 곧 그럴 리는 없다고 생각을 고쳤다. 거기에 자리한 감정은 순수한 고통으로, '슬픔'이라는 산기슭이 끝없이 펼쳐진 것과도 같았다. 모리나가 씨는 하얀 원피스를 입은 여자가 이곳에 있다는 사실을 슬퍼하고 있었다. 그러나 막상 그 여자가 테이블로 다가오면 모리나가 씨는 자리에서 일어나 어딘가로 가버렸다. 대신 다도코로 씨 남편이 하얀 원피스를 입은 여자에게 아부라도 하듯이 "아가씨는 정말 예쁘지 않은 날이 없네"하고 말하는 소리가 들려왔다.

"저도 직장에서 진짜 힘든 일을 겪어서…." 안색이 파리한 남자가 아마도 나를 향한 것인지 띄엄띄엄 말을 이어갔다. "부모님께 말해도 왜 그만뒀느냐, 계속 다닐 수 없다니 그게 무슨 소리냐고 다그치기만 하세요. 면접 보러 가도 왜 전에 다니던 회사를 그만두었냐고 묻는데 허구한 날 상사한테 혼나는 게 싫어서 그만뒀다고 대답할 수는 없으니, 뭐라고 말해야 좋을지 생각하느라 웅얼거리다 보면 역시나 또 탈락이더라고요…."

그렇군요, 하고 고개를 끄덕이면서 남자가 하는 이야기를 들었다. "하지만 솔직히 부모 입장에서는 자식이 갑자기 일을 그만두면 그렇게 말할 수밖에 없잖아요." 도가와 씨는 말했다. 나는 그러는 당신 자식도 마찬가지 아니냐고 끼어들고 싶었지만 여기서 그런 말을 할 수는 없었다.

"친구가 비슷한 상황이었던 적이 있는데 면접 보러 가서 '회사가 자신을 정당하게 평가해주지 않는 것 같아 그만두고 나왔다'고 대답했더니 '한마디로 치기 어린 실수였군'이라는 말을 듣긴 했지만 나중에 합격 통보를 받았다고 하더라고요."

내가 들은 이야기를 남자에게 해주었다. 남자는 한쪽 눈을 찡그리고 수상쩍다는 듯 나를 보기는 했지만 이내 그렇군요, 하고 들릴락 말락 작은 소리로 말했다.

모리나가 씨가 안쪽 통로에서 돌아왔다. 모리나가 씨 테이블에 있던 아주 어린 여자아이가 내 테이블에 찾아와 안색이 파리한 남자 옆에 서서 "그 뒤로 좀 괜찮아지셨나요?"하고 말을 걸었다. 남자는 은근히 젠체하며 고개를 저었다. 그들의 이야기를 듣고 있기 불편해서 화장실은 어디에 있는지 그녀에게 물었다. 여자아이는 저 안쪽에 있다고 조금 전 모리나가 씨가 나왔던 통로를 손으로 가리켰다. 나는 잠시 실례하겠습니다, 하고 자리에서 일어나 화장실로 향했다. 딱히 볼일을 보고 싶은 마음은 없었지만 무슨 이야기를 하고 어떤 정보를 캐내야 할지 제대로 작전을 짜야겠다는 생각이 들었다.

통로 안쪽은 신발을 신고 들어가는 공간이 아니라 신발을 벗고 슬리퍼로 갈아신은 후 들어가게 되어 있었다. 여기 슬리퍼를 이용하고 싶지 않아서 양말 바람으로 복도 안쪽으로 걸어갔다. '측간'이라는 표찰이 붙은 키 작은 문도 카페 콘셉트에 맞게 리모델링되어 있어서 사람의 믿음을 사는 데에도 여러 가지 방법이 있구나 싶었다. 별로 용변을 볼 필요성을 느끼지 못한 나는 화장실을 지나쳐 왼쪽으로 꺾인 어두운 복도를 응시했다. 안쪽에 3단으로 된 커다란 철제 선반이 있었는데 중간에는 고하시 씨가 마을 사람을 데려올 때마다 챙긴 카스텔라 상자가 빼곡히 들어차 있었다.

어디 공장이라도 있어서 저렴하게 생산하고 있는 건가, 하고 주머니에서 스마트폰을 꺼내 손전등 모드를 켜고 철제 선반으로 다가갔다. 내가 골목에서 받은 《아유다테!》 전단지는 맨 아랫단에 쌓여 있었다. 맨 윗단에는 북엔드로 나누어진 공간에 책등 없는 파일들이 깔끔하게 정렬되어 있었다. 뭐가 끼워져 있나 싶어 발꿈치를 들고 내용을 파악하기 위해 뚫어지게 처다보았다. 제일 앞에는 사용감 있는 복사용지가 몇 장이나 끼워져 있었다. 그리고 두어 개쯤 옆 파일에는 많은 클리어 포켓이 철 되어 있었는데 그 안에 증권 같은 종이가 꽂혀 있어서 깜짝 놀랐다. 대체 뭘까. 교류회에 출입하는 사람들을 등쳐서 모아놓은 걸까. 그게 아니면 이 조직이 원래 가지고 있던 걸까.

북엔드를 뒤쪽에서 다시 확인해보고 싶어서 철제 선반 뒤로 고개를 뺐다가 거기서 페인트 깡통 같은 것을 발견했다. 손전등 모드가 켜진 스마트폰을 가까이 가져가서 색을 확인하니 '고독사나 당해라'를 썼던 색과 같았다. 나는 숨이 멎는 느낌과 함께 모리나가 씨가 셔터에 배색 카드를 대보던 모습을 떠올렸다.

"뭘 찾으시나요?"

갑자기 뒤에서 목소리가 들렸다. 순간 골목에서 말을 걸었던 젊은 남자라는 사실을 알아챘다. 남자가 어디쯤 서 있는지 파악한 나는 최대한 얼굴이 보이지 않는 방향으로 고개를 틀고 머리를 빠르게 굴려서 뭐라고 대답해야 들키지 않을까 궁리하다가 결국 화장실이 어딘지 몰라서요, 하고 대답했다.

"화장실은 여기에요." 톡, 톡, 하고 남자가 손가락으로 문을 두드리는 소리가 났다. "당신이 서 있는 뒤쪽."

"아, 그렇군요. 제가 한자에 좀 약해서, 창고인 줄 알았어요…."

"측간, 이라고 합니다. 손 씻는 곳이라는 의미죠." 남자 목소리는 웃음기가 묻어나는 동시에 살얼음판을 걷는 듯한 긴장감을 품고 있었다. "얼른 자리로 돌아가 주세요."

나는 뒤에 선 남자도 알 수 있도록 크게 고개를 끄덕였다. 남자가 교류회가 열리고 있는 공간으로 멀어져가기를 기다렸다가 어두운 복도를 빠져나와 화장실 앞으로 돌아갔다.

그리고 '측간'이라는 표찰 아래 문손잡이를 돌려 화장실 내부를 확인했다. 작은 세면대가 있고 안쪽에 문이 있었다. 그것을 밀자 수세식 변기가 나타났다. 한쪽에는 작은 창이 나 있었다. 안으로 들어가 창문을 열고 밖을 내다봤다. 옆 건물과 바싹 붙어 있었지만 내 몸 하나 정도는 들어갈 여유가 있었다.

나는 화장실 휴지를 풀어서 손에 들고 '측간'을 나와 복도 안쪽에 있는 철제 선반으로 다가가 늘어선 파일 뒤에 있는 페인트 깡통 손잡이를 휴지로 감싼 후 조심스럽게 들어 올렸다. 발을 바닥에서 거의 떼지 않고 미끄러지듯 걸어 '측간' 앞으로 왔다가 통로 입구에 벗어놓은 신발을 챙겨서 '측간' 안으로 들어갔다.

변기가 놓인 안쪽으로 들어가 창문을 활짝 열고 우선 건물과 건물 사이에 신발을 떨어뜨렸다. 그리고 변기 뚜껑을 닫고 위로 올라가서 페인트통을 옆구리에 끼고 한 손을 창틀에 올렸다. 양말을 신은 상태로 변기 뚜껑 위에 올라가니 미끄러워서 애를 먹었지만 창틀에 하중을 실으며 철봉에서 앞 돌기 할 때와 같은 자세로 상체를 숙여 페인트통을 바닥에 내려놓았다. 그대로 양손으로 창틀을 잡고 한발씩 끌어올린 후 건물과 건물 사이로 내려섰다.

신발을 신고 페인트통을 집어든 나는 어디로 이어지는지

알 수 없는 어둡고 비좁은 건물과 건물 사이를 게걸음 치며 나아갔다. 이게 얼마나 바보 같은 짓인지 잘 알고 있었다. 그러나 그보다는 갚아줘야겠다는 생각이 더 강했다. 그들이 '고독사나 당해라'하고 말한다면 나도 이 정도는 해줘야 공평하지 않겠는가.

✻ ✻ ✻

깡통 속에 든 빨간색은 먼셀 색상표 6.0 R5.0/18.3으로 셔터에 낙서된 색과 일치했다. "그런데 이렇게 가지고 나와버리면 의미가 없잖아요. 증거 능력으로서라든지." 모리나가 씨는 CSI처럼 말했다. "그것도 그렇지만 다른 곳에 옮겨버리거나 처분해버리는 것보다야 낫잖아요." 나는 반박했다. 지금껏 자각하지 못했는데 나도 모르게 모리나가 씨를 상사나 고용주로서 대하지 않는다는 사실을 깨달았다. 모리나가 씨 본인도 고용주답게 굴지 않기 때문에 가능한 일이겠지만 대충 또래라고 짐작하고 있어서 편하게 대하게 되는 것 같았다.

모리나가 씨는 한동안 인쇄소로 추측되는 몇 군데에 전화를 걸어 '최대한 빨리하면 며칠이 걸릴까요?'라거나 '얼마 더 드리면 해줄 수 있습니까?' 같은 내용으로 통화했다. 나는 딱히 할 일도 없어서 차를 몇 잔 마신 후 오늘 아침 낙서를 발견하고 나서 지금까지 있었던 일을 컴퓨터에 입력하기도 하고 문서 프로그램으로 시계열 정리를 해보기도 했다.

"오늘은 밤샘 작업을 해야 하니 모레쯤 출근해서 포스터 교체 작업해주시면 됩니다. 지금 퇴근하면 내일까지 푹 쉬세요."

인쇄소와는 이야기가 잘 된 모양인지 모리나가 씨는 그렇게 말했다. 하지만 나는 상황이 어떻게 흘러가는지 지켜보고 싶어서 혹시 방해가 안 된다면 좀 더 있다가 가겠다고 대답하고 아침에 모리나가 씨가 찍어놓은 '고독사나 당해라' 사진을 파일에 삽입했다. 아무리 봐도 증오심에 가득 차 있는 글씨체여서 정말 우리가 이렇게까지 할 만한 짓을 했나 싶어 머리가 아득해졌다.

그 후 오오마에 씨와 다도코로 씨가 사무소를 찾아왔다. 오오마에 씨는 보자기에 싼 찬합을 들고 왔고 다도코로 씨는 바지 정장 차림에 화장도 했지만 초조한 표정으로 스마트폰을 꼭 쥐고 있었다.

"지라시즈시★를 너무 많이 만들어서 좀 가져와 봤어. 그것도 그렇지만 사실은 이 사람이 할 이야기가 있다고 해서 말이야."

---

★ 일본식 회덮밥.

오오마에 씨가 그렇게 말하자 다도코로 씨는 고개를 끄덕이더니 "앉아서 얘기해도 될까요?"하고 모리나가 씨에게 말을 걸었다. "네, 이쪽으로 오세요." 모리나가 씨는 응대용 테이블로 안내했다. 오오마에 씨와 다도코로 씨는 의자를 끌어와 앉았다. 오오마에 씨는 보자기를 펼쳐서 종이 접시를 4장 꺼내 지라시즈시를 덜어 각각 나누어 주었다. 나는 다시 차를 끓였다. 오늘 차를 몇 번이나 끓이는지 모르겠다.

"셔터에 낙서된 거 봤어요." 퇴근길에 들른 것으로 보이는 다도코로 씨는 눈을 깜박이며 스마트폰을 이리저리 만지더니 사진 한 장을 불러냈다. "오늘은 아침 일찍 나가봐야 해서 새벽 4시경쯤 일어나 양치질을 하는데 창문 밖에 사람이 왔다 갔다 하는 거예요. 무서운 생각이 들어 살짝 봤는데 아무래도 낯이 익어서 몰래 뒤를 밟았어요."

다도코로 씨는 테이블 가운데에 스마트폰을 내려놓고 우리에게 동영상 하나를 보여주었다. 예전에 골목에서 내게 말을 건 적이 있고 오늘은 《외롭지 않아》 건물 안에서 나를 궁지에 빠트린 젊은 남자가 깡통같이 생긴 물건을 손에 들고 카메라 렌즈 앞을 지나갔다. 렌즈는 부스럭거리는 소리를 내면서 이동해 나무 틈 같은 곳에서 남자가 붓을 쥐고 셔터에 낙서하는 장면을 찍고 있었다.

"혹시 도움이 되지 않을까 해서요."

다도코로 씨는 고개를 들고 말했다. 모리나가 씨는 감사합니다, 하고 대답했다. 다도코로 씨는 차를 두어 모금 마신 후 고개를 숙이고 이내 한숨을 크게 내쉬었다.

"이런 사람들하고 어울리다니, 남편이 한심해 미치겠어요."

"그렇진 않습니다." 모리나가 씨는 뜻밖에도 고개를 저으며 말했다. "맞아요, 그렇진 않아요." 나는 속으로는 다도코로 씨 말에 공감했지만 모리나가 씨 말에 동의했다. 오오마에 씨가 솜씨를 발휘한 지라시즈시를 먹었다. 역시 맛있었다.

\* \* \*

다음날 휴가를 받은 나는 종일 집에서 잤다. 전날 이상한 곳에 가서 익숙하지 않은 일을 한 탓인지 피로가 몰려와 밤까지 잠에서 깨지 못했다. "모레는 바빠질 것 같으니까 푹 쉬어두세요." 모리나가 씨는 이렇게 말하면서 나를 집으로 돌려보냈는데 정말 그 말대로 되었다.

그날은 모리나가 씨도 사무소 문을 닫고 페인트통과 다도코로 씨가 찍은 동영상과 내가 사건을 시계열로 정리해놓은 자료, 《외롭지 않아》가 기물 파손한 증거로 쓸 만한 자료를 모아서 파출소에 갈 예정이라고 했다. 모리나가 씨가 교류회에서 들은 바에 따르면, '마을 외곽에 있는 디자인 사무소'는 역시나 매우 싫어하는 사람이 많아서 그런 유치한 메시지 따위 종이가 아깝다는 둥 대체 뭘 하고 싶은 건지 잘 모르겠지만 어지간히 설치고 다닌다는 둥 그 남자는 외톨이고 그건다 지금까지 그딴 식으로 살아온 벌이라는 둥 저 좋을 대로주워섬기고 다니는 모양이었다. "뭐, 전부 틀린 말은 아니죠."모리나가 씨는 별로 대수롭지 않게 여기듯 말했다. 나는 그악랄한 험담도 낙서 사건의 경과를 기술해놓은 파일에 추가로 입력했다.

거의 없는 것이나 마찬가지인 하루를 보낸 뒤 다음날 출근했다. 상담용 테이블 위에는 신상품으로 보이는 끝이 말린포스터 다발이 쌓여 있었다. 맨 위가 인쇄 보호용 재생지로가려져 있어 무슨 내용이 그려져 있는지 보이지 않았다.

"그거, 인쇄소에서 가져온 거예요."

"네."

"포스터를 교체한 지 얼마 되지 않아 또 이런 말을 해서 죄송한데 이걸로 다시 교체해주셨으면 합니다. 저도 도와드릴게요."

모리나가 씨는 이렇게 말하고 재생지를 벗겨냈다. 모리나가 씨가 밤새워서 작업한 새 포스터가 드러났다.

낙서하지 말자는 내용이었다. 일반 가정집을 개조한 우리

사무소를 단순화시킨 그림이 그려져 있고 특유의 편광 타일은 농도를 미묘하게 달리해서 홀로그램처럼 구현되어 있었다. 셔터에는 '고독사나 당해라' 낙서가 재현되어 있었다.

\* \* \*

나와 모리나가 씨는 사흘 내내 마을을 구석구석 돌아다니며 모든 집에 붙어 있던 모리나가 씨가 만든 절수와 녹화, 교통안전 포스터를 〈낙서하지 맙시다〉로 교체해나갔다. 물론 사건에 대해 아는 주민은 동정해주었고 모리나가 씨 사무소에 무슨 일이 일어났는지 모르는 주민은 "이게 뭐야?"하고 의아하게 여겼다. 처음에는 괜히 《외롭지 않아》의 심기를 건드리는 것은 아닌가 싶어서 교체하기를 주저했던 사람들도 우리에게 협조적인 주민 수를 부풀려서 다수인 듯 얘기하자 그렇다면 우리 포스터로 하겠다며 생각을 바꾸어주었다.

제복 차림의 경찰이 현장을 검증하러 나온 덕도 컸다. 내가 가지고 나온 페인트통은 증거 능력이 있는지 잘 모르겠지만 거기서 검출된 지문이 내가 《외롭지 않아》의 젊은 남자에게서 받은 전단에 묻은 지문과 일치한 모양이었다. 또 다도코로 씨가 찍은 동영상은 증거 능력이 충분하다고 한다.

그 주 《외롭지 않아》는 활동을 중지했다. 마을에서 운영진이 돌아다니는 모습도 보지 못했고 집회소도 닫혀 있었다. 나와 모리나가 씨가 포스터를 교체하러 돌아다니는 동안 저 기압 전선이 내려온 탓인지 계속 가랑비가 내렸다. 고하시 씨는 나를 집 안으로 들어서 수고한다고 마테차를 타주며, 교류회가 열리지 않으니까 도가와 씨가 매일 집으로 찾아와 이런저런 이야기를 하며 눌러앉아서는 돌아갈 생각을 하지 않는다고 하소연했다. "교류회가 없어졌잖아, 대체 너희들 무슨 짓을 한 거야." 데루이 씨에게서 한 소리 들었다. 그러 나 우리에 대한 반감은 딱 그 정도였다.

포스터가 대부분 〈낙서하지 맙시다〉로 교체되었을 즈음 경찰이 《외롭지 않아》 집회소를 방문했는데 아무도 없었다 고 한다. 전화도 받지 않고 SNS도 업데이트가 중단된 상태 였다. 《외롭지 않아》 활동에 관해서 다른 마을에서도 몇 건 인가 꽤 수상한 제보가 들어와서 경찰은 이번 기물파손 혐의 를 시작으로 내부에 잠입해 실태를 파악할 예정이라고 한다.

마을의 모든 포스터를 모리나가 씨가 만든 〈낙서하지 맙 시다〉로 교체한 날, 나와 모리나가 씨는 다도코로 씨와 오오 마에 씨의 권유로 국수 전문점 《후라라》에 갔다. 나와 다도 코로 씨는 카레 국수를 주문하고 모리나가 씨와 오오마에 씨 는 매실 미역 국수를 먹었다. 다도코로 씨가 사는 것이었다. "월급이 나왔거든요"하고 말했다. 돈을 내는 사람은 다도코

로 씨였지만, 사장은 "모리나가 씨 가격으로 해드릴게요"하
고 말했다.

"남편과는 별거할 생각이에요. 애정이 식은 건 아니지만,
지금은 서로 떨어져 있는 편이 좋겠다 싶어서요." 다도코로
씨는 말했다. 오오마에 씨도 모리나가 씨도 물론 나도 잘됐
다는 말도, 안됐다는 말도 할 수 없었다. "어느 정도 정리되
면 꼭 연락해, 나도 연락할 테니까, 우리 차나 마시러 가자."
그저 잠깐 침묵이 흐른 뒤 오오마에 씨가 말했다. "네, 그래
요." 다도코로 씨는 고개를 끄덕였다.

그때 전화가 와서 모리나가 씨는 잠깐 실례한다며 밖으로
나갔다. 《후라라》 사장이 축하하는 뜻에서 주는 서비스라며
가져온 아몬드 푸딩을 먹지 못했다. 오오마에 씨와 다도코로
씨와 내가 아몬드 푸딩을 다 먹었을 즈음 모리나가 씨가 조
용히 문을 열고 들어와 "죄송합니다. 급한 일이 생겨서 전 먼
저 가보겠습니다. 여러모로 도와주셔서 정말 감사합니다"라
는 말만 남기고 문을 닫고 가버렸다.

\* \* \*

다음날 출근하니 사무소 셔터가 내려져 있었다. 셔터는 깔
끔하게 다시 칠을 해서 낙서 흔적은 찾아볼 수 없었다.

셔터에는 네모난 종이가 붙어 있었다. 거기에는 내 이름과 열심히 일해줘서 고맙다는 내용과 인사도 제대로 못 하고 떠나게 돼서 미안하다는 내용이 적혀 있었다.

셔터 손잡이를 잡고 들어올려봤지만 움직이지 않았다. 모리나가 씨는 종일 사무소에 살다시피 했기 때문에 비상키 같은 것은 받지 못했다.

나는 그저 그 자리에 못 박힌 듯 서 있었다. 하얀 편광 타일에 아침 9시 햇살이 반사되자 건물이 신기루처럼 아득해 보였다.

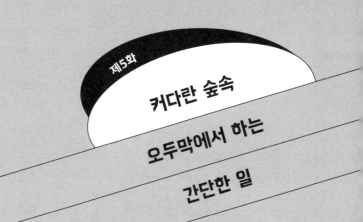

제5화

커다란 숲속

오두막에서 하는

간단한 일

"출근했더니 직장이 없어졌더라고요." 내가 말했다. "그렇군요." 마사카도 씨는 대수롭지 않은 듯 말했다.

"저, 좀 이상하게 들릴지 모르겠지만 이번에는 제 적성에 맞는다고 생각했거든요. 그래서 굉장히 충격이었어요."

"그러네요. 모리나가 씨한테서도 잘하고 있다는 얘기 들었어요." 마사카도 씨는 앞에 있는 파일을 넘겨 집중해서 바라보았다. "일에 관해서 적확한 아이디어를 낼 수 있는 사람이라는 평가를 주셨네요. 거기다 성실하게 열심히 하고 있다고도 하셨어요."

"제가 뭔가 잘못한 게 있었던 걸까요?"

그렇게 말해버리고 나니 자의식 과잉에도 정도가 있지, 하고 머리를 쥐어박고 싶어졌다. 아무리 그래도 그렇지 제일 말단 직원인 나 하나 때문에 모리나가 씨가 자취를 감춘다는 게 가당키나 한 일인가 말이다.

"그런 거 아니에요." 예상대로 마사카도 씨는 살짝 눈을 크게 뜨고 말도 안 된다는 듯 고개를 갸웃거렸다. "모리나가 씨는 그저 직장을 옮겼을 뿐이에요. 갑자기 대신할 사람이 필요해졌다는 연락을 받고서요."

"대신할 사람이요?"

"전임자분이 과도한 스트레스로 당분간 회사에 못 나오게 돼서 모리나가 씨를 대신 파견하기로 했다고 하더라고요." 마사카도 씨는 파일에 시선을 내리고 해당 부분을 손가락으로 짚는 시늉을 했다. "그분도 모리나가 씨처럼 가족이《외롭지 않아》꾐에 넘어간 모양이에요. 혈육이 몸담은 조직과 싸우는 일은 생각보다 마음에 큰 상처를 남기는 것 같네요."

나는 테이블 위에 놓인 마사카도 씨의 오른손을 응시한 채 침묵했다. 그렇구나. 그 이상 어떻게 받아들여야 할지 몰라 그렇구나, 하는 말에 머물렀다. 그리고 아마 구태여 느끼지 않아도 될 자신의 한심함에 무릎 위로 얹은 양손을 꾹 말아 쥐었다.

"모리나가 씨 가족은 여동생이 먼저 넘어간 다음 부모님이 발을 들이게 되었다는 것 같아요."

"여동생은 지금 그 조직에서 꽤 높은 위치에 있는지 포스터에도 가끔 나오더군요." 마사카도 씨는 말했다. 일하면서 몇 번이나 보았던 하얀 원피스를 입은 여자의 사진이 실린 포스터를 떠올렸다.

"모리나가 씨는 그래픽 디자이너가 아니었나요?"

"네, 맞아요." 마사카도 씨는 조금 곤란한 표정으로 내게 시선을 주었다. "가는 곳마다 디자인 일을 하면서 《외롭지 않아》를 감시하고 있지요."

"그 이상은 저도 모릅니다." 마사카도 씨는 완곡하게 선을 그었다. 나는 딱히 할 말도 없어서 그냥 고개를 끄덕이며 마사카도 씨 앞에 놓인 파일을 바라보았다. 무슨 내용이 기재되어 있는지 잘 몰랐기 때문에 그저 종이가 철 되어 있는 모양새에만 시선을 주었다.

"이제 다음 일에 관해서 이야기해도 될까요?" 마음을 추스르기 충분한 시간이 흘렀을 즈음 마사카도 씨가 말을 꺼냈다. 더는 모리나가 씨에게 마음을 써봤자 어쩔 수 없는 일이라고 생각을 달리한 나는 네, 하고 대답했다.

"이번에도 외근직이 좋다든가 아니면 역시 사무직으로 돌아가고 싶다든가 뭐 그런 희망 조건이 있나요?"

"딱히 없지만, 포스터 일을 해보니 외근직 일도 제법 적성에 맞는구나 하는 사실은 알게 됐어요."

정말, 어느 쪽이든 상관없었다. 그보다는 일하고 싶은지 어떤지 지금은 잘 모르겠다는 표현이 더 정확할지 모르겠다. 적당한 일이 없다고 하면 그렇군요, 하고 수긍하고 집으로 돌아갈 수 있을 것 같은 기분이 드는가 하면 그럼 두바이 건설 현장 일도 해보겠어요? 하는 이야기를 들어도 네, 그럴게요, 하고 무심코 대답해버릴 것 같은 느낌도 들었다.

"어디 한 번 볼까요. 음- 둘 다 겸하는 일이 하나 있기는 한데 어때요, 한 번 들어보시겠어요?" 마사카도 씨 말에 나는 고개를 끄덕였다. "그런데 좀 설명하기가 어렵달까, 심부름꾼 같은 일로 볼 수 있을 것 같다는 생각도 들고."

"뭐든 상관없어요."

자포자기한 듯한 말투지만 번복할 마음은 없었다. 오늘 여기서 이야기하면서 마음에 구멍이 뚫린 기분이었다. 그래서 그것을 직시하지 않게 해준다면 어떤 일이라도 할 수 있겠다는 생각이 들었다.

"공원 관리사무소에서 낸 구인 공고군요." 마사카도 씨는 약간 고개를 모로 기울이면서 파일 내용을 바라보았다. "커다란 숲속 오두막에서 간단한 사무를 보는 일이라고 되어 있네요. 오늘 아침에 들어온 거라서 자세히는 잘 모르겠지만…."

일 내용을 설명하는 말이 장황해서 두바이 건설 현장 일을 소개해준다 해도 순순히 일할 수 있을 것 같다고 생각하던 나도 눈썹을 찡그리며 고개를 들고 말았다. 계속해서 구인 공고 내용을 읽어나가던 마사카도 씨는 어깨를 으쓱이며 덧붙였다. "그래도 농림수산부 관할이라 탄탄한 조직이네요, 직장 내 괴롭힘이나 임금 체불 같은 문제도 없고 건강보험 혜택도 있어요."

"시급이 어떤지 볼까요? 시급은…높은 편은 아니네요, 850엔. 근무 시간은 오전 9시부터 오후 5시까지지만 시간 외 근무를 할 때도 있다고 합니다. 시간 외 근무는 시급이 1,000엔이고요."

"근무 시간이 길어서 시급이 적은 건가…."

"단지, '무조건 간단한 일입니다!'하고 강조하네요. 느낌표까지 붙여서."

어떠세요? 하고 마사카도 씨는 등을 곧게 펴고 내 눈을 지그시 바라보았다. 아무래도 이 일이 마사카도 씨 호기심을 자극하는지 왠지 나를 보내고 싶어 한다는 느낌이 들었다.

"그럼, 한번 가 볼게요."

마사카도 씨에게 여러모로 도움을 받은 나는 조금 이상해 보이는 일이라도 내게 기대한다는 것은 그만큼 신경 써주고 있다는 의미일 거라고 생각하고 고개를 끄덕였다.

* * *

오오바야시 다이신린 공원에 초등학교 때 몇 번 소풍을 간 적이 있었다. 오오바야시 다이신린 공원이라는 호들갑스러운 어감과 전체적으로 어리숙해 보이는 글자 자체도 싫지 않았고 공원 안에 있는 박물관도 아주 흥미로웠지만, 어른이 되고 나서는 한 번도 방문하지 못했다. 3년 전쯤에 박물관 증축 계획으로 땅을 파다가 화석 인류의 뼈가 발견되어 세간의 화제를 모았던 일 외에는 기본적으로 평온한 시간이 흐르는 조용한 공원으로 기억한다.

면접 담당자인 공원 관리사무소 하코다 씨는 공원 입구에서 나를 기다리고 있었다. 60대 중반쯤 되어 보이는 남성으로, 'ODP' 자수가 놓인 녹색 작업복을 입고 있었다. ODP란 'Obayashi Daishinrin Park大林 大森林 公園'의 약자인 듯했다. 다이신린에서는 왠지 모르게 빅 포레스트 같은 게 아니라고! 하고 강조하는 듯한 느낌이 들었다. 간사이 지방 억양이 묻어나는 하코다 씨는 안녕하세요, 하고 만면에 웃음을 띠고 반겨주었다. 그야말로 마음씨 좋은 아저씨 그 자체여서 나는 제발 이것이 본 모습이길, 원래 까다로운 성격인데 초면에만 좋은 인상인 척 꾸미는 것이 아니길 바랐다. "마사카도 씨 소개로 왔어요." 고개 숙여 인사했다.

"구인 공고는 이번이 처음인데 뭘 잘못 썼는지 아무도 지원을 안 하더라고요. 그래서 면접 볼 필요 없이 그냥 이 자리에서 바로 채용할까 하는데 어떻습니까?"

이번에도 바로? 요즘 내게 일을 계속 소개해주는 마사카도 씨에 대한 의혹이 슬그머니 고개를 들었지만, 지원자가 없다고 해서 부당한 대우를 받거나 궂은일을 떠맡거나 했던 적도 없었기 때문에 단지 노파심에 불과하다고 자신을 타일렀다.

"아, 네, 잘 부탁드립니다."

"저야말로 잘 부탁합니다."

"전에 일하던 사람은 우리 직원 소개로 왔었는데 뭐랄까, 여기 상태가 좀 안 좋아져서." 하코다 씨는 팔자 눈썹이 되어 관자놀이 근처를 손가락으로 가리키며 웃었다. 나는 아, 네, 하고 웃음으로 얼버무리기는 했는데 속으로 아무래도 이번에는 잘못 걸린 것 같다고 생각했다.

"아마도 적성에 안 맞았던 게 아닌가 싶습니다. 성격이 좀 예민해서 너무 조용하거나 주변에 아무런 움직임도 없으면 신경이 날카로워지는 타입인가 보더라고요. 그래서 말인데 혹시, 조용한 거는 괜찮습니까?"

"네, 상관없어요."

내가 태연한 얼굴로 대답하자 하코다 씨는 다행이군요, 하고 몇 번이고 고개를 끄덕였다. 그리고 공원 입구 옆에 주차된 골프장 전동 카트처럼 생긴 것에 오르면서 내게 뒷좌석에 타라고 했다. 공원 옆에 홈 스타디움이 있는 축구팀 칸그레호 오오바야시의 거미게가 장식된 엠블럼이 전동 카트에 칠해져 있었다. 나는 축구에는 문외한이어서 이 근처라서 그렇구나, 혹은 거미게는 진짜 징그럽게 생겼네, 같은 느낌 말고는 아무런 감상도 들지 않았다. 스타디움을 지을 때 거미게의 화석이 대량으로 발굴됐다는 이유로 칸그레호 오오바야시 엠블럼에 거미게가 등장하게 된 모양이었다. 화석 인류 뼈가 발굴되고 나서는 거미게가 화석으로 발견되었다는 보기 드문 사건은 점점 잊히고 있었다. 화석 인류는 오오바야시 원인猿人으로 명명되었다는 이야기를 버스 회사에 다닐 때 점심시간인가 들은 적이 있었다.

"걸어서 갈 수 없을 만큼 사무소가 멀리 있나요?"

"못 갈 건 없지만, 공원 입구에서 걸어가면 20분은 걸린다고 봐야죠."

그렇게 거리가 멀구나 싶어 조금 놀랐다. 오오바야시 다이신린 공원이 그만큼 넓다는 말이기도 했다.

"이 공원은 끝에서 끝까지 걸으면 시간이 얼마나 걸리나요?"

그렇게 묻자 "네? 끝에서 끝까지요?"라는 질문이 되돌아왔다. 그게 뭐야, 그런 생각은 한 번도 해본 적 없어, 같은 느낌이었다. 나는 그제야 공원 크기가 상상했던 것보다 훨씬 거대하다는 사실을 깨닫고 마음의 준비를 했다.

"그러니까 예를 들면 동쪽 끝에서 서쪽 끝이라든가."

"글쎄요." 하코다 씨는 반쯤 고개를 끄덕이면서 공원 안 포장도로를 따라 운전했다. 한쪽에 쭉 늘어선, 키 큰 은행나무에서 은행잎이 팔랑팔랑 떨어지는 모습이 퍽 아름다웠다.

"음ㅡ, 한 3시간 정도는 걸리지 않을까요?"

"동쪽 끝에서 서쪽 끝까지 걸어본 적은 없어서 잘 모르겠지만." 하코다 씨는 하하하 웃었다. 입이 절로 다물렸다. 도대체 이렇게 광활한 공원을 몇 명의 직원들이 관리하는 걸까. 아니, 관리할 수는 있는 걸까. 이렇게 넓은 곳에서 가장 말단 직원으로서 일하게 된 나는 대체 얼마나 많은 일을 떠맡게 되는 걸까. 아니, 구인 공고에는 사무직이라고 되어 있었으니 공원을 관리하는 실무와는 관련이 없을지도 모르지만.

"참 좋은 곳이에요."

내 불안을 모르는 하코다 씨는 싱글벙글 웃으면서 전동 카트를 운전했다. 그 마음과 웃음에 거짓은 없었다. 이 사람은 오오바야시 다이신린 공원을 좋아하고 있었다. 전동 카트로 이동하는 동안 하코다 씨는 내 질문에 대답해주면서도 쓸데없이 말을 걸어 이것저것 캐물으려고도 하지 않고 적당히 거리를 유지해주었다.

하코다 씨의 능숙한 운전 솜씨 덕분에 공원 관리사무소에 10분 만에 도착했다. 일터에 도착하려면 일단 해당 지역에 도착한 후 다시 탈것을 타고 10분이나 걸려서 가야 한다는 것도 특이한 상황이었다. 관리사무소는 학교 교실 정도 면적의 단층 건물이었는데 하코다 씨에 따르면《자비로운 숲》지구地區를 관리하는 곳이라고 한다. 관리사무소는 이곳 말고도 공원 안에 다섯 군데가 있는데 하코다 씨는《자비로운 숲》지구 책임자인 모양이었다. 사무소 안에는 하코다 씨보다 열 살 정도 젊어 보이는 노지마 씨와 그들 중년 세대와는 동떨어져 스무 살도 채 되지 않아 보이고 안경을 쓰고 있는 여성 구도 씨가 있었다. 각각《자비로운 숲》지구 담당자라고 소개했다. 둘은 'ODP' 자수가 놓인 녹색 오버롤 형태의 작업복을 입었는데 구도 씨만 점퍼와 청바지 차림이었다. 세 사람 다 선량해 보여서 나는 일단 안심했다.

하코다 씨는 나를 두 사람에게 소개한 후 자, 받으세요, 하고 비닐에 든 점퍼를 건네주었는데 희한하게도 녹색이 아니라 주황색이었다. 권하는 대로 그것을 걸치면서 말단은 주황색이구나, 하고 나름대로 추측했다. 젊은 구도 씨는 잘 어울리세요, 하고 손뼉을 쳐주었다. 칸그레호 오오바야시 유니폼이 주황색인 것과 어떤 관련이 있는 걸까. 빳빳한 원단으로

지어진 점퍼는 만듦새가 견고해서 추위도 잘 막아줄 것처럼 보였다. 제법 마음에 들었다.

"자, 그럼 이제 일터로 가 볼까요?" 하코다 씨 말에 나는 당황했다.

"일터요? 여기가 일터 아닌가요?"

"아, 여긴 《자비로운 숲》 지구의 본부고…. 근무지는 좀 더 가야 합니다."

하기야 구인 공고에는 '커다란 숲속 오두막에서 하는 간단한 일'이라고 되어 있었다. 단층 건물이고 아담하긴 해도 오두막으로 볼 수는 없었다.

"자, 그럼 절 따라오세요." 하코다 씨는 《자비로운 숲》 지구 본부 건물 뒤편으로 안내했다. 건물 뒤에는 숲이 펼쳐져 있었고 전동 카트가 세 대 주차되어 있었다. 하코다 씨가 나를 태우고 왔던 한 대는 본부 건물 정면에 주차되어 있으니 여기에는 총 네 대가 있는 셈이다.

"운전해서 건물 앞쪽으로 올 수 있지요?"

"아, 아니요, 이런 건 처음 타 봐서요." 하코다 씨 말에 이렇게 대답하자 "운전면허가 있다고 담당자한테서 들었는데, 아닙니까?" 하고 하코다 씨는 눈을 크게 떴다. 그렇게 얘기하니 반박할 수가 없었다.

"자동차보다 운전하기 쉽습니다."

하코다 씨는 그렇게 말하면서 나를 전동 카트 운전석에 타라고 한 다음 자신은 타지 않은 채 이게 사이드 브레이크고 저게 클랙슨이에요, 하면서 손가락으로 가리키며 설명했다. 한번 운전해보세요, 하는 말에 조심스럽게 액셀을 밟자 전동 카트가 천천히 움직이기 시작했다.

"그럼 이대로 운전해서 건물 앞쪽으로 와 주세요-." 하코다 씨는 이렇게 말하고 일단 건물 안으로 들어가 버렸다. 나는 전동 카트 타이어가 낙엽을 밟고 지나가는 소리를 들으며 나무들을 피해서 신중하게 운전해《자비로운 숲》본부 건물 앞쪽으로 갔다. 내가 꾸물거리는 사이 하코다 씨는 이미 정면으로 나와서 자, 이거 챙기세요-, 하고 나에게 한 묶음의 전단을 건네주었다. 생각보다 묵직했다.

"《자비로운 숲》지구에 관한 안내 책자에요. 외우라고는 안 하겠지만 시간 날 때마다 쫙 훑어보면 여러모로 도움이 될 겁니다."

"알겠습니다." 전단을 받아서 조수석에 내려놓았다. "자, 그럼 따라오세요-" 하코다 씨도 전동 카트에 올라탔다. 우리는 앞뒤로 나란히 줄지어 출발했다.

본부 건물 뒤쪽으로 펼쳐진 숲에는 오솔길이 깔려 있었고 하코다 씨는 그 길을 따라 안내했다. '자비로운 숲'이라는 이름답게 나무마다 열매들이 주렁주렁 맺혀 있었다. 식물에 대해서 별로 아는 건 없지만, 감나무는 몇 그루나 발견했다. 전임자가 '너무 조용한 나머지 머리가 이상해졌다'라는 평가를 받는 것도 이해될 만큼 숲은 고요해서 전동 카트 엔진 소리와 타이어가 낙엽을 뭉개고 지나가는 소리, 그리고 새들이 지저귀는 소리만이 숲에서 들을 수 있는 몇 안 되는 소리였다. 전동 카트 운전은 꽤 즐거웠지만, 이 고요한 숲속에 혼자만 남겨진다고 생각하니 살짝 불안했다.

오솔길 막다른 끝에 오두막이 있었다. 흔히 보는 파출소 건물과 비슷하게 생겼지만 크기는 절반쯤 되고 세모난 지붕이 얹혀 있었다. 쥐 죽은 듯 고요한 숲속에 누가 깜빡 잊고 간 물건처럼 덩그러니 놓여 있었다.

"여깁니다." 하코다 씨가 전동 카트를 세웠다. 나도 따라서 전동 카트에서 내렸다.

"걱정할 건 없습니다, 화장실은 안쪽에 있어요. 전기도 들어오고 밥 해먹을 수 있는 공간도 마련되어 있습니다."

아, 네, 하고 고개를 끄덕였다. 좋은 건지 아닌지 잘 모르겠다. 아니, 하코다 씨의 어조로 봐서는 아마 좋은 것일 테다.

"여기서 종일 있으면 됩니다." 얼떨결에 고개를 끄덕였는데 생각해보니 그렇게 순순히 고개를 끄덕인 게 과연 잘한 일이었나 싶다. "기본적으로는 그냥, 있기만 하면 되는 일이지만."

"가만히 있으면 그것도 힘들 테니 단순한 사무도 좀 부탁 드리려고 합니다." 하코다 씨는 자기가 타고 온 전동 카트 뒷좌석에서 상자를 꺼내 들고 오두막 문손잡이에 둘둘 말린 철사를 풀어 안으로 발걸음을 옮겼다. 나도 뒤를 따라 오두막에 들어갔다. 6평은 족히 넘어도 8평은 채 안 되는 공간에 작은 사무용 책상이 놓여 있었다. 창문이 삼면에 나 있고 현관과 문에도 투명한 창문이 나 있어서 오두막에서는 사방이 다 내다보였다.

"이겁니다, 한 번 보세요. 두 달 뒤 공원 안에 있는 박물관에서 열리는 대大스칸디나비아전 입장권이에요. 입장권에 자르는 선을 찍기로 한 업체가 갑자기 연락이 끊겨서 말입니다. 그래서 대신 이 일을 해주면 좋겠습니다."

하코다 씨는 상자 안에서 입장권을 한 다발 꺼내 사무용 책상 위에 두고 작업에 필요한 도구라며 톱니 같은 날이 있는 로터리 커터와 스테인리스 자, A4 사이즈의 컷팅 매트를 건네주었다.

"하다가 지루해지면 주변을 한 바퀴 산책해주세요. 그리고 뭔가 발견되면 이 지도에 표시해주면 됩니다."

하코다 씨는 그렇게 말하면서 작업복 가슴께에서 작게 접힌 종이를 꺼내 사무용 책상 위에 펼쳤다. 하얀 여백이 대부분이어서 지도치고는 상당히 엉성했다. 눈에 띄는 것은 《자

비로운 숲》 본부 건물과 이 오두막으로 이어지는 오솔길 정
도고 나머지는 나무 그림이 듬성듬성 그려져 있었다. 오두막
으로 짐작되는 세모난 지붕이 얹힌 건물 그림에서 더 안쪽으
로 들어간 지점에 '어웨이 유니폼 컬러 바람막이 점퍼(노란
색)'라는 메모와 함께 옷 모양의 그림이 그려져 있었는데 거
기서 안쪽으로 더 가면 '이사기레의 응원 수건(너덜너덜)'이
라는 메모와 역시 응원 수건으로 보이는 그림이 내 시선을
사로잡았다.

"저기."

"네, 말씀하세요."

하코다 씨가 바로 눈을 맞추고 내 말에 집중하는 자세를
취하니 되레 물어보기가 망설여졌지만 지도에 그려진 바람
막이 점퍼와 응원 수건 그림을 번갈아 가리켰다.

"이건 뭐죠?"

"아, 이거요. 랜드마큽니다."

"바람막이 점퍼랑 너덜너덜한 수건이요?"

"네. 언제부턴가 나뭇가지에 걸려있더군요."

하코다 씨는 별일 아니라는 듯 말했다. 그건 아니지, 수상
하잖아, 언제부턴가 여기보다 더 깊은 숲속에서 발견됐다는
게. 길은 여기서 끝나는데.

칸그레호 오오바야시에 소속된 콜도비카 이사기레는 지

역 방송국 저녁 뉴스에서 본 적이 있다. 이사기레 선수는 스페인 산 세바스티안 출신 바스크인이지만 신실한 천주교 신자이었다. 자신과 같은 바스크인인 프란시스코 자비에르 선교사가 복음을 전하러 갔다는 이야기에 흥미를 느껴 일본으로 오게 되었다고 한다. 키가 작고 몸놀림이 재빨라서 포워드를 맡고 있다고 한다. 축구는 잘 모르지만 이름이 특이한 데다 아주 커다랗고 새까맣던 눈과 굉장히 두꺼운 눈썹, 그리고 창백하리만큼 하얀 피부가 묘하게 기억에 남았다. 방송에 이사기레가 나와서 자신은 공원을 좋아해 자주 간다고 하면서 에피소드를 소개했다. 한 번은 스타디움에 인접한 오오바야시 다이신린 공원에 갔는데 길을 잃고 헤매다가 폐장 시간을 넘기는 바람에 박물관 직원에게 구조되었다고 한다. 아무 근심 없어 보이고 어린아이처럼 천진난만한 미소가 인상적이었다.

그 후 칸그레호 오오바야시가 2부 리그로 강등되었을 때 이사기레도 집안에 사정이 생겨서 계약을 갱신하지 않고 스페인으로 돌아갔다고 인터넷 뉴스 같은 데서 본 기억이 있다. 뉴스에는 댓글도 달려 있었다. "강등되었다고 해서 바로 모국으로 돌아가 버리는 게 어디 있어?" "강등된 데는 이 녀석 책임도 있는데." "아니, 이사기레는 정말 열심히 해줬다." "몰랐어? 아버지가 아프다잖아." 다양한 의견과 억측이 난무

했다. 반년 후 이사기레는 다시 일본으로 돌아와 강등된 칸그레호 오오바야시와 재계약을 맺고 지금까지 활발하게 활약하고 있는 모양이었다. 칸그레호 오오바야시가 지난주 1부 리그로 승격되었다는 기사 역시 인터넷 뉴스에서 봤다.

"저, 주인을 찾아주는 편이 낫지 않을까요?"

꺼림칙하다는 마음이 노골적으로 드러나는 말 대신 되도록 완곡한 표현을 시도해보았다.

"하지만 그게, 둘 다 거의 누더기 수준이라."

상태가 좀 더 양호하다면 생각해보겠는데, 하고 하코다 씨는 머리를 긁적였다. 나는 아니, 지금 문제는 상태를 떠나서, 하고 말을 꺼내려다가 말았다.

"근데 어째서 여기보다 더 안쪽 나무에 걸려있는 걸까요?"

"그야 뭐 바람에 날려왔겠죠. 작년에 2부 리그로 강등됐을 적에 여러 가지 물건들이 공원 쪽으로 날아왔거든요, 수건은 물론 유니폼도, 심지어 남자 바지도 있었다니까요."

"그런 게 날아오면 어떻게 처리하나요?"

"상태가 괜찮은 건 보관해놨다가 공원 입구에 임시로 유실물 코너를 설치해서 문의가 들어오면 돌려줬습니다. 주인이 찾으러 오지 않는 물건은 박물관에 위탁해놨다가 늦게라도 연락이 오면 조금씩 돌려주고 있지요. 작년에 강등됐지만 최근 다시 승격된다는 얘기가 나오니까 잃어버린 물건을 찾겠다는 사람이 부쩍 늘었어요."

"그럼 나무에 걸려있던 수건이나 바람막이 점퍼도 찾으려고 하는 사람이 있지 않을까요?"

"근데 그건 정말, 누가 봐도 누더기 수준이라서." 하코다 씨는 얼굴을 찌푸리며 고개를 흔들었다. "진짜 도대체 무슨 일이 있으면 저렇게 되나 생각했을 정도라니까요. 덤불 속에서 몇 날 며칠 헤매기라도 했는지 아니면 발로 마구 밟아댔나 싶을 정돕니다."

둘 다 불길하잖아, 하고 생각하는데 하코다 씨는 누더기 같다는 점에서 돌려줄 필요성을 못 느끼는 듯했다.

"이제 이사기레 얘기는 그만하고. 어쨌든 심심하다 싶을 때는 이 주변을 한 번씩 둘러봐 주세요. 가능하면 오전에 한 시간, 오후에 한 시간 이렇게 하루에 두 번 정도 오두막 주위를 살펴봐 주시면 됩니다. 그러다 눈에 띄는 게 있으면 이 지도에 표시해서 보고해주세요."

아, 참 그리고 이거, 하고 하코다 씨는 나침반과 무전기를 건네주었다.

"나침반은 오두막 밖으로 나올 때는 꼭 들고 다니세요. 그리고 무전기는, 여긴 휴대전화가 잘 안 터져서 드리는 겁니다. 그러니 혹시 무슨 일 생기면 이걸로 연락하세요."

"무슨 일이라니 어떤 일이요?"

"말 그대로 뭐든지요. 감기 기운이 있다든가 낯선 동물을 봤다든가."

하코다 씨가 한사코 가벼운 투로 말하는 모습을 보니 정말 뭐든 말해도 괜찮겠지만 전임자가 너무 조용한 나머지 정신이 이상해졌다는 얘기를 떠올리면 쓸데없는 이야기를 하면 안 되겠다는 생각이 들었다.

"혹시 길을 잃었을 때도 연락해도 될까요?"

"물론이죠. 하지만 곳곳에 표지판이 있으니 길 잃을 일은 별로 없지 않을까 싶습니다만."

그러나 말하는 내용과 달리 은근슬쩍 시선을 비껴낸 채 뒷짐 진 상태로 흔들거리는 모습을 보니 썩 믿음이 가지 않았다. 아아, 헤매는 일이 자주 있다는 얘기구나, 하고 간파한 나는 살짝 정신이 아득해졌다.

"그래도 혹시 불안하면 이걸 챙겨 다니세요." 하코다 씨는 그렇게 말하고 웨스트백에서 화단에 꽂는 얇고 하얀 플라스틱 팻말 한 묶음을 꺼내 내게 건넸다. "지도를 채우러 다닐 때 표식으로도 쓸 수 있어요. 많이 있으니까 다 쓰면 언제든 얘기하세요."

"알겠습니다." 하얀 팻말을 받아들었다. 이건, 앞으로 포스트잇처럼 원 없이 써주겠다고 결심했다. 헤매는 건 질색이었다. 이런 숲속에서 가을도 깊어가는 시기에.

"오늘 점심은 나나 노지마 혹은 구도가 도시락을 가져다줄 겁니다. 하지만 내일부터는 알아서 챙겨오세요."

"알겠습니다."

"불씨만 조심해준다면 물을 끓여도 되고 기본적으로는 편하게 쓰셔도 됩니다. 참, 문은 원래는 안쪽에서만 잠그게 되어 있어서 자리를 비울 때는 밖에서 철사로 고정하고 있어요. 혹시 걱정되면 밖에 나갈 때는 귀중품을 챙겨주세요. 혼자 있다가 왠지 불안하다 싶을 때도 무전기로 연락하면 됩니다."

하코다 씨는 또 빠트린 건 없나 하고 중얼거리며 잠시 생각에 잠겼다. "제가 알아야 할 일이 있으면 나중에 무전기로 알려주세요." 내가 말했다. "그러지요." 하코다 씨는 경쾌하게 대답했다.

그리고 오두막을 나서는데 손바닥으로 허리를 짚는 모습이 조금 마음에 걸렸다.

"허리가 안 좋으신가 봐요? 저도 좀 안 좋은데."

그렇게 말을 걸자 하코다 씨는 뒤를 돌더니 눈썹을 찌푸리며 고개를 끄덕였다.

"정말 불편해요."

"옛날엔 그래도, 지금보다 훨씬 잘 돌아다녔는데, 어디든 갈 수 있었는데." 하코다 씨는 혼잣말처럼 중얼거리며 전동 카트에 올라탔다. "그럼 무슨 일 있으면 언제든 무전기로 연락 주세요. 그리고 오후 5시가 되면 오두막을 나와 전동 카트를 타고 본부까지 돌아오시면 됩니다." 이 말을 끝으로 오솔길을 따라 돌아갔다.

나는 우선 오두막 안의 사무용 책상에 앉아 하코다 씨가 두고 간 대스칸디나비아전 입장권 다발을 꺼내 보았다. 복사용지와 비슷한 두께의 얇은 종이에 '대스칸디나비아전'이라고 고딕체로 크게 써 놓은 게 전부이었다. 조잡한 입장권을 보니 자잘한 것에 별로 돈을 쓰고 싶지 않다는 의도가 느껴졌다. 그래도 오오바야시 다이신린 공원의 박물관은 제법 규모가 있어서 인근 지역뿐 아니라 다른 지방에서도 초·중학생이 현장학습을 오거나 일반인들이 견학하러 오곤 했다. 입장권의 디자인이나 인쇄에 비용을 들여 현혹하기보다는 본질로 정면 대결하겠다는 의지의 표현이 아닐까.

의자에 앉아 컷팅 매트 위에 대스칸디나비아전 입장권을 3장 정도 겹쳐놓고 '자르는 선'이라고 인쇄된 부분에 자와 원형 칼날이 장착된 로터리 커터를 대고 데굴데굴 굴렸다. 듣던 대로 간단한 사무였다. 처음 커터를 대고 찍은 3장은 살짝 비뚤어졌지만, 이후부터는 요령이 생겨서 자르는 선을 반듯하게 찍어나갔다. '삼한森閑하다'라는 말처럼 나무들에 둘러싸여서 오로지 대스칸디나비아전 입장권에 자르는 선을 찍고 있으려니 왠지 흡족한 기분마저 들었다. 이게 바로 무아지경이라는 건가 보다. 이 일을 시작한 지 몇 시간밖에 되지 않았으면서 벌써 이렇게 생각하는 건 섣부른 판단일지 몰라도 아무래도 나는 이 일이 적성에 맞는 모양이다. 전임자는 왜 이런 평화롭고 편한 일을 그만뒀을까?

짧은 시간에 일을 다 파악했다고 믿는 것은 내 나쁜 버릇이지만 정오가 되어 구도 씨가 갖다준 도시락도 아주 마음에 들어서 자꾸 기분이 들떴다. 매점에서 파는 도시락이었는데 두부 함박스테이크, 소금과 후추로 맛을 낸 잭푸르트칩, 케일과 퀴노아, 견과류가 들어간 샐러드, 그리고 디저트는 감이었다. 전부 이 공원에서 채취한 것으로 보였다. "매년 공원 운영 방침을 결정하는 회의에 일본 식량 자급률 저하를 우려하는 내용의 안건이 올라와서 식용 가능한 종류의 식물을 키우려고 노력하고 있거든요." 구도 씨가 설명해주었다. 다 맛있었다. 잭푸르트칩은 특히 마음에 들어서 퇴근할 때 매점에서 사서 집에서도 먹어야겠다고 마음먹었다.

구도 씨가 돌아가고 도시락도 다 먹고 난 후에 한동안 아무것도 하지 않고 멍하니 있었다. 주변은 몹시 조용해서 바람이 불어 나뭇잎들이 서로 부딪치는 소리와 새가 지저귀는 소리만 들려왔다. 머리 뒤로 손을 깍지 낀 채 눈을 감고 한참 숲속의 고요를 즐겼다. 평온한 시간이었다. 대학을 졸업하고

14년 동안 근무한 회사를 번아웃 때문에 그만둔 후부터 마사카도 씨 소개로 참 다양한 일들을 해왔다. 벌써 네 직장이나 거쳤다. 다 나름대로 괜찮은 일이었지만 마음 한구석의 불안은 잠잠해지지 않았다.

이 일에 많은 기대를 걸고 있지는 않지만 하나의 발판이 되면 좋겠다는 바람은 있었다. 안 그러려고 해도 자꾸 미래를 걱정하게 되는 이유는 시급이 너무 낮기 때문이었다. 아니면 정규직 공고가 나는 시기를 기다렸다가 재지원해볼까….

배가 부른 탓인지 차츰 졸리기 시작해서 늘어지게 기지개를 켜고 의자에서 일어났다. 제법 현기증이 심하게 일었다.

머리가 멍해지는 느낌을 떨쳐내기 위해 하코다 씨가 준 지도와 나침반과 무전기, 팻말을 챙겨 오두막을 나섰다. 문은 철사로 잠갔다. 오두막 뒤편에는 오솔길은 없고 그냥 낙엽만 잔뜩 깔린 숲이 펼쳐져 있었다. 지면은 적당히 고른 편이어서 집에서 신고 온 스니커로도 별다른 불편 없이 걸어 다닐 수 있을 것 같았다. 그러나 보이는 곳은 죄다 똑같은 나무만 심어 있어서 표식이 될 만한 것이라고는 방금 나선 오두막밖에 없었다.

오두막 뒤쪽으로 가서 우선 발밑에 플라스틱 팻말을 꽂아보았다. 그리고 숲속으로 스무 걸음 나아갈 때마다 지면에 팻말을 꽂았다. 그럴 때마다 뒤를 돌아 시야 안에 하얀 팻말이 들어올 만큼 고개를 내밀고 오두막 뒤편으로 점점이 이어지고 있는지 확인했다. 그렇게 해서 조금씩 숲속으로 들어갔는데 하코다 씨가 지시한 '지도에 표시'할 만한 일은 전혀 없었다. 그저 나무들이 저마다의 속도와 타이밍으로 단풍을 이루고 있어서 아름답다는 감상이 전부였다. 또 밤송이가 땅에 많이 떨어져 있었고 나무에는 감이 달려 있었다. 어쩌면 머지않아 이런 열매들을 주워 오두막으로 가져가서 먹는 날이 올지도 모르겠다는 상상에 살짝 들떠 밤송이를 주워들었다. 생각보다 가벼워서 이상하다 싶어 뒤집어 보니 양쪽으로 벌어진 채 알맹이는 없었다. 다른 것을 주워 확인해봐도 역시 반으로 쪼개진 채 안은 텅 비어 있었다. 이 일대에 떨어져 있는 밤송이는 모두 빈껍데기였다.

동물들이 먹은 걸까? 고개를 갸웃거리며 지도 한구석에 일단 메모해놓았다. '밤송이가 많이 떨어져 있는데 밤은 하나도 없습니다.' 공원 입장객이 여기까지 왔다 갔을 가능성도 있었다. 오히려 여기는 공원 안이니 길은 없어도 어쩌다 누가 여기까지 들어왔다고 해도 이상한 일은 아니었다.

밤송이가 떨어져 있는 일대 한가운데에 팻말을 꽂고 다시 앞으로 나아가자 이번에는 키 큰 나무 가지에 걸린 노란색 천이 눈에 들어왔다. 나는 다시 하코다 씨에게 받은 지도를 펼쳤다. 혹시 이게 '어웨이 유니폼 컬러 바람막이 점퍼(노란색)'인가.

바람막이 점퍼로 짐작되는 노란색 천을 뚫어지게 쳐다보았다. 소매에는 녹색 선이 들어가 있었다. 칸그레호 오오바야시 시합을 본 적은 없지만, 아니 나는 축구 경기 자체를 볼 생각도 안 하지만 아마 칸그레호 오오바야시가 원정 경기를 할 때는 노란색에 녹색 선이 들어간 유니폼을 입는 모양이었다.

바스락거리는 소리가 멀리서부터 서서히 다가왔다. 바람이 빠져나가는 소리였다. 그 속도는 이상하리만치 느릿해서 나는 주황색 작업복 점퍼 위로 드러난 목과 출근할 때 별생각 없이 치노 팬츠 한 장만 입은 다리에 참을 수 없는 한기를 느끼며 나뭇가지에 걸린 바람막이 점퍼를 올려다보았다. 그것은 노란 배에 달린 깃발처럼 위풍당당하게 나부끼고 있었다.

\* \* \*

첫날 도시락을 먹고 난 후 퇴근할 때마다 공원 입구 옆 매점에서 잭푸르트칩을 사 들고 집에 갔다. 저녁을 먹고 한 봉지 뜯어서 TV를 보며 먹는 것이 일상이 되었다. 담백한데도 희한하게 입에 착착 달라붙었다. 엄마가 먹고 싶어 해서 조금 나눠주었더니 "맛이 왜 이래?"하고 말하고 끝이었다. 일반적으로 아주 맛있는 편도 아닌 모양이었다.

내 고민은 보통 스낵류 과자와 비교했을 때 요즘 아주 마음에 든 잭푸르트칩 50g 한 봉지가 280엔으로, 꽤 비싸다는 것뿐이었다. '커다란 숲속 오두막에서 하는 간단한 일' 자체는 순조롭게 진행되고 있달까, '진행'이라는 개념이 애초에 존재하지 않는 게 아닐까 싶을 만큼 어떤 시련도 일어나지 않았다. 오두막 안에서 하는 일이라고 해봤자 대스칸디나비아전 입장권에 자르는 선을 찍는 것이고, 지도를 완성하기 위해 밖으로 나가는 일도 절대 길을 잃어버리지 않도록 팻말을 마구 꽂아가면서 숲속을 돌아다니는 것뿐이었다.

하코다 씨도 노지마 씨도 구도 씨도 다 좋은 사람들이었다. 아침에 본부로 출근해서 인사를 하는 게 전부이고 하루 수십 초에 불과한 대면이어서 사실 나쁜 사람들일지도 모르겠지만 그들은 어쨌든 땅에 꽂는 팻말을 더 달라고 하면 주었고 대스칸디나비아전 입장권 작업이 더디다고 잔소리하는 일은 없었다. 뭐 이상한 건 없었냐고 묻기에 "어제는 콜도비카 이사기레의 수건이 있는 곳까지 가봤는데 지도에 표시된 대로였어요"하고 대답했다. "그렇군요"하고 고개를 끄덕이는 것이 다였다. 보고한 대량의 빈껍데기 밤송이 건에 관해서는 동물들이 먹었겠죠, 하고 결론이 났다.

그렇다 보니 자연히 고민은 매일 먹는 잭푸르트칩이 좀 비싸네, 하는 수준으로 자리 잡았다. 나는 날이면 날마다 대스칸디나비아전 입장권에 자르는 선을 찍으면서 어떻게든 저것을 200엔, 아니 230엔 정도로 사 먹을 방법이 없을까 궁리했다. 온라인 쇼핑몰에서 '잭푸르트칩'을 검색해보고 직접 튀기면 싸지 않을까 해서 잭푸르트 열매 자체를 사보려고도 했다. 그러나 어느 쪽도 만족할 만한 결과를 얻지 못했다.

"잭푸르트의 열매를 사고 싶은데 혹시 이 공원 어디서 파는지 알 수 있을까요?" 아침에 출근하자마자 하코다 씨에게 물었다. 그러자 "응? 그런 건 그냥 따서 가져가요"하고 뭘 그렇게 어렵게 생각하냐는 듯 알려주었다. 깜짝 놀란 내가 직원인데 그래도 되냐고 또 물었다. "상식적인 범위 내에서는 해도 괜찮아요, 상식적인 범위 내에서라면." 하코다 씨는 두 번 반복했다. 한 개나 두 개 정도면 가져가도 상관없는 거냐고 끈질기게 확인하자 하코다 씨는 고개를 끄덕이며 괜찮다고 대답했다.

그날은 첫날 하코다 씨에게서 받은 전단과 지도를 꼼꼼히 대조해가며, 잭푸르트 열매를 수확하기 위해 점심을 먹자마자 나가기로 했다. 하코다 씨에 따르면 오두막 뒤편에서 북동쪽으로 향하면 얼마 안 가 잭푸르트 군락 표지판이 나오는

데 그걸 따라가면 된다고 한다. 땅에 표식용으로 팻말을 꽂아가며 씩씩하게 북동쪽으로 전진했더니 정말 표지판이 나타났다. 갈색으로 칠해진 나무 표지판이었다. 화살표 옆에 하얗고 울퉁불퉁한 잭푸르트 그림이 그려져 있었다. 잘 그리기도 했지만 묘하게 사실적이었다. 하코다 씨나 노지마 씨, 아니면 구도 씨가 그린 걸까.

그러나 300m면 금방이라고 예상했던 잭푸르트 군락에는 좀처럼 도달할 수 없었다. 이제 다 왔나 싶어 주변을 몇 번이고 둘러보며 잭푸르트를 찾았는데 밤나무와 감나무만 나왔다. 그건 그것대로 나쁘지 않지만 지금 찾고 있는 건 잭푸르트란 말이야, 하고 불평하는 사이 얼굴에 점점 짜증이 서리기 시작했다. 미아가 되는 일은 절대 사양이라는 고집이 있어서 거의 강박적으로 팻말을 발밑에 꽂아가며 왔던 터라 온 길을 그대로 되돌아가면 오두막까지 도착할 수 있다는 점은 불행 중 다행이었다. 하지만 중요한 팻말이 이제 하나밖에 남지 않은 상황에 이르러서도 잭푸르트 군락이 모습을 드러낼 낌새는 전혀 보이지 않았다.

결국 깨끗이 단념하고 돌아가기로 했다. 길을 잃는 위험을 무릅쓰면서까지 잭프루트 열매를 공짜로 얻고 싶은 마음은 없었다. 아니, 사실 조금만 더 어렸어도 모험을 강행했을지 모르지만, 나도 이제 충분히 사리에 밝을 나이였다. 대신이 일을 하코다 씨에게 보고해야겠다고 마음먹었다. 그를 위해 내가 꽂은 팻말은 수거하지 않고 그대로 두고 가기로 했다. 잭푸르트 열매를 따지 못한 대신 감을 여섯 개나 따갔는데도 잭푸르트가 눈에 아른거렸다. 오두막으로 돌아가서 껍질을 깎아 먹은 감은 아주까지는 아니더라도 제법 맛이 있었다. 여섯 개나 땄는데 한 개로도 충분했다.

"어떻던가요? 잭푸르트 열매는 따가지고 왔나요?" 다음 날 출근할 때 하코다 씨가 물어보았다. "그게, 표지판이 가리키는 대로 가봤는데 안 나오더라고요"하고 대답하자 "그럴 리가"하고 그는 고개를 갸웃거렸다.

"300m라고 써 있었는데 아무리 가도 안 나오더라고요. 숲속으로만 계속 들어갈 뿐이던데요? 그래서 대신 감을 따 왔어요."

"몇 개?"

"세 개요."

나도 모르게 순간 거짓말이 튀어나왔다. 나도 여섯 개는 좀 많다고 생각했는데 그 정도는 감을 따와야 했을 만큼 잭푸르트 군락을 발견하지 못한 실망이 컸다.

"먹어봤습니까?"

"한 개만요."

"난 감을 별로 안 좋아해요. 마누라는 설만 되면 곶감을 만들겠다고 설치는데 결국 만든 건 못 봤어요. 뭐 그건 그렇고." 하코다 씨는 자신의 지도를 펼치고 어디 보자며 손끝으로 짚어가면서 표지판이 있는 장소를 찾았다. "그럼 오늘 점심 먹고 제가 그쪽으로 가서 확인해보겠습니다."

"오전 중에는 철조망에 구멍을 뚫어야 해서요." 하코다 씨는 말했다.

"철조망 수리가 아니라 구멍을 뚫어야 한다고요?"

표지판과는 관계없는 이야기였지만 의아해서 물었다. 하코다 씨는 얼굴을 찌푸리며 고개를 끄덕이더니 이건 대외비인데, 하고 넌지시 운을 떼며 이야기해주었다.

"사실은 폐장 시간을 놓친 입장객을 위해 우리 공원에는 몇 군데 개구멍을 마련해놨어요."

"와."

"가장 좋은 방법은 말이죠, 박물관까지 가서 일하는 직원들에게 도움을 요청하는 거지만 그것도 생각대로 안 돼서 자꾸 엉뚱한 방향으로 걸어가는 사람도 있거든요. 하지만 그런 사람들도 언젠가는 공원 끝에 도착하기 마련이에요. 그럴만한 곳에 개구멍을 딱 만들어 놓는 겁니다. 무사히 공원을 빠져나가게 돕는 것도 우리 일 중 하나니까요."

"별의별 일이 다 있네요."

"그야 뭐 여기가 어지간히 커야 말이죠."

하코다 씨는 기가 질린다는 듯 어깨를 으쓱이며 말했다. 왠지 거기에는 자식 자랑하는 부모 같은 뉘앙스가 묻어나왔다. 역시 이 사람은 공원에 깊은 애정을 품고 있다는 생각이 강하게 들었다.

하코다 씨에게 표지판을 확인하는 일은 오후부터라고 들었다. 오전 중에는 언제나처럼 대스칸디나비아전 입장권에 자르는 선을 찍고 주변을 돌아본 후 정오에는 집 근처 편의점에서 사 온 주먹밥과 컵 된장국을 먹었다. 그때 무전기로 하코다 씨한테서 연락이 왔다. "네, 말씀하세요"하고 응답하자 '길을 잃은 사람이 있다는 제보가 들어왔는데 그 부근에 있는 모양입니다, 오버'하고 하코다 씨는 말했다.

"인상착의가 어떻게 되나요?"

'어, 빨간 아노락을 입은 중년 여성인데 밤을 줍다가 일행을 놓쳤다고 합니다, 오버.'

"알겠습니다. 제가 가보겠습니다."

'부탁합니다. 일행분에 따르면 뒤처진 분을 마지막으로 봤을 때 근처에 노란색 물건이 나무에 걸려있는 것을 봤다고 합니다. 칸그레호의 어웨이 컬러 바람막이 점퍼가 아닐까 싶네요, 오버.'

과연, 누더기처럼 불길한 옷이 이렇게 랜드마크 기능을 제대로 수행하고 있구나, 하고 내심 감탄했다.

"알겠습니다. 우선 바람막이 점퍼가 있는 곳으로 서둘러 가보겠습니다, 오버."

'그럼, 부탁합니다.'

거기까지 말하고 하코다 씨는 통신을 끊었다. 나는 먹다 만 주먹밥을 입안에 욱여넣고 컵 된장국 건더기만 건져 먹고 오두막 뒤편으로 돌아가 전동 카트에 올라탔다. 지면에는 내가 첫날 꽂아놓은 팻말이 그대로 있어서 그것을 따라가면 바람막이 점퍼가 있는 곳에 도착할 수 있었다. 전동 카트를 타고 가면 감당이 안 될 정도로 멀리 가버릴 것 같아서 이동은 되도록 도보로 했는데 최근에는 전동 카트를 타고 팻말을 따라 이동하는 것에 조금 익숙해졌다.

빨간 아노락을 입은 여자를 금방 발견했다. 안녕하세요, 하고 말을 걸었다. 여자는 눈을 빛내며 어머, 마침 잘 만났어요, 친구가 길을 잃은 모양이에요, 하고 먼저 이야기를 꺼냈다. 그 모습을 보니 본인이 길을 잃었다는 자각조차 없는 것 같았다. 그 친구 분에게 손님을 찾아달라는 부탁을 받고 왔어요, 하고 알려주자 여자는 어머, 그래요? 저 때문에 괜히 번거롭게 해드렸네요, 하고 어깨를 움츠렸다. 아니에요, 하고 나는 고개를 내저으며 여자를 전동 카트 뒷좌석에 태웠다.

"홈페이지에 이 근처에서 밤을 주울 수 있다고 적혀 있어서 와봤는데."

"네."

"밤송이 자체는 많이 떨어져 있는데 빈껍데기만 있더라고요."

이 사람도 나와 똑같은 의문을 느꼈구나 생각했지만 겉으로 드러내지 않고 대답했다. "동물들이 먹어버리는 경우가 있다고 들었어요."

"그래요? 여기 사는 동물은 밤송이를 둘로 쪼개서 알밤을 꺼내 먹을 정도로 머리가 좋나 보죠?"

듣고 보니 그것도 일리가 있었다. 나는 변명하듯 밤이라면 매점에서 팔고 있으니 거기서 사시는 건 어떠세요, 하고 권유하면서 속으로는 여자가 한 말에 대해 생각했다. 확실히 돌을 도구로 이용하는 원숭이라면 가능할지 몰라도 예를 들어 숲에 서식하고 있다는 다람쥐가 밤송이의 양 끝을 잡고 둘로 쪼갤 수 있을 것 같지는 않았다.

《자비로운 숲》지구 본부까지 여자를 데리고 가자 일행인 다른 여자가 몇 번이고 고맙다고 말했다. "아니에요, 할 일을 했을 뿐인걸요." 내가 고개를 저으며 말했다. 여자는 헤어질 때 "참, 이거라도 드리고 싶어요"하고 말하며 우엉차 티백을 주고 갔다. 일행이 구조되기를 기다리는 동안 본부 건물 귀퉁이 기념품 가게에서 샀다고 한다. 받아도 될지 모르겠다는 태도로 그 자리에 같이 있던 노지마 씨와 구도 씨에게 눈짓

하자 그들이 그 정도는 괜찮다는 느낌으로 고개를 끄덕여서 나는 우엉차를 감사히 받기로 했다.

그 후 오두막에 돌아와 전동 카트를 주차하는데 숲속에서 이쪽으로 걸어오는 하코다 씨가 눈에 들어왔다. 내가 길 잃은 여성을 발견해서 본부까지 데려다주는 동안 하코다 씨는 표지판을 보러 갔다 온 모양이었다.

"땅에 팻말을 아주 촘촘하게 꽂아놓아서 표지판이 있는 곳에는 금세 도착했는데 정작 그 표지판이 못쓰게 되어 있더군요."

"못쓰게 되어 있다니, 그게 무슨?"

"그러니까 전혀 엉뚱한 방향을 가리키고 있었습니다. 그러니 당연히 잭푸르트 군락에 갈 수 없었죠."

"그렇군요."

"입장객들이 일부러 장난쳐 놓은 걸까요. 장난도 정도껏 쳐야지. 내가 뽑아서 올바른 방향으로 고쳐놓았지만 그게 얼마나 무거운데. 아이구, 허리야."

하코다 씨는 팔짱을 끼고 씩씩거리며 화를 냈다. 이대로 하코다 씨를 본부로 돌려보내기도 뭐해서 어떡할까 망설이다가 마침 우엉차를 선물 받은 사실이 떠올라 차라도 한잔하고 가시라고 말했다. "아, 그럴까요?" 하코다 씨는 나를 보며 말했다.

"일행 분이 본부 건물의 기념품 가게에서 샀다면서 선물로 주시길래 받았거든요."

"우엉차군요. 그거 맛 괜찮아요."

잭푸르트 열매를 따가지고 가도 된다고 했을 때도 느꼈지만 이 직장은 수수 관계에 대해서 아주 관대한 편이었다. 차를 타기 위해 주전자에 물을 부어 불 위에 올려놓으려는데 가스버너가 따뜻하다는 사실을 알아차렸다. 뭐, 그럴 수 있었다. 아까 컵 된장국을 먹기 위해 물을 끓인 기억이 떠올라 그대로 불을 붙이려다가 아무래도 좀 찜찜한 생각이 들어 일단 주전자를 싱크대에 내려놓았다.

생각해보면 된장국을 먹은 것은 1시간 전 일이었다. 작업복 포켓에 넣어둔 무전기로 시간을 확인하니 오후 1시 반이었다. 점심을 먹기 시작한 정오에서 1시간 반이 지났다. 한번 가스버너에 불을 붙였다고 해서 그렇게 긴 시간 주변 온기가 유지될 수 있는 걸까? 하코다 씨에게 한번 물어보자 싶어 뒤를 돌았지만, 사무용 의자에 앉은 하코다 씨가 눈을 감고 턱을 괸 채 졸린 표정을 한 모습을 보았다. 주전자를 가스버너 위로 올리고 불을 붙였다.

그런 경우도 있을 수 있나? 아니면 가스버너 자체가 원래 한번 뜨거워지면 좀처럼 식지 않는 걸까. 나는 무심코 몇 번이나 고개를 천천히 내저었다.

\* \* \*

첫날부터 해오던 대스칸디나비아전 입장권에 자르는 선을 찍는 작업을 일단 한 상자 분량 다 마쳤다. 보고받은 하코다 씨가 그럼 일단 박물관 담당자에게 갖다 주고 다음 작업할 분량을 받아오라고 지시했다. 그래서 그날은 자르는 선 작업 이 끝난 입장권을 전동 카트에 싣고 점심을 먹자마자 박물관 으로 향했다.

"입장권에 자르는 선을 다 찍어서 가져왔어요." 안내 데스 크 직원에게 말했다. 직원은 나를 사무실로 데리고 가서 홍 보부 부장을 소개했다. 하코다 씨와 동년배로 보이는 하마나 카 씨는 그럼 한 상자 더 부탁드리겠다며 안쪽 창고 같은 곳 으로 들어가 손수레에 상자를 싣고 돌아왔다. 입장권이 든 상자를 전동 카트에 실은 후 손수레는 돌려달라고 했다. 나 는 손수레를 밀면서 사무실을 나와 박물관 입구로 향했다. 평일 낮에 박물관은 사람이 거의 없어서 쥐 죽은 듯 고요했 다. 로비에는 우루과이가 기증한 메가테리움의 뼈 표본, 샤 벨타이거의 실물 모형, 날개를 펼친 나그네앨버트로스의 박 제, 그리고 공원 안에서 발견된 오오바야시 원인 모형이 전 시되어 있었다. 어딘가 음울한 눈빛으로 먼 곳을 바라보는 오오바야시 원인은 곰인지 뭔지 모를 짐승 가죽으로 만든 망

토를 걸치고 있어서 퍽 따뜻해 보였다.

손수레를 멈추고 나그네앨버트로스 박제 크기에 압도되어 바라보는데 뒤에서 저, 하는 소심한 목소리가 들려왔다. 돌아보자 나와 나이가 비슷하거나 그보다 위로 보이는 여자가 서 있었다. 순간 근래 만난 적이 있는 사람인가 싶어 기억을 더듬어봤지만, 전혀 모르는 사람이었다.

"혹시《자비로운 숲》지구의 오두막 일을 하시는 분인가요?"

"네, 그런데 어떻게….”

그 말 그대로라서 나는 순순히 대답했다. 그러나 어떻게 바로 알아챘는지 의아해서 물어보았다. "오두막 일을 하는 사람이 입는 점퍼거든요"라는 대답이 돌아왔다. 관계자인가.

"전 2주일 전까지 그 일을 한 사람인데 오늘은 이직확인서를 떼러 왔어요." 아아, 그렇군요, 하고 고개를 끄덕였다. 그래서였구나. 그야 전임자라면 알 수밖에 없다. "일은 할 만한가요?"

네, 덕분에, 나는 한 번 더 고개를 끄덕였다. 뭐가 덕분인지는 잘 모르겠지만 일단 그렇게 덧붙였다. 전체적으로 피부가 하얗고 마른 여자는 조금 신경질적인 외모이었다. 하지만 하코다 씨가 말한 '정신이 이상해졌다'에서 연상되는 불안정한 분위기는 찾아볼 수 없었다. 대할 때 세심한 배려가 필요할지도 모르겠다는 정도였다.

그쯤에서 대화가 끝나면 좋았겠지만, 여자는 머뭇거리면서도 계속 말했다.

"저…."

"네."

여자는 이야기를 더 하고 싶은데 어떻게 말을 꺼내면 좋을지 망설였다. 나는 어깨에 힘을 빼고 고개를 조금 기울이며 잘 듣고 있다는 자세를 취했다. 여자는 가볍게 고개를 흔들고 나그네앨버트로스 박제에 시선을 주었다가 이내 결심한 듯 나를 똑바로 보며 입을 열었다.

"혹시, 좀 이상한 일 같은 거 없었나요?"

"이상한 일이요?"

있다면 있었다. 하지만 둘로 쪼개진 밤송이 안에 알밤이 없다든가 하는 이야기를 듣고 싶어할 것 같지는 않아서 일단 그렇게 되물었다. "예를 들면, 오두막 안에 놓아둔 물건의 위치가 바뀌어 있다거나." 여자는 눈썹을 모으더니 말했다.

"아뇨, 그런 적은 없는데요…."

"전 있었어요. 전 늘 책상 위에 손거울 뒷면이 위로 오도록 엎어두는데 밖에 나갔다 오면 앞면이 위를 향해 있고 문에 철사를 감아둔 방향도 반대로 바뀌어 있고."

나는 속으로 거울은 항상 메고 다니는 배낭 안에 처박아둔 채라서, 하고 중얼거리다가 그 말을 조용히 삼켰다. 철사를 감아둔 방향까지는 미처 생각하지 못했지만, 딱히 이렇다 할 위화감을 느낀 적은 없었다. 단지 어제 가스버너가 따뜻하게 데워져 있었던 일은 조금 신경 쓰였다.

"그러고 보니 사용하고 나서 1시간 넘게 자리를 비웠는데 가스버너가 따뜻하더라고요, 이상하게도."

"전 가스버너는 사용한 적이 없어서 그건 잘⋯."

여자는 고개를 떨구었다. 아깝게, 그게 오두막의 장점인데, 하고 말하고 싶었지만 여자는 이제 그 오두막에서 일할 일은 없기에 잠자코 있었다.

"하여튼 이상한 일이 일주일에 한 번 정도는 있어서 하코다 씨에게 상담했지만 좀 더 지켜보자는 말만 하고 뜨뜻미지근하게 구는 바람에 어쩔 수 없었어요." 여자는 말했다. 하코다 씨에 대한 비판은 현직에 있는 내게 약간 불편한 이야기였지만 일단 아, 네, 하고 들어주었다.

"자꾸 무서운 생각이 들어서 나중에는 불면증까지 걸려버렸어요. 그래서 정신건강의학과에 다니게 됐는데 의사 선생님이 한동안 일을 쉬는 게 좋겠다고 하더라고요. 숲도 이 공원도 정들어서 일을 그만두고 싶진 않았는데."

"그랬군요."

그리고 잠시간 대화가 끊긴 틈을 이용해 일을 새로 구했는지 묻자 비교적 유명한 회사의 창고에서 일한다는 대답이 돌아왔다. 지금 이렇게 몇 분간 나눈 대화로만 판단하는 것도 섣부를지 모르지만 그만두고 나서 얼마 되지 않아 다시 새 직장을 다니고 있다는 점에서 이 여자는 그렇게 이상하다거나 지나치게 신경질적이어서 일할 수 없다거나 하지는 않는 것 같았다.

"아무래도 유령이 아닐까 하고…."

여자는 이런 말을 하는 게 고통스럽다는 얼굴로 오오바야시 원인 모형을 돌아보며 무서운 듯 부르르 떨더니 곧 내게로 고개를 돌렸다.

"네?"

그냥 흘려들을 수 없는 말, 아니 오히려 흘려들어야 할 말이라고 생각하면서도 나는 홀린 듯 되묻고 말았다. 여자는 다시 오오바야시 원인 모형을 힐끔 보더니 고개를 흔들고 마치 어떤 답이라도 찾으려는 듯 내 눈을 들여다보았다.

"유령 짓이라는 생각이 들어서요."

"유령이라니…."

"오오바야시 원인 유령이요."

해골이 나왔다잖아요, 하고 여자는 눈을 꾹 감고 고개를 흔들었다. 정말 두려움에 떨고 있다는 게 여실히 느껴져서 심각해 보였지만 무심코 웃어버릴 뻔했다. 나그네앨버트로스 박제에서 조금 물러나 오오바야시 원인 모형을 물끄러미 올려다보았다. 아무렇게나 뻗친 머리카락과 수염, 온몸을 감싸는 모피, 손에 든 석기 들은 내가 이해하든 말든 상관없는 고대의 인류 그 자체였다. 단지 눈은 묘하게 슬픈 빛을 띠고 있어서 뜻대로 되지 않는 세상사를 수없이 겪어왔다고 이야기하는 듯 보였다. 만에 하나 유령이 여자에게 장난을 쳤다고 해도 오오바야시 원인 유령은 그런 짓을 저지를 것 같진 않은데, 하고 나는 짐작했다. 곧 맞다, 이 조형물은 그냥 상상에 기반해서 만들어진 거지, 하고 생각을 달리했다. 진짜 오오바야시 원인은 슬픔 따위는 전혀 개의치 않고, 철저하게 약육강식에 따라 살아가는 야인이었는지도 모른다.

"어쨌든 조심하세요!"

여자는 내 주황색 작업복 팔죽지에 잠깐 손을 얹으며 이렇게 말하고 오른쪽으로 돌아 종종걸음을 치며 사무실로 향했다. 나는 그 뒷모습과 오오바야시 원인 모형을 번갈아 보면서 고개를 갸웃거렸다. 전임자 여자에게서 경계심을 가져야 할 만큼 이상한 점은 역시 느껴지지 않았지만, 살짝 몽상가적인 기질이 있달까 지나치게 신경질적인 면이 있다는 생각이 들었다. 그런 사람이 있다. 기본적으로는 좋은 사람인데 이야기하다 보면 어떤 특정한 일에 집착이 느껴진다. 그것을 타인에게 강요하지는 않아서 해를 끼치거나 하지는 않지만,

아무튼 누가 어떤 식으로든 안심할 수 있게 도와주어도 절대 자신의 망상을 버리지 않는다고 할까.

손수레를 밀고 전동 카트가 있는 곳으로 가서 새로 받은 상자를 뒷좌석에 실었다. 대스칸디나비아전 입장권이 꽉 들어차 있는지 묵직해서 적어도 심심할 일은 없을 것 같았다. 그 후 손수레를 반납하러 바퀴 방향을 오른쪽으로 돌려서 사무실로 향했다. 그러다 공교롭게도 조금 전에 만났던 여자와 마주쳤다. '오오바야시 다이신린 공원 박물관'이라고 적힌 갈색 서류 봉투를 품에 안고 어딘가 난처한 표정을 지으며 빠른 걸음으로 박물관 홀을 향하고 있었다. 처음 보는 사람에게 지나치게 많은 이야기를 했는데 얼마 되지 않아 또 그 사람을 만난다는 것은 언제나 그렇듯 겸연쩍은 일이다. 유령이 어떻다느니 하는 이야기를 했다면 더욱더 그렇겠지.

전동 카트를 운전해 숲속 오두막으로 돌아가면서 여자가 한 이야기를 멍하니 되짚었다. 밤송이 일이 역시 머릿속을 스쳤다. 그리고 가스버너가 따뜻하게 데워져 있던 일이 떠올랐다. 가스버너 앞에 창문이 있으니 어쩌면 태양광으로 달아올랐을 가능성도 완전히 배제할 수 없었다.

오두막에 도착하자 여자가 얘기했던 문의 철사와 책상에 둔 거울이 생각나서 자세히 관찰했지만, 눈에 띄는 변화는 전혀 없었다. 애초에 여자의 착각이 아니라 정말 손거울이 뒤집혀 있거나 문을 잠그는 철사의 방향이 이상했다고 해도, 얼마 전에 밤을 주우러 왔다가 미아가 됐던 빨간 아노락 차림의 중년 여성처럼 공원에 놀러 왔다가 어쩌다 보니 여기까지 발길이 닿아서 호기심에 오두막으로 들어와 손거울을 만지거나 철사를 적당히 감아놓고 갔는지도 모른다. 그렇게 치면 여자가 거짓말을 하지 않았다는 사실이 될 뿐 아니라 유령 따위 있을 리 없다는 것 또한 말이 된다.

'아-, 아-, 아-, 들리나요? 오버.'

무전기에서 하코다 씨의 목소리가 들려서 네, 말씀하세요, 오버, 하고 대답했다. 또 누군가 길을 잃었다는 연락이었다. 요 며칠은 하루에 한 명씩 반드시 길 잃은 사람이 나왔다. 그만큼 공원은 광활했고 숲은 드넓었다. 나는 혹시나 해서 오두막 안을 찬찬히 둘러보며 나중에 돌아왔을 때 조금이라도 변화가 있다면 바로 눈치챌 수 있도록 기억에 담았다. 휴대전화로 사진을 찍어두는 좀 더 치밀한 방법을 쓰지 않은 이유는 만약 정말 어딘가 바뀌어 있기라도 하면 어쩌나 하는 불안과 마주했을 때 도망칠 구멍을 만들어두고 싶었던 건지도 모른다.

\* \* \*

쯔유★가 1인분 정도 줄어든 사실을 알아차렸을 때는 나도 불안에 떨었다. 출근하면서 도시락을 살 시간이 부족할 때 집에 쟁여놓은 냉동 우동 사리를 들고 와서 쯔유에 넣어 끓인 후 동결 건조된 파를 뿌려 먹곤 하는데 분명 어제까지는 세 번 정도 먹을 분량이 남아있던 것이 지금은 2인분밖에 없었다. 쯔유 병은 1인분은 이만큼, 2인분은 이만큼 이렇게 눈금이 그려져 있어서 얼마나 먹었는지 눈으로 식별하기 쉬웠다.

나는 우선 오두막에 가져다 놓은 식초나 고추기름, 허브 솔트 같은 조미료를 책상 위에 모아놓고 찬찬히 뜯어보았는데 아무것도 바뀐 점은 없었다. 그러니 아마 쯔유도 내 착각이었겠지 하고 넘어가려고 했지만, 머릿속 어딘가에서 정말 3인분은 있었다니까! 하고 격하게 반박하는 어제의 나를 말릴 방법은 없었다.

어수선한 마음을 가라앉히려고 대스칸디나비아전 입장권에 자르는 선을 찍는 작업으로 다시 돌아왔지만, 좀처럼 집중이 안 돼서 자르는 선이 한쪽으로 기울거나 얇게 찍히는 등 실수가 반복되는 탓에 커다란 숲속 오두막 안에서 밀려오는 짜증으로 얼굴이 잔뜩 구겨졌다. 아무리 그래봤자 여기에는 나 혼자였다.

---

★ 국수나 우동의 국물 베이스.

잭푸르트칩이 특가 할인하니 이제 된 거 아니냐고 달리 생각해보려 했다. 잭푸르트칩은 나를 제외하고는 사 가는 사람이 별로 없는지 어느 사이엔가 가격이 반값으로 떨어져서 매점에 갈 때마다 과감하게 세 봉지씩 사들이고 있었다. 그래서 굳이 잭푸르트 군락을 찾아야 할 필요도 없어졌지만, 지도를 완성하는 작업에도 익숙해져서 여기는 밤나무, 저기는 감나무 등 착실하게 여백을 채워가고 있었기 때문에 잭푸르트 군락도 꼭 써넣고 싶어서 며칠간 취미가 아니라 일 목적으로 찾아다녔다. 그러나 여전히 발견되지 않았다. 언제나 표지판까지는 쉽게 갈 수 있는데 표지판이 가리키는 대로 걸어가도 밤나무, 감나무 같은 익숙한 과실수만 나오고 잭푸르트 군락은 보이지 않았다. 초반에는 하코다 씨에게 발견하지 못했다고 이야기했는데 그때마다 매번 표지판까지 확인하러 갔다 오는 모습을 보니 허리가 안 좋은 사람에게 더는 표지판을 어떻게 해달라고 하기가 미안하다는 생각이 들어서 언젠가부터는 잭푸르트 군락에 대해서 보고하지 않게 되었다.

지도를 채워나가는 작업은 오전과 오후 두 번 주변을 산책하는 동안 조금씩 진척되고 있었다. 칸그레호 오오바야시 굿즈는 바람막이 점퍼와 수건 말고도 낡은 깃발과 머플러가 나무에 걸려있는 것을 발견했다. 의류가 이 만큼이나 숲속에 남겨져 있을 정도면 칸그레호 오오바야시와 관계없는 물건이 나타나도 이상하지 않을 텐데 발견되는 것은 죄다 칸그레호와 관련된 물건 일색이고 심지어 머플러에는 콜도비카 이사기레 이름이 적혀 있었다. 어째서 이사기레 굿즈만 발견되는 걸까. 그렇게 이사기레 굿즈가 잘 팔리는 건지 나는 축구를 잘 아는 사람, 잘 모르는 사람 몇 명에게 물어봤다. 이사기레는 실력도 좋고 끈기도 있고 몸을 사리지 않아서 제법 인기가 있기는 하지만, 그보다 더 인기 많고 잘생긴 선수도 있다고 대답하는 사람이 있는가 하면 응? 사람이야? 하고 태연하게 되묻는 사람도 있었다. 바스크인 특유의 성인 이사기레라는 말이 주는 어감은 그만큼 낯설었다.

깃발이 발견된 일대와 머플러가 걸려있었던 주변에는 무화과나무가 있었다. 깃발이나 이사기레 머플러를 사진으로 찍어 하코다 씨에게 보고하자 흠-, 그런 곳까지 걸려있는 줄은 몰랐다고 감탄했다. 수거해서 박물관으로 가져갈지 묻자 하코다 씨는 그냥 놔둬도 괜찮다고 내가 찍은 사진을 보며 대답했다.

"과실수가 이렇게 많으니 돌보는 사람들도 있을 텐데 그 사람들이 일할 때 방해되지 않을까요?"

"물론 그런 분들도 있긴 한데 외주 업자들이라서 그렇게 자주 오지 않고, 기본적으로는 손이 많이 가지 않게 야생에서 크는 종류를 심어놨기 때문에 그분들이 숲에서 발견되는 유실물과 접할 일은 거의 없다고 보면 됩니다."

어쨌거나 숲속 여기저기 떨어져 있는 칸그레호 굿즈에 대한 하코다 씨 생각은 분명했다.

"거기에 그대로 놔두면 표식도 되고. 오두막에서 일하다가 어느 날 무화과가 먹고 싶어지면 따러 갈 수도 있고요."

"그건 그러네요."

동의해도 되는지 잘 모르겠지만 하코다 씨에게는 극히 자연스러운 일인 듯해서 고개를 끄덕였다.

"우리 공원의 무화과는 6, 7월에 수확할 수 있는 품종과 8월부터 10월까지 수확할 수 있는 품종, 두 종류가 있으니까요."

그렇게 말하고 하코다 씨는 자랑스럽다는 듯 살짝 가슴을 폈다. 역시 이 사람은 이 공원을 참 좋아한다니까.

콜도비카 이사기레에 관한 것은 퇴근길 역에서도 발견했다. 오오바야시 다이신린 공원까지 노선이 연결된 모노레일 회사가 격주로 발행하는 무가지 《ODP 매거진》이었다. 각 역 주변의 맛집이나 오오바야시 다이신린 공원 안에 있는 박물관의 전시 일정에 대한 기사가 주를 이루었는데 칸그레호 오오바야시에 관한 기사도 종종 실리고는 했다. 내가 그날 본 최신 호 표지에는 감나무 사진 하단에 큰 글씨로 '콜도비카 이사기레 선수 롱 인터뷰(1부)' 문구가 대문짝만하게 적혀 있었다. 게다가 편집 면에 '하나바타케 애드'라는 글자가 보여서 깜짝 놀랐다. 버스 음성 광고를 만드는 일을 했을 때 열 살은 족히 어려 보였던 에리구치 선배가 현재 일하는 사무소였다.

그런데 무가지를 퇴근길 전철에서 읽지는 못했다. 그날은 길 잃은 사람이 세 명이나 나와서 몹시 바빴기 때문이다. 결혼반지를 한순간의 충동으로 숲속에 묻어버렸는데 다시 찾고 싶으니 함께 찾아달라는 남자를 도와주느라 녹초가 되었다. 하코다 씨에게 이야기하자 그런 사람은 은근히 많다고 했다. 휴지통에도 버리지 못하고 되팔지도 못하고 완전히 처분할 결심도 하지 못한 채 숲속에 묻으러 온다는 것이다. 앞으로 그 사람 없이 살 수 없다는 사실을 깨달았다면서 나보다 두, 세 살 연상으로 보이는 남자가 하는 이야기에 대충 장단을 맞춰주었다. 대스칸디나비아전 입장권에 자르는 선을 찍는 작업 말고는 아무 일도 없이 한가했던 날들이 그리웠다.

다음 날 무가지를 오두막으로 가져와 정적이 깔린 숲속에서 이사기레 인터뷰를 정독했다. 취재·글에 역시나 '에리구치 마리'라고 되어 있어서 이름이 마리였구나…하고 살짝 감동하며 언제나 냉철했던 에리구치 씨 면모를 떠올렸다.

인터뷰 내용에 그렇게 특이한 점은 없었다. 2부 리그로 강등되고 반년간 스페인으로 돌아갔던 이유는 아버지에게 골수이식을 하기 위해서였다는 것, 어느 팀에도 소속되지 않은 채 아버지를 간호했던 시기에는 기분 전환도 할 겸 고향 팀의 협조를 얻어 막판에 훈련에 열중했던 것, 자신은 같은 바스크인인 자비에르뿐 아니라 고대 역사에도 관심이 있어서 오오바야시 원인을 꼭 만나보고 싶다는 것 등이 눈에 띄는 정보였다. 이목구비 하나하나가 큼지막한 이사기례가 웃는 모습은 변함없이 무구했지만, 중병을 앓는 아버지를 간호하고 나서인지 내가 기억하는 얼굴보다는 성숙해 보였다.

인터뷰를 다 읽고 나서는 주변을 돌아보기로 했다. 그러다가 얼마 전에 버린 반지를 다시 찾으러 온 남자와 우연히 마주치는 바람에 아무래도 다시 반지를 묻어야겠다는 이야기를 30분이나 들어야 했다. 아내에게 "남은 인생 이제 너 없이 살 수 없어"하고 말했더니 아내가 말없이 고개를 저으며 집을 나가버렸다고 한다. "아니, 나가더라도 무슨 말이라도 하고 나가야지, 안 그래요?"라는 남자 말에 나는 해줄 말이 없어서 난처했다. 남자는 일단 공원에 온 사람이고 손님이기도 해서 그럼 그냥 팔아버리든가 버려버리면 되잖아요, 하고 대답하고 싶은 것을 겨우 삼켰다. "혹시 다음에 또 찾으러 올수도 있으니까 이거라도 꽂아두세요." 나는 숲에서 헤매지 않기 위해 늘 땅에 꽂고 다니는 팻말을 건넸다. "주시니까 일단 받아 둘게요." 남자는 유성펜으로 팻말에 '반지'라고 써서 반지를 묻은 곳에 꽂았다.

하품을 겨우 참아가며 남자와 대화하고 있자니 문득 이사기레 기사를 다시 읽고 싶어졌다. 진부한 사연일지 몰라도 골수이식을 했다는 부분을. 순수하게 대단하다는 생각이 들었다.

남자를 전동 카트에 태워 숲 끄트머리에 있는 본부까지 데려다주고 다시 오두막으로 돌아왔다. 나는 쯔유 사건의 뒤를 잇는 명백한 이변을 발견했다. 책상 위에 두고 간 무가지가, 이사기레 인터뷰 페이지가 펼쳐진 채 있었다. 나갈 때 저거 분명히 덮어놓고 갔는데. 오두막 창문은 닫혀 있기 때문에 바람이 불어서 표지가 넘어갔을 가능성도 없었다.

오두막에서 뛰어나와 주위를 둘러보았다. 위험하니까 그런 짓은 하지 말았어야 했다고 지금은 생각하지만 아무튼 그때는 등과 겨드랑이, 발바닥에 식은땀이 나서 그렇게 하지 않고는 견딜 수 없었다. 저벅, 저벅하고 발자국이 멀어져가는 소리가 들려와 그 방향을 주시했다. 커다란 코트 따위를 몸에 두른 형체가 감나무 사이로 달려가는 모습이 보인 것 같았다. 온몸의 피가 싹 빠져나가는 느낌이 들었다.

* * *

무가지와 달려가던 사람 형체에 대해서 하코다 씨에게 이야기했다. "《자비로운 숲》 지구에는 가끔 사슴이 나와요, 사람을 무서워해서 보자마자 엄청난 속도로 달아나버리지만." 하코다 씨는 말했다. "그런 얘긴 들은 적 없는데요, 사슴이라니, 팸플릿에도 사슴 얘긴 안 나오는데요." 내가 조금 대드는 듯한 말투로 추궁하자 하코다 씨는 일단 좀 진정하라는 느낌으로 손을 내젓고 소리 낮춰 말했다.

"이건 대외빕니다만," 대외비가 왜 이렇게 많아! 하고 나는 바로 쏘아붙이고 싶은 것을 겨우 가라앉혔다. "예전에 동물원 사슴이 공원으로 넘어온 적이 있는데 아직 잡지 못했어요. 근데 그 사슴이 《자비로운 숲》 지구까지 와서 그대로 터를 잡은 모양이에요."

"포획은 안 하나요?"

"불쌍하잖아요." 하코다 씨는 그렇게 말하면서 조금도 주눅 들지 않은 표정으로 어깨를 으쓱였다. "현재 사슴으로 인한 피해 사례도 보고된 적이 없으니 회의에서 그렇게 심각하게 받아들일 거 없다고 결론 나기도 했고요."

사슴의 QOL을 존중해줍시다, 하고 하코다 씨는 제법 어려운 말을 썼다. 퀄리티 오브 라이프를 말하는 것이었는데 생각할수록 참 매사가 느슨하기 짝이 없는 공원이었다. 그리고 점점 이곳은 해당 담당자가 구석구석까지 철저하게 관리하는 공원이라기보다는 세렝게티 국립공원이나 요셉테 국립공원처럼 공원인지 자연 그 자체인지 모호한 경계에 있는 시설이라고 여기는 편이 좋을지 모른다고 생각하게 되었다.

"그럼 무가지가 펼쳐져 있던 것에 대해서는 어떻게 생각하세요?"

"음 - , 그건 바람이겠죠."

"창문은 전부 닫혀 있었는데요?"

"오두막은 외풍이 좀 있어요. 나도 거기서 근무해봐서 잘 압니다."

하코다 씨는 춥다, 추워 말하고 싶은 듯 양팔을 쓸어내렸다. "게다가 읽고 있었던 건 《ODP 매거진》이었죠? 그건 아주 얇잖아요. 나도 그 잡지 좋아해서 자주 읽는데 우리 집 미닫이문이 닫힐 때 나는 약한 바람에도 종이가 날린 적이 있습니다."

묘하게 현실성 있는 하코다 씨 이야기에 나는 주춤했다. 하코다 씨는 나쁜 사람은 아니고 오히려 좋은 사람이었다. 자기가 맡은 일에 애정이 있고 이 공원을 사랑했다. 그러나 만만한 사람은 아니었다.

"안심하고 일하셔도 됩니다!"

하코다 씨는 엄지손가락을 치켜세우며 말했다. 무심코 아, 네, 하고 대답하면서 같이 엄지손가락을 세우긴 했지만 나도 그렇게까지 어리숙한 사람은 아니었기에 다음에 무슨 일 생기면 그때는 무전기로 연락한다고 못을 박았다. "그야 물론 얼마든지!" 하코다 씨는 배를 두드리며 대답했다.

지금 둘 다 이게 뭐 하자는 건지 모르겠다. 서로 간에 오가는 대화는 시종 온화했지만 사실 나와 하코다 씨 사이에는 은근히 손에 땀을 쥐는 긴장감이 감돌고 있었다. 사실상 하코다 씨에게 진 것이다.

오싹한 패배감에 살짝 전의를 상실한 내가 주황색 점퍼 앞섶을 여미고 본부 건물을 나설 때였다. 바로 구도 씨가 나오더니 빠른 걸음으로 다가와 "주문하신 팻말이 생각보다 일찍 도착한 거 있죠? 지금 가져가세요"라고 말하며 내게 원예 온라인 쇼핑몰 이름이 인쇄된 상자를 통째로 건네주었다. 숲속을 돌아다니는 일도 적응돼서 내가 땅에 꽂아둔 새하얀 팻말이 이제 눈에 거슬리기 시작한 터라 좀 더 자연스러운 색은 없는지, 그편이 공원 입장객에게도 위화감을 덜 주지 않겠느냐고 제안했다. 나무 팻말이 있으니 그걸로 바꾸자고 하코다 씨가 결정해주었다. 그런 문제는 또 쉽게 해결해주기 때문에 한 마디로 이렇다 저렇다 판단하기 곤란한 사람이었다.

"사슴 얘기는 정말 어이없죠?"

구도 씨는 이렇게 말하면서 내 전동 카트 뒷좌석에 새로운 팻말이 가득 든 상자를 실어주었다.

"이 공원은 뭐랄까, 여러 가지로 느슨한 것 같아요."

내가 그렇게 말하자 구도 씨는 어깨를 들썩이며 유쾌하게 킥킥, 하고 웃었다.

"동물원과 우리 지구 사이가 좀 안 좋거든요." 다른 사람한테는 비밀이에요, 하고 구도 씨는 입술 앞에 검지를 세우며 말했다. "동물원 원장님이 하코다 씨 한 학년 선밴데 처음 입사했을 때 원장님한테 많이 당했다는 모양이에요."

"그게 언제 적 이야기죠?"

"글쎄요, 한 40년은 되지 않았을까요?"

40년 전 원한을 지금까지 품고 있다니…, 어떤 마음인지 이해가 안 가는 건 아니지만…, 아연한 기분에 사로잡혔다. "근데 하코다 씨는 박물관 관장님과는 또 사이가 좋아요." 구도 씨가 덧붙였다. 관장은 하코다 씨의 한 학년 후배라고 했다. 구도 씨가 공원에 입사하고 처음 열린 송년회에서 그런 이야기를 귀에 딱지가 앉도록 들었다고 한다.

구도 씨에게 무가지와 달려가는 형체를 이야기했다. 형체는 사슴이 꼭 아니더라도 공원 입장객일 가능성도 있으니 딱히 뭐라고 할 수 없지만, 무가지는 이상하다고 말했다.

"바람이 한 짓이라면 보통 그런 얇은 책자는 통째로 날아가지 않나요? 페이지를 넘기는 정도의 약한 바람이라고 쳐도 딱 이사기레의 페이지가 펼쳐지는 건 좀 그렇잖아요. 두 번째 건 진짜 이상해요."

"그렇죠?"

"근데 책자에 대해 잘 아시네요." 내가 말했다. "전 칸그레호 서포터라서 매거진이 나올 때마다 다 찾아 읽거든요. 선수 인터뷰가 실려있으니까요." 구도 씨는 살짝 눈을 빛내며 말했다.

"센터백으로 뛰는 유리오카 선수, 혹시 아세요? U21 경기에서 머리에 피를 철철 흘리면서 헤딩골을 넣는 장면을 보고 그때부터 팬이 됐어요. 고3 가을에 있었던 일인데 제가 여기서 일하기로 마음먹은 결정적인 이유죠."

"아아, 그랬군요."

칸그레호 오오바야시 서포터라면 인접한 이 공원에서 일하는 보람이 있을 것이다. 나는 유리오카 준이라는 선수에 대해서 본 적도 들은 적도 없었지만, 까까머리에 체격이 크고 테크닉은 없어도 근성은 알아주는 남자라고 구도 씨는 설명했다.

"혹시 유리오카가 여기 오지 않을까 기대했는데 역시나 그런 일은 없더라고요. 하긴 바쁠 테니 이런 커다란 공원에 올 시간 같은 건 없겠죠."

"누가 길을 잃었다는 연락이 와서 가 봤더니 이사기레고. 아, 이사기레라서 싫었다는 게 아니라 이사기레도 물론 아주 좋아하는데 전 유리오카였으면 더 좋겠다는 뭐, 그런 얘기에요." 구도 씨는 영문은 모르겠지만 어쩐지 초조하게 덧붙였다. 내가 그것을 비난하거나 한 적도 없는데 유리오카가 아니라 이사기레가 공원에서 길을 잃었다는 이야기는 구도 씨 나름대로 중립을 지키고 싶은 모양이었다.

"난 축구에 대해선 전혀 모르지만, 콜도비카 이사기레는 칸그레호 오오바야시가 강등되자마자 계약을 갱신하지 않고 일단 스페인으로 돌아갔다가 반년 후 강등된 상태의 칸그레호와 다시 계약을 맺고 돌아왔다고 들었는데, 맞나요?"

수건과 머플러가 둘 다 이사기레 굿즈였다는 사실을 떠올리며 확인차 구도 씨에게 얘기해 보았다. 그것이 전임자가 오오바야시 원인 유령을 두려워한 것과 이번에 사슴인지 사람인지 정체 모를 생물체가 도망치듯 사라졌던 사건과 관련 있다고 확신할 수 없지만, 무가지가 펼쳐져 있던 페이지 역시 이사기레 인터뷰였다는 사실을 생각하면 아무래도 신경이 쓰였다. 그럼에도 그 무해한 미소를 짓던 이사기레가 이들 사건과 어떤 관계에 있는지 전혀 짐작이 가지 않았다.

"맞아요. 처음 한 달 동안은 감이 돌아오지 않아서 후보 선수로 대기하는 신세였다가 후반전 79분 교체로 뛴 경기에서 꽤 멋진 프리킥을 선보였는데 그때 감이 돌아왔는지 선발 선수로 복귀했죠. 당시 몇 골을 넣었더라? 암튼 리그에서는 골 득점 4위 정도 되는 성적이었어요. 6개월 만에 그 정도면 대단한 거죠."

"서포터들 사이에서는 평판이 어떤가요?"

"다들 좋아해요. 불필요한 움직임도 좀 있어서 서른 가까이 됐는데도 여전히 시행착오가 줄지 않는다는 평도 있지만 어떤 경기에서도 절대 포기하지 않는다고요. 하지만 강등되자마자 스페인으로 귀국해버린 걸 두고 오해하는 사람도 많아서. 난 만나는 사람마다 그건 아버지가 아프셔서 간호하러 간 거라고 설명하고는 있는데. 암튼 지인 중에서는 그 일로 스타디움에 발길을 끊어버린 사람도 있을 정도예요. 이사기레를 엄청나게 좋아하는 사람이었는데 아예 서포터를 그만두더니 연락도 끊겼어요."

"영향력이 굉장한 선수네요."

"아뇨, 그렇게까지 상심한 건 그 사람뿐이에요."

어떤 사람인지 일단 물어보니 구도 씨는 인근 시에 사는 삼십 대 중반 남자라고 설명했다.

"일 때문에 굉장히 힘들어했어요. 구체적으로 직업이 뭔지는 모르지만 감정노동? 같은 말을 자주 했어요. 그래도 이사기레가 골대 앞에서 골을 넣기 위해 온갖 기술을 구사해가며 고군분투하는 장면을 보고 있으면 기운이 난다고 하더라고요."

"이사기레는 제대로 된 해명도 없이 돌아왔는데 이후에도 아무 얘기도 안 하고 있다가 귀국하고 나서 제법 시간이 흐른 뒤에야 지역 신문과 인터뷰를 한 거예요. 저희 서포터들도 그때 속사정을 알게 됐고요. 그전까지는 왜 돌아왔는지 몰랐거든요. 그러니 그 이야기가 기사화되기까지 약 3개월간은 서포터들 사이에서도 배신자 취급을 당하고 있었던 거죠."

구도 씨는 칸그레호 오오바야시 이야기라면 앞으로도 얼마든지 해줄 것처럼 보였지만 자기가 생각해도 말을 너무 많이 했나 싶었는지 시계를 보더니 아차 싶은 얼굴로 "죄송해요, 칸그레호 이야기만 했네요"하고 본부로 돌아갔다. "다음에도 또 이것저것 이야기해주세요." 이렇게 말하자 구도 씨는 고개를 끄덕이며 손을 흔들었다.

전동 카트를 타고 오두막으로 돌아와서 우선 구도 씨에게 들었던 콜도비카 이사기레에 관한 몇 가지 사실을 메모했다. 한 장에는 아버지, 플레이 스타일과 같은 이사기레에 관한 정보, 또 한 장에는 서포터를 그만둔 사람이 있다는 사실, 수건이나 머플러가 숲에서 발견된 점, 무가지의 인터뷰 페이지가 펼쳐져 있었던 일 등과 같은 이사기레 주변과 관련된 사항들. 그 두 장을 책상 위에 두고 한참 분석해 보았는데 이사기례 정보가 산재해 있는 것치고는 그들 사이에 접점이 될 만한 것은 보이지 않았다. 아니, 원래 접점 따위 없을지도 모르고 설사 접점이 있었다고 해도 유의미한 단서는 없을지도 모르지만.

창밖으로 시선을 돌려 보아도 고요하기 짝이 없는 숲속에서 움직이는 것이라고는 하나도 없었다. 석연치 않은 기분에서 벗어나지 못한 나는 하기야 요즘 계속 이런 상태였다는 사실을 깨닫고 구도 씨가 챙겨준 나무 재질 팻말이 든 상자를 개봉했다.

* * *

그 후에는 처음 일을 시작했을 때처럼 평온한 나날이 다시금 찾아왔다. 조미료 중 하나가 줄어드는 일도 없었고 오두막 안에 놓아둔 물건이 움직이는 일도 없었고 문을 잠그는 철사의 방향이 바뀌는 일도 없었고 어떤 생물체가 오두막에서 달아나는 일도 없었다. 아무래도 여러 가지 수상한 현상은 전부 내 착각이었는지도 모르겠다.

길을 잃지 않기 위해 땅에 꽂아둔 하얀 팻말을 그나마 눈에 잘 띄지 않는 나무 팻말로 교체하는 작업도 순조롭게 진행됐다. 숲속에서 언뜻 전체를 봤을 때 내가 초반에 돌아다니며 꽂아둔 하얀 팻말은 갈색 땅에 생긴 하얀 얼룩처럼 보였지만 새로 주문한 나무 팻말로 바꾸니 예전보다 숲의 풍경이 자연스럽게 느껴졌다. 하얀 팻말을 꽂았을 때보다는 팻말이 꽂힌 장소를 찾기 어려워졌지만, 이제 오두막 주변 지리는 익숙해져서 굳이 팻말을 보지 않고도 돌아다닐 수 있기 때문에 딱히 문제는 없었다.

별일 없이 평화로운 날들이었지만 잭푸르트 군락에는 여전히 도달할 수 없었다. 이제 거의 포기하고 있었기 때문에 솔직히 아무래도 상관없다고 말할 수 있으면 좋겠지만 표지판을 뽑아서 방향을 바꾼 후 다시 꽂았는지 뿌리 부근에 도톰하게 올라와 있는 흙무더기가 신경 쓰였다. 그렇지만 하코다 씨가 와서 올바른 방향에 맞춰 표지판을 바로잡을 때 생긴 흔적인지도 모르니 따로 보고는 하지 않았다.

대스칸디나비아전 입장권에 자르는 선을 찍으면서 지도를 완성하는 일도 병행하니 첫날 하코다 씨한테서 받은 지도가 이제 80% 가까이 채워졌다. 구체적으로 《자비로운 숲》지구 어디에 밤과 감, 아몬드, 무화과가 있는지 파악해서 혹시 엄마가 무화과를 좀 갖다 달라고 부탁하면 한두 개는 따가지고 헤매지 않고 바로 오두막으로 돌아올 정도는 되었다. 지도를 완성하는 속도가 예상보다 빨랐는지 일 잘하는 사람이 들어온 덕분에 어깨가 으쓱거려진다는 칭찬도 하코다 씨에게 들었다. 그냥 하는 말이겠지 싶으면서도 그때마다 머쓱해지곤 했다. 다른 두 사람에게 말을 걸어 구체적으로 지도의 여기와 저기가 좋다고 이야기하는 모습을 보면 진심인지도 모르겠다. 지도를 손가락으로 가리키며 한층 세부적으로 여기는 어떻게 되어 있는지 궁금해하는 하코다 씨를 보니 사실은 자기가 직접 지도를 완성하고 싶은데 허리가 아프니 현실적으로 그렇게 할 수 없어서 아쉬워하고 있다는 생각이 들었다. 나도 좀 무른 구석이 있어서 아무리 밀고 당기며 신경전을 벌여도, 내 이야기를 제대로 들어주지 않거나 소소하게 안 맞는 부분이 있어도 하코다 씨는 이 일을 진심으로 좋아하고 또 몸도 안 좋으니까, 하고 다각적으로 사정을 헤아리게 된다. 나 또한 이 일을 그럭저럭 좋아하지만 열정과 자긍심을 품고 일에 임하는 사람에게는 역시 절로 고개가 숙여졌다. 일하는 데 있어서 사실 그런 마음은 오히려 자신을 더 힘들게 한다는 사실을 뼈저리게 알고 있으면서도.

　그 무렵부터 나는 내가 하는 일에 대해서 진지하게 생각해보게 되었다. 또 그런 일을 하라고 하면 아마 엄두도 못 내겠지만 적어도 그만둔 당시에 이제 두 번 다시 안 할 거야, 특히 이런 직종의 일은, 이라는 고집이 몸에서 조금씩 빠져나가는 느낌이 무엇인지 알 수 있었다.

또 숲속에서 이런 곳에 있을 리 없는 물건을 발견한 것도 그즈음이었다. 그러나 이번에는 바람막이 점퍼나 머플러, 수건 같은 칸그레호 오오바야시 관련 물건이 아니라 문고본이었다. 책 제목은 《돌봄의 해체와 재구축》이었다. 내가 젖 먹던 힘까지 끌어 모아 뛰어오르면 가까스로 손이 닿을 나뭇가지에 엎어진 상태로 걸려있었다. 무슨 우연인지 읽은 적은 없지만 아는 책이었다. 첫 직장에 있을 때 동료에게 추천받은 적도 있었다. 재작년에 출간되었는데 대중적으로는 전혀 인기를 얻지 못했지만 나와 같은 일을 하는 사람들 사이에서는 그런대로 화제를 모았다. 아래에서 올려다봤을 때 표지가 우글쭈글하고 포스트잇이 많이 붙어 있었다. 책 주인이 제법 열심히 읽은 모양이었다. 주위에 또 뭔가 있지 않을까 싶어 둘러보니 근처 나무등치에 표고버섯이 많이 자생하고 있었다. 나는 지도를 꺼내 빈 부분에 '모밀잣밤나무, 표고버섯(문고본)'이라고 써넣었다.

그대로 돌아가도 되지만 좀 더 생각하다 보면 퍼즐이 맞춰질 것 같은 예감에 숲속에 우두커니 서서 가만히 생각에 빠졌다. 지금까지는 의류나 깃발과 같은 칸그레호 오오바야시가 파는 굿즈였고 이번에는 책이었지만, 숲속에서 발견되는 유실물 중 하나임은 틀림없었다. 내가 거의 완성한 지도를 펼치고 지금까지 칸그레호 오오바야시 굿즈가 발견된 장소를 하나하나 확인했다. 그리고 마지막으로 아까 써넣었던 '모밀잣밤나무, 표고버섯(문고본)' 부분을 보고 유실물이 발견되는 장소에는 반드시 식용 가능한 식물이 자생하고 있다는 사실을 깨달았다.

이미 80%가 완성된 지도를 쭉 훑어보면서 마지막 여백으로 남은 오두막의 북동쪽 부분을 응시했다. 아직 가 보지 않은 이곳에 도대체 무엇이 있는 걸까. 칸그레호 오오바야시가 파는 다양한 굿즈 중에서 콜도비카 이사기레와 관련된 물건들만 발견된다는 점과《돌봄의 해체와 재구축》이라는 문고본, 그리고 그것들은 반드시 식용 가능한 식물들 근처에서 발견된다는 사실에 어떤 의미가 있는 걸까.

그리고 오오바야시 원인 유령과 동물원에서 흘러들어온 사슴, 숲속의 형체가 굿즈나 책과는 어떤 관계가 있는 걸까?

배낭 안에서 물통을 꺼내 우엉차를 조금 마신 후 지도의 마지막 부분을 향해 걸었다. 나도 모르게, 라고 해도 과언이 아니었다. 내 안의 이성이 몇 번이나 하코다 씨, 아니 적어도 구도 씨나 노지마 씨와 함께 가야 한다고 만류했지만, 그곳에 무엇이 있는지 당장 확인해보고 싶은 마음이 앞섰다.

꼼꼼하게 팻말을 땅에 꽂아가며 문고본이 얹혀 있던 나무에서 점점 멀어졌다. 모밀잣밤나무 일대를 벗어나니 마치 중정처럼 나무가 없고 평평한 지대가 나왔다. 오오바야시 다이신린 공원의 북동쪽으로 추측되는 그곳에는 어른 키의 두 배 정도 되는 바위산이 있었는데 그 주변에는 이끼 낀 그루터기와 돌로 둥글게 에워싼 오브제가 있었다. 희미하게 탄내가 나서 가까이 가 보니 돌로 둘러싸인 안쪽에 모닥불을 지핀 흔적으로 보이는 검게 탄 나뭇가지가 잔뜩 깔려있었다.

바위산은 밖에서는 잘 안 보이지만 포개진 바위 사이를 유심히 보니 틈이 있고 그 안은 비어 있었다. 안으로 들어가니 서른 여섯 살에 적당히 통통한 체형으로 중간키 여자인 내가 천장에 닿을락 말락 한 공간이 나타났다. 면적은 약 2평 남짓하거나 그보다 더 작았다. 천장에 해당하는 바위와 바위 틈새에서 빛이 들어와 내 발밑에 깔린 비닐 시트를 비추었다. 광선이 직선으로 떨어지는 곳에는 밤껍질이 수북이 쌓여 있었다. 전체적으로 눅눅한 공기 아래쪽에는 익숙하고 달콤한 군밤 냄새가 떠도는 듯했다. 밤껍질 무더기에서 옆으로 시선을 돌리니 거기에는 인터넷에서 몇 번이나 검색했던 잭푸르트 열매가 쌓여 있었다.

그 자리에서 위산이 역류할 만큼 긴장한 나는 떨리는 몸을 겨우 추스르며 일단 밖으로 나왔다. 시야에 들어온 모닥불 흔적을 가만히 바라보니 한쪽 구석에 작은 표고버섯이 뒹굴고 있었다. 이제는 쯔유에 적신 구운 표고버섯 맛이 입안에서 되살아나는 느낌마저 들었다.

원인이 아니었다. 사람이 있었다. 아무래도 그 사람은 밤과 잭푸르트 열매를 채집하고 먹을 것이 있는 장소를 표시해두기 위해 칸그레호 오오바야시 굿즈 등을 이용하고 표고버섯을 구워 먹는 모양이었다. 나는 두려운 것도 같고 화가 나는 것도 같고 두려움과 화가 섞인 것 같기도 했으며 짜증이 나는 것 같다가도 한편으로는 감탄스럽기도 하고 어처구니없으면서도 동시에 무섭기도 하고 더는 이 사건과 엮이고 싶지 않기도 했다. 복잡한 감정이 뒤섞인 탁한 암녹색과 같은 기분에 휩싸여 바위산을 뒤로했다.

대체 이게 무슨 일인지.

무심코 발로 땅을 세게 걷어찬 나는 일단 오늘은 표고버섯을 뜯어갈 수 있는 만큼 다 뜯어가야겠다고 다짐했다. 어떤 형체가 나무들 사이를 가로지르며 멀어지는 기척이 났다. 이번에는 그게 뭔지 알았다. 똑똑히 눈으로 확인했다. 사슴이었다.

\* \* \*

– 이사기레 선수는 스페인 국내 축구팀과 일본의 다른 팀에서도 스카웃 제의가 있었다고 들었는데 어떤 이유로 칸그레호 오오바야시와 재계약하기로 했는지 궁금합니다.

"그야 물론 끝내지 못한 일이 있었기 때문입니다. 칸그레호는 제 능력이 부족해서 강등된 거나 마찬가지니까요. 공교롭게도 아버지 병환이 겹치는 바람에 어쩔 수 없이 귀국했지만, 고향에 가서도 계속 생각했어요. 한시라도 빨리 칸그레호로 돌아가고 싶다고요."

— 스페인에서 선수 생활을 하는 것에 대해서는 생각해보지 않으셨나요?

"네, 물론 가끔은 이제 고향으로 돌아가서 정착하고 싶다는 생각도 해요. 하지만 지금은 다른 나라를 좀 더 경험해보고 싶습니다. 전 가족과 옛 친구들을 아주 좋아해서 오랫동안 함께 있다 보면 다시는 해외로 못 나갈 것 같거든요. 그리고 사랑하는 사람들과 함께 하는 삶은 좀 더 나중에 해도 늦지 않을 것 같아요."

— 그 선택이 칸그레호가 1부 리그로 승격할 수 있는 원동력이 되었지요.

"그렇게 말씀해주시니 감사합니다. 하지만 사실 팀원들이 열심히 한 덕분이죠. 저야 마지막 몇 달 정도만 함께 했으니까요. 그래도 조금이나마 팀에 도움이 될 수 있어서 기쁩니다."

— 오오바야시 다이신린 공원도 이사기레 선수의 귀환을 환영합니다.

"감사합니다(웃음). 전 공원도 박물관도 좋아하는데 오오바야시 원인 모형은 생김새가 워낙 정교해서 몇 번을 봐도 질리지 않더라고요. 최근 수비수 유리오카의 가족과 친척과 함께 수확 체험도 하고 왔어요. 정작 유리오카는 그날 감기에 걸려서 못 왔지만(웃음). 근데 또 유리오카 어머니가 숲에서 길을 잃어버린 겁니다(웃음). 저도 공원에서 길 잃은 적이 있는데 그때 자연의 위대함을 새삼 실감했습니다. 참 이번에 박물관에서 대스칸디나비아전이라는 큰 전시회도 열린다고 들었는데, 맞나요? 정말 기대됩니다. 꼭 보러 갈 거예요."

《ODP 매거진》 vol. 20에서)


퇴근길에 선물용으로 표고버섯과 감을 사서 아호도리호를 타고《하나바타케 애드》에 에리구치 씨를 만나러 갔다. 에리구치 씨는 여전히 차분한 모습으로 일하고 있었다. "머리 잘랐네요, 순간 못 알아봤어요." 예상보다 반가워하며 홍차와 과자를 내주고 같이 일하는 동료들에게도 나를 소개했다. 버스 회사에서 일했을 때 열 살은 어린 에리구치 씨에게 신세만 졌던 터라 이렇게 한 명의 친한 지인으로 대해주니 매우 기뻤다.

이런저런 세상 이야기를 주고받은 후 콜도비카 이사기레 인터뷰 기사를 봤다고 먼저 용건을 꺼냈다. 에리구치 씨는 아아, 사람이 참 괜찮더라고요, 하고 바로 대답했다.

"혹시 이사기레 선수 팬이에요?"

"아니요, 전 아닌데 지인 중 한 사람이 굉장히 좋아하는 것 같더라고요. 에리구치 씨가 쓴 기사도 기뻐하며 읽었어요."

내가 이사기레를 좋아한다고 말한 지인이란 엄밀히 말하면 지인이 아니었지만, 오두막에 가져온《ODP 매거진》인터뷰는 분명 좋아하며 읽었을 것이다.

"그렇군요. 정말 많이 좋아하시나 보네요. 그럼, 비하인드 컷 있는데 뽑아드릴까요? 물론, 이건 어디 가서 말씀 안 하신다고 약속해주신다면요."

에리구치 씨는 자기 책상 끝에 놓아둔 디지털카메라를 가져와 내게 액정을 가리키며 말했다. 플란넬 셔츠 위에 베스트집업을 걸친 이사기레와 주황색 칸그레호 유니폼 차림의 이사기레가 각각 십수 장씩 찍혀 있었다. 플란넬 셔츠 차림 사진은 인터뷰 기사 1부에는 실리지 않았기에 언제 촬영한 거냐고 물었다. 인터뷰 때 유니폼과 사복 두 가지 버전으로 찍었다고 에리구치 씨는 대답했다.

"모레 배포 예정인 2부에 사복 사진을 실을 거예요. 자라 ZARA에서 샀다고 하더라고요."

"아아, 스페인 브랜드니까."

"그런 의미에서도 일본은 살기 좋다고 했어요."

나는 사복 차림의 이사기레 사진을 바라보면서 그 사람이 원하는 건 이런 사진이 아닐지도 모른다고 생각했다. 귀중한 자료기야 하지만.

"저, 혹시 인터뷰 2부가 실린 책자를 얻을 수 있을까요?"

"네, 드릴게요. 샘플이 있거든요."

에리구치 씨는 안쪽에서 책자 두 부를 들고 나왔다. 두 부나 받아도 되나요? 한 부로도 충분하다고 말하자 괜찮다는 대답이 돌아왔다.

"이번 호는 버스 특집도 있어서 내용이 알차요. 아호도리호에 취재하러 갔었거든요." 에리구치 씨는 아호도리호가 순환하는 지역 맛집을 취재한 기사가 실린 페이지를 펼쳐 보여주었다. "극동 플라밍고 센터가 본격적으로 카페를 개업한 이야기라든가."

극동 플라밍고 센터 직원은 이사기레를 인터뷰할 때 통역을 맡아주었다고 한다. 책자에 실린 추로스나 바스크풍 롤케이크 사진은 제법 그럴듯하게 찍혀 있어서 맛있어 보였다. 다음에 같이 먹으러 가자고 말하자 에리구치 씨는 그러자고 대답했다. 그날 나와 에리구치 씨는 휴대전화 번호와 이메일 주소를 교환하고 헤어졌다.

다음날 전동 카트를 타고 오두막으로 출근하자마자 거의 다 완성된 지도와 땅바닥에 꽂아놓은 나무 팻말에 의지해서

《돌봄의 해체와 재구축》 책이 얹혀 있던 나무가 있는 곳으로 갔다. 나무둥치에 에리구치 씨한테서 받은 《ODP 매거진》을 놓아두었다. 바람에 날아가지 않도록 책자 위에 돌멩이도 올려놓았다. 우연히 넘어간 듯 '콜도비카 이사기레 선수 롱 인터뷰(2부)'라는 제목이 한눈에 들어오게 펼쳐놓고 빠른 걸음으로 자리를 떴다.

그날은 평소와 다른 일을 하느라 바빴다. 이것도 평소 오두막에서 성실하게 대스칸디나비아전 입장권에 자르는 선을 찍는 작업의 일환이라고 스스로 되뇌며 박물관으로 갔다.

숲속에 어떤 사람이 살고 있다는 사실을 하코다 씨에게 보고해야할지 사실 꽤 망설였는데 일단 확신이 생기기 전까지는 가만히 있을 심산이었다. 소란이 커져서 혹시라도 그 사람이 이 사실을 눈치채면 공원 다른 곳으로 거주를 옮기려 할 테고 그러면 다시 찾아야 하니 번거로워진다는 이유도 있었다. 이렇게 판단하는 내가 비정한 건지 아니면 그저 일을 열심히 하는 건지 잠깐 고민했지만, 답은 나오지 않았다. 단지 내 쯔유를 마음대로 먹고 이사기레 기사를 읽었던 점을 미루어 짐작해보면 어쩌면 그 사람은 이제 슬슬 인간 세상으로 돌아가고 싶어하는 게 아닐까 하는 예감도 들었다.

우선 박물관으로 가서 안내 데스크에서 일하는 여성 쓰치야 씨에게 유실물 담당자를 알려달라고 하자 전데요, 하는 대답이 돌아왔다. 공원 안에서 행방불명된 사람을 찾는다는 문의가 들어온 적이 있는지 물었다.

"그러니까 길 잃은 사람을 말씀하시는 거죠?"

의아한 표정을 짓는 쓰치야 씨에게 아, 그렇게 되겠네요, 하고 고개를 끄덕였다. "지역 파출소에서 정기적으로 연락은 오는데 기본적으로는 다 찾아드렸어요, 아무리 공원이 넓다고는 해도." 쓰치야 씨는 말하면서 파일을 가져다주었다.

"작년 칸그레호 오오바야시가 강등됐을 때 길을 잃었다는 신고가 대량 접수됐는데 전원 다 돌려보낸 걸로 알아요. 충격이 아주 컸는지 길을 잘못 들어서 공원까지 왔던 모양이더라고요, 끝까지 싸웠는데 득점 차이로 강등돼버렸으니. 괜찮을 거라고 낙관하는 사람도 많았다던데."

"12월이라 추운데도 만취해서 잔디밭에서 홀딱 벗고 자다가 병원에 실려 간 사람도 있었어요." 쓰치야 씨는 고개를 절레절레 저으며 파일을 펼쳐 내 문의에 관한 페이지를 찾았다.

"아, 여기 있네요. 하지만 이건 우리 공원에서만 접수된 명단이 아니라 이 지역 전체에서 행방불명된 사람들 같아요."

쓰치야 씨는 내가 읽을 수 있도록 파일을 돌려주었다. 길에서 흔히 보는 '사람을 찾습니다' 종이에 실릴 법한 정보가 4명 정도 기재되어 있었다. 왠지 조금 마음의 준비가 필요한 서류였는데 종업원이 가게 매상을 들고 튀었다든가 결혼을 약속한 여자가 도망갔다든가 이혼한 전 남편에게 양육비를 청구했더니 사라졌다든가 상당히 심각하긴 했지만 읽기만 해도 정신적으로 힘들어질 만큼 참담한 사연은 아니어서 조금 마음이 놓였다.

적힌 사람들 모두 가능성이 있다고 생각하면서 마지막 페이지를 넘기자 인근 시에 위치한 노인요양시설에서 사람을 찾는 글이 있었다. 36세 스가이 요시아키 씨는 노인요양시설에 근무하는 의료사회복지사라고 한다. 독신이고 오키나와 본가와 현재 절연 상태여서 신고가 늦었다고 비고란에 적혀 있었다. 스가이 요시아키 씨는 행방불명이 된 마지막 며칠간은 누가 봐도 상태가 이상해서 화를 내다가도 돌연 눈물을 흘렸다고 한다. 직장에서는 담당 주임이라는 책임자로 일하면서 언제나 이용자나 가족, 후배들의 고민 상담을 도맡는 사람이었다. 스트레스가 심해 보였지만 고민을 떠안고 있는 사람들 이야기에 귀를 기울여야 하는 처지다 보니 자세한 내막을 아무에게도 털어놓지 않았다. 스가이 씨가 작년 3월, 갑자기 출근하지 않고 집에도 돌아간 흔적이 없어서 직장에서 실종 신고를 했다고 한다.

《돌봄의 해체와 재구축》 책이 나뭇가지에 얹혀 있는 장면이 머릿속으로 선명하게 되살아났다. 구도 씨가 해준 이야기를 떠올렸다. 이사기레가 스페인으로 돌아간 후 서포터를 그만두고 연락이 끊겨버렸다던 사람. 단순히 칸그레호 오오바야시 팬으로 활동하지 않겠다는 것 말고도 물리적인 의미에서도 문화적인 생활을 그만둬버렸기 때문이 아닐까.

노인요양시설 전화번호를 메모한 다음 쓰치야 씨에게 고맙다고 말하고 박물관을 나와 뒤편으로 갔다. 오오바야시 원인의 발굴 현장과 그 탓에 증축 작업이 중단된 공사 현장을 번갈아 보면서 스가이 요시아키 씨가 근무했던 노인요양시설로 전화를 걸었다.

뭐라고 이름을 대야 할지 망설이다가 오오바야시 다이신린 공원의 삼림 지구 직원인데요, 하고 조금 모호하게 말했다. 오오바야시 다이신린 공원에는 《자비로운 숲》 지구 말고도 다섯 개의 삼림 지구가 있었다. 스가이 요시아키 씨를 아는 사람이 있는지 묻자 스가이 씨가 근무했던 부서의 후배를 바꾸어주었다.

아다치 씨라는 여자가 전화를 받더니 한자는 안심安心의 안安과 도달到達의 달達을 써서 아다치라고 읽는다며 알기 쉽게 설명했다. 그리고 스가이 주임님에 관해서 뭔가 새로운 정보가 들어왔나요? 하고 조금 떨리는 목소리로 물어왔다. "아니요, 아직 확실한 건 아닌데 실마리가 잡혀서요." 나는 말을 골랐다.

"스가이 씨 소지품으로 보이는 물건을 발견해서요. 혹시 짐작 가는 부분이 있는지 물어보려는데 괜찮으신가요?"

"네."

"우선《돌봄의 해체와 재구축》책인데요."

"네, 알아요. 주임님한테 1년 6개월 전쯤에 빌린 적이 있습니다."

아다치 씨는 두 번 '주임님'이라는 단어를 입에 올린 후 아아, 지금은 내가 주임이지, 참, 하고 중얼거렸다.

"또 칸그레호 오오바야시의 콜도비카 이사기레 수건과 바람막이 점퍼 같은 굿즈를 발견했어요."

"다이신린? 이사, 이사기? 물고기 이름인가요?" 아다치 씨는 되물었다. 나보다 더 축구에 관심이 없는 사람인 듯 조금 생각하더니 말했다. "그러고 보니 매주 골대 뒤에 간다는 말을 들은 적이 있어요."

"그래도 출근한 직원이 고민이 있어 전화하면 꼭 받아주고 퇴근할 때도 시설에 들러주었어요."

아다치 씨 옆에는 누가 있는지 응? 이사기레? 뭐? 아시다 씨랑 같이 간 적도 있다고? 히로카와 씨도? 하고 묻는 목소리가 들려왔다.

"아, 히로카와 씨가 하고 싶은 말이 있나 봐요, 바꿔드릴게요."

아다치 씨가 말하자마자 부스럭거리며 수화기를 누군가에

게 건네는 소리가 났다. 수화기를 건네받은 여성은 히로카와라고 합니다, 광활廣闊의 히로廣에 황하黃河의 카와河에요, 하고 설명했다. 이 시설 직원들의 습관인 모양이었다.

"스가이 씨를 꼭 찾아주세요."

좋은 사람이에요, 하는 남자 목소리도 들려왔다. 그쪽은 아시다 씨인 듯했다.

"저기, 살아 있는 거지요? 네?"

히로카와 씨는 절제되어 있으면서도 불안감이 배어나는 목소리로 말했다. 직장 동료들은 스가이 씨를 많이 그리워하고 있다고 직감했다. 게다가 스가이 씨 실종은 직장 동료들의 노력으로 표면상 아무 일 없는 분위기를 유지하고 있지만 실제로는 뿌리 깊은 공황을 일으키고 있는 것 같아서 화마저 났다. 스가이 당신 대체 무슨 생각이야. 나는 전혀 모르는 사람인데도.

아직 확실한 증거는 못 찾았지만, 소지품을 확인해주셔서 감사하다고 말했다. 수화기를 다시 받은 아다치 씨가 나름대로 생각이 많겠지만 어쨌든 우리는 기다리고 있다고 스가이 씨에게 전해달라고 부탁했다. 알겠다고, 그럼 또 새로운 정보가 들어오면 연락드리겠다고 말하고 전화를 끊었다.

오오바야시 원인은 숲속 바위 동굴에 사는 인물이고 바로 스가이 요시아키 씨라는 사실은 아무리 신중하게 추측해도

70%는 확실하다고 생각되었다.

박물관 뒤편에서 나와 과연 내가 쳐 놓은 덫에 지금쯤 스가이가 걸려들었는지 확인하러 갔다. 에리구치 씨에게 얻은 이사기레 인터뷰 기사 2부가 실린 《ODP 매거진》은 예상대로 없었다.

그래요, 하고 나는 고개를 절레절레 흔들었다. 지난번 발견한 거주지에 한 번 더 확실하게 찾아갈 수 있도록 그때보다 더 촘촘하게 나무 팻말을 땅에 꽂으며 걸었다. 그렇대요, 스가이 씨. 콜도비카 이사기레는 돌아왔고 칸그레호 오오바야시는 1부 리그로 무사히 승격했대요.

심지어 이사기레는 유리오카 가족들이랑 이 숲속에 놀러 오기도 했다고요, 하고 담담하게 중얼거렸다. 그러고 보니 유리오카 준 선수는 본 적도 없으면서 잘도 그런 말을 하는구나 생각했다. 그의 거주지로 향하는 길을 나무 팻말로 표시하고 오두막으로 돌아왔다.

내가 만약 스가이 요시아키라면 앞으로 이 공원에서 계속 지낼지 아니면 이제 철수할 때라고 판단하고 나갈지 어떻게 결정할지 상상해보았다. 풍성한 가을도 어느덧 만추를 맞았고 공원은 이제 더 추워질 것이다. 그렇다고 오랜 시간 무단 결근한 직장으로 돌아갈 수 없는 노릇이다. 독신이고 오키나와 본가와는 절연한 상황이다.

그러니까 그냥 모든 게 다 귀찮다고 생각해버렸는지도 모른다. 스가이 씨 발목을 잡는 것은 아무것도 없었다. 행방불명이 되어도 잃는 것은 사회적인 신용과 멀쩡한 지붕 아래의 생활밖에 없었다. 구도 씨 이야기를 떠올렸다. 스가이 씨로 추측되는 인물은 일이 너무 힘들어서 감정노동이라는 단어를 입에 올렸던 모양이다. 스가이 씨가 일하면서 느낀 책임감의 무게는 나로서는 쉽게 상상되지 않는다. 그렇지만 직장 동료들이 마음속 깊이 그를 그리워하는 모습으로 미루어 볼 때 스가이 씨는 일하면서 고통뿐만 아니라 기쁨 또한 느꼈을 것이다. 아마 그래서 더욱더 힘들었는지도 모른다. 스가이 씨는 나름대로 어느 한쪽으로 치우치지 않고 어떻게든 버티며 일을 해왔지만 칸그레호 오오바야시의 2부 리그 강등 소식과 콜도비카 이사기레의 귀국이 그때까지 유지해왔던 균형을 무너뜨리는 결정적인 한 방이 되고 말았다.

머릿속으로 잘 안다는 듯이 추측을 빙자한 소설을 쓰다가 곧 고개를 저었다. 모든 것은 내 경험에서 나온 상상에 지나지 않았다. 애초에 숲속에서 지내고 표고버섯과 밤, 잭푸르트 열매를 먹는 오오바야시 원인의 정체가 진짜 스가이 씨라고 밝혀진 것도 아니었다. 어쩌면 정말로 오오바야시 원인 유령이 있어서 표고버섯 같은 것을 먹으며 살아가는지도 모른다.

숲속 인물에 어떻게 퇴거를 권고하면 좋을지 열심히 생각하면서 땅에 박힌 팻말을 따라 거점으로 삼고 있는 오두막 앞까지 다다랐는데 오두막 분위기가 어딘가 이상했다. 창문 너머로 검은 형체가 움직이는 모습이 희미하게 보였다. 나는 마른침을 삼키고 관찰했다. 그 형체는 가스버너의 가장자리로 짐작되는 곳에 잠시간 서 있다가 조용히 고개를 숙이더니 다시 자세를 바로 했다. 냉장고를 열어본 것이 분명하다. 젠장. 또 쯔유를 훔쳐 먹으려고? 그보다 쯔유를 어떻게 1인분만 훔쳐 갈 수 있지? 그릇 같은 걸 가지고 있는 건가. 하긴 공원 안에 있는 쓰레기통을 뒤지면 쯔유를 담아갈 용기 따위 금세 찾을 수 있겠지. 나는 유독 쯔유에 집착하면서 숨을 죽이고 오두막을 지켜보다가 점퍼 주머니에 든 무전기로 손을 뻗었다. 그리고 작은 목소리로 하코다 씨에게 연락했다.

"들리세요? 여기 오두막에 수상한 사람이 있어요. 가능하면 지원 좀 부탁드립니다, 오버."

네? 다시 말해주세요, 하코다 씨가 귀가 잘 안 들리는지 내가 겁을 먹어서 목소리가 너무 작게 나왔는지 그런 대답이 돌아왔다. 그러니까 제 말은, 하고 같은 내용을 세 번 되풀이했다.

"수상한 사람이 있다고요?! 아니, 그런! 알겠습니다, 지금 바로 출동하겠습니다!"

내용을 이해한 순간 하코다 씨가 흥분해서 우당탕 자리를 박차고 뛰쳐나가는 소리가 들려왔다. 나는 하코다 씨가 듣고 있는지 모르겠지만 일단은 쉿, 조용히, 하고 주의를 시켰다.

오두막 안에서 형체가 움직일 때마다 제발 나가지 마, 부탁이야, 하코다 씨가 올 때까지만, 하고 기도했다. 하코다 씨는 전동 카트를 타고 오솔길을 무섭게 달려왔다. 오솔길은 제법 구불구불해서 비유하자면 운전 학원의 S자 커브가 끝없이 이어지는 도로주행 연습장과 비슷했다. 그날 목격한 하코다 씨 운전 솜씨는 카레이서 뺨칠 정도였다. S자뿐 아니라 R자나 G자나 M자도 금방 공략해버릴 듯한 기세였다.

"어디 있습니까, 그 수상한 사람은?!"

나를 보자마자 전동 카트에 탄 채 큰 소리로 말을 걸어서 나는 입가에 검지를 대고 고개를 흔들었다. 아, 아아, 그, 그렇지, 하고 하코다 씨는 입을 막았다.

"오두막 안에 있어요. 제 물건을 뒤지고 있는 것 같아요."

"뭐라고요?! 어디서 감히!"

지갑에는 2,000엔 정도밖에 없었고 신용카드는 집에 두고 왔고 나머지는 로터리 커터와 컷팅 매트, 조미료 정도였다. 어디서 감히, 라고 할 정도의 물건은 가지고 있지 않았지만 하코다 씨는 일단 그렇게 말해주었다. 나는 쉿, 조용히요, 하고 다시 하코다 씨를 진정시켰다.

"어, 나오나 봐요."

문을 열고 수상한 사람이 모습을 드러냈다. 이제야 확실히 보는 그 생김새는 아무렇게나 뻗친 긴 수염에 발목까지 내려오는 검은 코트 차림이어서 전임자가 착각했듯 그야말로 오오바야시 원인으로 짐작하고도 남을 만한 분위기를 풍겼다. 하지만 자세히 들여다보면 확실히 오오바야시 원인은 아니었다. 코트 가슴께에는 커다란 글씨로 칸그레호 오오바야시 엠블럼이 박음질 되어 있었기 때문이다. 그게 아니면 오오바야시 원인은 원래 칸그레호 오오바야시 유니폼을 걸치고 다니기라도 했다든가. 물론 그럴 리는 없었다.

"이놈-!"

하코다 씨의 전동 카트가 맹렬한 기세로 오두막을 향해 돌진했다. 아, 안돼, 그러다가 차에 치여 죽으면 어떡해요, 하코다 씨, 하는 말을 하기도 전에 몸이 먼저 튀어 나갔다. 그러나 카트는 곧 급정지하더니 하코다 씨가 오냐, 너, 잘 만났다! 하고 말하면서 내렸다. 카트 뒤에서 나와 앞쪽 상황을 확인하러 가자 수상한 사람은 머리를 감싸 안고 땅바닥에 웅크리고 있었다.

"스가이 요시아키 씨, 맞죠?" 내 말에 수상한 사람은 작게 두 번 고개를 끄덕였다. "근무하시던 노인요양시설 동료분들께서 실종 신고를 하셨어요."

오오바야시 원인, 아니 스가이 요시아키 씨는 천천히 얼굴을 들고 고개를 저으며 말했다.

"폐를 끼쳐 정말 죄송합니다."

그리고 고개를 깊게 조아리며 사죄했다. 나는 폐랄 것까지는 없지만요, 하고 말하려다가 하코다 씨 얼굴을 봤는데 하코다 씨도 스가이 씨가 예상치 못하게 순순히 자신의 잘못을 인정하자 당황한 듯 팔짱을 낀 채 고개를 갸웃거렸다. 스가이 씨 오른손에는 공원에서 파는 팝콘 종이 용기가 쥐어져 있었고 그 안에는 쯔유가 담겨 있었다.

\* \* \*

하코다 씨가 스가이 요시아키 씨를 본부에 데려가겠다고 해서 나도 따라나섰다. 하코다 씨는 스가이 씨를 전동 카트에 태웠다. 나는 왠지 모르게 진이 빠져서 카트를 운전할 자신이 없었다. "저도 함께 타고 가도 될까요? 내일 출근할 때는 걸어서 올게요." 내가 이렇게 말하자 하코다 씨는 얼마든지 타라고 하면서 내일도 태워줄 테니 걱정할 필요 없다고 얘기했다. 그래서 나는 하코다 씨가 운전하는 카트 뒷좌석에 스가이 씨와 나란히 앉아서 본부로 가게 되었다.

스가이 씨는 칸그레호 오오바야시의 벤치 코트 후드를 등 뒤로 늘어뜨리고 얌전히 고개를 떨구고 있었다. 수염은 자랄 대로 자라서 가슴팍까지 내려와 있으나 이마가 벗어지고 머리를 뒤로 넘겨서 그런지 묘하게 깔끔해 보였다. 박물관의 오오바야시 원인 모형은 털가죽 모자를 뒤집어쓰고 있어서 머리 모양이 어떤지 알 수 없지만 가만 보면 스가이 씨와 닮지 않은 것도 아니었다. 스가이 씨를 우연히 봤던 전임자가 오오바야시 원인의 유령을 봤다고 주장하는 것도 무리는 아니었다.

말하자면 스가이 씨는 숲속에서 노숙한 셈인데 공원 곳곳에 시냇물이 흘러서 씻는 데 불편함이 없었는지 악취는 풍기지 않았다. 허벅지 위로 거칠거칠하게 마른 손을 깍지끼고 그저 가만히 고개 숙인 스가이 씨는 일견 수행승처럼 보이기도 했다. 코트에 박음질된 칸그레호 오오바야시 엠블럼은 누가 봐도 '속세' 그 자체여서 그런 분위기를 흩트렸다.

"저도, 서른여섯이에요."

어째서 그런 이야기를 꺼내고 말았는지 나도 이유를 알 수 없지만 그렇게 말했다. 스가이 씨는 내게 시선을 주고는 살짝 고개를 기울이며 동안이시네요, 하고 말했다. 나와 스가이 씨가 뒷좌석에서 나눈 대화는 그게 전부였다.

본부로 돌아오자 노지마 씨가 하코다 씨 있는 곳으로 다가와서 말했다. "파출소에서 연락이 왔는데 담당자가 지금 일이 있어서 출동하는 데 시간이 좀 걸릴 것 같으니 그때까지 이것저것 대신 물어봐 달라고 합니다." 경찰, 이란 말에 스가이 씨는 몸을 움찔했다. 차를 내온 구도 씨는 스가이 씨가 아는 사람이란 사실을 알아차렸는지 접객용 소파에 앉아 있는 스가이 씨 주변을 두세 번 왔다 갔다 하더니 천천히 혹시, 스가이 씨…스가이 씨 맞죠?! 하고 외쳤다.

"머리랑 수염이 길어서 전혀 몰라볼 뻔했어요!"

스가이 씨는 고개를 들고 유키 씨군요, 하고 살짝 눈을 크게 떴다. 구도 씨 이름이 미유키여서 그들 서포터스 커뮤니티에서는 유키라는 애칭으로 부르는 모양이었다.

"준은 잘 지내고 있나요? 실력도 여전하고요?"

"그게, 요즘 뭘 먹고 그렇게 기운이 넘치는지 지난주에는 로스타임에 옐로카드 받았지 뭐예요? 경고 누적으로 이제 마지막 경기는 출전 못 하게 됐어요…."

구도 씨는 아직 할 말이 많아 보였지만 하코다 씨가 서류를 들고 나타나자 몇 번이나 돌아보면서도 쟁반을 들고 탕비실로 들어갔다.

하코다 씨와 스가이 씨 면담에는 나도 동석했다. 노지마 씨나 구도 씨를 돕는 편이 나을지 하코다 씨에게 묻자 어떤 상황인지 잘 모르는 부분도 있으니 여기 있어 달라는 말이 돌아왔다. 하코다 씨는 이야기하면서 메모하는 모습이 조금 불편해 보여서 중간부터 내가 서기 역할을 맡았다.

스가이 씨는 띄엄띄엄, 하지만 별로 막히는 부분 없이 《자비로운 숲》 지구에서 지내게 된 경위를 설명했다. 계기는 역시 칸그레호 오오바야시의 2부 리그 강등과 동시에 일어난 콜도비카 이사기레의 스페인 귀국이었는데 그래도 처음 3개월간은 나름대로 버텼다고 한다. 강등이 결정된 날도 몸이 안 좋았지만 바로 집에 가서 잤기 때문에 오오바야시 다이신린 공원에는 오지 않았다. 그러나 강등되고 나서 2부 리그 개막전이 열리기까지 이사기레를 향한 악의적인 여론이 높아져만 가고 제대로 된 정보가 부족한 데다가 원래 업무적으로도 힘든 시기를 지나게 되자 점점 한계에 내몰렸다. 이사기레 근황을 알고 싶어 그의 고향 신문 사이트를 읽기 위해 스페인어도 배웠지만, 그저 본가에 있다는 사실밖에 알 수 없었다. 그리고 개막전 홈 경기에서 칸그레호 오오바야시는 0-4로 대패하고 말았다. 업무적으로 힘든 것이 그 이틀 전에 간신히 해결돼서 이제 좀 숨통이 트인 참에 일어난 일이었다. 그날 집으로 돌아가는 길에 스가이 씨는 펜스를 넘어 공원에 숨어들었고 그때부터 숲속에서 살기로 마음먹었다.

"잘 모르겠지만 진짜 정말로 절망의 구렁텅이에 빠져 있었다면 단순히 은둔형 외톨이가 되는 정도로 그쳤을 것 같아요." 스가이 씨는 말했다. "하지만 일이 몹시 힘들긴 했어도 어떻게든 이겨냈고, 물론 앞으로 힘든 일은 또 찾아올 테지만 내가 하는 일은 원래 그런 일이니까 했어요. 그렇게 해서 겨우 이겨냈다 싶으면 다음엔 더 높은 산이 나타났고, 그거야 그러려니 받아들이면 되지만 어떻게든 칸그레호가 1부리그로 승격하기를 바라며 살아가는데 자칫 잘못하면 나보다 상황이 더 나빠질 수 있다고 생각하니 암담하더라고요. 게다가 아무리 노력해도 나는 결국 팀의 승패에 어떠한 영향도 끼칠 수 없고 나도 계속 이런 상태(눈앞에서 손가락으로 구불구불한 선을 옆으로 그리더니 높은 호를 그린 후 끝을 맺었다)여서 이제는 정말 뭐가 뭔지 모르겠더라고요. 난 지금 뭘 하는 걸까. 뭘 위해 사는 걸까. 그런 생각이 들어서."

"그래서 공원을 어슬렁거리다 숲에 들어갔는데 여기에 있으면 살아남는 일 외에 아무것도 생각하지 않아도 되겠구나, 싶었다고."

"네, 맞습니다."

스가이 씨가 이야기를 처음 시작했을 때 설명한 숲속에서 지냈던 이유를 반복해 읊은 하코다 씨는 음, 하고 볼펜으로 머리를 긁적이더니 나를 보았다. 나는 여러 번 고개를 끄덕이며 이해는 된다고 작은 목소리로 말했다.

인공적으로 조성된 공원 숲속에서 사는 것은 그리 어려운 일이 아니었다고 스가이 씨가 말했다. 용변은 공원 화장실에

서 해결했다. 흡연실에서 라이터를 주워와 불을 피웠고 주로
밤에 음식을 만들어서 연기가 눈에 띄지 않도록 했다. 오두
막이 한동안 비어서 아무도 없을 때는 문에 감긴 철사를 풀
고 들어가 종종 가스버너를 사용했다. 참고로 내가 오고 나
서부터는 땅에 팻말이 잔뜩 꽂힌 덕분에 오두막에 훨씬 쉽게
오갈 수 있었다고 한다. 하얀 플라스틱 팻말이 나무 재질로
바뀌고 나서 조금 힘들어졌지만 몇 번 오가는 사이 익숙해졌
다고 한다.

목욕은 하루나 이틀에 한 번 분수나 시냇물 같은 다양한
공원 시설을 이용해 해결했다. 먹을거리는 처음에는 매점에
서 남긴 음식을 뒤졌는데《자비로운 숲》지구에 터를 잡자
여기에 자생하는 식물들만으로도 끼니를 해결해갈 수 있어
서 그런 이름이 붙었다는 사실을 깨달았다고 한다. 나무를
타고 올라 걸치고 있던 물건을 하나씩 걸어놓는 식으로 위치
를 표시해두고 낮에는 돌아다니며 먹을 것을 채집했다. 잭푸
르트는 정말 매우 편리한 식물이어서 되도록 다른 사람 눈에
띄지 않게 하려고 표지판 방향을 자주 바꾸어 놓았다(이야기
를 듣는 내내 아무 말도 하지 않고 듣기만 하던 하코다 씨도 이 부
분에서는 "잭푸르트를 보러 오는 손님들이 계셨으면 어쩌려고 그런
짓을" 하고 조금 화를 냈다).

하루 동안 먹거리를 조달해서 석기 같은 것을 이용해 품

과 시간을 들여 가공해서 먹고 해가 지면 바위 동굴에서 자는 생활은 굉장히 단순해서 나나 하코다 씨가 "고생하셨네요" 같은 말로 표현할 만큼 힘들지도 않았던 모양이다. 지갑도 가지고 있었다. 공원에는 ATM이 없어서 정말로 필요한 물건이 있으면 밖에 나가서 돈을 뽑아오려고 했는데 돈으로 사야 할 만큼 필요한 물건은 이제까지 없었다. "앞으로 겨울이 시작돼서 본격적인 추위가 찾아오면 방한 도구를 사러 나가야겠다는 생각은 했어요." 스가이 씨는 제법 솔직하게 털어놓았다.

"하지만 되도록 뭐든 다 공원 안에서 해결하고 싶었어요. 라이터 줍는 일도 최근에는 그만뒀습니다. 석기 시대 사람들처럼 부싯돌을 흉내내보기도 하고."

"언제까지 그렇게 살 생각이었어요?"

내가 묻자 스가이 씨는 눈을 감고 느리게 고개를 저었다.

"모르겠어요. 들키기 전까지는 아마도 계속."

"죄송합니다, 정말 죄송해요, 정말 폐를 많이 끼쳤습니다."

스가이 씨는 땅이 꺼질 듯 깊은 한숨을 내쉬고 나와 하코다 씨를 번갈아 보며 말했다. 하코다 씨도 나도 고개를 끄덕이지는 않았다.

"그래도 이사기레가 돌아와서 칸그레호가 1부 리그로 승격되었다는 사실을 알았을 때는 진짜 다행이라고 생각했습니다."

살아있어 다행이라고 생각했어요, 하고 스가이 씨는 덧붙였다. 이런 제가 좀 이상하지요, 하고 말했다.

"그러니 나도 돌아가야겠다든지, 공원에서 나갈 생각은 안 들던가요?"

내가 묻자 스가이 씨는 오른쪽 눈썹을 들고 조금 생각해보는 동작을 보이더니 대답했다.

"어차피 나가봤자 저는 갈 곳이 없으니까요. 가족도 애인도 없고 친척들과도 연락이 끊겼고 물론 일도 잘렸을 테고요."

"그럼 우리가 그냥 모른 척하는 걸로 하고 숲으로 다시 돌아가도 좋다고 하면 돌아갈 건가요?"

하코다 씨가 한마디 하지 않을까 싶게 주제넘은 질문이었지만 하코다 씨는 아무 말 없이 팔짱을 낀 채 가만히 스가이 씨를 보고 있었다.

"돌아갈 수도 있겠지만 일단은 전 직장 동료들한테 고맙다는 인사도 하고 갑자기 하던 일을 내팽개치고 나와서 미안하다고 하고 싶어요."

그렇게 대답하고 스가이 씨는 고개를 떨구었다. 노지마 씨가 하코다 씨, 원장님한테서 전화 왔어요, 하고 자리에서 불러서 하코다 씨는 아, 응, 하고 자리를 떴다.

"스가이 씨가 다녔던 직장에 연락했었어요." 내가 말하자 스가이 씨는 고개를 들었다. "꼭 찾아달라는 부탁을 받았어요. 나름대로 생각이 많겠지만 우리는 기다리고 있을 테니 꼭 돌아오라고."

스가이 씨는 눈을 감은 후 다시 고개를 아래로 떨구며 속에 있는 무언가를 토해내듯 그렇군요, 하고 말하고 몇 번 고개를 저었다. "아, 그러시군요, 경위 청취는 이제 거의 다 끝나가서, 네, 단순한 노숙자여서 절도 같은 사건은 없었고요, 그런 일도 없었습니다." 본부에는 하코다 씨 목소리만이 울려 퍼졌다.

"경찰이요? 이제 곧 올 겁니다. 판단을 일임하시겠다고요? 베테랑이라니 당치도 않습니다, 무슨 그런 말씀을. 전 그냥 근속 연수가 오래됐을 뿐입니다."

하코다 씨는 아하하, 하고 보란 듯이 웃더니 그럼 수고하십시오, 하고 전화를 끊었다. 그와 동시에 제복 차림의 경찰이 실례합니다, 실종 사건 때문에 왔습니다, 하고 본부 출입구에 나타나서 구도 씨가 아, 네, 기다리고 있었어요, 하고 안으로 안내했다. 스가이 씨는 의자에서 일어나 깊이 고개를 숙였다. 나는 일단 그 자리를 벗어났지만 그렇다고 따로 갈 곳이 있는 것도 아니어서 구도 씨가 차를 준비하는 곳으로 갔다.

"스가이 씨, 혹시 체포되지는 않겠지요?"

구도 씨는 우엉차를 타면서 걱정스러운 듯 경찰의 뒷모습을 바라보았다. "잘은 모르겠지만 하코다 씨 의사에 달려 있지 않을까요?" 나는 이렇게 대답하고 구도 씨가 건넨 우엉차를 홀짝였다.

* * *

대스칸디나비아전 전시회장 준비가 마무리돼서 《자비로운 숲》 지구에서 일하는 우리도 미디어나 관계자들을 초대한 오프닝 이벤트에 참석하는 게 어떠냐는 권유를 받았다. 하코다 씨와 노지마 씨는 전람회가 시작되면 가겠다며 근무 시간인데도 나와 구도 씨를 먼저 보내주었다.

경찰이 스가이 요시아키 씨에 관해서 피해 신고서를 내겠냐고 묻자 하코다 씨는 딱히 실질적으로 피해 본 것도 없으니 내지 않겠다고 대답했다. 공원을 대표한 하코다 씨와 경찰은 스가이 씨를 훈방 조치하고 발견된 당일 그냥 돌려보냈다.

경찰도 오고 책임자한테도 혼났으면 평범한 성인이라면 보통 그 장소를 다시 방문하지 않을 텐데 스가이 씨는 이틀 뒤 《자비로운 숲》 지구 본부를 찾아왔다. 그날은 숲속에 자기가 어질러놓은 흔적을 치우러 왔다는 이유를 댔지만, 이틀 뒤에 또 와서는 폐를 많이 끼쳤으니 뭐라도 돕고 싶다는 둥 깨끗이 정리되었는지 확인하러 왔다는 둥 여러 이유를 붙여 가며 본부에 들락거렸다. 나는 여전히 오두막에서 일하고 있어서 자세한 사정은 몰랐는데 스가이 씨는 공원《자비로운 숲》지구에서 뭘 먹으며 살아남을 수 있었는지 정보를 제공하게 되었다. 이 공원은 일본 식량 자급률 저하에 대한 대안으로도 운영되고 있어서 스가이 씨 이야기에서 어느 정도 참고할 부분이 있는 모양이었다. 그리고 잭푸르트는 역시나 여러모로 쓸모가 많은 것 같았다.

월급은 없다고 하코다 씨가 강조했는데도 스가이 씨에게 그 점은 아무 문제도 되지 않았는지 거의 공원 직원처럼 담담하게 본부 일을 거들고 있다고 한다. 구도 씨도 같은 칸그레호 오오바야시 서포터로서 스가이 씨가 앞으로 어떻게 할지 걱정이 되었던 참이라 스가이 씨가 본부에 와 주니까 좋다고 했다.

"다른 서포터들도 스가이 씨를 만나고 싶어 해서 컴백 축하 모임을 하기로 했는데 안 오는 거예요. 자긴 그런 축하를 받을 자격이 없다고."

"왜 그런 말을 하는지 이해 못 하는 건 아니지만 말이에요." 구도 씨는 말했다. 오프닝 이벤트에서는 '한층 업그레이

드된 맛!'이라는 모호한 선전 문구로 잭푸르트칩 샘플을 나 누어주었는데 여전히 나를 제외하고는 별 매력을 못 느끼는 맛 같았다. 구도 씨는 3개 정도 먹은 후 "저, 제가 좀 먹긴 했 는데 괜찮으시면 드실래요?"하고 봉지째 건네주었다. 나는 깔끔하고 담백한 맛에 새롭게 추가된 로즈메리의 자극적인 향이 신선해서 마음에 들었는데.

나로 말할 것 같으면 맛이 한층 업그레이드된 잭푸르트칩 을 느긋하게 즐길 수도 없는 상황에 직면해 있었다. 최근 감 기도 아닌데 자꾸 콧물과 재채기가 심해져 힘들다고 하코 다 씨에게 말하자 "아무래도 꽃가루 알레르기 같은데요?"하 는 대답이 돌아왔다. 나는 서른여섯 지금까지 한 번도 꽃가 루 알레르기에 걸려 본 적이 없다고 반박했다. 그러자 "오리 나무가 말입니다, 공원 반대쪽에 있어요"하고 하코다 씨가 말했다. 분위기 있는 풍경으로 입소문이 나서 간혹 드라마를 촬영하러 오기도 한다는《흔들리는 숲》지구 습지에는 오리 나무가 밀집해 있어서 공원 직원이 가끔 한겨울에도 알레르 기 증상을 호소한다고 한다.

그래도 설마 싶어 병원에 갔다. 내가 삼나무나 노송나무, 오리새, 돼지풀과 같은 유명한 알레르기 항원은 괜찮은데 오 리나무와 자작나무에 심한 알레르기를 가지고 있다는 사실 이 검사로 밝혀졌다. 이 사실을 들은 하코다 씨는 "어, 자작

나무도《흔들리는 숲》에 많이 서식하고 있는데"라고 말했다. 내 콧물과 재채기는 날이 갈수록 심해져만 갔다. 아직 개화가 이루어지지 않은 지금이 이 정도니 만개하는 시기가 다가오면 내 증상이 얼마나 악화할지 상상만 해도 두려웠다.

그것은 대스칸디나비아전 오프닝 이벤트에서도 마찬가지였다. 지방 방송 리포터가 사미인★ 전통의상인 숄을 오오바야시 원인 모형에 걸쳐주면서 한창 이야기하던 중 에취, 에취, 하고 아주 크게 재채기를 연발하는 바람에 그 부분을 다시 찍는 해프닝이 벌어졌다. 목도 좀 따끔거렸고 의사에게서 구강 알레르기 증후군이 있으니 특정한 과일이나 채소도 조심하라는 얘기를 들었다. 지금까지 한 번도 생각해본 적이 없는 알레르기였다.

다음 주 토요일에 나는 이 일을 계속해도 될지 줄곧 고민했다. 사미인 전통 음악인 요이크의 가수를 초대한 라이브가 공원 야외극장에서 열린다는 안내 방송을 듣고 있었다. 솔직히 대스칸디나비아전 입장권에 자르는 선을 찍는 작업이 끝나고 스가이 씨 사건이 해결되고 나서는 할 일이 너무 없어서 한가하기 짝이 없는 나날을 보내고 있었다. 곧 겨울이라서 입장객이 줄어든 것도 원인 중 하나였다. 뭐 한가하면 한

---

★ 북유럽 국가와 러시아 북서부에 사는 민족.

가한 대로 나쁠 것은 없었지만 시급에 대한 불안도 새삼 밀려왔다. 이 일을 좋아하는 데다 하코다 씨에 따르면 몇 년 정도 하면 정규직으로 채용되는 경우도 있다고 한다. 하지만 내가 공원 식물에 알레르기가 있다는 사실을 안 이상 그것도 현실적으로 불가능했다. 앞으로 봄이 가까워질수록 지금처럼 꽃가루 근처에서 일하다가는 증상이 더 심해질 뿐이라고 의사는 말했다.

이 직장에 정이 들어서 적극적으로 그만두고 싶은 마음은 없었지만 슬슬 그만둘 때가 왔다는 생각이 들기 시작했다. 1년 정도 되는 시간 동안 직장을 네 곳이나 바꾸며 지내다 보면 물러서야 할 때 같은 것에 직감이 생기는지도 모르겠다.

남자 사회자가 박물관 로비에 새로이 추가되는 커다란 말코손바닥사슴 실물 박제와 순록 실물 박제에 대해 설명했다. 나는 왠지 《돌봄의 해체와 재구축》 문고본이 숲속 나뭇가지에 얹혀 있던 풍경이 떠올라 위염에 걸린 듯 쓰린 통증과 가벼운 긴장을 느꼈다. 그랬다, 나는 숲속에 있던 그 책을 발견했을 때 확실히 긴장했다. 느닷없이 정곡을 찔린 느낌이었다. 이렇게 숲속에서 시간을 때우고 있구나, 하고. 그리고 스가이 씨 전 직장에 전화했을 때도 마찬가지로 몸과 마음이 경직되는 것을 느꼈다. 내가 과거 한때 인생의 긴 시간을 쓰겠다고 결심했던 일에서 스스로 빠져나와 외면하려고 했다가 현직에서 일하는 사람을 맞닥뜨리자 어색하기도 하고 부럽기도 했기 때문이다.

내가 대학을 졸업한 후로 십수 년간 다녔던 첫 직업으로 돌아갈 때가 되었다는 생각이 들었다. 그렇게 말은 해도 그건 어디까지나 내 사정이므로 일을 쉽게 구할 수 있으리라고는 기대하지 않지만 어쨌든 그 근처라도 돌아가야 하는 게 아닐까.

사회자는 머리부터 발끝까지 새하얗고 헐렁한 정장을 빼입은 아담한 몸집의 여성을 앞으로 내세웠다. 이건 《겨울 전쟁》 중 핀란드인 저격병이 눈 속에서 몸을 숨기기 위해 입었다는 정교한 복제품인데 희망자가 있으면 기념 촬영도 가능하다고 설명했다. 알고 하는 것인지 모르고 하는 것인지 어머, 와아, 하는 감탄사가 쏟아졌다. 종종걸음을 치는 발소리가 들려오더니 뒤쪽 대각선 방향에서 누군가 멈춰서는 기척이 났다. 돌아보니 스가이 씨였다. 공원에서 발견되었던 당시보다 멀끔해졌지만, 아직 수염을 깎거나 머리를 자르지 않은 모양이었다. 직원으로 고용된 것도 아닌데 ODP 자수가 들어간 녹색 작업복을 입은 모습이 제법 잘 어울렸다.

"여기서 스페셜 게스트를 모셔볼까 하는데 어떻습니까, 자, 이사기레 선수, 이쪽으로 나와주시겠습니까?" 사회자는 뒤편에 있던 사람에게 말을 걸었다. 옆에 있던 통역사로 보이는 여성이 그 사람에게 뭐라고 속삭이자 그는 아하하, 하고 웃으며 씨-, 씨-, 하고 마치 앵무새를 떠올리게 하는 새된 목소리로 동의했다. 실물로 처음 본 콜도비카 이사기레 선수는 생각보다도 덩치가 작았는데 눈썹은 사진에서 보는 것만큼 굵지 않았다.

"칸그레호 오오바야시의 콜도비카 이사기레 선수와 유리오카 준 선수가 이 자리에 나와주셨습니다!" 사회자는 말했다. 주황색 트레이닝복 차림의 이사기레와 유리오카가 한 손을 들고 앞으로 나오자 내 옆에 있던 구도 씨는 헉, 하고 숨을 들이마시고 양어깨를 늘어뜨리더니 눈을 크게 뜨며 준-! 하고 힘껏 외쳤다. 그것은 깜짝 놀랄 만큼 큰 소리였다. 내 뒤쪽에서 이사기레-! 하는 소리가 나오자 그 자리에 있던 사람들은 원래 그렇게 하는 건가 보다 판단했는지 저마다 선수 이름을 부르기 시작했다. 유리오카 준은 이사기레와는 반대로 생각보다 키가 컸다. 어쩌면 190㎝는 되지 않을까.

"지난달에 여기 놀러 올 예정이었어요. 감기 걸리는 바람에 저는 못 왔지만 제 친척과 이사기레는 수확 체험을 했다고 합니다. 아주 즐거웠다고 하네요." 유리오카는 땅을 기어가는 듯한 낮은 목소리로 중얼중얼 음침하게 말했다. 그렇지만 표정은 평범한 걸 보니 원래 목소리가 저런 모양이었다. "대스칸디나비아전을 구경한 후 스타디움에도 놀러 오세요.

기다릴게요!"

　유리오카 준이 말을 끝내자 사람들이 박수를 쳤다. 통역사
가 뭐라고 이사기레에게 이야기하자 이사기레는 고개를 끄
덕이며 유리오카에게서 마이크를 건네받았다. 이사기레가
말코손바닥사슴 박제를 가리키며 스페인어로 뭐라고 이야기
하자 통역사가 말했다. "대스칸디나비아전 개최를 축하드립
니다, 저는 하얀 정장을 입고 이 순록을 탄 모습을 찍어주셨
으면 하는데 가능할까요?" 사람들은 크게 웃었다. 통역사가
사회자에게 어떤가요? 하고 묻자 사회자는 웃으며 고개를
저었다. 이사기레는 또 아주 빠른 말투로 뭐라고 이야기하더
니 무차스그라시아스, 하고 한 손을 흔들며 마이크를 사회자
에게 건넸다. 통역이 뒤를 이었다. "다시 돌아와서 정말 기쁩
니다, 앞으로도 칸그레호 오오바야시를 응원해주세요, 오오
바야시 원인 모형도 여전히 멋지네요, 감사합니다."

　오오바야시 원인 이야기가 나와 나는 다시 뒤편 대각선 방
향을 돌아보고 스가이 씨 모습을 확인했다. 스가이 씨는 석
상처럼 우뚝 멈춰 선 채 때때로 가볍게 고개를 끄덕이며 사
회자 뒤편으로 사라진 이사기레와 유리오카를 바라보고 있
었다. 이사기레와 유리오카가 이야기하는 동안 참았던 재채
기를 박수 소리에 맞춰 마음껏 내보내면서 나는 앞으로 내가
어떻게 해야 할지 알 것 같은 느낌이 들었다.

*　*　*

　내가 바스크풍 롤 케이크 1/5 조각을 잘라 에리구치 씨 접시에 담자 에리구치 씨가 그럼 저도, 하면서 딸기가 장식된 치즈 케이크를 나눠주려고 하는 것을 전 괜찮아요, 하고 사양했다.

　"제 케이크도 좀 드세요. 저한테는 이렇게 많이 주시고선."

　"정말 괜찮아요. 꽃가루 알레르기 때문에 생과일을 먹으면 입안이 붓거든요."

　"아아, 그래서."

　에리구치 씨는 신기하다는 표정을 지었다. 나는 오오바야시 다이신린 공원에서 깨달은 오리나무 꽃가루에 대한 알레르기 증상 중 하나라고 설명했다. 에리구치 씨는 꽃가루 때문에 입안이, 하고 조금 감탄한 듯 말하며 수첩에 메모했다. 《ODP 매거진》을 만드는 일이 완전히 몸에 밴 모양이었다. 오프닝 이벤트에도 오셨었죠? 하고 말했다. 에리구치 씨는 취재기자로서 참가했다고 한다. 대스칸디나비아전은 개최 초기에는 고전을 면치 못했는데, 요즘은 부쩍 방문객이 늘었다고 한다. 핀란드에서 실물 산타클로스를 초청해 박제 순록이 끄는 썰매에 함께 타고 촬영할 수 있을 뿐 아니라 전람회 안에 임시 카페를 만들어 스웨덴 티타임 문화 '피카FIKA'를 만끽할 수 있다고 홍보한 덕분이었다. 입장권에 열심히 자르는 선을 찍었던 사람으로서는 어쨌거나 기쁜 소식이었다.

"일단 올해는 쉬실 예정인가요?"

에리구치 씨의 물음에 나는 고개를 끄덕였다. 오오바야시 다이신린 공원 일은 지난주에 그만두었다. 하코다 씨를 비롯해《자비로운 숲》지구 관리자들은 만류했지만 내가 오리나무 꽃가루 알레르기가 심해서 어쩔 수 없다고 설명했다. 대신 스가이 씨를 고용하면 되지 않느냐고 제안했더니 그것도 괜찮은 생각이네, 하는 분위기가 되어 봄 되면 특히 바람 부는 방향을 조심하세요, 하고 말하면서 잭푸르트칩 한 상자를 선물로 주었다. 하코다 씨와 종종 답답한 일이 있었지만 다들 아주 좋은 사람들이었다.

내가 진언한 대로 스가이 씨는 내 후임으로 들어와 현재 오두막에서 일하고 있다고 한다. 공원 안에서 반년 이상 살아봤기 때문에 안내인으로서는 더할 나위 없는 데다 카트 운전 솜씨도 나보다 뛰어난 모양이었다. 단지 계약직이어서 정규직으로 채용될 때까지는 금전적으로 좀 힘들 것 같았다. 그러나 하코다 씨는 조만간 원래 하던 일로 돌아가겠지, 하고 말했다고 구도 씨에게서 들었다. 하코다 씨와 스가이 씨는 퇴근길 방향이 같아서 몇 번 술자리도 함께했다고 한다.

그걸로 된 거야, 하고 하코다 씨는 덧붙였다고 한다. 전에 있었던 사람도 전의, 전에 있었던 사람도 본업에 무슨 사정이 있어 공원에 오게 된 모양인데 여기서 일하면서 다시 일할 수 있다는 자신감을 되찾고 원래 하던 일로 돌아간다면 그냥 그걸로 된 거라고.

마사카도 씨에게는 오오바야시 다이신린 공원의 일을 그만두었다고 보고하러 가서 '커다란 숲속 오두막에서 하는 간단한 일'에 대해 설명했다. "흥미롭네요, 세상에는 아직 제가 모르는 일이 있군요." 마사카도 씨는 말했다. 마사카도 씨는 또 새로운 일을 소개해주려고 했지만 나는 올해는 그냥 좀 쉬려고요, 하고 사양했다. 마사카도 씨는 가만히 고개를 끄덕이면서 "그렇군요, 그럼 마지막으로 연말에 할 만한 일 중에서 적성에 맞겠다 싶은 일이 들어오면 추려서 자택으로 보내놓을게요"하고 말했다.

오오바야시 다이신린 공원에서 하던 일에 관해 이야기했다. 그러고 보니 제 상사였던 하코다 씨는 돌아다니고 싶어 하는데 허리가 안 좋아서 좀 안됐다고 말하자 에리구치 씨는 우리 부모님도 요통이 있어요, 하고 말했다.

"전 부모님이 사십에 낳은 늦둥이라서 엄마 나이가 꽤 많은 편인데 일보다는 출퇴근을 더 힘들어하시더라고요."

"저런."

에리구치 씨 추정 연령에 사십을 더하면 우리 엄마와 비슷한 나이가 되는데 자전거로 출퇴근해서 그런지 그다지 허리가 아프다거나 하는 얘긴 하지 않았다. 그보다는 무릎이 안 좋은 듯 보였다.

"역까지 가는 길이 멀다고 하더라고요. 경사가 완만하긴 해도 언덕이 제법 길어서. 그래서 1월까지만 일하고 그만두기로 했어요. 이미 정년은 훨씬 넘긴 나이라서 딱히 아쉬워하진 않으시지만."

"하긴 연말에 그만둔다는 말은 하기 힘들죠. 전 그렇게 했지만."

"해를 넘기자마자 저 이제 안 나와요, 하고 말하는 건 좀, 그렇다고." 그래서 말인데요, 하고 에리구치 씨는 홍차를 한 모금 마시고서 이야기를 계속했다. "저희 엄마 회사에서 사람을 새로 구하기로 했는데 혹시 괜찮으시면 면접 볼 생각 없으세요? 사회복지사 자격증을 가지고 있다고 버스 회사 이력서에 쓰셨던 것 같은데, 맞죠?"

갑자기 이야기가 건너뛰다 못해 훅 치고 들어와서 나는 깜짝 놀랐다. 자격증은 물론 가지고 있고 대학을 졸업하고 나서 14년간 나는 병원과 노인요양시설에서 의료사회복지사로 일해왔기 때문에 새로운 회사에 이력서를 낼 때마다 그 사실을 쓰긴 했지만 에리구치 씨가 알고 있었다니, 아니 알고 있다고 해도 지금까지 기억하고 있을 줄은 꿈에도 몰랐다.

"가제타니 과장님한테서 이런 사람이 오기로 했어요, 하는 설명을 들었을 때 아, 우리 엄마랑 같은 직업을 가졌던 사람이구나 했었거든요. 그래서 기억하고 있었어요."

나는 고개를 끄덕이면서 살짝 얼굴을 돌려 한숨을 내쉬었다. 숲속에서 발견한 문고본이 얹힌 나뭇가지의 모습과 오두막 일을 스가이 씨에게 인수인계할 때 나누었던 짤막한 대화가 머릿속에 되살아났다.

전에 하던 일을 무책임하게 내팽개쳤다는 사실을 알고도 고용해줘서 매우 감사하다며 사실 죄송하기도 하고 두렵기도 하다고 말하는 스가이 씨에게 털어놓았다. 나도 전에는 같은 일을 하다가 어느 날 도저히 견딜 수가 없어서 도망치듯 일을 그만뒀는데 그때부터는 고용센터에서 소개해주는 대로 단기 계약직을 전전하고 있다, 그건 그것대로 괜찮지만 나도 어쩌면 당신처럼 집을 나와 지금까지와는 전혀 다른 장소에서 생활했을 수도 있다고.

우리뿐 아니라 누구나 자신의 길이라 믿었던 일에서 도망치고 싶어서 이탈하는 경우가 있을 거라고 지금은 생각한다.

"보람이 큰 만큼 무력감에 시달리는 일도 많았어요, 그리고 그 반대의 경우도." 스가이 씨는 말했다. 감사하다는 말을 못 들어도 상관없었다, 고통스러워서 힘들어하던 이용자나 그 가족이 조금이라도 웃으며 시설을 나가는 것만으로도 그저 좋았다, 힘든 일이다 보니 동료애도 아주 끈끈했다, 다른 부서의 신뢰를 받기도 했다, 그런데 도대체 이 끝없는 피로감은 어디서 오는 걸까, 하는 생각이 들었다고 한다.

그러던 중에 응원하던 팀이 2부 리그로 강등되고 말았다. 그렇게 별안간 맞닥뜨리는 함정은 아마 어딜 가나 도사리고 있을 것이다. 일이든 뭐든 몰입하다 보면 그것에 소모되는 감정이 많으면 많을수록 함정 또한 늘어날 것이다.

하지만 몇 달 동안 숲속에서 혼자 살아보니 단순히 먹고살기 위해서만 종일 몸을 움직이고 잠을 자는 생활은 평온하고 생각보다 나쁘지 않았지만, 역시 뭔가 부족하다는 느낌을 떨쳐낼 수 없었다고 한다.

"이러한 상황을 받아들이는 것도, 힘든 일인 줄 알면서 굳이 나서려는 것도 다 인생이구나 하는 생각이 들었습니다." 스가이 씨는 손가락을 구불구불 옆으로 움직여 산과 계곡 모양을 그리며 말했다. 그런 동작으로 인생의 굴곡을 표현하는 것은 이 사람 특유의 버릇인 모양이었다.

"그런데도 공원에서 나갈 용기는 좀처럼 들지 않아서 차라리 누군가 발견해주길 바랐어요, 그래서 한동안은 그 은혜를 갚고 싶어요." 스가이 씨는 말했다. 스가이 씨가 이대로 오두막에서 계속 일할지 다시 예전에 하던 일로 돌아갈지는 알 수 없지만, 그것은 굳이 지금 예측하지 않아도 될 것이다.

나는 차를 컵의 1/4 정도까지만 남기고 마신 뒤 말했다. "사이트를 둘러보고 싶으니 어머님이 다니시는 직장을 좀 알려주세요. 그리고 근로 조건 등 아시는 게 있으면 메일로 보내주세요." 에리구치 씨는 그럴게요, 하고 병원 이름을 알려주었다. 평온을 가장하고는 있지만, 속으로는 가슴이 꽉 조이듯 답답해서 되도록 숨을 크게 내쉬고 싶었다. 하지만 지금은 참기로 했다.

나와 에리구치 씨는 차와 케이크를 더 주문해서 먹으며 극동 플라밍고 센터 카페에 약 3시간 반 정도 있었다. 마음이 편해지는 가게였다. 에리구치 씨는 일은 어제 다 마무리했지만, 설 연휴에도 다음 호 기사를 써야 한다고 말했다. 그 후 저녁은 우동을 먹으러 갔다가 내년에도 이렇게 만나서 또 차 한잔하러 가자며 새해 복 많이 받으라는 인사를 나누고 우리는 헤어졌다.

집으로 돌아가니 엄마가 우편물이 와 있다고 했다. 발신인을 보니 마사카도 씨였다. 말한 대로 정말 올해 마지막으로 내가 할 수 있을 만한 직종들로 추려서 구인 공고 자료를 보내준 것이다. 봉투 윗부분을 가위로 자르고 소파에 앉아 내용물을 꺼냈다. 클리어 파일에 구인 공고 복사본 몇 장과 상세한 업무 내용과 희망 인재에 관해 정리된 자료, 그리고 마사카도 씨가 직접 쓴 포스트잇이 끼워져 있었다.

'올해는 정말 수고 많았습니다. 자료를 보내드리니 한번 훑어보세요.'

포스트잇에는 이렇게 적혀 있었다. 구인 공고 첫 장에는 에리구치 씨 어머니가 최근까지 일하다가 그만두었다는 회사 이름이 있었다. 나는 그것을 바라보면서 이번에야말로 깊은 한숨을 내쉬고 허공을 향해 손가락을 구불구불 움직여 보았다. 스가이 씨 흉내였다.

또 그것을 받아들이는 날이 온 것이다. 어떤 함정이 기다리고 있을지 전혀 짐작도 가지 않지만 대체로 어떤 일을 하더라도 무슨 일이 일어날지 모른다는 사실만은, 짧은 기간 다섯 가지나 되는 직종을 전전하는 동안 뼈저리게 깨달았다. 그저 기도하고 최선을 다할 뿐이다. 부디 잘 되기를.

옮긴이 이은미

경성대학교 일어일문학과를 졸업하고 일본 문부성 장학생으로 교토대학교에서 연수 과정을 수료했다. 현재 바른번역 소속 번역가로 활동 중이다. 옮긴 책으로 《아이의 뇌에 상처 입히는 부모들》, 《엄마의 말센스》, 《노오력 하지 않아도 잘되는 사람에게는 작은 습관이 있다》, 《나의 향을 담은 왁스 태블릿》 등이 있다.

# 이 세상에 쉬운 일은 없다

1판 1쇄 인쇄 2020년 5월 15일
1판 1쇄 발행 2020년 5월 25일

지은이 쓰무라 기쿠코
옮긴이 이은미
펴낸이 김성구

책임편집 류현수
단행본부 고혁 현미나
디자인 이영민
제작 신태섭
마케팅 최윤호 나길훈 김민지
관리 노신영

펴낸곳 (주)샘터사
등록 2001년 10월 15일 제1-2923호
주소 서울시 종로구 창경궁로35길 26 2층 (03076)
전화 02-763-8965(단행본부) 02-763-8966(마케팅부)
팩스 02-3672-1873 | 이메일 book@isamtoh.com | 홈페이지 www.isamtoh.com

ISBN 978-89-464-2120-2  03830

이 도서의 국립중앙도서관 출판예정도서목록(CIP)은 서지정보유통지원시스템 홈페이지
(http://seoji.nl.go.kr)와 국가자료종합목록 구축시스템(http://kolis-net.nl.go.kr)에서
이용하실 수 있습니다. (CIP제어번호 : CIP2020013570)

값은 뒤표지에 있습니다.
잘못 만들어진 책은 구입처에서 교환해드립니다.